Claire Goll, 1890 in Nürnberg geboren und in München aufgewachsen, heiratete 1911 den Schweizer Verleger Dr. Heinrich Studer. Ein Jahr darauf wurde ihre Tochter Dorothea Elisabeth geboren. Nach ihrer Scheidung von Dr. Studer im Jahr 1917 übersiedelte sie in die Schweiz, wo sie Yvan Goll begegnete. 1918/19 wurden ihre ersten Gedichte und Novellen veröffentlicht. 1921 heiratete sie Yvan Goll in Paris. 1939 flüchtete sie mit ihm aus Frankreich in die USA. Bis 1947 lebten sie vorwiegend in New York und kehrten dann nach Paris zurück. 1952–54 unternahm Claire Goll eine Vortragsreise durch die USA. 1973 wurde der »Yvan-und-Claire-Goll-Raum« im Deutschen Literaturarchiv, Marbach, eröffnet. Claire Goll starb 1977 in Paris.

Vollständige Taschenbuchausgabe
Droemersche Verlagsanstalt Th. Knaur Nachf., München
Lizenzausgabe mit freundlicher Genehmigung
des Scherz Verlags, Bern und München
Titel der Originalausgabe »La poursuite du vent«
Herausgeber und Bearbeiter Otto Hahn

Aus dem Französischen von Ava Belcampo
Umschlaggestaltung Christel Aumann
Satz IBV Lichtsatz KG, Berlin
Druck und Bindung Ebner Ulm
Printed in Germany 11 10
ISBN 3-426-00673-1

Claire Goll:
Ich verzeihe keinem

Eine literarische Chronique scandaleuse unserer Zeit

Knaur

1

Ich habe große Männer gekannt, sogar Genies: Joyce, Malraux, Saint-John Perse, Einstein, Henry Miller, Picasso, Chagall, Majakowski, Rilke, Montherlant, Cocteau, Dali, C. G. Jung, Artaud, Lehmbruck, Brancusi... Ihre vorherrschenden Charakterzüge waren meistens eisiger Fanatismus und Verschlossenheit. Selbst bei Satie, mit seiner Armut, seiner Sanftheit, lagen Ironie und Wärme in Widerstreit. Er blieb verschlossen – bis in den Gemeinschaftssaal des Saint-Joseph-Hospitals hinein, wo er auf seinem Sterbebett um sich schlug und schrie: »Der Brief – wo ist denn nur der Brief...« Und er, der sein Leben lang nie einen Umschlag geöffnet hatte, schleuderte die Decke weg und warf seine Medizinflaschen durcheinander, um die Hand auf diese mysteriöse Nachricht zu legen. Damit drehte er zum letztenmal den Schlüssel um, der jegliche Verständigung für immer abriegelte.
Unter den Großen war keiner so unnahbar wie James Joyce. Ein arktischer Fisch? Eine Kreuzung zwischen Hummer und Auster? Ich habe ihn verabscheut, ohne ihn allerdings auf dieselbe Stufe der Widerwärtigkeit zu stellen wie meine Mutter, die ich über ihr elendes Sterben im Konzentrationslager hinaus hasse.
Ich habe einige Männer geliebt, und sehr viel mehr haben mich geliebt, aber erst mit sechsundsiebzig Jahren hatte ich meinen ersten Orgasmus. Ungeachtet meiner Abenteuer oder Liebschaften habe ich dieses Alter erreichen müssen, damit ein zwanzigjähriger Junge mich lehrte, daß eine Frau den Liebesakt auch auf andere als die unterwürfige Art erleben kann. Ich beklage mich nicht: Trotz des »Jahres der Frau«, das gleichzeitig mit dem »Heiligen Jahr« endete, trotz aller feministischen Bewegungen bleibe ich bei meiner Meinung, daß die Frau ein minderes Wesen ist und dem Mann niemals ebenbürtig sein wird.
Es ist nicht meine Sache, zu beschönigen oder zu provozieren, sondern meinen Teil an Erfahrungen und Einsichten zu liefern. Aber man entgeht weder sich selbst noch der Zeit. Noch vor dreißig Jahren habe ich mehr Leidenschaft in meine Schriften gelegt, vor fünfzig Jahren mehr Hoffnung oder auch Naivität. Heute weiß ich, daß vom Menschen und seiner Geschichte nichts zu erwarten ist. Je nach den Umständen ist er grausam oder großmütig, geizig oder verschwenderisch, verleugnet seine Frau

oder bestiehlt seine Freunde. Der liebevollste Familienvater kann sehr wohl seine eigenen Kinder zärtlich umarmen, bevor er diejenigen eines Nachbarlandes bombardiert. Und daneben gibt es von Grund auf perverse Wesen, die in keiner Situation zu erweichen sind; wie meine Mutter.
Frei von allen Illusionen, vermenge ich nicht länger literarischen Wert mit menschlichem Wert und kann so einen kühlen Blick auf meine Epoche werfen. Aber das Alter, weit entfernt, einzelne Episoden zu klären, belastet ihren Ablauf. Mit fünfundachtzig Jahren sieht man das Leben durch beide Enden des Operngruckers. Man begegnet Freunden, und später trifft man einen ihrer Söhne, der schon so alt ist, daß er der Vater derer sein könnte, die man damals gekannt hat. Als Schulmädchen haben wir uns gegenseitig bis zur Trunkenheit die Verse von Rainer Maria Rilke aufgesagt, aber trotz der Leidenschaft, die mich ihm zu Füßen warf, haben seine affektierte Geistigkeit und seine zu sehr von Hölderlin beeinflußte Romantik inzwischen meinen jugendlichen Überschwang gedämpft. Und Karl Liebknecht, der deutsche Revolutionsheld, dessen Artikel mich auf die Straße getrieben haben? Fünfzehn Jahre nach seiner Ermordung hat mir seine Enkelin in Paris Bauch und Hinterteil massiert.
Wie bei einem Roman, dessen Ende man kennt, läßt sich die Existenz nur noch von einer späteren Entwicklungsstufe her ablesen. Auf der einen Seite sehe ich Else Lasker-Schüler, strahlend, umschmeichelt, die Königin von Berlin. Man erkannte sie in den Straßen, und niemand zog ihre dichterische Oberhoheit in Zweifel. Sie beherrschte ihre Bewunderer und genoß ihren Ruhm mit lässigem Hochmut. Ein Blick von ihr ließ alle Schranken fallen, mit einem Lächeln erfüllte sie alle Wünsche...
Sie war die Heldin einer ganzen Generation, und jede ihrer Veröffentlichungen breitete ihren Ruf weiter aus. Als lebendes Denkmal schien sie auf ihrem Piedestal der Zeit zu trotzen. Aber ich besitze ihre Totenmaske: Von diesem Stückchen Gips sind alle Enttäuschungen, aller Überdruß abzulesen, eine herzzerreißende Verzweiflung. Jede Falte erhebt furchtbare Anklage gegen die Menschheit. Sie, die Jerusalem in ihren Gedichten besungen hatte, mußte eines Tages ins Gelobte Land flüchten. Dort aber war sie weder Dichterin noch berühmte Frau. Nichts als eine Emigrantin unter anderen. Die große Else Lasker-Schüler starb allein und unbeachtet.
Die durchlebte Zeit entspricht weder der Perspektive persönlicher Erinnerungen noch der Dunkelkammer der Geschichte. Wenn ich behaupte, Dada habe 1917 in der Schweiz noch nicht existiert, werden die Professoren mir Arp oder Tristan Tzara vorhalten. Ihre Meinung stützt sich auf ein abgeschlossenes Kapitel, das fertige Gesamtwerk. Aber das hindert mich nicht zu wiederholen, daß es während meines Aufenthalts in Zürich

nur dadaistische Anfänger gab. Wir alle wollten mit Inbrunst Dichter, Maler, Schriftsteller sein, waren aber nicht sicher, ob wir die Mittel gefunden hatten, unsere Absichten zu verwirklichen. Unsere Bilder, Bücher, Manifeste waren experimentelle Spiele. Jeder wollte die Fesseln der Ästhetik sprengen, die Last der Tradition abschütteln, gegen die Lüge von überflüssigen Büchern ankämpfen, aber es wäre uns nie in den Sinn gekommen, unsere Arbeiten als endgültige Offenbarungen zu betrachten, die des Museums oder der Bibliothek der Zukunft würdig wären. Längst nicht mit dem Resultat zufrieden, suchten wir vorerst die unmittelbare Wirkung, und es kümmerte uns wenig, ob der erste Film von Viking Eggeling, den er mit Yvan 1918 in Ascona drehte, die phonetischen Gedichte von Hugo Ball, der Holzgebilde von Arp der Zeit standhalten würden. Das war nicht unser Problem.

Wir wußten nur, daß wir uns in diesen Tunnel wühlen mußten, aber der Ausgang war noch ungewiß.

Unsere Bestrebungen und Herausforderungen glichen dem Steinwurf eines Jungen in ein Schaufenster, das er allzu häßlich dekoriert findet. Solche Freveltat ist oft nichts als Angeberei oder ein Schülerstreich, der die andern zum Lachen bringen soll. Aber die Geschichte kann schnell große Folgen haben. Wenn der Junge gefaßt wird, bevor er reißaus nehmen kann, schleift man ihn aufs Revier. Die Polizisten verhören ihn, durchsuchen sein Zimmer, entdecken fragwürdige Bücher und freimütige Gedichte. Seine Geste wird nun interpretiert und seziert; man stellt eine unbestreitbare Verbindung zwischen seiner anarchistischen Lektüre und seinem Zerstörungswerk fest. Abgestempelt, eingeordnet, wird er zum gefährlichen Aufrührer, der das Eigentum friedlicher Bürger bedroht. Dieses Image wird sein ganzes Leben an ihm hängenbleiben.

Mit fünfundzwanzig hatten wir noch kein Werk und keine Vergangenheit. Kein Stempel klebte an unserem Hut. Arp hätte ein dickbäuchiger Architekt werden können, Tzara Aufseher in einer rumänischen Lehranstalt, Hans Richter ein reicher Bidetfabrikant und Goll schließlich Mönch in einem Trappistenkloster. Unsere leidenschaftlichen Bemühungen wären dann zerstoben wie die Träumereien Halbwüchsiger. Als Dada zum Ereignis wurde, bedeutete das Wort für Arp, Tzara, Ball oder Richter noch gar nichts. Es war höchstens ein Ulk, um eine Gesellschaft zu betiteln, die ebensogut »Rendezvous der Radaumacher« oder »Klub der ›Ihr könnt uns mal‹« hätte heißen können. Es handelte sich nicht um das Aushängeschild einer neuen Schule, sondern um einen gemeinsamen Nenner zur Vereinigung von Künstlern, die sonst nichts miteinander zu tun hatten. Dada, ein sinnleeres Wort, brachte die gewohnten Gleise durcheinander

und gestattete eine Flucht aus allzu genau abgesteckten Rahmen, wie sie in ehrgeizigen Formeln von Intellektuellen geprägt werden, um ihre Tätigkeit zu bezeichnen: Purismus, Dynamismus, Ultraismus...
So ist die Wahrheit, wie ich sie erlebt habe, aber auch ich bin ein Opfer meiner Rückschau. Das Bild des jungen Arp, des jungen Werfel, des jungen Goll, des jungen Artaud wird von der kosmischen Wolke dessen überlagert, was sie geworden sind. Der leere Raum der Zukunft ist nicht mehr vorhanden, die Zeit hat das Schachbrett gelichtet. Die verklärte Vergangenheit drängt sich selbst denen auf, die dabeigewesen sind. Das Mögliche hat sich nun zur Gewißheit gemausert. Im Wandel von einem zum andern ist manche Statue zerbröckelt. Philéas Lebègue, Marcel Martinet, Louis de Gonzague-Frick, Martin Barzun, einst die Rivalen von Cendrars, Apollinaire und Reverdy, sind völlig verschwunden, als hätten sie niemals die gleiche Luft mit uns geatmet.
Wie könnte man unter diesen Bedingungen objektiv sein, zumal meine Begegnungen mit Philéas Lebègue keine Zeile wert sind? Wo bleibt die Wahrheit, wenn niemand mehr die Freude versteht, die mir die Lobreden des einst berühmten Romanciers Pittigrilli bereiteten? Wer erinnert sich noch an Pittigrilli? Sicher ein italienischer Clown, über den wir als Kinder gelacht haben, werden ein paar nostalgische Greise denken.
Die Zeit ist unerzählbar. Niemand, nicht einmal ich, könnte jetzt noch alle meine Freuden und Schmerzen verstehen. Die Augenblicke, wie sie von mir erlebt wurden, haben nach und nach ihren Gehalt verändert und einen neuen Sinn bekommen, an dem ich nun festhalte. Dies wird meine Wahrheit sein, weil ich meinen fünfundachtzig Jahren nicht ausweichen will. Mir liegt nichts daran, mein Leben neu zu durchleben, und um nichts in der Welt möchte ich noch einmal sechzehn sein.
Geburt ist ein Zufall, unser Tod eine Gewißheit. Zwischen diesen beiden Ereignissen wird unser Leben zu einem großen Teil von Schicksal, Traum und Somnambulismus geleitet. Nur Worte retten die Zeit vor dem Vergessen und erlauben im nachhinein, ein wenig wach zu werden.

2

Wenn Gott eine Mutter gehabt hätte wie die meine, so hätte er nie das Gebot erlassen: »Du sollst deinen Vater und deine Mutter ehren, auf daß es dir wohlergehe und du lange lebest auf Erden.« Er hätte sie, wie ich, zur Raserei gebracht und dabei fasziniert den mitleidlosen Sadismus beobachtet, der sich hinter der schönen Fassade verbarg. Bis zum Tage mei-

ner Hochzeit habe ich ihre Mißhandlungen und ihre Tyrannei erduldet. Das hat mich nicht gerade zärtlich gestimmt.
Als Kind war ich vollkommen amoralisch. Ich belog und bestahl meine Mutter ohne Gewissensbisse; ich habe sogar versucht, sie umzubringen. Aber das Rattengift, das ich in ihr Kompott rührte, das sie allabendlich im Bett zu sich zu nehmen pflegte, kam in einem ungünstigen Moment. Sie stieß die Schale versehentlich mit einer heftigen Bewegung vom Nachttisch.
Unser Haus glich einem Irrenhaus – auf deutsche Art. Alles war geregelt, logisch, tadellos. Meine Mutter hatte zwei fixe Ideen: Disziplin und Erziehung. Ihrer Meinung nach waren Kinder, Dienstboten und Künstler samt und sonders Lasterhafte, Schurken und Faulpelze. Eltern und Vorgesetzte hatten die Pflicht, sie zurechtzuweisen, zu prügeln und hungern zu lassen. Das war nur die gerechte Strafe für ihre Abhängigkeit und eine energische Art, ihnen den Pfad der Tugend zu zeigen. Durch Quälereien half man ihnen, besser zu werden, und zugleich erwies man der Schule, der Armee, der gesamten deutschen Nation einen Dienst.
Das Kind hatte lediglich zwei Rechte: den Mund zu halten und zu gehorchen. Wie der Rest des Hauses. Meine Mutter hingegen nahm sich die Freiheit, alles zu beherrschen und in Schrecken zu versetzen. Das beanspruchte sie so, daß sie Belohnungen für ihre Mühe verlangte.
»Du bist den ganzen Tag weg und sitzt seelenruhig in deinem Büro herum«, warf sie ihrem Mann vor. »Ich habe die ganze Mühe mit dem Haushalt.«
Mein Vater hatte einen ungewöhnlichen Geschäftssinn. Mit sechzehn Jahren war er, ohne einen Pfennig Geld, mit seinem Bruder nach Buenos Aires gegangen, wo sie Schiffsladungen löschen halfen und Weinfässer über die Kais rollten. Mein Vater kehrte dann nach München zurück und baute mit seinem Bruder, den er drüben gelassen hatte, einen fruchtbaren Handel mit Hopfen und Zinnkapseln auf, die zum Verschließen von Flaschen dienten. Meine ganze Kindheit hindurch waren diese bunten Kapseln mein einziges Spielzeug, denn anderes wäre gegen die Erziehungsgrundsätze meiner Mutter gegangen.
Mein Vater mußte ein beträchtliches Vermögen angehäuft haben, um sich um meine Mutter, eine Bankierstochter, bewerben zu können. Damals gab es bei den Juden keine Liebesheiraten. Die Verhandlungen fanden zwischen den älteren Familienmitgliedern statt, und die Brautleute trafen sich erst, wenn die Geldfrage geregelt war.
Mein Vater amtierte als argentinischer Konsul in München. Vor seinem Büro, in der elegantesten Straße der Stadt, stand ein Fahnenmast, an dem

die argentinische Flagge wehte. Er selbst trug an jedem Nationalfeiertag die Galauniform mit Degen und Dreispitz.
Die Großbürger waren es sich schuldig, ein Haus zu führen, das ihrem Range entsprach. Wir hatten Wohnungen mit sieben oder acht Zimmern in den besten Stadtgegenden. Eine zahlreiche Dienerschaft hielt Parkett und Messing blitzblank. Meine Mutter stand jeden Morgen um sieben Uhr auf, um sie zu überwachen. Zwei Stunden später mußten alle Zimmer gereinigt und aufgeräumt sein.
Das Leben war einem machiavellistischen Gewirr von Pflichten und Verboten unterworfen. Zum Frühstück fand ich den Tisch mit Backwaren vom »Hoflieferanten« beladen: französisches Weißbrot, Mohnzöpfe, Kümmelbrot, Diätbrot... Aber weder mein Bruder noch ich hatten das Recht, diese Kostbarkeiten anzurühren. Wir mußten uns mit je einer Scheibe Brot ohne Butter und einem einzigen Stück Zucker im Kaffee begnügen.
Auch die Schule bot keine Befreiung. Meine Mutter hatte mit Riesenschritten die Zeit gemessen, die ich für den Hin- und Rückweg brauchte. Es kam gar nicht in Frage, unterwegs zu trödeln. Ich mußte schnellstens zu meiner Quälerin zurückkehren, deren Drohungen mich bis auf die Toilette verfolgten: »Ich verdresche dich noch mit Brennesseln, ich reiße dir die Ohren ab, ich hänge dich an den Haaren auf, ich stecke dich in Dunkelarrest...« Ihr Vorrat an Schimpfwörtern war unerschöpflich: »Faultier, Lügnerin, Diebin, Klatschbase, perverses Ding, verdorbene Komödiantin, hysterische Person...«
Sie besaß eine Sammlung von Peitschen, Stöcken und Reitgerten, und je nach Art der Strafe, die sie mir zugedacht hatte, suchte sie lange das eine oder andere davon aus. Hierauf folgte eine Ruhmrede auf die Qualität des Folterinstruments, das sie vor meiner Nase schwenkte: »Bei dieser Peitsche sind die einzelnen Riemen sehr fein und solide geflochten... Die läßt keinen Millimeter von deiner Haut aus. Es gibt noch anständige Handwerker, die mit dem Herzen bei der Arbeit sind und eine Peitsche nicht mit einem Flederwisch verwechseln... Aber für deine Frechheit paßt die Reitgerte wohl noch besser... Die Weidenrute in der Mitte beißt ordentlich zu... Vielleicht probiere ich es heute mal mit allen beiden, um zu sehen, wobei du schöner heulst...«
Wenn meine Mutter nicht wahnsinnig gewesen wäre, hätte sie eine außergewöhnliche Frau sein können. Ich bedauere nur, daß ich ihre Tochter war. Als Schriftstellerin hätte ich mich für sie erwärmen können. Aber ich habe nie die Gelassenheit aufgebracht, in ihrem Fall Seelenzergliederung zu treiben.

Die größte Entbehrung meiner Kindheit war die Abwesenheit Gottes. Meine Mutter verbot sogar das Aussprechen seines Namens.
»Außer deinem Onkel Max, diesem überspannten Neophyten, ist man bei uns immer ohne Gott ausgekommen«, sagte sie. Onkel Max war der Philosoph Max Scheler, der sein Leben damit verbracht hatte, Frauen und Religionen zu wechseln.
Wenn man mir in dem Alter, in dem man das Übernatürliche braucht, einen Gott gegeben hätte, so wäre ich mit größerem Gleichmut Atheistin geworden. Ich hätte ihn einfach ablehnen können. Durch die Schuld meiner Mutter habe ich mein Leben lang versucht, das Absolute zu erreichen, obwohl ich in keiner Form an eine höhere Macht glaube. Gott ist die aufs lächerlichste vermenschlichte Erfindung der ganzen Menschheit. In den Jahrmilliarden, die unsere Erde alt ist, sollte sich Gott erst vor viertausend Jahren den Juden und vor knapp zweitausend Jahren den Christen offenbart haben, mit deutlicher Bevorzugung der weißen Rasse unter Vernachlässigung der Schwarzen, der Gelben und der Rothäute? Auf solche Märchen kann ich mühelos verzichten.
Meine Mutter bestritt die Existenz Gottes, weil sie nicht zugeben wollte, daß man irgend jemand anderem als ihr Rechenschaft schuldig sei. Sie fühlte sich persönlich beleidigt, wenn man ihre Gottlosigkeit nicht teilte, und lehnte die Amts- und Würdenträger jeglicher Religion ab, ganz gleich, ob es katholische Pfarrer, Rabbiner oder evangelische Pastoren waren.
Mein Vater hatte sich im stillen einen naiven Glauben bewahrt, der aus Tradition und Ehrerbietung seinen Ahnen gegenüber bestand. Er vermied es, sich Fragen zu stellen; er wollte seinem Vater und seinem Großvater ähnlich sein. Was für seine Eltern gut gewesen war, mußte auch für ihn gut sein. Um die Ordnung der Dinge nicht zu stören, war es am einfachsten, weiter ihren Geleisen zu folgen. Sein einziger Grundsatz lautete: Es soll so sein, wie es früher war. Dennoch wagte er nie, den Fuß in eine Synagoge zu setzen. Er fürchtete sich zu sehr vor der Reaktion meiner Mutter.

Die Wohnung war ganz und gar im Jugendstil eingerichtet, dieser schauerlichen germanischen »Neuen Kunst«. Die gestelzte Häßlichkeit jedes Möbels verscheuchte selbst die Vögel, die den Fenstern zu nahe kamen. Gott sei Dank, auch dieser Horror ist verschwunden. Die Häuser, die ich in Deutschland bewohnt habe, sind von den Bomben so gründlich gesäubert worden, daß nichts davon übrig ist.
Im Salon prunkte ein viel zu großer ovaler Tisch; alles, was meine Mutter

auswählte, überschritt jedes Maß. Eine grüne Plüschdecke bedeckte ihn. Daneben stand der Schaukelstuhl meines Vaters und mitten im Raum ein Dauerbrandofen.

»Kurz lüften«, befahl meine Mutter jeden Morgen, »aber so, daß das Zimmer nicht auskühlt. Und dann einen Eimer Koks, und der hat bis morgen zu reichen.«

Es war der einzige Raum, in dem geheizt wurde, außer dem meiner Mutter. In meinem Zimmer diente ein prachtvoller dreistöckiger Kachelofen lediglich Dekorationszwecken. Als ich an meinem Hochzeitsmorgen die Kühnheit hatte, ihn anzuzünden, weil ich mich frisieren wollte, stürzte meine Mutter wie eine Furie herein.

»Bist du verrückt? Willst du uns noch ruinieren, bevor du weggehst?« schrie sie. »Feuer aus, sofort! Solange du nicht aus dem Haus bist, stehst du unter meinem Befehl!«

Der mit einem pomponbesetzten Tuch zugedeckte Flügel bezeugte das kulturelle Niveau des Hauses. Auf dem Deckel, methodisch aufgestapelt, die Noten. Es gehörte sich nicht, daß Mozart über Beethoven lag. Die großen Musiker wurden aufgehäuft wie Maulwurfshügel, einer neben dem anderen.

Mein Zimmer bildete einen Wallfahrtsort für Besucher. Dort waren die kostbarsten Möbel künstlerisch auf edlen Teppichen arrangiert. Eine Waschecke bewies, wie sehr meine Mutter ihren Kindern den Sinn für Reinlichkeit eingeschärft hatte. Aber so wenig, wie der Ofen geheizt werden durfte, war es mir erlaubt, mich auf die Stühle zu setzen oder das Waschbecken zu benutzen. Dazu mußte ich über den langen Korridor bis ins Badezimmer laufen. Trotzdem bestaunten die Schwestern meiner Mutter bei jedem Besuch aufs neue den Luxus, der mich umgab. Sie öffneten den Schrank und gerieten über meine Garderobe in Entzücken. Auf Anordnung meiner Mutter hingen da sämtliche Kostüme und Kleider auf Bügeln in jeweils zehn Zentimeter Abstand ausgerichtet, und wehe, wenn es einmal ein Millimeter mehr oder weniger war.

Wie eine entthronte Königin, die genötigt worden war, statt eines schönen Ritters einen Händler zu heiraten, haßte meine Mutter ihre Umgebung. Sie verachtete ihren Mann, der sich als Geschäftemacher mit Zinn und Hopfen die Hände besudelte.

Sie selbst sah sich entschieden für Edleres bestimmt: Musik, Literatur, Patriotismus, schöne Uniformen, bildende Kunst und Luxus waren ihr Gebiet. Ihr Mann mit seiner kümmerlichen Krämerseele war von geistigen Genüssen ausgeschlossen. Sie hatte ihn soweit hypnotisiert, daß er selbst zugab, man könne in seinem Beisein weder Wagner noch einer Militärparade zuschauen. Er war einmal in der Oper eingeschlafen – dieses unverzeihliche Verbrechen untersagte ihm für alle Zeit, sie wieder zu betreten.

Alles und alle belästigten meine Mutter: Mann, Kinder, Dienstboten, Lieferanten. Sie liebte nur Spiel, Maskenbälle, Verkleidungen. In der Unwirklichkeit und im Fasching fühlte sie sich erst wohl. Ich sah sie tanzen, lachen, mit anderen kokettieren. Aber schon auf dem Heimweg kamen die Krallen wieder zum Vorschein. Sie litt nicht, daß man sie berührte; sie fürchtete, unsere Hände könnten ihren Rock zerknittern, ihr Mieder beschmutzen, ihr Haar zerzausen, das ihre Zofe vor dem Ausgehen über eine Stunde lang gebürstet und frisiert hatte. Es war fast, als sei ihr Körper ein feindliches Element, das sie unter Bändern und Masken bezwang und tarnte. Dennoch war sie sehr schön, und momentweise habe ich sie geliebt.

Sie argwöhnte in allem eine Bedrohung ihrer Person, ihres Rufes, ihres Portemonnaies. Im Luxus lebend, geriet sie außer sich und stieß gellende Schreie aus, wenn sie in einem Zimmer das elektrische Licht nicht abgeschaltet fand.

»Braucht es denn eine Ewigkeit, bis ihr euch entschließt, das Licht auszuknipsen? Womit könnte man euch einpeitschen, daß das Geld nicht auf der Straße liegt?«

Gleich danach gellte es aus ihrem Boudoir:

»Wo steckt eigentlich meine Zofe? Man bezahlt einen Haufen Personal, aber nie ist jemand zur Stelle, wenn ich ihn brauche!«

Das Ankleiden dauerte bei ihr ganze Vormittage. Die Zeremonien nahmen kein Ende: Korsettschnüren, Zurechtrücken, die Falten der Pluderhose ordnen, und die ganze Zeit über verwünschte meine Mutter den Lieferanten, die Wäscherin, die Büglerin...

Wenn mein Vater von der Furie herbeizitiert wurde, bestätigte er alles mit einem Kopfnicken. Ein einziges Mal hörte ich ihn eine zaghafte Meinung äußern.

»Wie?« fuhr sie ihn an, »du setzt mich vor deinen Kindern ins Unrecht, du erklärst mich zur Lügnerin?«

Er wiederholte seine Tollkühnheit nicht.

Daß meine Mutter verrückt und hysterisch war, wäre nicht so schlimm gewesen, wenn sie ihre Kinder nicht in Hölle und Tod getrieben hätte. Eines Tages, als sie sich wieder unter nichtigem Vorwand auf mich stürzen wollte, warf sich mein Bruder Alfred dazwischen. Augenblicklich jaulte sie auf wie ein Hund, dem man an die Gurgel will:

»Alfred, du wagst es, die Hand gegen deine Mutter zu erheben?«

Sie eilte, meinen Vater zu holen, blies zur Hatz und berief den Familienrat ein, ihre Schwestern, fette, tückische und schadenfrohe Matronen. Meine Großmutter hatte bei diesem Femegericht den Vorsitz...
Mein Vater wollte das Wort ergreifen, aber er hatte kaum den Mund geöffnet, als ein mehrstimmiges Gezeter den gewaltigen Busen entquoll.
»Er bedroht deine Frau mit einem Messer, und du gibst ihm recht? Statt deinen Sohn vorzuschieben, ermorde sie doch lieber selbst, wenn du den Mut hast!«
Alle waren aufgesprungen und machten Miene, das Haus zu verlassen.
»Diese Familie ist verflucht, uns bleibt hier nichts mehr zu tun«, erklärte meine Großmutter.
Normalerweise marschierten die Megären wenigstens bis zur Haustür, aber an jenem Tage verließen sie nicht einmal das Zimmer. Es war eine zu schöne Gelegenheit, ihrem Sadismus, getarnt durch tugendhafte Entrüstung, freien Lauf zu lassen.
»Dieser Bursche ist ein Verbrecher«, urteilte meine Großmutter unter lautstarker Zustimmung. »Ich könnte ihn mit eigenen Händen erwürgen, aber eine Lektion, an die er sein Leben lang denkt, wäre noch besser. Peitsche oder Reitgerte sind für so ein Ungeheuer nur eine zarte Liebkosung. Er müßte mit glühenden Eisen gebrandmarkt werden.«
»Einen Monat lang jeden Tag einen anderen Körperteil versengen...«, schlug eine der Tanten vor.
Ihre Phantasie konnte sich mit derjenigen chinesischer Folterknechte messen. Wenn mein Vater eine kaum merkliche Geste wagte, hieß es sofort:
»Natürlich, du verteidigst deinen entarteten Sohn, du gibst ihm recht... Nun beglückwünsche ihn doch, los, nur zu...«
Schließlich wurde mein Bruder zu Prügelstrafe, Nahrungsentzug und Einweisung in eine Besserungsanstalt verurteilt. Gegen Ende des dritten Tages hielt Alf es nicht mehr aus: Er floh, mietete sich eine Kammer im Elendsviertel der Stadt und öffnete dort den Gashahn. Am Morgen fand man ihn tot auf. Er war sechzehn Jahre alt. Meine Mutter zeigte keinerlei Gemütsbewegung, außer wegen der Gasrechnung.
Als der Familienrat sich wieder versammelte, beschränkte man sich darauf, die nächsten Wohltätigkeitsvorhaben zu besprechen. Denn, so verblüffend es scheint, diese bösartigen Geschöpfe übten tätige Nächstenliebe: Protektion für Waisenhäuser, ledige Mütter und mißhandelte Kinder.
Nach Alfreds Tod wurde ich im Institut Kerschensteiner angemeldet, das von einer bemerkenswerten Frau, Julie Kerschensteiner, geleitet wurde.

Ihr verdanke ich die Entwicklung meiner geistigen Fähigkeiten und meiner Vorstellungskraft.
Von meiner Mutter hatte ich nichts gelernt als Haß, Verstellung und Rachsucht, und zuweilen schmachvolle Lustempfindungen unter der Peitsche.
Überspannt, zügellos, ständig auf der Suche nach Zuneigung, wie ich als Kind war, verliebte ich mich in meine Schulvorsteherin. Meine erste Eifersuchtskrise hatte ich, als sie sich verheiratete. Vorher aber besuchte ich mit ihr alle Museen Münchens und begeisterte mich für Hölderlin und Novalis. Eine kunstliebende Tante, die ihrer Liebenswürdigkeit wegen von meiner Mutter verachtet wurde, hatte mich schon mit Goethe vertraut gemacht.
Fräulein Julie Kerschensteiner war eine hervorragende Pädagogin und baute ihr Institut bis zur Ankunft der Nazis weiter aus. Da sie den Hitlergruß in ihrer Schule untersagte, wurde ihr die Lehrberechtigung entzogen. Einer ihrer Söhne starb im Konzentrationslager. Trotz allem wich sie niemals von ihren Überzeugungen ab. Nur eine solche Frau konnte mich Menschlichkeit und Vergebung lehren.
Die tägliche Rückkehr aus der Schule wurde mir zum Alptraum. Zu Hause erwartete mich meine Mutter mit ihrem unerschöpflichen Folterarsenal: an den Haaren ziehen, Kneifen, Stoßen und Kratzen, Ohrfeigen mit dem Rücken ihrer beringten Hand. Als ich heranwuchs, erfand sie neue Demütigungen; so suchte sie sich zum Beispiel die Tage aus, an denen ich meine Periode hatte, um mich zu peitschen oder mich Bädern mit eiskalter Seifenlauge auszusetzen, bei denen sie das Wasser von oben über mich schüttete. Ihre ausschweifende Phantasie beim Erfinden von Boshaftigkeiten nahm noch zu, seit meine Brust sich zu runden begann. Früher hatte sie mich jeden Sommer in einen Kurort mitgeschleppt. Bei ihrer Jagd auf Liebhaber diente ich als Anstandswauwau – eine Mutter mit Tochter konnte doch nur eine anständige Frau sein. In den feinen Hotels und protzigen Restaurants, wo wir uns niederließen, bot mein roter Schopf den abenteuerlustigen Herren einen guten Anknüpfungspunkt. Aber als meine knospenden Formen meine Mutter im Laufe der Jahre hinderten, mich jünger zu machen und zugleich ihr eigenes Geburtsdatum aufzufrischen, sah sie sich genötigt, ihre Taktik zu ändern. »Ich habe sehr jung geheiratet«, betonte sie, sobald sich ein Galan näherte.
Bei einem dieser Ausflüge begegnete ich eines Tages meinem wirklichen Vater. In seinem Gesicht erkannte ich meine Augen. Er hob mich vom Boden hoch und küßte mich.
»Möchtest du irgend etwas?« fragte er.

»Nicht das geringste«, erwiderte meine Mutter nervös und entzog mich den Armen des Mannes.
»Vielleicht brauchst du eines Tages doch einen Rückhalt«, meinte er, sah mich fest an und überreichte mir eine Visitenkarte, die sein Wappen trug. Aber meine Mutter riß sie mir aus der Hand, zerfetzte sie in kleine Stücke, warf sie zu Boden und stampfte darauf.
»Sie ist vollkommen glücklich«, sagte sie. »Nicht wahr, Claire?«
Dabei streichelte sie mir das Haar und beugte sich über mich, um meine Wange mit den Lippen zu streifen.
»Ich hoffe«, sagte der Herr zum Abschied, »Sie beide bald wiederzusehen.«
»Denken wir lieber nicht mehr daran«, versetzte meine Mutter trocken.
Von der Abstammung her bin ich also eine Mischung aus preußischem Adel und jüdischen Vorfahren. Aber ich habe mich den Unterdrückten immer am nächsten gefühlt.
Mein Vater war sich über die Situation durchaus nicht im unklaren, machte aber bis zu seinem Tod nicht die leiseste Anspielung, obwohl meine Mutter mir während eines ihrer Wutanfälle einmal entgegengeschleudert hatte: »Ich habe nie mit meinem Mann geschlafen. Er hatte Syphilis, als ich ihn heiratete.«

Ich bin meiner Geburtslandschaft Bayern immer verbunden geblieben. Seine grünen Weiten und Hügel haben mir die großen Rhythmen der Natur nahegebracht; seine Seen und Wälder geben dem Raum eine seltsame Tiefe.
Die romantische Stimmung, von der die damalige Zeit erfüllt war, wurde noch belebt durch die Legende Ludwigs des Zweiten. Er wurde sehr geliebt, schon weil er sich der Einigung Deutschlands widersetzt und versucht hatte, Bayerns Unabhängigkeit zu bewahren. Dazu kamen seine Schwärmereien, seine Homosexualität, seine Narrheit. Seine Heiratspläne mit einer Prinzessin zerschlugen sich, weil er nur Kutscher, Bauernburschen und ähnlich ungebildete Mannsbilder wirklich liebte.
Auf den Straßen begegnete ich überall seinem Konterfei: beim Metzger in Schweineschmalz modelliert, beim Konditor in Buttercreme, beim Bäcker in Brotteig. Eine wahre Königsmanie hatte die Bayern ergriffen. Diese Leute, eher von schwerfälliger Natur, waren wie verzaubert von einem König, der davon träumte, sich wie Lohengrin von einem Schwan übers Wasser ziehen zu lassen, Musiker mit Reichtümern überschüttete und am Ende lieber Selbstmord beging, als sich hinter goldenen Gittern einsperren zu lassen.

Das Leben in jenem Deutschland vor dem Ersten Weltkrieg hätte angenehm sein können, wenn ich nicht diese entsetzliche Mutter gehabt hätte, die mir jeden Moment meines Daseins vergällte.
Mein einziger Trost war mein Musiklehrer, ein Kapellmeister, dem meine Mutter allerdings grausame Anweisungen gab.
»Beim geringsten Fehler ein Schlag mit dem Lineal. Ich nehme es Ihnen nicht übel, ganz im Gegenteil. Für Kinder sind körperliche Züchtigungen das beste Mittel, ihnen Geschmack an guter Musik beizubringen.«
Bis dahin war ich nur in Konzerten gewesen, die meine Mutter verschmähte. Da sie ein Jahresabonnement für die Oper hatte, schickte sie mich in ihre Loge, wenn der Spielplan sie langweilte. Der Platz durfte nicht leer bleiben; immerhin hatte er Geld gekostet.
Mit meinem Lehrer hörte ich viele berühmte Werke. Er war ein Gnom, trug einen Zylinder und roch immer nach Tabak.
»Wagner«, sagte er zu mir, »hat Melodramen geschrieben, aber keine Musik.«
Eine namhafte Sängerin, die selbst noch unter Wagners Leitung gesungen hatte, unterstützte meinen Lehrer bald bei der Ausbildung meiner schönen Naturstimme. Wir sangen Schubert, Schumann, Brahms und besonders Hugo Wolf, der wegen seines tragischen Endes im Irrenhaus meine Phantasie entflammte.
Die Musik brachte meine Mutter zur Erfindung einer neuen Marter. Jedesmal, wenn mein Lehrer eine meiner Schwächen erwähnte, führte sie mich ins Badezimmer.
»Komm, jetzt üben wir miteinander die Kreuztonarten«, sagte sie und nahm ein Stöckchen zur Hand. Dann setzte sie sich bequem zurecht und befahl: »Die rechte Hand.«
Ich hielt ihr die Handfläche hin.
»Nein, ich habe nicht die Absicht, dir die Patschhand zu streicheln, sondern deinen Tonansatz geschmeidig zu machen. Dreh die Hand um!«
Sie trällerte: »a, h, c, d, e, f, gis...« Das Stöckchen markierte jede Note. Dann fing sie von neuem an und zwang mich zum Mitsingen.
Trotz allem war es die Musik, mehr als die Literatur, die mich vom Selbstmord zurückgehalten hat. Zweimal, mit zwölf Jahren und dann mit sechzehn, habe ich versucht, meinem Leben ein Ende zu setzen. Es gelang mir nicht so gut wie meinem Bruder Alfred.

Warum hätte ich diese perverse Person, die meine Mutter war, lieben sollen? Einzig der Tatsache wegen, daß ich aus ihrem Bauch gekommen bin? Es war ja noch nicht mein Ich, das diesen Weg nahm, sondern ein unwissendes Fleischklümpchen aus zwei weiterentwickelten Keimzellen, die ursprünglich in den Organen meiner Eltern angesiedelt waren. Wenn meine Mutter Geburtsschmerzen litt, wenn sie mich erst in ihrem Körper und dann, um die Schönheit ihres Busens nicht zu schaden, mit Ammenmilch nährte, so tat sie es für jemand anderen, zweifellos für ihren Geliebten. Ich hatte nichts damit zu tun – nie.

Hätte sie mir zwanzig glückliche Jahre geschenkt, so würde ich anders reden. Aber sie hat meinen Bruder umgebracht und meine Jugend gemordet. Durch sie bin ich überempfindlich geworden. Seitdem habe ich jedesmal, wenn ich glücklich bin, Angst, dafür bestraft zu werden. Sogar in meinen Träumen lauert hinter jeder Freude die Furcht vor Züchtigung. Der einzige Ausweg aus diesem Alpdruck war die Heirat. Ich begann ernsthaft daran zu denken und mir unter meinen zahlreichen Verehrern den geeignetsten Kandidaten auszusuchen.

Am unwiderstehlichsten wurde ich angezogen von einem jungen Mann in meinem Alter. Er hieß Heinrich Studer und war aus Zürich nach München gekommen, um Jura zu studieren. Wir saßen im Englischen Garten, hielten Händchen und sprachen stundenlang über Literatur und Musik. Tag für Tag wuchs meine Überzeugung, daß ich die verwandte Seele gefunden hätte.

Es wurde mir zum Bedürfnis, ihn täglich zu sehen. Jeden Abend brach mir beim Abschied das Herz. Endlich erlaubte ich ihm, mit in mein Zimmer zu kommen, um bis tief in die Nacht weiterzureden. Die Wohnung war zu groß, als daß meine Eltern, deren Zimmer auf der anderen Seite lagen, hätten merken können, was sich am entgegengesetzten Ende abspielte. Heinrich nahm also die Gewohnheit an, sich heimlich in mein Zimmer zu schleichen. Einmal bat er mich, sich neben mich legen zu dürfen, weil er so müde sei. Ich erlaubte es gern, für mich war es ein glückliches Gefühl, an der Schulter eines Mannes einzuschlafen.

Sechs Wochen lang teilte er mein Bett, ohne mich zu berühren. Unsere keuschen Zärtlichkeiten erweckten in mir keinerlei Verlangen, weiter zu gehen. Aber bei Heinrich war es anders. Eines Nachts knipste er plötzlich das Licht an und zeigte sich mir nackt mit erigiertem Glied.

»Hast du Fieber?« erkundigte ich mich. »Tut das da weh?«

»Wenn ein Mann eine Frau liebt, reagiert er eben auf diese Weise.«

Ich konnte ihn unmöglich in diesem Zustand lassen.

»Ich möchte dir helfen, Liebster. Was muß ich tun?«

Er erklärte mir, wie ich ihm Linderung verschaffen könnte, und ich unterwarf mich dem, was ich für die Pflicht einer liebenden Frau hielt. Alles ging ganz einfach vor sich, wie es eben ist, wenn man noch keine

zwanzig Jahre alt ist. Ich begriff, daß Heinrichs Gliedversteifung nichts Beunruhigendes war und mehrmals hintereinander vorkommen konnte.
»Das nennt man Liebe machen«, belehrte er mich.
Wir machten Liebe bis zum Morgen. Die ersten Sonnenstrahlen vertagten unsere Leibesübungen bis auf weiteres. Heinrich mußte fort, ehe das Haus erwachte.
Ich hatte meine Jungfräulichkeit verloren und erfahren, daß der Kuß nicht der höchste Ausdruck der Liebe ist. Da ich mit dem Sexuellen keinen moralischen Begriff verband, nahm ich die Wünsche des Mannes und seine dominierende Rolle ganz unbefangen hin. Selbst an der körperlichen Seite unserer Beziehungen wenig interessiert, überließ ich ihm die Initiative und die Verantwortung. Ich ließ es mir gefallen, als Instrument zu dienen, ohne auf den überspringenden Funken oder gar Befriedigung zu warten. Mein Glück bestand darin, mich geliebt zu wissen und ihn glücklich zu sehen.
Die heftigsten Gefühle, die sich meiner bemächtigten, hatten mehr mit romantischer Verzückung als mit Lust zu tun. Mir war nur an Umarmungen, Zärtlichkeit und Liebkosungen gelegen. Das Nahesein bedeutete mir mehr als der vollendete Akt, dessen Notwendigkeit ich der männlichen Veranlagung zuschrieb. Die Frau, dachte ich, hat kein Sexualorgan und darum keinen anderen Instinkt, als zu gefallen.
Da meine Mutter nicht die Gewohnheit hatte, mir einen Gutenachtkuß zu geben, konnte ich meinen Geliebten ohne Bedenken unter das väterliche Dach schmuggeln. Aber eines Abends, als ein neues Dienstmädchen zu vorgerückter Stunde eintraf, beschloß meine Mutter, ihr unverzüglich die ganze Wohnung zu zeigen, damit sie gleich bei Tagesanbruch an die Arbeit gehen könnte und weder Zeit noch Geld verplempert würden. Heinrich war gerade auf dem Höhepunkt angelangt, als ich draußen die Absätze meiner Mutter klappern hörte. Er hatte knapp Zeit, sich unter dem Bett zu verstecken, als schon die Tür aufging.
»Und das ist Clarisses Zimmer«, sagte meine Mutter. »Es muß jeden Tag gemacht werden. Der Kleiderschrank wird einmal wöchentlich mit Möbelpolitur behandelt.«
Sie näherte sich meinem Bett.
»Ich dulde keine Staubflocken unter den Betten«, fuhr sie fort, während sie sich bückte. »Hier wird jeden Morgen gründlich gefegt. Die Überdecke kommt einmal monatlich in die Wäsche, die Fransen werden nach Bedarf gebürstet.«
Ihr Kopf war so tief gebeugt, daß sie jeden Moment den Atem meines Liebhabers hätte spüren können. Ich war starr vor Schreck.

»Haben Sie alles verstanden?« schloß meine Mutter, wobei sie die Bordüre noch einmal schüttelte und sich aufrichtete.
Endlich ging sie. Mir war eiskalt. Für den Rest dieser Nacht verzichteten wir auf jeden weiteren körperlichen Kontakt.

Kurze Zeit danach stellte ich eine Verspätung meiner Periode fest und verspürte Anwandlungen von Übelkeit. Ich mußte mich der Tatsache stellen – ich war schwanger. Da ich sonst niemanden wußte, dem ich mich anvertrauen konnte, ging ich zu Julie Kerschensteiner, meiner Schulvorsteherin. Sie verstand meine Lage sofort.
»Will er dich heiraten?«
»Ich weiß nicht. Er ist noch Student.«
»Er hätte aber nichts dagegen?«
»Ich glaube nicht.«
Sie ging zu meiner Mutter und nahm ihr den Schwur ab, daß sie mich weder schlagen noch mit der Lockenschere brennen noch hinauswerfen würde.
»Meine Tochter... schwanger?« schrie meine Mutter. »Ich habe sie erzogen wie eine Prinzessin, ich bin ihr mit gutem Beispiel vorangegangen, und nun diese Schande für mich, für meine Familie, für meine edle Mutter... Welcher Schmutz, welcher Auswurf...«
Sie, die selbst nichts im Kopf hatte als Flirts und Liebhaber, fiel aus allen Wolken, als sie erfuhr, daß auch ihre Tochter einen Körper und ein Geschlecht hatte.
Ich fand bei der Rückkehr das ganze Haus in Aufruhr. Meine Mutter erwartete mich im Kreise ihrer bösartigen Walkürenschwestern. Dann folgte der große Auftritt meiner Großmutter, und ich wurde als Hure und letzter Dreck beschimpft. Zwar gab es an jenem Tag keine Prügel, aber ich mußte mich tief vor dieser Ansammlung verrückter Weiber krümmen, die mir zotige Worte zukreischten.
Mein Vater nahm die Sache in die Hand, um das Bestmögliche daraus zu machen. Als Geschäftsmann ging er das Problem auf dem Verhandlungswege an. Er schrieb an den Vater des Sünders, um ihm ein Geschäft vorzuschlagen. Er wußte nicht, mit was für einem habgierigen Menschen er es zu tun hatte.
Der alte Studer kam und erklärte unverblümt, eine Heirat käme gar nicht in Frage. Sein armer Sohn habe keine Stellung, kein Einkommen, kein Vermögen. Sein Studium würde noch lange dauern. Oder sollte er es etwa abbrechen?
»Aber Sie sind doch reich«, sagte mein Vater.

»In unserer Familie gibt es einen geheiligten Grundsatz, und Sie wissen, daß dieser Grundsatz für unsere Generation...«
»Kommen Sie zur Sache«, unterbrach mein Vater.
»Die läßt sich in drei Worten zusammenfassen: Ich gebe nichts. Jeder soll sich seinen Lebensunterhalt selbst verdienen. Aber nach meinem Tod, und falls er sich sonst bewährt, wird er alles erben.«
»Und solange Sie am Leben sind?«
»Ich denke nicht daran, seine Liebschaften zu finanzieren.«
Mein Vater sah sich in die Ecke getrieben und somit genötigt, das Problem anders anzupacken.
»Und wenn ich dem jungen Paar helfe?« fragte er.
Die spitzen Zähne meines zukünftigen Schwiegervaters funkelten. »Ich möchte Ihnen eine solche Belastung nicht zumuten«, heuchelte er.
Nach einigem wohldosierten Hin und Her nannte mein Schwiegervater eine Summe: Zweihunderttausend Goldmark auf sein Schweizer Bankkonto.
»Ich will den jungen Leuten helfen«, stammelte mein Vater, »aber ich will mich nicht ruinieren, um Ihre Geschäfte zu regeln!«
»Ich auch«, erwiderte der Schweizer. »Aber mein Sohn ist zu jung, um über eine solche Summe zu verfügen. Ich werde sie gut anlegen und je nach Bedarf etwas davon vorschießen.«
»Zweihunderttausend Mark habe ich nicht. Ich müßte Immobilien verkaufen, um soviel zusammenzukriegen.«
Der alte Studer liebte das Geld zu sehr, um nicht etwas nachzugeben. Aber unsere Hochzeit brachte ihm immer noch hundertzwanzigtausend Goldmark ein.
Hocherfreut kehrte er nach Zürich zurück. Der Segen, den er mir gab, schadete seinem Portemonnaie nicht.
Ich wurde also in einer Atmosphäre von Skandal, Haß und Kuhhandel verheiratet, war aber zu froh, meine Mutter verlassen zu können, um viel weiter zu denken.
Das beste Geschäft hatte mein widerlicher Schwiegervater gemacht. Ich hatte geglaubt, endlich Freiheit zu gewinnen, aber ich hatte nur die Herrschaft gewechselt.
Das erste böse Omen war die Vernichtung meiner Aussteuer, die meine Eltern hunderttausend Goldmark gekostet hatte. Ich hatte Koffer und Kisten voller gestickter Bettwäsche, Tischdecken mit Spitzeneinsätzen, Hauskleider und Nachthemden, die einer Prinzessin würdig gewesen wären. In meiner Freude hatte ich all die Gepäckstücke geöffnet, und so waren sie über Nacht eng zusammengerückt im Salon stehen geblieben.

Frühmorgens wollte das Mädchen den Ofen anzünden, erschrak vor einer herausschlagenden Flamme, fuhr zurück und warf das Streichholz weit von sich. Meine ganze Aussteuer ging in Rauch auf. Das Porzellan wurde noch einmal gebrannt, und das Tafelbesteck schmolz zu silbrigen und goldenen Metallklumpen zusammen.
Dieser Verlust hätte nicht viel ausgemacht, wenn mein jetziger Ehemann sich der neuen Bezeichnung würdig erwiesen hätte. Aber er war nichts als ein Süßholzraspler, und nachdem sein Vater ihm einen Teil des Vermögens, das er meiner Familie abgerungen hatte, überlassen hatte, hielt Heinrich Studer sich für den reichsten Mann Europas. Er engagierte einen Kammerdiener und einen Küchenchef und sparte nicht mit Delikatessen für die fabelhaften Diners, die er zu Ehren seiner reichen Schweizer Freunde gab. In Leipzig, wo wir uns seines Jurastudiums wegen niedergelassen hatten, fing er bald an, sich mit leichtlebigen Kommilitonen in den Kneipen herumzutreiben. Mein schwellender Bauch war ihm so peinlich, daß er sich hartnäckig weigerte, sich mit mir zu zeigen, und mich vor Besuchern versteckte.
»Ich glaube, du solltest zur Entbindung ins Städtische Krankenhaus gehen«, meinte er.
»Mit dem vielen Geld, das du uns abgeknöpft hast, bist du wohl nicht so arm dran, daß du mir kein Bett in einer Privatklinik bezahlen kannst!«
Die Geburt meiner Tochter Doralies fand unter strengster Geheimhaltung statt. Es durfte nicht ruchbar werden, daß die vorschriftsmäßigen neun Monate noch nicht herum waren. Hinter seiner unkonventionellen Fassade war mein Mann nichts als ein spießbürgerlicher Prinzipienreiter.
Ich war hingerissen von Doralies und glaubte mich glücklich. Aber nach ein paar Erholungswochen mußte ich einsehen, daß mein Mann es keineswegs eilig hatte, das Eheleben wieder aufzunehmen. Studer setzte seine nächtlichen Streifzüge und Studentensaufereien fort und kam immer später nach Hause, das Gesicht oder den Hals oft mit Lippenstiftspuren beschmiert.
»Eine Kommilitonin hat mich aus Jux auf die Backe geküßt«, sagte er wegwerfend.
Das wollte ich genau wissen, und beschloß, ihm nachzugehen. Ich ließ ihn also am nächsten Abend ruhig weg, schlich mich aber hinterher, kaum daß er die Schwelle des Hauses überschritten hatte. Er schlenderte in aller Ruhe Richtung Stadtmitte. Überzeugt, daß ich, wie üblich, schon längst schliefe, begab er sich ohne alle Vorsichtsmaßnahmen in ein sonderbares Lokal, das einem Café ähnelte, aber geheimnisvoller beleuchtet war.

Ich ging hundert Schritte auf und ab und erwartete eigentlich, daß er bald mit einem Freund oder irgendeinem Flittchen wieder herauskommen würde, aber er schien sich in dem Etablissement auf längere Zeit niedergelassen zu haben. So ging ich denn hinein und wandte mich in die Richtung, aus der ich verworrene Geräusche hörte. Ich stieß die Tür auf und erblickte mitten im Salon meinen Mann, einen Champagnerkübel vor sich und ein Mädchen auf den Knien.

Ich stürzte mich auf ihn wie eine Furie, aber er schubste mich zurück und versetzte mir eine Ohrfeige.

»Ich habe wohl noch das Recht, mich zu amüsieren!« schrie er.

»Ja, amüsier dich nur im Bordell, du verdienst nichts Besseres als solche Nutten, die für jeden die Schenkel spreizen. Aber die verdienen wenigstens mit ihrem Hintern ihr Geld, während du es mit deinem Kopf und deinen Händen nie zu etwas bringst...«

Statt unnütz zu jammern oder Vernunft zu predigen, entschloß ich mich, Studers Dienste durch die eines Liebhabers zu ersetzen. Ich hatte dabei nur die Qual der Wahl.

In unserem Bekanntenkreis hatte mir Kurt Wolff besonders heftig den Hof gemacht. Dieser junge Mann hatte die Erbin von Merck, einem der größten deutschen Chemiekonzerne, geheiratet. Mit seinem außerordentlichen Gespür und seiner hellwachen Neugier schickte er sich gerade an, der bedeutendste Verleger der neuen expressionistischen Schriftstellergeneration zu werden.

Eine Frau, die ihren Ehemann betrügen will, findet immer Mittel und Wege, um ihr Ziel zu erreichen. Ich konnte meinen Nutzen aus Studers häufiger Abwesenheit ziehen, aber auch selber Ausflüge und Spaziergänge vorschützen. Zum Beispiel nahm ich mit der Frau des Dichters Alfred Wolfenstein regelmäßig Luftbäder auf dem Land um Leipzig. In kurzen Hemdchen liefen wir dem Wind entgegen und sogen tief die frische Luft ein. Diese Mode der »Luftbäder« hatte sich längst überlebt, aber sie war typisch für die lyrische Ader der Deutschen, ihre Lust, sich in der Unendlichkeit des Himmels und der Wälder zu verlieren, in den entfesselten Elementen aufzugehen. Um das rechte Maß zu halten, teilte ich meine Mußestunden nun zwischen Luft- und Liebesbädern. Studer, der stolzgeschwellte Dummkopf, ahnte nichts von seinem Mißgeschick.

Ohne meinen Geliebten wäre ich mit den Dichtern, die an der neuen deutschen Sprache schmiedeten, nie in Kontakt gekommen. Einer der ersten, die Wolff mir vorstellte, war ein sehr junger Mann, dessen Bändchen *Wir sind* er gerade herausgebracht hatte. Er hieß Franz Werfel und war eben neunzehn Jahre alt geworden.

Werfel war ein Mensch, der dauernd am Überkochen war und in einem nie endenden poetischen Orkan zu leben schien. Er war oft bei uns zu Tisch. Einmal zog Studer seine gestickte Weste aus, um sie dem armen Werfel zu schenken.

1913 zeigte er mir seine Heimatstadt Prag. Während unseres Besuchs auf dem jüdischen Friedhof deklamierte er mir eines seiner Gedichte. Es bewegte mich sonderbar, aber ich verstand noch nicht viel von moderner Poesie.

In Leipzig brachte Werfel mich jeden Abend durch den Stadtpark nach Hause, wobei er aus Leibeskräften, wild und bebend, seine Gedichte herausschrie. Eines Tages fügte er dann plötzlich eine stürmische Liebeserklärung hinzu.

»Immer mit der Ruhe, Franz, spar deinen Atem für deine Gedichte«, sagte ich, um seinen feurigen Überschwang zu dämpfen.

Aber Werfel war die Leidenschaft in Person. Jedes Wort, jede Geste verwandelte sich bei ihm in glühende Wortexzesse.

»Ich liebe dich, Claire, ich liebe dich!« heulte er wie ein hungriger Wolf.

Kurt Wolff, der verlegerisches und geschäftliches Talent in sich vereinte, machte mich mit den neuen literarischen Strömungen vertraut. Dennoch hat nicht er mich schließlich zum Schreiben angeregt, sondern Franz Werfel.

Mein Mann fühlte sich vor allem vom Theater angezogen. Bei unseren Aufenthalten in Berlin sahen wir uns alle Schauspiele an, die gerade gegeben wurden. Berlin hat nie wieder eine so große Theaterzeit erlebt wie damals. Die besten Darsteller spielten Ibsen, Strindberg, Wedekind, während Max Reinhardt die Inszenierungskunst reformierte.

In Berlin machte ich die Bekanntschaft des Kunsthändlers Herwarth Walden. Er war ein kleiner Mann mit viel zu großem Kopf auf schmächtigen Schultern. Er erregte in mir einen regelrechten physischen Widerwillen, und ich habe nie verstanden, wieso er Else Lasker-Schüler, die damals seine Frau war, zu den schönsten Liebesgedichten inspirieren konnte.

Walden hatte künstlerische Ambitionen und verfertigte unter anderem naiv-anspruchsvolle Musikstücke, die jeden Kenner in die Flucht trieben. Sein Genie zeigte sich in seinen Entdeckungen, nicht in den eigenen Schöpfungen.

Herwarth Waldens verdienstvolle Tätigkeit beschränkte sich nicht nur auf den Bilderhandel. Neben seiner Galerie finanzierte er die berühmte Zeitschrift *Sturm*, die das Kampfblatt der Expressionisten und der Avantgarde wurde. 1912 verbreitete er das Manifest der italienischen Futuristen. Um diese Bewegung zu fördern, fuhren Walden und Marinetti in

einem offenen Wagen kreuz und quer durch Berlin, um ihre Flugblätter mit vollen Händen den Passanten an die Köpfe zu werfen.
Außerdem unterstützte er die moderne Architektur, und eine ganze Etage seiner Galerie war der Erneuerung der dramatischen Kunst geweiht. Der berühmte Schauspieler Rudolf Blümner ließ dort von seinen Schülern die Bühnenstücke der Maler Kandinsky und Kokoschka aufführen.
Walden verhalf manchem Künstler zum Ruhm, kam dabei aber auch selber nicht zu kurz. Franz Marc und Chagall mußten das auf ihre Kosten erfahren.
Bevor er eine Ausstellung eröffnete, winkte Walden gleich mit einem ganzen Geldbündel, worauf der Künstler, überwältigt von soviel Großzügigkeit, gern sein gesamtes Atelier ausräumte. Auf jede Bitte gewährte Walden einen Vorschuß, bis er plötzlich aus heiterem Himmel erklärte, der Erfolg sei für den Künstler ein ausreichender Lohn. Sämtliche Bilder wurden in den Keller gebracht, und als einzigen Lohn bekam der Künstler nur undurchsichtige Redensarten über Börsenschwankungen und schwierige Wirtschaftslage zu hören. Von jeder Ausstellung behielt Walden mindestens ein Dutzend Bilder, die ihn nichts kosteten.
Die Bedeutung Herwarth Waldens erwuchs aus seiner Erkenntnis, daß es nicht genügte, die schönsten Chagalls und erstaunlichsten Kandinskys zu zeigen, sondern daß man auch dem weniger kunstverständigen Publikum einen Zugang zur Kultur vermitteln müsse. Nach dem Impressionismus brauchte man einen neuen »Ismus«, aber einen, der für alle Kunstzweige zugleich gelten sollte: Literatur, Malerei, Theater.
In diesem Sinne war Walden zweifellos der erste, der sich über seinen Kunsthandel hinaus mit allen Mitteln dafür einsetzte, einer Idee zum Triumph zu verhelfen. Er wiederholte unermüdlich, daß die Welt expressionistisch war und es wieder sein würde. Ob er kubistische Werke Picassos, primitive Malerei von Derain oder futuristische Bilder zeigte, er beteuerte bei allem, daß es sich um Expressionismus handele, und erweckte schon durch diese Beharrlichkeit den Eindruck, er sei der Vorreiter der wichtigsten Revolution in der modernen Kunst.
Je öfter ich mit ungewöhnlichen Leuten zusammenkam, desto lästiger wurde mir mein Mann. Sooft er ausgehen wollte oder betrunken heimkam, schlug er mich. Bald schien er kaum noch zu wissen, daß man ein Gespräch auch anders als mit einer Ohrfeige beginnen konnte.
Mein Geliebter, der sich in seiner Trösterrolle sehr gefiel, ermahnte mich zur Geduld, was ihn nicht viel kostete.
Eines Tages, als mein Mann eine Nutte mit nach Hause brachte, ertrug ich es nicht länger. Ich ließ alle meine Sachen zurück, mein Tagebuch,

mein Kind, und stieg in die nächste Straßenbahn, um mich in Kurt Wolffs Geschäftsräume zu flüchten. Ich hatte nicht zwanzig Jahre lang die Tyrannei einer Wahnsinnigen erduldet, nur um einem verkommenen Mann in die Hände zu fallen.
Mein Geliebter war entzückt, daß ich nun ganz zu seiner Verfügung stand, dachte aber nicht daran, sich meinetwegen in Ungelegenheiten zu bringen. Nach gehabtem Schäferstündchen gab er mir zu verstehen, daß er selbst verheiratet sei und nicht die Absicht hege, mich meinem Gatten zu entreißen.
»Ich verlasse meinen Mann nicht, um mich gleich wieder in Ketten legen zu lassen«, versicherte ich. »Ich heirate nie wieder – niemals.«
Kurt Wolff war beruhigt und ließ mich während einer Woche auf dem Diwan in seinem Büro schlafen. Danach zog ich zu einer Freundin.
Mit dreiundzwanzig Jahren fühlte ich mich zum erstenmal in meinem Leben frei. Aber sonst war die Atmosphäre drückend. Alles redete vom Krieg, von Mobilmachung. Eine Art Irrsinn ergriff die Deutschen. Sogar die Sozialisten sprachen davon, daß sie den Feind zerschmettern wollten. Nur die expressionistischen Maler und Dichter hatten noch den Mut, sich der Kriegshetze zu widersetzen.
Ich beschloß, Mann und Geliebten zu verlassen und nach Berlin zu gehen. Aber ehe ich in den Zug stieg, nahm ich Kurt Wolff das Versprechen ab, im bevorstehenden Scheidungsprozeß zu meinen Gunsten auszusagen.
»Das versteht sich doch von selbst«, sagte er und reckte das Kinn in die Höhe.
Aber vor dem Richter vergaß er sowohl seinen Stolz als auch jede Ritterlichkeit und gab aus Furcht vor Gegenbeweisen bereitwillig zu, mein Geliebter gewesen zu sein. Ich verlor den Prozeß und damit auch meine Tochter, die der Familie meines Mannes zugesprochen wurde.
Ich wurde deshalb nicht gleich allen Männern gram. Kaum in Berlin angekommen, fand ich einen neuen Liebhaber, den Baron Viktor von Wolff.
»Sie läßt sich von den Wölfen auffressen«, spöttelte man in meinem Freundeskreis.
Berlin blieb trotz des Krieges der intellektuelle Brennpunkt Deutschlands. Eine ungewöhnliche Freiheit bestimmte das Leben der Stadt. Die Revuen der Avantgarde propagierten den pazifistischen Gedanken, und ich hörte, wie der Dichter Johannes R. Becher in einer öffentlichen Lesung den Kaiser, seine Minister und den Generalstab beschimpfte. Der Druck von oben richtete sich hauptsächlich gegen die Gewerkschaften, die imstande waren, die Massen zu mobilisieren..

Ich war politisch noch unerfahren, aber das Militär hatte bei mir schon immer, im Frieden wie im Krieg, Brechreiz erregt. Je länger sich die Schlächterei hinzog, desto bleierner senkte sich die düstere Stimmung und die alte germanische Besessenheit über das Land. Ich konnte nicht mehr ausgehen oder eine Zeitung aufschlagen, ohne den dringenden Wunsch zu verspüren, woanders zu sein – in einem Land, das noch nicht alle Grundbegriffe der Vernunft aufgegeben hatte.

3

Es gibt keine Vorsehung, und kein Gott leitet unsere Schritte. Die Menschen treiben aufeinander zu, ohne sich gesucht zu haben. Eine Art geistiger Kompaß lenkt einen immer wieder in die Kreise, die einen interessieren, und eines Tages landet man in einem ähnlichen Lager wie zuvor. Wenn Romain Rolland mich nicht zu Henri Guilbeaux geschickt hätte, so wäre ich vielleicht nie Yvan Goll begegnet, und mein Leben hätte einen anderen Verlauf genommen.

Ich verließ Deutschland im Januar 1917. In einem Land, dessen kriegerische Raserei ich nicht teilte, hatte ich nichts mehr zu schaffen. Ich war Pazifistin, und meine Träume trugen mich nach Frankreich. Einstweilen verbrachte ich meine Tage mit der Übersetzung eines Textes von Pierre-Jean Jouve, *Vous êtes des hommes (Ihr seid Menschen)*, der sich gegen den Krieg richtete und für ein vereintes Europa eintrat.

Für die Ausreise mußte ich einen Grund angeben. Ich beschloß also, meine Tochter zu besuchen, die meinem wackeren Schwiegervater in Zürich anvertraut worden war. Bei dieser Gelegenheit konnte ich auch gleich Jouve meine Übersetzung zeigen. Er wurde, wie Romain Rolland, des »Verbrechens des Pazifismus« beschuldigt und hatte mit Rolland im Schloß eines Freundes zu Sierre im Wallis Zuflucht gefunden. Für Frauen bot der Grenzübertritt noch keine Schwierigkeiten. Da wir nicht als Schlachtvieh galten, brauchten wir nur ein paar Stempel in unseren Pässen.

Beim Einsteigen in den Zug ahnte ich nicht im entferntesten, daß diese Reise meinen Lebensweg ändern und mein Schicksal für immer besiegeln würde. Ich war nur froh, eine Distanz schaffen zu können zwischen mir und diesem Sammelbecken kriegerischen Schwachsinns, das aus Deutschland geworden war.

Es fällt mir schwer, meinen damaligen Gemütszustand zu beschreiben. Als junge Geschiedene hatte ich weder Verpflichtungen noch Haushaltssorgen. Ich kam mir überaus erfahren und gereift vor, und in mancher Hinsicht war ich es auch. Durch die Schule meiner Mutter, besser gesagt das Zuchthaus, hatte ich gelernt, mich nicht unterkriegen zu lassen, die widerwärtige Mentalität der satten Bourgeoisie abzulehnen; dagegen hatte mich die Erziehung Fräulein Kerschensteiners zur Selbstachtung und zur Literatur geführt. Sie hatte mir beigebracht, daß man sein Leben, das heißt seine Haltung und Moral, selbst bestimmt und lenkt. Und schließlich hatte mich Kurt Wolff und sein Kreis in die Probleme und die verschiedenen Strömungen eingeweiht, in denen sich die junge Generation der expressionistischen Dichter und Schriftsteller kundtat.

Es war also kein ahnungsloses, flatterhaftes, von chaotischen Zeitläufen umhergestoßenes Wesen, das in Zürich aus dem Zug stieg, auch wenn ich bei weitem noch nicht den wichtigen Begriff der Existenz, die Beständigkeit, erkannt hatte.

Die Zeit knüpft Verbindungen und löst andere. Eine sehr wichtige Begegnung hat manchmal keine Fortsetzung oder erst nach zwanzig Jahren, wenn man sich nichts mehr zu sagen weiß. Als junger Mensch publiziert man ein Gedicht und glaubt sich schon arriviert. Dann findet man Anerkennung mit einem Buch und klettert vielleicht fünf Jahre lang die Leiter des Erfolgs hinauf. Aber das Leben kann viele Jahrzehnte dauern, und es heißt bis zum Ende durchhalten, denn die Treppe hört nie auf. Wie viele sind von oben in den Keller zurückgestürzt! Wenn man noch in der stürmischen Phase ist, denkt man, man habe auf Felsen gebaut, und das Leben müsse in ständiger Entwicklung fortschreiten, und dabei steht man nicht einmal auf Sand, sondern auf Sumpf, in den man desto tiefer sinkt, je mehr man um sich schlägt. Wie viele Kriege, Revolutionen, Exile, Modeströmungen, Änderungen des Geschmacks und der Moralbegriffe gab es in nur fünfzig Jahren!

Das alles wußte ich noch nicht, als ich mich im Schloß von Sierre bei Jean Jouve, dem großen Dichter mit dem diskreten Charme, einfand. Leider gefiel ihm meine Übersetzung, auf die ich so stolz war, ganz und gar nicht.

»Ich verbiete die Veröffentlichung«, sagte er mir.

Und so begann unsere Freundschaft. Ich hatte einen Menschen getroffen, der sein kompromißloses Streben nach Vollkommenheit auf mich übertrug.

Ich übernachtete in Sierre in einem Zimmer neben dem seinen. Kürzlich – nach neunundfünfzig Jahren, einzigartige französische Diskretion! – erinnerte er mich daran, daß ich absichtlich die Verbindungstür offen gelassen hatte.

Als ich schlief, sei er gekommen, um mich anzusehen; er habe aber nicht gewagt, mich zu wecken. Er hatte gemerkt, daß ich in ihn verliebt war, in den damals so schönen Mann.
»Dieses Geständnis kommt etwas zu spät«, erwiderte ich. »Jetzt bist du achtundachtzig...«

Romain Rolland hatte eine derartige Angst, bespitzelt zu werden, daß ihm in dem riesigen Schloß kein Zimmer sicher genug schien.
»Gehen wir mitten auf dem Rasen, wo uns niemand belauschen kann«, sagte er und zog mich in den Park.
Ich sprach von meinem Grauen vor dem Krieg und dem deutschen Militarismus und teilte ihm meinen Wunsch mit, für Frieden und Verständigung zu arbeiten.
»Sie sagten, Sie wollen in Genf studieren?« sagte Rolland. »Ich werde Ihnen einen Empfehlungsbrief an einen engagierten Pazifisten mitgeben. Er gibt die Zeitschrift *Demain (Morgen)* heraus. Bei ihm können Sie nützliche Arbeit leisten. In der letzten Nummer steht ein schönes Gedicht von einem gewissen Yvan Goll, das mir gewidmet ist.«
Die Pazifisten waren eine bunt zusammengewürfelte Gruppe aus frankophilen Deutschen, deutschfreundlichen Franzosen, Kriegsgegnern, patriotischen Pazifisten, revolutionären Pazifisten und Revolutionären, die nur momentan pazifistisch waren. Das Ganze durchsetzt von Spionen, Gegenspionen, Doppel- und Dreifachagenten. Wer gar nicht spionierte, wurde von allen verdächtigt.
Unter solchen Kampfhähnen fehlte es nicht an gegenseitigen Beschimpfungen: Verräter, Feigling, Deserteur, käuflicher Schuft... In Genf wollte jeder den anderen übertrumpfen; die Exaltierten stellten die Vernünftigen bloß, die Bedachtsamen und Lauen wurden der Feigheit bezichtigt. Es war nicht einfach, in dieser Umgebung einen kühlen Kopf zu bewahren.
Nach und nach wurde mir deutlich, welch absonderliches Klima in der Schweiz herrschte. Pazifisten und Deserteure, Revolutionäre, Untergetauchte und Kriegsdienstverweigerer bildeten ein brodelndes Magma. Man half einander, oder man verabscheute sich. Romain Rolland hatte mich vor Bern als der internationalen Hauptstadt der Berufs- oder Gelegenheitspionage gewarnt. Ihn selbst, der einen moralischen Standpunkt bezogen hatte, belastete die einmal übernommene Verantwortung. Er wollte sich von allen Extremen gleich fern halten, aber die Sympathien, die man ihm überall entgegenbrachte, zogen ihn immer wieder über die selbstgesteckten Grenzen hinaus. Jeder berief sich auf ihn und stutzte

seine Gedanken nach eigenem Bedarf zurecht, und er konnte weder zustimmen noch ablehnen.
Niemand nimmt es gelassen hin, wenn er beschuldigt wird, der beste Helfer des Feindes und der Verräter seiner Landsleute zu sein. Romain Rolland litt darunter, daß er zur Zielscheibe vieler zynischer und anrüchiger Leute wurde. Über fünfzig, auf seine humanitären Ideale fixiert, hielt er es für seine Pflicht, den Dreckschleudern standzuhalten. Angesichts seiner Qualen beschloß ich, mich in den gleichen Kampf zu stürzen.

Der Dichter Henri Guilbeaux, Gründer des Dynamismus, war ein großer Kenner der deutschen Literatur. Vor dem Krieg hatte er eine Anthologie der deutschen Dichtung seit Nietzsche veröffentlicht. Er war 1915 in die Schweiz geflüchtet und hatte dort seine Zeitschrift *Demain* gegründet, ein Organ der pazifistischen und fortschrittlichen Meinungsbildung. Guilbeaux' Gedichte waren Hymnen auf den Rhein, der zwei Länder einigte und trennte, und er schmähte jedermann, der nicht seine Ansichten teilte. Er behandelte Apollinaire als »abgefeimten Ästheten und Aufschneider« und fügte hinzu: »Monsieur Apollinaire, der trotz des Krieges weder dem Simultaneismus noch dem Orphismus noch dem Kubismus entsagen wollte, hat nunmehr bei der Zensur Unterschlupf gefunden.« Ebenso griff Guilbeaux auch die Dadaisten an, die kräftig zurückschlugen. Tzara nannte ihn einen »verseschmiedenden Stänker, für den nicht einmal seine Jugend eine Entschuldigung ist«.
Er galt als »kämpferischer Pazifist«. In Paris machte man ihm jedoch den Vorwurf, seine Zeitschrift *Demain* mit deutschen Geldern finanziert zu haben, und die französischen Gerichte hatten ihm zum Tode verurteilt; doch Romain Rolland entzog ihm niemals sein Vertrauen, obwohl er seinen Enthusiasmus nicht ganz glaubte.
Auf dem Wege nach Genf, wo ich mich in der medizinischen Fakultät immatrikulieren ließ, stattete ich Guilbeaux einen Besuch ab. Er empfing mich sehr herzlich und stellte mir seine Freunde vor, darunter Lunatscharski, der spätere sowjetische Kommissar für Bildung und Kultur, der seinerseits Majakowski, Chagall und Kandinsky protegierte... (Ich weiß noch, daß ich ihn keck an seinem Kinnbärtchen gezupft habe.) Der einzige Freund Guilbeaux', den ich bei dieser Gelegenheit nicht kennenlernte, war ein russischer Emigrant namens Lenin. Er wohnte schon in Zürich.
Alsbald begann ich regelmäßig an Guilbeaux' Zeitschrift mitzuarbeiten. Ich schrieb Artikel für ihn, die er als Aussage einer friedensbegeisterten Deutschen veröffentlichte. Er gab mir eine frühere Nummer mit dem *Re-*

quiem für die Toten Europas von Yvan Goll. Ich las es mit rauschhaftem Entzücken und spürte augenblicklich das Genie.
Guilbeaux gab mir dann auch Golls Adresse und erzählte, der Dichter verkaufe in Lausanne Zeitungen.
Von einem ahnungsvollen Vorgefühl gepackt, zögerte ich jedoch, diesem Dr. Goll, den ich mir alt und bärtig vorstellte, zu schreiben. Einstweilen setzte ich meine Studien fort, besonders bei dem Psychiater Eugen Bleuler, einem Freund von Freud und Jung. Meine Neigung galt damals noch viel mehr den Wissenschaften vom Menschen als der Literatur. Psychologie, Chemie, Physik – und alles interessierte mich. Nur die Medizin stieß mich ab. Da wurden im Hörsaal Teller mit einem Uterus herumgereicht, man ließ Schizophrene auf dem Podium heulen oder führte uns Anfälle von Epileptikern vor.
Da es sich für eine junge Frau nicht schickte, allein zu wohnen, teilte ich die Wohnung mit einer Freundin, der Schauspielerin Elisabeth Bergner. Mit ihrer hinreißenden Schönheit versengte sie die Herzen vieler schmachtender Anbeter. Einem davon, dem Bildhauer Wilhelm Lehmbruck, stand sie jahrelang Modell für seine Serien schmaler, biegsamer Frauengestalten, deren geneigter Kopf auf einem langen Hals sitzt. Brancusi und später Giacometti haben sich noch an diesen schlanken, jugendlichen Körpern inspiriert, so daß meine Freundin unwissentlich einen beträchtlichen Teil der modernen Skulptur beeinflußt hat. Sonst hatte Lehmbruck freilich nicht das geringste davon. Elisabeth Bergner ließ ihn zappeln, bestellte ihn zu sich, wenn sie ausgegangen war, oder rief ihn, um sich von ihm die Koffer zum Bahnhof tragen zu lassen.
Aus Langeweile schrieb ich schließlich an jenen besagten Goll, der mir in seiner Antwort einen Besuch ankündigte, sobald er wieder einmal nach Genf käme. Ich war mit meinem Studium beschäftigt und dachte gar nicht mehr an dieses Angebot, als eines Tages ein glutäugiger junger Mann, der einem Mönch von Giorgione glich, in mein Zimmer stürzte.
»Sie sind mein Schicksal!«, rief er und fiel auf die Knie.
»Aber Sie sind nicht das meine!« antwortete ich.
Das war Yvan Goll. Er fing sofort an, mir seine Lebensgeschichte zu erzählen. Er war als Kind französischer Eltern in Saint-Dié-des-Vosges geboren, hatte schon mit sieben Jahren den Vater verloren, und da seine Mutter nach Metz gezogen war, wurde aus ihrem Sohn unter der deutschen Herrschaft automatisch ein Deutscher. Da Yvan sehr groß war und gut aussah, kam er später in die kaiserliche Garde. Aber er wollte nicht gegen die Franzosen kämpfen. Französisch war seine Muttersprache, Frankreich seine wahre Heimat. Bei ihm in Lothringen sprach niemand

eine Silbe Deutsch; auch Goll hatte die Sprache erst in der Schule gelernt. Um diesem Dilemma zu entrinnen, war er in die Schweiz gegangen.
Er besuchte mich wieder, las mir seine Gedichte vor und überredete mich dann, von Genf nach Lausanne zu übersiedeln. Von da an trafen wir uns regelmäßig zum Mittag- oder Abendessen. Golls ständige Gegenwart nahm allmählich so überhand, daß ich das Bedürfnis verspürte, ihm aus dem Wege zu gehen; ich verlobte mich mit einem seiner Freunde, dem Studenten Gustav Bychowski, der später ein berühmter Psychiater in New York wurde. Aber Bychowski mußte damals bald nach Polen zurück, weil sein Bruder an Tuberkulose erkrankt war und später starb. Er wußte nichts Gescheiteres zu tun, als mich solange seinem besten Freund Yvan Goll zum Schutz anzuvertrauen.
Die Sache mit Bychowski war meinerseits ein recht unüberlegter Schritt gewesen. Eigentlich tat ich ihn nur, um Golls stürmische Anträge abzuwehren. Sechs Monate hindurch habe ich mich verteidigt. Goll wollte mich entführen, mich heiraten... Aber seine Heftigkeit und sein ungezügeltes Auftreten jagten mir Angst ein. Er war ungefähr wie Bertolt Brecht gekleidet, mit Joppe und Mütze, die ihn wenig vertrauenerweckend erscheinen ließ. Oft verrammelte ich gegen Abend meine Tür, weil Goll ab Sonnenuntergang meine Schwelle belagerte und mir Briefe, die mit verrückten Versen bedeckt waren, durch den Türspalt zuschob:

ICH LEBE NICHT, ICH LIEBE

Aus allen Poren strömt mir die Liebe
Meine Muskeln sind gespeist von deiner Liebe.
Ich habe nur rote Blutkörperchen vor lauter Liebe.
Mein Haar ist gelockt von der Liebe.
In allen Zungen singe ich, daß ich dich liebe.
Tanzen muß ich immer aus Liebe.
Bin ich krank vor Liebe?
Oder gesund aus Liebe?
Ich lebe nicht, ich liebe.
Ich kann nicht sterben, weil ich dich liebe.

Tagsüber fürchtete ich ihn weniger, und unter seinem Einfluß vertiefte sich meine Kriegsgegnerschaft immer mehr. Goll war ein so bedingungsloser Antimilitarist, daß er in mir die heftige Abneigung neu erweckte, die mich schon als Kind in der Garnisonsstadt München beseelt hatte, wenn ich dort auf den Kasernenhöfen gesehen hatte, daß die Soldaten zitternd, wie dressierte Hunde, die gebrüllten Befehle ausführten. Zu jener

Zeit war ich noch nicht antideutsch, aber der grausame Patriotismus blöder und arroganter Offiziere hat mich immer angewidert. Und da ich Frankreich schon wegen seiner Dichter und seiner Lebensart liebte, machte ich mir keinerlei Gewissen daraus, den Kaiser und seinen Krieg anzuklagen.

Während unseres ganzen Aufenthalts in der Schweiz haben Goll und ich immer von Gelegenheitsarbeiten gelebt. Yvan verkaufte Zeitungen und schrieb streitbare Artikel, die in der Schweiz oder in Deutschland erschienen. Die Grenzen waren trotz des Krieges noch durchlässig, und die Opposition konnte sich in Berlin in avantgardistischen Blättern äußern. Ich selbst arbeitete außer bei Guilbeaux noch an zwei Antikriegszeitungen mit, die in der Schweiz herauskamen: der *National-Zeitung*, die sehr ordentlich zahlte, und der *Freien Zeitung*, die von den Franzosen finanziert, aber von Deutschen redigiert wurde.

Die *Freie Zeitung*, die über viel Geld verfügte, machte, ehe ich mich dessen versah, einen Star aus mir. Ich war noch in dem Alter, in dem man sich völlig mit dem identifiziert, was man schreibt, ohne zu bedenken, daß man von Starken und Schwachen, von Witwen und Dummköpfen gleichermaßen gelesen wird. Ich stellte mir nur ein ideales Publikum vor, das aus Freunden und Geistesverwandten bestand; ich wollte Yvan, Romain Rolland und Jouve gefallen. Natürlich war ich entzückt und überwältigt, wenn ich meine Artikel an allen Kiosken mit fetten Schlagzeilen angekündigt sah: »Claire Studer gegen den Krieg«, »Claire Studer prangert die deutsche Barbarei an«... Meiner Eitelkeit wurde so angenehm geschmeichelt, daß ich gar nicht daran dachte, wie verhaßt ich in Berlin und München war, und daß ich als gefährliche Agitatorin, die die Demoralisierung der preußischen Armee betrieb, auf der schwarzen Liste stand. Ich war auf dem besten Weg, mir den Ruf einer Bolschewikin zu erwerben, der mich bis zum Zweiten Weltkrieg verfolgen sollte.

Goll und ich staunten oft über den geistigen Verfall, der sich im Namen der Vaterlandsliebe in beiden Lagern vollzog. Erst viel später begriff ich, daß jedesmal, wenn Kapitalismus und Kommunismus, oder Frankreich und Deutschland, gegeneinander gerieten, der gleiche verrohende Fanatismus ausbrach. Wenn man heute nachliest, was zwischen 1914 und 1918 auf beiden Seiten der Front, 1940 oder Anfang der fünfziger Jahre während des McCarthy-Regiments in Amerika geschrieben wurde, stehen einem die Haare zu Berge, und man kann sich nur schämen. Nicht weil es immer und überall Schwachköpfe gibt, die zum Kotzen sind, sondern weil stets auch ein System da ist, das sich kaltblütig dieses Auswurfs bedient, ihn druckt und verbreitet und ganze Völker damit füttert, die sich dann fügsam in antikommunistische, antideutsche, antisemitische oder was immer für Kreuzzüge treiben lassen. Der geistige Konkurs lauert stets auf Völker, die schon unterjocht sind.

Goll sprach oft über dieses Problem. Seine messianische Ader trieb ihn zu den Grundwerten der Menschheit, der Seele und der Vernunft. Er meinte, der Mensch müsse kämpfen, seine Karriere und selbst sein Leben einsetzen, wenn es gelte, sich gegen die Barbarei zu wehren. Er blies mir fürs ganze Leben den Haß gegen Tyrannei und Ungerechtigkeit ein. Dabei hütete er sich jedoch zu vergessen, daß über das politische Engagement hinaus die Aufgabe des Schriftstellers darin besteht, durch die Sprache die Elemente einer neuen Sensibilität zu erforschen. Wir ließen uns nicht von den Manövern des Tagesjournalismus unterkriegen und verstärkten unsere Kontakte zu den Künstlerkreisen.

Goll kannte unendlich viele Leute und besaß ein fast magisches Talent, mit ihnen ins Gespräch zu kommen. Seine Vitalität und sein Sinn für Geselligkeit brachten mich allmählich dazu, meine Neigung zum Alleinsein zu überwinden. Eine der ersten markanten Persönlichkeiten, mit denen er mich bekannt machte, war James Joyce, den wir 1918 in Zürich trafen.

Joyce lebte mit seiner Familie in einer spießigen und geschmacklos möblierten Wohnung. Seine Kinder, zehn und zwölf Jahre alt, rutschten auf dem Fußboden herum, von einem Zimmer ins andere. Seiner Frau Nora wurde außerhalb der Küche überhaupt keine Beachtung geschenkt. Die Wohnung war aufgeräumt, glich aber doch einer Behelfsunterkunft, in der Joyce sich geziert bewegte. Er hatte Triest verlassen, das damals noch zu Österreich-Ungarn gehörte, um nicht als feindlicher Ausländer interniert zu werden. Aber vor seiner Abreise hatten die Militärbehörden ihn eine eidesstattliche Erklärung unterschreiben lassen, daß er nie an Feindseligkeiten teilnehmen werde. Nach dem burlesken Ton, in dem Joyce diese Episode erzählte, konnte ich mir leicht vorstellen, daß er bereitwillig alles geschworen hätte, was man von ihm verlangte, um nur nicht von so nebensächlichen Ereignissen wie einem Weltkrieg mit Millionen von Toten behelligt zu werden.

»Ich habe keine Lust, mich von Dum-Dum-Geschossen durchlöchern zu lassen«, sagte er. »Wenn es nur solche Leute gäbe wie mich, würde es überhaupt keine Kriege geben. Ich bin ein individualistischer Pazifist.«

Seine Frau stimmte zu und wartete, daß ihr Mann aus dem Weg ging, damit sie den Tisch decken könnte.

»Ich habe meine eigenen Kämpfe zu führen«, fügte er geheimnisvoll hinzu.

Joyce war gegen den Krieg wie gegen die Steuern, die Pfaffen, die Richter, die Könige, den Papst, den Kaiser, das Proletariat und alles übrige, was seine Ruhe irgendwie störte. »Der Fluch Moses liegt auf beiden Lagern«, schrieb er in einem humoristischen Gedicht, in dem er abwechselnd als Großmaul, Weiser, Schwachkopf und überlegender Geist erscheint. »Warum sollte ich für eine Welt streiten, in der meine Bücher verbrannt werden?« rief er. »Im Gegenteil! Solange sie sich untereinander in Schach halten, bereite ich meinen Gegenangriff vor. Das tue ich schon seit dem verfluchten Tag im Jahr 1912, als in Dublin ein Streichholz meinen *Stephen Dädalus* in Brand setzte.«
Andeutungsweise sprach er dann von einem Text, an dem er gerade arbeitete, von dem er aber weder Form noch Inhalt näher erläutern wollte. Dabei flüsterte er, als läge eine Rotte von Spionen auf der Lauer, um die Neuigkeit aufzugreifen. Manchmal ging er ins Nebenzimmer, blätterte in seinen Notizen und fragte beim Zurückkommen Goll nach der Herkunft eines deutschen Wortes oder dem genauen Wortlaut einer Redewendung. Joyce war unglaublich sprachkundig; er konnte Italienisch, Deutsch, Französisch, Türkisch, Arabisch und auch Schwedisch und Sanskrit, glaube ich... Er sammelte Wörter, Ausdrücke, Flüche, von denen er schon bei seinem Vater, der den Großteil seines Lebens in Kneipen verbracht hatte, eine reiche Ernte eingebracht haben mußte. Mit Entzükken und ohne eine Spur von Gewöhnlichkeit trug er sein Wissen vor: Scheiße mit Reis, Drecksweib, beschissener Fettwanst... Er analysierte diese Termini, erklärte sie historisch, grammatikalisch, phonetisch. Joyce interessierte sich für alles: Theologie, Rechte, Biologie, Philosophie, Sprachgeschichte, Legenden, Genealogie, Wappenkunde, Musik, gregorianische Gesänge und Oper. Aber mir schien es, als ob er aus allem nur eine sterile Spielerei machte. Wenn man ihm zuhörte, hätte man meinen können, daß alle menschlichen Bemühungen nur dem einen Ziel galten, James Joyce ein Wortspiel, eine hingeworfene Andeutung zu ermöglichen, die von einem wissenden Nicken unterstrichen wurde. Seine Frau war von dergleichen so überfordert, daß sie nicht einmal zu applaudieren wagte. Ihr ganzes Leben hindurch verstand sie keine Silbe von den geistreichen Einfällen ihres Mannes. Sie blieb bis zum Ende überzeugt, die Frau eines seriösen Sprachlehrers zu sein, dem es manchmal in den Sinn kam, zu schreiben.
Joyce ging es in Zürich nicht schlecht. Mrs. McCormick, die reiche Erbin einer Fabrik für landwirtschaftliche Maschinen gleichen Namens, unterstützte ihn königlich. Doch bevor er diese monatlichen Zuwendungen bekam, hatte er die Not kennengelernt. Seine Tochter Lucia war im Ar-

men-Kreißsaal von Triest zur Welt gekommen. Die schwierigen Jahre hatten sein ohnehin dickes Fell zu einem Panzer werden lassen.

Goll, der von Joyce so fasziniert war, daß er ihm sogar seine politische Gleichgültigkeit verzieh, verstand, daß man sich vollkommen in ein entstehendes Werk versenken konnte. Ich meinerseits gewann bei den ersten Begegnungen mit Joyce nur den frostigen Eindruck eines genialen Fliegenfängers, der seinen Gefangenen einen Vortrag über die Perversitäten hielt, die er mit ihnen anzustellen gedachte.

Im übrigen fiel mir bei jedem Aufenthalt in Zürich auf, daß diese Stadt viel lebendiger war als Lausanne oder Genf. Viele Berliner Freunde hatten sich dort niedergelassen, so daß ich Lust bekam, mir ebenfalls eine Bleibe zu suchen. Aber da ich an der Universität von Genf und Goll an der von Lausanne eingeschrieben war, durften wir uns nicht zu weit von diesen beiden Städten entfernen. Unsere Aufenthaltsgenehmigungen waren uns erteilt worden, weil der Studentenausweis bescheinigte, wir seien nur in der Schweiz, um ihr Bildungswesen zu nützen. Beim geringsten Fehlverhalten konnten wir von den Kantonalbehörden über die Grenze abgeschoben werden.

Dieses Volk von Bankiers und Bergbauern, dessen Herz so trocken ist wie sein berühmtes Bündnerfleisch, ging völlig unsentimental mit uns um. Zahllose Formulare waren auszufüllen, und jeder Stempel kostete drei bis fünf Franken, eine beachtliche Summe für mittellose Flüchtlinge. Aber Großzügigkeit war in dieser Gesellschaft von Profitmachern eine seltene Eigenschaft. Goll und ich erfuhren es bald. Eines schönen Morgens, zur Stunde des Milchmannes, platzten zwei Polizisten in unser Hotelzimmer. Während Goll aufstand, versteckte ich mich unter der Bettdecke.

»Die Papiere, bitte!«

Wir waren verstört. Waren vielleicht gestern irgendwelche neuen Vorschriften erlassen worden, aufgrund derer man uns ausweisen konnte? Yvan zeigte seine Identitätskarte. Der eine Polizist prüfte sie lange, während sein Kollege breitbeinig die Tür verbarrikadierte.

»Und was ist mit der Dame?« fragte der erste und deutete aufs Bett.

»Meine Frau«, sagte Goll.

»Darf ich mir erlauben, auch um ihre Papiere zu bitten?«

Goll öffnete meine Tasche und gab ihm meine Ausweise.

»Madame Claire Studer? Sie ist zwar ›Frau‹, aber nicht Ihre, Herr Goll.« Der Polizist zückte sein Protokollbuch. »Das macht sechs Franken, bitte.«

Die Schweiz verdient sogar an wilden Ehen, und ihr Geschäftsgeist macht vor der heimlichsten Liebe nicht halt!

Trotz allem fühlte ich mich wohl. Der stickige deutsche Mief hatte sich verflüchtigt. Hier gab es keine Ahnen zu ehren, kein Vaterland zu retten, keine nationale Größe zu preisen. Hier standen die Leute, wie eh und je, mit beiden Füßen auf dem Boden.

4

Man hat die Geburt von *Dada* als Zusammenschluß einiger junger Umstürzler in der hitzigen Atmosphäre eines Kabaretts geschildert. Die Historiker legen sogar Ort und Datum fest: 5. Februar 1916, Cabaret Voltaire, Zürich, Spiegelgasse 1, nicht weit von der Behausung Lenins, der in Nummer 14 logierte. Für Yvan und mich, die im Kern dieser Neuentwicklung steckten und alles miterlebten, sah die Wahrheit viel weniger spektakulär aus.

Als ich Mitte 1917, noch vor Goll, in Zürich ankam, fand ich die Stadt keineswegs vom Dada-Fieber geschüttelt vor. Tatsache war, daß die Schweiz noch nie so viele avantgardistische Köpfe beisammen gesehen hatte, von Arp zu Stefan Zweig, von Tristan Tzara zu Else Lasker-Schüler, von Hugo Ball zu Emil Ludwig, und zeitweise auch Werfel, Lehmbruck, Janco, Jawlensky und andere. Wir alle waren über die Schrecken des Krieges empört, wir alle bekämpften die reaktionäre Kunst ebenso wie die Verlogenheit des Wortes. Aber das pazifistische Ideal war nicht überall verbreitet.

»Ihr mit euren humanistischen Krokodilstränen«, spöttelte Tristan Tzara im Vorbeigehen und verschwand, bevor Yvan vom Tisch aufstehen konnte.

Seit unserem Umzug nach Zürich waren wir mit Arp, Richter und Hugo Ball freundschaftlich verbunden. In den literarischen Diskussionen war viel von Expressionismus, Kubismus und Futurismus die Rede, aber das Wort »Dada« fiel so gut wie nie, außer wenn jemand die Zeitschrift oder die Galerie Dada erwähnte. Zu jener Zeit sprach kein Mensch von der »Dada-Gruppe« oder dem »Dada-Stil«. Hugo Ball, Arp, Tzara, Huelsenbeck, Arthur Segal, Janco nannten ihre Gedichte oder Bilder »abstrakt« und vor allem »simultan« – ein Modewort, das damals für alles mögliche galt. Robert Delaunay hatte es 1912 aufgebracht. Was bedeutete »simultan« in unseren Gesprächen? Eine Mischung von Kubismus und Futurismus, deren Ziel es war, gleichzeitig ein dynamisches und vielschichtiges Abbild der Wirklichkeit zu geben. Mehrere Leute taten sich zusammen, um ein in drei Sprachen geschriebenes Gedicht zu deklamie-

ren; Arthur Segal teilte seine Leinwand in neun Rechtecke auf und malte das gleiche Motiv in neun Variationen.
Die Standpunkte waren keineswegs so deutlich, wie die Historiker jetzt behaupten. 1917 vermischten sich die Futuristen mit den Expressionisten, Bruitisten (Geräuschmacher), Criisten (Schreier), Vokalisten, Primitivisten, Mouvementisten, Collagisten... Um sich den italienischen Futuristen, die seit 1910 in ihrer Richtung arbeiteten, nicht zu deutlich anzuschließen und ihre Abhängigkeit zu vertuschen, brachten die Zürcher Künstler lieber ganz Ungereimtes hervor: »Dada ist nichts, Dada ist alles, Dada war früher da. Ich will nicht einmal wissen, ob es vor mir schon Menschen gegeben hat...«
Yvan und ich freuten uns, junge Leute unserer Generation zu treffen, lehnten es aber ab, uns an eine Gruppe zu binden. Im gleichen Maß, wie wir uns den neuen Freunden widmeten, hielten wir auch die alten Beziehungen zu Joyce, Romain Rolland und Guilbeaux aufrecht und trafen gelegentlich Schriftsteller wie René Schickele und Otto Flake, der dann einen Schlüsselroman über die Dadaisten und einen Essay über den Marquis de Sade geschrieben hat. Täglich gingen wir ins Café, wo ich alte Bekannte aus dem Berliner »Café des Westens« wiedersah. Darunter waren der Dichter Alfred Ehrenstein, gebürtiger Ungar und einer der Gründer der Gruppe heimatloser Sozialisten, und der Schriftsteller Ferdinand Hardekopf, dessen Arbeiten mein Exliebhaber Kurt Wolff veröffentlichte.
Im Terrassen-Café fanden wir meist, umgeben von einem bewundernden Hofstaat, Else Lasker-Schüler vor, die mit Bonbons spielte. Sie hatte immer welche bei sich, in allen Farben und Formen, in knisterndes Zellophan oder Silberpapier gewickelt. Sie kramte sie aus ihrer Tasche, dem Kleid, dem Ausschnitt, schichtete sie auf dem Tisch zu Pyramiden auf oder benutzte sie als Dominosteine. Sie zahlte sogar mit diesen Süßigkeiten, und die Kellner machten den Zirkus mit, denn ihr Ruf als Exzentrikerin hatte sich bis zum letzten Piccolo herumgesprochen. Ihr verzieh man alles. Sie war damals die größte deutsche Dichterin, und niemand wagte es, ihr etwas abzuschlagen.
Sie maßte sich jedes Recht an, als erstes die Verfügungsgewalt über jeden Mann, der in ihre Nähe kam. Da sie sich in Yvan verliebt hatte, rief sie uns immer an ihren Tisch. Man konnte sie nicht unbedingt als schön bezeichnen, aber sie hatte ihren eigenen Stil: Sie verkörperte die exotische, orientalische Kindfrau. Darum nannte sie sich in ihren Gedichten auch gern »Jussuf, Prinz von Theben«. Ihre sehr kurzgeschnittenen schwarzen Haare ließen das Gesicht und besonders die tiefdunklen Augen zur Gel-

tung kommen. Trotz ihrer vierzig Jahre faszinierte Else Lasker-Schüler die Männer durch ihr total alogisches, aberwitziges Verhalten.
Ihr Problem bei Yvan war, mich aus dem Weg zu räumen. Nachdem sie es mehrmals mit Charme und indirekten Aufforderungen versucht hatte, wechselte sie die Taktik und schleuderte mir eines Tages, als ich ins Café kam, massive Grobheiten entgegen. Ich hätte ihr am liebsten Vitriol ins Gesicht geschüttet, aber mir fehlten sogar die Worte, und ich lief weinend hinaus.
Goll kam mir sofort nach.
»Du weißt doch, wie exzentrisch sie ist. Sie redet drauflos, sie ist verliebt in mich, aber das interessiert mich nicht.«
Am nächsten Vormittag kam Else Lasker-Schüler, um sich zu entschuldigen. Goll kündigte mir ihren Besuch an und riet: »Schenke ihr irgendwas; sie ist ja wie ein Kind.« Ich gab ihr dann ein Onyxarmband mit kleinen Perlen, das ich von Yvan hatte.
Im »Café Odeon«, dem Treffpunkt unserer Generation, verbrachten wir unsere Nachmittage mit Diskussionen über die Kriegsberichte und neue künstlerische Ereignisse, zum großen Teil aber kreisten unsere Gedanken jetzt um den expressionistischen Tanz.
Der Musiker Laban hatte nämlich in der Seehofstraße einen Tanzkurs eröffnet. Sophie Täuber, Arps Freundin, tanzte dort, und alle Ballerinenliebhaber tanzten hinterher. Für die Mannsbilder war die Jagd auf ein kleines Hinterteil und expressionistische Kurven eine ebenso ernsthafte Beschäftigung wie Malerei oder Schriftstellerei, und sie wandten ebensoviel Energie auf für das Aufspüren von Wild wie für neue künstlerische Einfälle. Es lag wohl am Alter oder vielmehr an der Jugend: Hans Richter, unbestritten Entführungsfachmann, war achtundzwanzig Jahre alt, Hugo Ball einunddreißig, Arp dreißig, Janco zweiundzwanzig, Goll und ich sechsundzwanzig. Selbst wenn wir manches tragisch nahmen, fegten unsere Jugend und Lebenslust jeden Trübsinn weg. Außer unseren Gesprächen und Artikeln hatten wir unsere Liebesnächte, unsere Intrigen, unsere Flirts, unsere schöne Bummelei. Morgens flanierten wir über den Limmatquai zum See hinunter und sahen den Rentnern zu, die dort die Enten und Schwäne fütterten. Manche hatten ihre Lieblinge und warfen die Brotstückchen nur den Schwänen zu, wobei sie sich bemühten, die Möwen zu verscheuchen, die im Fluge zuschnappten, bevor die Bissen ins Wasser fielen.
Und das Wort »Dada«? Manchmal stieß der eine oder andere diesen Ruf aus. Er bedeutete eher »Pst, Ruhe!« als eine Ideologie oder eine künstlerische Schule. Wenn Arp sagte »Ich bin Dada«, meinte er: »Ist mir doch

schnuppe« oder »Laßt mich in Ruhe, ich denke nicht daran, alles zu erklären.«
Was mich an Arp, Richter, Hugo Ball und Janco frappierte, war ihr bohrendes Suchen, das meist aus einer pessimistischen Grundstimmung herrührte. In dem nihilistischen und skandalumwitterten Dada, den man uns heute vorsetzt, erkenne ich absolut nichts von der Atmosphäre wieder, die ich selbst miterlebt habe.
Arp und Richter suchten eine neue Gesellschaftsordnung, die durchsichtig und luftig-leicht sein sollte, ganz im Gegensatz zu dem Krieg, der in unseren Gedanken bedrückend allgegenwärtig war. Arp nannte sich primitiv, nicht um wieder bei den wirren Mächten der Menschheitsanfänge anzuknüpfen, sondern um das Spielerische in der Kunst wiederzufinden, einen klaren Bach aus frischer Quelle daraus zu machen. Die Rückkehr zum Elementaren war für ihn zugleich Ablehnung alles Verkrampften. Er strebte nach einer natürlich atmenden Kunst, ohne Phantasie, ohne Gewolltes. »Braucht ein Baum Phantasie, um seine Krone zu entfalten?« fragte er. Oder er sagte: »Da der Krieg eine Reihe von Konsequenzen ist, das logische Resultat früherer Handlungen, bin ich für eine Denkart, die niemals Konsequenzen aus Vorhergegangenem zieht.«
Arp, Richter und Ball suchten ein System, das den einzelnen bessern und die Menschheit vor dem Verderben bewahren sollte.
»Man hat Gebrauchsanweisungen, um ein Porträt, eine Landschaft, einen Krieg zu machen«, sagte Arp, »aber das Kind lacht beim Anblick eines Nabels.«
Das hatte mit dadaistischem Gemaule und Kaputtmachen nichts zu tun. Wir alle wollten eine neue Welt, eine gerechtere Gesellschaft aufbauen. Alle außer Tristan Tzara. Aber wer scherte sich um diesen kleinen rumänischen Juden, der nur überheblich und zersetzend sein konnte? Er war gerade einundzwanzig und machte sich älter, um seinen Gesprächspartnern zu imponieren. Einmal, als er sich an unseren Tisch setzen wollte, jagte Goll ihn weg wie einen Schmutzfinken.
»Hau ab, dreckiger Dadaist!« schrie er. »Du witzelst und gibst an, während Millionen Menschen in den Schützengräben sterben!«
Tzara war ein Experte für Skandale, die er bewundernswert zu seinem alleinigen Nutzen auszuschlachten wußte. Immer aufgeregt und herausfordernd, verkniff er sich keinen Angriff, keine Beleidigung. Zum höheren Ruhme Dadas, das heißt seiner selbst, verschonte er niemanden. In ihm war eine Art geistiger Kannibalismus, der ihn trieb, jede Initiative an sich zu reißen. Dabei war er nichts als ein Windmacher, der schlecht französisch sprach und sich einen zusammenhanglosen Telegrammstil

zugelegt hatte, um Wörter aneinanderzureihen, die richtig zu verbinden er unfähig war.

Allein hätte er nie gewagt, sich in ein Abenteuer zu stürzen. Er brauchte immer Komplizen und Alibis. So spürte er Hugo Ball auf, den beachtlichen Organisator, mit dem er schon das Cabaret Voltaire bekanntgemacht hatte. Aber sobald die Programme fertig waren, schrieb Tzara nur sich das Verdienst zu. Er erschien im »Café Odeon«, die schwarze Schmachtlocke tief in die Stirn, das Monokel unbeholfen ins Auge geklemmt, musterte frech die Gäste, reckte seinen kurzen Körper steil auf und krähte:

»Es lebe Dada!«

Er hatte keinerlei Hemmungen, und zu diesem Mangel gesellte sich List und Berechnung. Alles, was er tat, war von Geltungsbedürfnis diktiert.

Im Vorjahr hatte Goll bei seinen kurzen Aufenthalten in Zürich mehrere Dada-Abende im Cabaret Voltaire miterlebt. Er fand all das Gezappel und die Scharlatanerie mitten im Krieg recht unangebracht. Ich selbst hatte die Galerie Dada und das Lokal in der Zürcher Bahnhofstraße besucht, das die Nachfolge des Cabaret Voltaire angetreten hatte. Hugo Ball trug dort in einer unbeschreiblichen Atmosphäre von Lärm, Gelächter und Krawall seine phonetischen Gedichte vor. Die *jeunesse dorée* und die braven Bürger von Zürich, die sich amüsieren wollte, kamen reichlich auf ihre Kosten. Die einzigen, die sich dagegen empörten, waren die Naiven, die geglaubt hatten, ihre Erinnerungen an Schülerstreiche auffrischen zu können, und sich plötzlich avantgardistischen Tänzen und Gedichten ausgeliefert sahen.

Hugo Ball, der Golls Abneigung gegen sämtliche Dada-Veranstaltungen kannte, erklärte uns mehrmals, er wolle aus dem Cabaret Voltaire eine metaphysische Hochburg machen, von der ein Alarmschrei erschallen würde, der den Schiffbruch der Intelligenz verkündete. Später, als wir in Ascona täglich zusammen waren, kam er darauf zurück. Um diese Eroberung des Bewußtseins zu erreichen, sagte er, müsse ein Graben zwischen dem Publikum und dem Vorgetragenen gezogen werden. Und dieses wiederum müsse so unverständlich und verantwortungslos sein, daß der Mensch, von jeder Erklärung abgeschnitten, auf sich selbst zurückgeworfen würde. Hugo Ball hatte etwas von einem Mönch, einem Tempelritter, der sich auf den Kreuzzug begab, um die Menschheit zu retten. Tzara machte das Spiel mit, vielmehr karikierte er es, ohne daß Ball wußte, ob er es mit einem Jünger zu tun hatte oder nur verkohlt wurde.

»Er ist mir nützlich«, vertraute Ball uns an.

In der Tat war Tzara ein Werbetrommler von höchsten Graden. Er führte sich auf wie vom wilden Affen gebissen, um die Veranstaltungen, an de-

nen er teilnahm, zum Stadtgespräch zu machen. Ball konnte auf ein solches Reklamegenie schlecht verzichten. Aber allmählich häuften sich die Mißhelligkeiten zwischen ihm und Tzara, der stets bereit war, hohnlachend auf alles zu spucken. Goll fragte Ball einmal, ob ein Kabarett wirklich ein Gedankenlaboratorium und ein solides Podium sein könnte, um sich an das kriegszermürbte Europa zu wenden, und Ball antwortete:
»Ich brauche etwas Ironie, um das Leben auszuhalten, und mehr noch, um meine Zeit zu ertragen.«
Er war alles andere als ein fröhlicher Mensch. Nie sah man ihn anders gekleidet als schwarz. Ich verstand gut, daß seine Freundin, die hübsche Emmy Hennings, lange zögerte, ihr Leben an das eines selbstquälerischen Pessimisten zu binden, der stets auf der Suche nach dem Absoluten war, um seine Existenz zu rechtfertigen – um so mehr, als Emmy mit ihrer zarten, mädchenhaften Stimme sehr empfänglich für südländischen Charme war. Ein spanischer Journalist und Schönredner entführte sie eines Tages, und Ball suchte sie verzweifelt in der ganzen Stadt, einen Revolver in der Tasche. Ein paar Wochen später bekam er sie zurück, ohne jemanden umzubringen, nur die Lebensfreude, die Emmy bei ihrem feurigen Hidalgo fand, hatte er getötet.
Das Gespräch zwischen Goll und Ball drehte sich um Literatur. Während Goll an die versöhnende Kraft des Wortes glaubte, zog Ball die Sprache in Zweifel. Ihre Hauptfunktion sei, meinte er, den Bankiers das Spiel an der Börse zu gestatten und den Offizieren, ihren Soldaten den Angriffsbefehl zu geben.
»Wörter machen den Krieg«, behauptete er. Und er fügte hinzu, es wäre besser um die Gesellschaft bestellt, wenn der Mensch sich durch Schreien, Glucksen, Lallen, Gemurmel und Gesten ausdrückte, statt mit grammatikalisch richtig aufgebauten Sätzen. Er wollte ein Theater aufmachen, um seine Ideen auf die Probe zu stellen.
»Nur weil mir das Geld fehlt, habe ich mich mit einem Bierlokal begnügen müssen«, sagte er.
Hugo Balls wahre Leidenschaft war das Theater. Vor dem Krieg war er in Berlin Regieassistent des berühmten Max Reinhardt gewesen, dessen gewaltige Inszenierungen hochspezialisierte technische Vorrichtungen erforderten. Später, in München, wo er gleichzeitig mit Goll für die *Revolution* schrieb, führte er Regie in den Kammerspielen.
In dieser Stadt sieht Ball zum erstenmal abstrakte Bilder von Kandinsky. Eine ungeheure Bewunderung erfaßt ihn. Ball beginnt mit der Aufführung eines Stückes von Kandinsky, *Der gelbe Klang*, und nimmt sich vor, schriftlich nachzuvollziehen, was der Maler mit Farben getan hat: das

Menschenbild, die Objekt- oder Landschaftsbeschreibung gewissermaßen auszuleeren. Er verwirklicht diesen Traum mit seinen phonetischen Gedichten, die das literarische Gegenstück der Kleckse und Linien sind: »rhinozerossola hopsamen bluku terullaba blaulala looooo ...«

Als Deutschland in den Krieg eintritt, führt ihn der Weg in die Schweiz. Ohne Theater, ohne Einkommen schlägt er sich als Pianist einer Akrobaten- und Clownsgruppe durch. Er landet in einer Kneipe in der Zürcher Spiegelgasse. Er sitzt am Klavier, wenn Emmy Hennings den Biertrinkern mit ihrem Piepsstimmchen Gedichte vorträgt.

Auf der Suche nach einem Ausweg aus diesem Vagabundieren versucht Ball dem Wirt beizubringen, daß es für ihn von Vorteil sei, seine Kneipe in ein literarisches Kabarett umzuwandeln. Der Gastwirt wittert ein gutes Geschäft und läßt sich überzeugen. Hugo Ball hat nichts weiter zu tun, als seine Freunde zusammenzutrommeln, deren kleine Freundinnen und die alten Mitstreiter von Berlin: Hardekopf, Ehrenstein ... Von Dada ist da noch keine Rede. Mit seinen Maler- und Dichterfreunden, die keine Gage verlangen, will Ball seinen Gedanken vom totalen Theater verwirklichen: Poesie, Tanz, Musik und Malerei sollen in ein und demselben Spektakel ihre ursprüngliche Einheit wiederfinden.

In Balls Optik sollte der Raum allen neuen Strömungen offen sein. Die Ankündigungen des Cabaret Voltaire zeigen es: »Neger«-Tänze und -Gesänge, »kubistische« Masken, »bruitistische« Musik, »expressionistische«, »simultane«, »phonetische« oder »futuristische« Gedichte, je nachdem ... Hugo Ball hatte eben kein anderes Mittel, die kleinen Zürcher Künstlerkolonien auszuschöpfen, die dauernd in verschiedene Richtungen strebte.

Ball spielte sich durchaus nicht als Prophet auf. Das Kabarett hatte schon um die Jahrhundertwende seinen Adelsbrief erhalten, und zwar durch Frank Wedekind, der in seine Theaterstücke kabarettistisch-groteske Elemente eingeführt hatte. In Rußland dienten die Theatercafés seit 1910 als Versuchsstätten für die Dichter und Maler der Avantgarde, unter denen Majakowski einen wichtigen Platz einnahm. Der berühmte Regisseur Meyerhold hatte sogar eine Theorie des experimentellen Theaters verfaßt und darin die Rückkehr zur Gauklerbühne, zu Verkleidung und Masken empfohlen. Ball war fraglos über all das auf dem laufenden, denn sein Freund Kandinsky versorgte ihn mit Neuigkeiten aus Rußland. Meyerhold hatte damals auch Goll aufgefordert, ein avantgardistisches Stück zu schreiben, das er in Rußland aufführen wollte. Unglücklicherweise zerschlug sich dieser Plan.

Das Cabaret Voltaire hatte nicht im Sinn, einen neuen Stil, einen neuen

»...ismus« einzuführen, sondern wollte nur die Bilanz aus allen zeitgenössischen Bewegungen ziehen und einen unüberhörbaren Verzweiflungsschrei angesichts der Alltagshölle ausstoßen. Die Skandale, die Balls Soireen auslösten, dämpften seinen unausrottbaren Idealismus nicht. Er, der Grübler und Mystiker, wurde von einem gewiegten Geschäftsmann gestützt. In den Augen des Bierhändlers und Lokalbesitzers zog der Tumult immerhin die Leute an, was seinen Umsatz förderte und somit das ganze Unternehmen rechtfertigte. Und wenn die Spannung einmal nachzulassen drohte, brauchte man nur Tzara auf die Straße zu schicken. Er kläffte ein bißchen herum, und am Abend war der Saal wieder voll.
Ich machte damals mit, ohne die Kulturlandschaft, in der ich schwamm, besonders unter die Lupe zu nehmen. Und heute tue ich dies nur, um den Dada-Mythos, der mit der Zeit unmäßig aufgebläht wurde, etwas anzukratzen. In Zürich hatte jeder seine persönlichen Freundschaften und Antipathien, und keiner fühlte sich an eine Gruppe oder »Schule« gebunden. Stets in zahlreiche literarische und künstlerische Erfahrungen verstrickt, betrachteten wir unsere eigene Arbeit wie die der anderen mit einem gewissen Abstand. Heute werden dadaistische Traktate und Zeitschriften mit Feuereifer gesammelt, aber damals in Zürich ließ man sie nach der Lektüre in den Rinnstein flattern. Richter zerriß alle Zeichnungen, die ihm nicht paßten, und Arp vernichtete, bevor er die Schweiz verließ, fast alles, was er bis dahin gemacht hatte.
Die Künstler waren keine Kunstproduzenten. Wenn es sie überkam, zeichneten sie im Restaurant auf das Tischtuch, aber wenn der Tisch abgeräumt wurde, dachten sie nicht daran, ihre Skizzen zu retten und rahmen zu lassen. Wir waren keine Professionellen, die sich des Werts ihrer Arbeit bewußt waren, sondern Anfänger, die völlig in ihrem Abenteuer aufgingen und herbe Selbstkritik übten. Wir alle suchten nach Mitteln und Wegen, einen neuen Menschen heranzubilden. Bei diesen Forschungen waren die Schriftsteller meist im Vorteil, weil sie sowieso durch Veröffentlichung von Artikeln und Gedichten am organisierten Kulturbetrieb teilnahmen. Dagegen saßen viele Maler auf unverkäuflichen Bildern. Aus diesem Grund waren sie untereinander recht aggressiv. »Du hast vielleicht Nerven!« sagte man zu Richter. »Du machst Nolde, mit Kandinsky garniert...« »Und du, Janco«, spöttelte Ap, »verlegst dich wohl ganz auf den Kubismus...« Ich habe nie jemand antworten gehört, er mache Dada.
Erst mit Picabia, Ende 1918, nahm dieser Mythos festere Gestalt an. Die kleine Zürcher Gruppe wollte dem Neuankömmling von draußen ihre künstlerische Lebensfähigkeit beweisen. Tzara wurde abgeordnet, ihre

Ruhmestaten in Picabias geneigte Ohren zu trompeten. Zwischen diesen beiden Männern entstand ein wahrer Wettstreit, wer in New York, Barcelona oder Zürich am meisten Skandal erregt hatte. Dazu kamen neue Nachrichten aus Berlin. Richard Huelsenbeck, der nach Schließung des Cabaret Voltaire nach Deutschland zurückgekehrt war, hatte dort mit einigen Freunden Vorträge und andere Veranstaltungen organisiert. Es handelte sich offenbar um eine Karikatur des Cabaret Voltaire, mit einem gehörigen Schuß deutscher Grobheit. Jeder rechnete sich den Vorteil aus, den er aus einer Zusammenziehung der verstreuten Aktivitäten ziehen konnte, und so wurde der internationale Dada geboren. Der erfinderische Geist Picabias und Tzaras taten ein übriges. Aber es war nur ein Strohfeuer. Wenige Jahre später, unter dem Einfluß russischer Künstler, war nur noch von »Konstruktivismus« die Rede. Picabia verlegte sich auf Kreise und Rechtecke und geiferte gegen die Juden. Arp und Richter, auf der Suche nach irgendeiner Ordnung, fanden ihren Seelenfrieden in geometrischer Strenge; Viking Eggeling bewog den Berliner Dadaisten Raoul Haussmann, ein neokonstruktivistisches Manifest mitzuunterzeichnen, zu dem sich auch Kurt Schwitters bekannte, wenigstens im Geiste. Was Richard Huelsenbeck betraf, so vergaß er Dada und sogar den Namen, den er sich damit gemacht hatte, und wurde in Amerika der hochachtbare und bekannte Psychoanalytiker Dr. Charles Hulbeck. Paris bot keinen günstigen Boden für Verstiegenheiten und reihte die letzten Überlebenden in das surrealistische Programm ein.

Erst vierzig Jahre später gruben die Historiker Dada wieder aus und erweckten dabei ein paar zornige Greise, die in der Polemik einen wunderschönen Zeitvertreib entdeckten, der ihren Ruhestand aufmöbelte. Hans Richter, Raoul Haussmann, Huelsenbeck, der sich unter diesen Umständen wieder auf seinen richtigen Namen besann, machten einander mit Krallen und Gebiß das Recht streitig, sich als ersten und einzig wahren Dadaisten zu bezeichnen. Nur Tzara nahm an diesem Nachspiel nicht mehr teil. Er hatte sich zum Kommunismus bekehrt und verkaufte jedes Wochenende sein Parteiblättchen.

Nie hätten wir gedacht, daß die Zürcher Episode noch eine verspätete Apotheose erleben würde. Unsere Beziehungen waren so locker und frisch-fröhlich, daß wir in Gelächter ausgebrochen wären, wenn einer von uns sich als Gründer einer Schule aufgespielt hätte. Hans Arp lehnte nicht nur jegliche Kategorie ab, sondern wollte sogar auf seinen Namen verzichten, um ganz in der spontanen Schöpfung aufzugehen.

»So wenig, wie die Erde das Gras signiert, das aus ihr wächst«, erklärte er, »sollte der Künstler signieren, was ihm aus den Händen kommt.«

Wir gingen oft in sein Atelier am Zeltweg. Es lag abseits und war angefüllt mit Marionetten, Tapisserien und seltsamen Gegenständen, die er bei Spaziergängen aufgelesen hatte. Sophie Täubers häusliches Genie wachte über der tadellosen Ordnung dieses Sammelsuriums. Sie hatte früher Spitzenklöppeln gelehrt und sich die Beweglichkeit und Präzision aller Handgriffe bewahrt. Ob sie Tee einschenkte, an einem Wandteppich arbeitete oder die Küche ausfegte – alles tat sie mit der gleichen mühelosen Anmut. Sie machte keinen Unterschied zwischen Geschirrspülen und Dichten, Sticken und Schuheputzen. Jede Tätigkeit verdiente gleich viel Aufmerksamkeit und Hingabe. Diese vollendete Anpassung an den Augenblick befähigte sie, nachts exzentrische Tänze vorzuführen und am Tage sehr ernsthaft ihr Lehramt an der Kunstgewerbeschule zu versehen. Ihr machte es nicht die geringste Mühe, die Rolle der Hausfrau mit der einer avantgardistischen Künstlerin in Einklang zu bringen. Sie und Hans Arp waren ein Paar von erlesener und heiterer Harmonie.
Wenn wir kamen, fanden wir sie oft bei einer Häkelarbeit, während er Fäden und Holzstückchen zusammenklebte.
»Man braucht gar nicht zu sehen, daß diese Sachen vom Menschen gemacht sind«, sagte er beim Zeigen seiner Werke. Arp wollte jede Absichtlichkeit ausschalten, jeden Hinweis auf Empfindungen, jede erdachte Weltbeschreibung. Er wünschte, daß seine Arbeiten sich in der Natur verlieren könnten wie ein mit Reißzwecken an einen Baum gehefteter Zettel oder eine Schnur, die sich zwischen Bachkieseln im Wasser schlängelt.
»Das Übel liegt in unseren Problemen«, sagte er. »Mit unserem ›das mag ich‹ und ›das mag ich nicht‹ versuchen wir Ordnung zu schaffen, erreichen aber nichts, als daß wir die Schönheiten zerstören. Alles Handwerkszeug, das je von Künstlern erfunden wurde, dient eigentlich nur zum Zerstükkeln oder Verbergen. Man gebraucht den Pinsel, um die Naturfarbe des Stoffgrundes zuzuschmieren, den Meißel, um willkürlich an Holz oder auch Granit herumzuwerkeln, und dabei sind diese Materialien schön genug, ohne daß der Mensch daran rührt.«
In den Collagen jener Epoche benutzte Arp Bretter und Steine, ohne ihre Formen und Farben zu verändern. Er setzte sie nur zusammen, wie der Wind Zweige und welke Blätter zusammenweht. Arps glasklares und spontanes Wesen verbreitete einen kindlichen Zauber. Während er sich mit uns unterhielt, hörte er nicht auf, mit unglaublicher Leichtigkeit zu zeichnen. Nicht selten brachte er unter unseren Augen zehn, zwanzig, dreißig Zeichnungen hintereinander hervor: Kleckse, die Beine bekamen, Köpfe, die sich in Bäuche oder Hüte verwandelten. Manche Freunde war-

fen ihm Übermaß vor, aber er konnte nicht anders. Arbeiten, spielen, spazierengehen – er sah keine Grenze zwischen diesen Tätigkeiten. Außerdem erntete er ja beim Spazierengehen das Material für seine Arbeit. Sophie Täuber begleitete ihn auf diesen Streifzügen und half ihm, bizarr geformte Äste und rundgeschliffene Kiesel zu sammeln. Diese Kiesel aus den Schweizer Bergen haben sein Werk am stärksten beeinflußt und kennzeichnen seine Geistesart am besten. Der Stein, der vom Regen gewaschen, von der Strömung herumgewirbelt wurde, brauchte keine Phantasie, um seine Form zu erreichen. Er kümmerte sich um keine ästhetische Komposition, und doch werden ihm, einfach durch natürliche Abnutzung, Ausgewogenheit und Vollendung zuteil.
Für Arp war Dada lediglich ein Mittel, den Geist von Abgestorbenem und Mumifiziertem zu befreien. Er versuchte den Menschen durch das Lachen von Routine, Banalität und Konvention zu erlösen.
»Wir wissen viel zuviel«, sagte er immer wieder.
Sophie stand ihm in aller Bescheidenheit bei jeder seiner Unternehmungen zur Seite. Vor allem sorgte sie mit ihrer Lehrtätigkeit für ein regelmäßiges Einkommen. Das war schon etwas in einer Zeit, in der wir alle von der Hand in den Mund lebten. Aber ihr Hauptverdienst lag darin, Arp unmittelbar zu verstehen und seine Ideen ins Machbare zu übersetzen. Wollte er etwas zu Malerisches an seinen Werken überkleben, so brachte sie ihm alsbald, zweifellos aus ihrer Schule, massenhaft Papier in allen Farben. Fand er, daß die Schere beim Schneiden noch zuviel persönliche Merkmale des Künstlers verriet, so verschaffte sie ihm den präzis-mechanischen Schnitt einer Papierschneidemaschine. War er neugierig, wie sich ein Effekt bei der Übertragung auf andere Mittel ausnehmen würde, so holte sie ihr Nähzeug und den Fingerhut und stichelte fröhlich und peinlich genau drauflos, bis das Gewünschte fertig war.
Zu jeder beliebigen Zeit traf man die beiden beim Kleben, Sticken, Ausschneiden, Weben oder Basteln von Marionetten an, die sie dann an Haken von der Decke baumeln ließen. Immer herrschte eine Stimmung wie am ersten Schöpfungstag. Arp und Sophie erfanden die Welt neu, mitsamt neuen Gesetzen, neuen Verständigungsmöglichkeiten. Dieses Paar hatte etwas Ätherisches, sie ähnelten zwei geflügelten Ameisen oder Schmetterlingen über einer blühenden Wiese: sie graziös, lächelnd, besonnen; er vergnügt und spaßhaft, mit Händen, die unaufhörlich mit Kneten, Streicheln und Zusammenfügen beschäftigt waren ... Das absolute Gegenstück zu anderen Künstlern, die unter Qualen ihre Persönlichkeit suchen und sich in eine Zelle verkriechen, um sie nicht zu gefährden. Arp und Sophie wollten für alles durchlässig bleiben, ihr Wesen und ihre

Vorlieben möglichst weit ausradieren, um die natürlichen Quellen der Schönheit durch nichts zu trüben.
Dieser Verzicht auf pathetische Ichbetonung führte Arp zu einer der bezeichnendsten Neuentdeckungen des zwanzigsten Jahrhunderts: dem Zufall. Eines Tages, als er sehr viel gezeichnet hatte, wollte er einige Blätter gleich wieder vernichten. Er nahm also eines, zerriß es und warf die Schnitzel achtlos auf den Boden. Aber als er dann genauer hinschaute, sah er, daß die Fetzen sich in vollkommen ungewollter Harmonie gruppiert hatten. Der Zufall hatte besser gearbeitet als der Fachmann. Arp klebte die Stücke genau so auf, wie sie hingefallen waren, und er gab dem Werk den Titel: *Nach den Gesetzen des Zufalls.*
Dieses Infragestellen des Menschen und seiner Unfehlbarkeit, diese Zweifel an der Vorherrschaft des Verstandes hatten schon bei Freud begonnen und waren besonders von den deutschen Expressionisten aufgegriffen worden, die Zeichnungen von Geistesgestörten sammelten, um Dinge zum Ausdruck zu bringen, die sich dem klaren Bewußtsein entzogen. Aber da es dem Menschen kaum gelingt, eine Ordnung aufzuheben, ohne sie durch eine andere zu ersetzen, bot sich nur der eine Ausweg aus der Disziplin, nämlich alles dem Zufall zu überlassen. Zur Zeit der Arpschen Papierschnitzel entschloß sich Hans Richter, nicht mehr vor Einbruch der Nacht zu malen; also nur noch zu einer Stunde, in der man die Farben kaum noch unterscheiden kann. Auf diese Art hat er etwa hundert Porträts gemalt, die er *Visionäre Köpfe* nannte.
»Das aktive Moment der Kreation«, erklärte Richter, »ist weder die Arbeit selbst noch das vorherige Skizzieren, sondern der Augenblick, in dem das Unbewußte ohne unser Zutun an die Oberfläche steigt. Die Wahrheit ist das, was sich unserem Willen und unserer Kontrolle entzieht.«
Er brauchte das Dunkel, um dem Zufall Gelegenheit zu geben, ihn in ungeahnte Bereiche vorstoßen zu lassen.
Die Nachricht von der russischen Revolution, Ende 1917, spaltete unsere kleine Welt in Zürich in zwei Lager – hier die Gleichgültigen, dort die Aufgeregten. Der expressionistische Dichter Ludwig Rubiner wohnte zwei Häuser von uns entfernt, in der Hadlaubstraße 17. Er publizierte das *Zeit-Echo*, das in Deutschland wegen seiner ausgeprägten kommunistischen Tendenzen verboten worden war. Wir hatten mehrmals an seiner Zeitung mitgearbeitet. Dieser Rubiner unterrichtete uns nun über die Ereignisse, die sich in Petersburg und Moskau abspielten. Er kannte auch Lenin und die Revolutionäre seiner Umgebung. Nun kam er jeden Tag, um uns alle Neuigkeiten und seine Hoffnungen mitzuteilen.
Goll glaubte an die Politik, nicht als Kämpfer, sondern als Poet, der soziale

Ideen für eine Möglichkeit hielt, die Menschen neu zu organisieren und von Geldinteressen und Ungerechtigkeiten zu befreien. Er sah im Kommunismus einen neuen Aufbruch für die Menschheit.
Auch der stark politisch engagierte Walter Serner führte seine beißende Ironie und seinen Zynismus unter uns spazieren. Ungeachtet seiner fadenscheinigen Kleidung und abgetragenen Schuhe gab ihm wenigstens das Monokel einen aristokratischen Zug. Er war ein Sonderling, sehr wienerisch, mit viel Witz und Verstand, und er zog alles ins Lächerliche. Er besuchte die Dadaisten ebenso oft wie andere Gruppen, ohne sich jemals von irgendwem mitreißen zu lassen. Er hielt auf Abstand. Sein Pessimismus beeinflußte besonders Tzara, der sich von ihm auch die hochnäsige und nihilistische Maske abguckte.
Franz Werfel besuchte uns gleichfalls in Zürich. Kaum angekommen, nahm er Kontakt mit mir auf, denn er war ganz erfüllt von seiner Begegnung mit Alma Mahler, der Witwe des Komponisten.
»Soll ich sie heiraten?« fragte er mich ohne lange Vorrede.
Er war seit unserer Berliner Zeit nicht reifer geworden – immer noch der schwärmerische, äußerst empfindsame Jüngling.
»Alma ist wunderbar, eine hoch über allem stehende Frau«, versicherte er. »Ganz Wien liegt ihr zu Füßen.«
Wir gingen zusammen in die Oper und hörten *Aida*. Die Musik peitschte seine Nerven noch mehr auf. Sein Gesicht leuchtete, tragisches Feuer glühte in seinen Augen. Als die Trompeten schmetterten, sprang Werfel beinahe vom Sitz.
»Der Nil, der Nil!« schrie er. »Hörst du den Nil in den Trompeten?«
In hysterischer Ekstase klammerte er sich an mich und keuchte.
»Franz, du verdrehst mir den Arm!«
Er hörte mich nicht. Sein fortdauerndes Stöhnen und Schreien störte sowohl das übrige Publikum als auch die Sänger.
»Soll ich Alma Mahler nun heiraten oder nicht?«
Es war keine Frage, die er mir beim Verlassen der Oper stellte, sondern ein Appell, der eine augenblickliche und kategorische Entscheidung forderte.
»Ich kenne sie ja nur vom Hörensagen«, antwortete ich.
»Was sagt man von ihr?« rief er in heftigster Aufregung.
»Daß sie nicht gerade eine frisch aus der Klosterschule entlassene Jungfrau ist. Aber das ist dir wohl sowieso klar, hoffe ich.«
»Dergleichen verlange ich nicht von einer Frau!«
»Dann ist es ja gut«, sagte ich. »Und sie versteht etwas von Musik!«
»Weißt du Dinge von ihr, die du mir nicht sagen willst?«

Er packte mich an den Schultern. Seine aufgerissenen Augen funkelten unheimlich durch die Nacht.
»Franz, ich habe sie nie persönlich kennengelernt, und sie hat mir nichts getan, aber ihr schlechter Ruf ist in Berlin, München und zweifellos auch in Wien überall bekannt. Erst hat sie einen Musiker geheiratet, Gustav Mahler, dem sie bis zu seinem Tod keine Ruhe gelassen hat, und er starb gerade rechtzeitig, daß sie mit dem Maler Kokoschka ins Bett gehen konnte ... Jetzt, wo sie mit dem Architekten Gropius verheiratet ist, fehlt ihr vielleicht noch ein Schriftsteller in der Sammlung. ... Sie ist eben eine sehr vielseitige Muse!«
»Das beweist gar nichts!« schrie Werfel.
»Ich kenne sie nicht und kann sie nicht beurteilen.«
»Ja oder nein«, fuhr er mich an, »Heirat oder Nicht-Heirat – sag mir deine Meinung.«
»Ich habe nicht über dein Schicksal zu entscheiden.«
Trotzdem mußte ich noch eine Stunde lang, auf der Straße, einen Monolog mitanhören, der sich einmal um die Notwendigkeit dieser Heirat und dann wieder um ihre Unmöglichkeit drehte.
»Was tätest du an meiner Stelle?« fragte er schließlich.
»Franz, du bist kein Kind mehr. Du mußt selber wissen, was du willst.«
»Aber sie ist doch viel älter als ich!«
»Das spielt keine Rolle«, sagte ich, »wo du geistig doch so ungeheuer reif bist.«
»Also du meinst: Ja?«
»Heirate sie«, sagte ich, des Kampfes müde. »Dann wirst du ja sehen, was passiert. Übrigens kann man sich immer wieder losmachen.«
»Nein«, sagte er großartig, »nachher ist es zu spät.«
Er wußte nicht, wie wahr er sprach.

5

Ascona am Lago Maggiore erschien uns wirklich wie ein Ort auf einem anderen Stern. Die Hauptstraße, die mitten durchs Dorf führte, war von Weinlaub überspannt, von denen man die Muskatellertrauben nur noch abpflücken mußte. Überall wuchsen Edelkastanien, Mais und Tomaten. Man konnte von den Früchten des Landes leben. Das Geld schien hier ein überflüssiger Begriff. Wir waren im Paradies, ohne es zu wissen.
Im Frühjahr 1918 waren wir ins Tessin gezogen. Dazu trieb uns kein besonderer Grund, es sei denn der Wunsch nach etwas Vagabundendasein.

Wir waren auf dem Sprung, warteten auf das Kriegsende, und ob wir uns solange in Lausanne oder Ascona aufhielten, war bedeutungslos. Unter Freunden hatte man Erfahrungen ausgetauscht, in welchen Kantonen das Leben momentan billiger und angenehmer war.
Die Atmosphäre in Zürich regte nicht mehr zur Arbeit an. Zu viele Bekannte, zuviel Beanspruchung, ein aufregendes, aber oberflächliches Café-Dasein... Ascona war dagegen wie ein Kloster, erzählte man uns, wo einem in der Abgeschiedenheit unter friedlichem Himmel das Arbeiten leichtfiel. Eine Künstlerkolonie hatte sich dort schon gebildet: Eggeling, Segal, Emil Ludwig, Jawlensky mit seiner Marianne von Werefkin. Arp hatte seine Villa. Hugo Ball hatte sich mit Emmy Hennings ebenfalls dorthin zurückgezogen, und Richter tat es für vier Monate im Jahr. Wir waren also nicht vom intellektuellen Leben abgeschnitten.
Während wir in Zürich unter dem Druck gelitten hatten, den das Exil und die vielfältigen Rivalitäten mit sich brachten, schenkte uns Ascona gelassene Heiterkeit. Goll und ich fanden wieder Geschmack an Spaziergängen, Fünfuhrtees und langen Abenden. Selbst der Gesprächston zwischen uns und den Freunden wurde anders. Wir waren Dörfler, die mit allen gutnachbarliche Beziehungen pflegten. In dieser Umgebung wäre uns sogar Tzara sympathisch geworden.
Zunächst wohnten wir bei einem Rechtsanwalt, dessen Villa Ausblick auf den See bot. Ich hatte eine Eidechse gezähmt, die immer kam und mir zart an den Fingern knabberte, ferner eine Kröte, die singen konnte. Später mieteten wir ein von Reben und Mais umgebenes Haus. Jeden Morgen flatterten die Finken auf die Terrasse, um die Körner aufzupicken, die ich ihnen hinstreute. Das dritte Haus lag oberhalb des Dorfes, und vor Sonnenaufgang weckte uns das Konzert eines ganzen Nachtigallenorchesters. Unsere vierte Bleibe befand sich am Eingang von Ascona, vom Ort abgesondert in einer urwüchsigen Landschaft.
Wir begnügten uns mit diesen kurzen Mietverträgen, weil sie wegen Reisen oder Urlaub der Besitzer günstiger waren. Da wir bis Ende 1919 im Tessin blieben, haben wir mehr als eine Rückkehr und manchen Abschied für immer miterlebt. Denn in Ascona überraschte uns die Grippe-Epidemie, die ganz Europa verheerte und auch Apollinaire dahinraffte. Die anderen Namen der Krankheit waren »asiatische Grippe« und »Lungengrippe«. Sie löschte Millionen von Menschenleben aus. In Ascona starben die Leute wie die Fliegen. Yvan und ich dachten, uns könnte nichts zustoßen – die Liebe schütze uns mit einer unüberwindlichen Schranke. Unser Glaube hielt uns bis zu dem Tage, an dem der Bäcker und der Wirt unseres Stammrestaurants kurz hintereinander starben. Wir hatten das Brot des

einen und die Mahlzeit des anderen gegessen, also war uns sofort klar, daß auch wir sterben mußten.
Traurig gingen wir nach Hause, warfen einen letzten Blick auf die Weinberge und Kiefern und legten uns nebeneinander ins Bett. Unsere Freunde brachten uns Lebensmittel und schoben sie mit Hilfe einer langen Stange an die Terrassentür. Aus Angst vor der Ansteckung wurde die Stange, die unserem Krankenlager so nahe gewesen war, hinterher verbrannt.
Drei Tage lang erwarteten wir den Tod. Am Morgen des vierten stand Goll auf.
»Ich habe kein Fieber mehr«, sagte er.
»Ich auch nicht«, sagte ich.
Damit war unser hysterischer Anfall vorüber.
Fast gleichzeitig kam es auch zu unserem ersten Zerwürfnis. Wir machten einen Besuch bei Emil Ludwig, dem Verfasser berühmter, aber mittelmäßiger Biographien über Goethe, Napoleon und Bismarck. Er war eigentlich Augenarzt und besaß ein herrliches Haus nahe der italienischen Grenze. Unterwegs redete ich von einer Frau, die Goll dauernd umkreiste.
»Ich habe sie nicht mal bemerkt«, versicherte er.
»Du lügst«, sagte ich. »Und deine Gedichte sind vielleicht auch nur Lügen.«
Er warf sich tobend in den Straßenstaub.
»Meine Gedichte – Lügen? Meine Gedichte Lügen?«
Ich hätte keine schlimmere Beleidigung aussprechen können, und ich wußte es, aber es bereitete mir eine bösartige Wollust, ihn zu verletzen. Und diese erste sadistische Anwandlung war nicht die letzte.
Die Ruhe in dem bergumsäumten Paradies brachte uns Hans Richter näher, der unser intimer Freund wurde. Er kam regelmäßig zu uns, um Yvan zu malen. So entstanden an die hundert Porträts, deren größter Teil von dem expressionistischen Ungestüm beseelt ist, das seinen Stil kennzeichnete. Er war zwar von Kandinsky beeinflußt, näherte sich aber noch mehr der Abstraktion durch Einführung einer Art automatischer Handbewegung. Manchmal kehrte er seinem spontanen Schwung völlig den Rücken und versuchte es mit streng geometrischen Konstruktionen.
»Ich möchte ganz objektiv und logisch malen«, sagte er, »nach ähnlichen Regeln wie denen der Musik, mit langen und kurzen Notenwerten.«
Wenn er von seiner Kunst sprach, benutzte er oft priesterliche Ausdrücke. Dann ging es um Regeln, Pflicht, Disziplin, spirituelle Verantwortlichkeit. In Zürich hatte er Tzara und Huelsenbeck nahegestanden. Obwohl er an den dadaistischen Unternehmungen teilnahm, blieb er sehr reser-

viert; sein Charakter eignete sich nicht für laute, sondern nur für leise Verführung.
Damit hatte er denn auch den größten Erfolg; er hatte gerade die Tochter eines reichen Bidethändlers geheiratet. Es fehlte ihm weder an Geld noch an Abenteuern, was rasch zur Scheidung und Wiederheirat führte, diesmal mit meiner Freundin Maria Ré, die ich später als Ehefrau von Philippe Soupault wiedertraf.
Hugo Ball kam oft aus Mogadino, dem nächsten Dorf, und dann gingen wir zusammen in die Trattoria Eis essen.
»Dada ist keine Revolte gegen den Krieg«, sagte Goll, womit er die Zürcher Gespräche wieder aufnahm, »sondern nur eine Herausforderung des Bürgertums. Der komplette Nihilismus: Deine Freunde bauen nichts auf, sie zerstören alles.«
Aber Ball interessierte sich nicht mehr für diese vergangene Episode. Er hatte das Heil in der Politik gefunden und schrieb, wie ich, pazifistische Artikel für die *Freie Zeitung*. Er entwickelte sich aber noch weiter und endete schließlich in der Frömmelei. »Die wahre Sprache des Paradieses«, die er sein Leben lang gesucht hatte, wurde das Gebet, und nicht mehr das phonetische Gedicht, mit dem er früher die Gesundung der Menschheit zu erreichen geglaubt hatte. Emmy Hennings folgte ihm auf seinen frommen Wandlungen, aber ich habe nie herausgefunden, ob sie wirklich seiner Meinung war.
Im Grunde blieb Hugo Ball, wie alle Intellektuellen unserer Generation, der expressionistischen Gedankenwelt verhaftet, die von dem pathetischen Wunsch besessen war, das Menschenbild zu retten. Selbst diejenigen, die wie etwa Arp und Richter ihre erste Liebe verleugneten, blieben davon geprägt. Der konstruktivistische Versuch, wissenschaftlich klar den »neuen Menschen« zu definieren, wurzelt in jener Verzweiflung, die schon um die Jahrhundertwende unsere Jugend verwirrte und erschütterte.
In einer Welt, die endgültig zu Industrialisierung und Bourgeoisie verdammt schien, brachten die Expessionisten die Idee der Brüchigkeit, der Doppelbödigkeit auf. Der Mensch, die Sprache, das Leben – alles hat zwei Gesichter. In der Rhetorik gibt es einerseits die alltäglichen Redensarten, derer man sich bedient, um Tee zu bestellen, Straßenbahn zu fahren, Geschäfte zu machen oder einzukaufen, außerdem aber jenes andere Kommunikationsmittel, das tiefer und wahrer ist, sich der Silben und Wörter entledigt und sich dem ohnehin verstümmelten und unvollständigen Wort widersetzt. Aus dieser verdichteten Atmosphäre quellen Schreie und Tränen, an der Grenze des Wahnsinns.

Ebenso zwiespältig ist der Mensch. Er tritt, von einem gesellschaftlichen Schutzmantel umgeben, meist maskiert auf. Sein Wesen zeigt sich erst bei Tagesanbruch oder in der Abenddämmerung. Sein wahres Gesicht ist nach innen gekehrt; außen grimassiert er, von Fieber und Beziehungslosigkeit gepeinigt. Aus diesem Blickpunkt kann Freud selbst zu den Verkündern des Expressionismus gezählt werden, und der enorme Erfolg, den die Psychoanalyse bei uns hatte, erklärt sich durch die Ähnlichkeit der Gedankengänge. Finden wir nicht hier wie dort die Ideen des Doppel-Ichs, des Bewußten und Unbewußten, des Tag- und Nachtwesens? Bei den Expressionisten wie bei Freud liegt die Wahrheit unter unkontrollierten Schwingungen, Illogik und Träumen verschüttet...
Die Empfindsamsten unser Generationen wollten den modernen Städter abschaffen, der wie ein Roboter gesellschaftlichen Riten unterworfen ist, um statt seiner das echte, spontane, primitive Wesen neu entstehen zu lassen. Seitdem drehte sich die ganze künstlerische Mythologie dieser Zeit, mit ihren verstörten, bis zur Zerrüttung possenhaften und grotesken Figuren, um das Verlangen, das menschliche Schicksal auf neue Wege zu lenken. Das erklärt auch das häufige Umschwenken Hugo Balls, der nacheinander Anarchist, Patriot, Pazifist, Revolutionär und zum Schluß katholisch und Mystiker wurde. Immer auf der Suche nach Ideen, die Menschheit vom Übel zu erlösen, fiel er von einem Extrem ins andere. Manche unserer Zeitgenossen suchten ihre Wahrheit in der primitiven Kunst, der negroiden oder ozeanischen, in der Ethnologie überhaupt. Carl Einstein schrieb mitten im Krieg das erste und bedeutendste Buch über schwarze Skulptur. Ludwig Rubiner, Becher und zeitweise auch Goll suchten die Lösung in enthusiastischer Hinwendung zum kommunistischen Ideal. Noch später verirrten sich einige Expressionisten wie Gottfried Benn, von der Erlösungsidee und der Suche nach dem hehren Retter besessen, sogar in den Faschismus.
Für andere wurde Gott selbst die Synthese von abstrakter Kunst und Expressionismus: Jawlensky, unser Nachbar in Ascona, reduzierte die Menschengestalt auf ein Kreuz und malte unablässig dasselbe Gesicht eines symbolisch Gekreuzigten.
Alexej von Jawlensky hatte bereits die Fünfzig überschritten, als wir ihn in Zürich kennenlernten. Er war ein ehemaliger zaristischer Gardeoffizier, der den Dienst quittiert hatte, um sich der Malerei zu widmen. Von seiner kurzen Militärlaufbahn hatte er sich den Sinn für Organisation und eine straffe Hierarchie bewahrt. Aber sonst war nichts Militärisches an ihm. Mit seinem runden Kopf und seinem zur Fliege gebundenen Schlips teilte er seine Zeit zwischen Marianne von Werefkin, einer Gouverneurs-

tochter aus Wilna, die seit dreißig Jahren seine Geliebte war, und seinem Sohn Alexej, der Frucht eines Schäferstündchens mit dem Dienstmädchen, das Marianne von Werefkin aus Rußland mitgebracht hatte. Jawlensky vergötterte das Kind, was seiner Mutter die Möglichkeit gab, Marianne das Leben unerträglich zu machen. Das baufällige Schlößchen, das sie in Ascona bewohnten, schallte vom Morgen bis zum Abend von zankenden Stimmen. Eines Tages sollte es soweit kommen, daß der Grandseigneur Jawlensky die Werefkin verstieß und die Köchin heiratete. Jawlensky bat mich oft, ihm Modell zu sitzen.

»Sie malen ja doch immer nur denselben Kopf«, meinte ich.

»Hat der Schöpfer nicht allen Menschen den gleichen Kopf gegeben?« erwiderte er. »Und doch sind sie alle verschieden.« War es die Nähe der Berge um Ascona, welche die Seele zu Gott erhob? War es die chaotische Zeit, die manche trieb, in der Religiosität Zuflucht zu suchen? Jawlensky wie Hugo Ball und später Pierre-Jean Jouve spannen sich in Mystizismus, Frömmigkeit und Gebet ein.

»Die Kunst ist doch letzten Endes das Verlangen, Gott näherzukommen«, sagte Jawlensky.

Für Goll und mich war es wichtiger, den Menschen wiederzufinden.

Im Verlaufe seiner Besuche im Kreis um C. G. Jung fing Goll an, sich für Alchemie und okkulte Randwissenschaften zu interessieren. Dieser Psychiater und Psychoanalytiker, Freuds einstiger Favorit und Anhänger, war damals ein athletischer Mann in den Vierzigern. Er hatte noch nicht das abgeklärte, von weißem Haar umrahmte Gesicht, das später bekannt wurde, sondern kräftige Kinnladen und ein eigenwilliges Profil, das von einem dunklen Schnurrbart markiert war. Über der Stirn begannen die schwarzen Haare zurückzuweichen und den scharfen, von skeptischen Lachfältchen umgebenen Augen den Vorrang einzuräumen.

Carl Gustav Jung, zugänglich und joval, hatte außer seiner funkelnden geistigen Beweglichkeit eine außerordentliche Begabung zur poetischen Synthese, war aber wie alle Psychiater, die ich je gekannt habe, auf seine Weise verrückt und größenwahnsinnig. Dennoch rettete ihn seine umfassende Bildung und sein herzhafter Humor aus dem metaphysischen Sumpf, in dem seine Kollegen so oft jeden Halt unter den Füßen verlieren. Diese Berufskrankheit, von der viele Ärzte befallen sind, die aus ihrem Spezialistentum eine allgemeingültige Diagnose herleiten wollen, birgt große Gefahren in sich für das seelische Gleichgewicht derer, die den geistigen Entgleisungen anderer auf der Spur sind. Früher einmal haben sie gelernt, die Regeln der Denktätigkeit aufzuspüren. Dann aber, im

Glauben, den Universalschlüssel zu besitzen, vermessen sie sich, den Mechanismus aller Gedanken ergründen zu können, der gesamten Menschheit, an jedem Ort und zu jeder Zeit. Aus der Beobachtung, daß das Denken menschliches Verhalten bestimmt, folgern sie, die Gesamtheit aller Verhaltensweisen mache die Geschichte. Und solche Überlegungen führen unweigerlich zu dem Irrglauben, man sei befugt, alles und jedes zu diagnostizieren – sei es nun Politik, Philosophie, Bärenjagd oder moderne Kunst.

Auch Jung entging nicht dem Wahn, sein System sei endgültig. Aber sein besonderes Interesse galt den Phantasiegebilden, die das menschliche Hirn gebiert: Religionen, Aberglauben, Alchemie, Kabbala, Schwarze Magie, Hexerei, esoterische Wissenschaften, Wahrsagerei und Vampirismus ... Er sammelte alte Zauberbücher, hermetische Traktate, Mandalas und zeigte uns seine Schätze, um seine Gedankengänge zu illustrieren. Alle diese Ausgeburten primitiver, kranker oder überspannter Gemüter dienten Jung zur Untermauerung seiner Theorie vom Archetypus, den er überall suchte und fand. In seinen Augen war nichts an Hexerei und Scharlatanerie falsch oder lächerlich, weil er in allen priesterlichen Gesten und den abgeschmacktesten Formeln echte Eingebungen erblickte. Aus religiösen Gründen in den Mund eines Toten zu spucken, war für ihn keine bloße Idiotie oder ein lächerlicher Brauch, sondern eine Zeremonie, die den Wunsch ausdrückte, den Leichnam ins Leben zurückzurufen, und so zum Mythos der Auferstehung führte.

In der Vergangenheit hatte Jung seine Ideen in Briefen und Gesprächen mit Freud zur Diskussion gestellt. Aber nach seinem Bruch mit dem Wiener Meister umgab er sich lieber mit Poeten, Malern und Philosophen. Er entzog sich so dem Ärztemilieu, das ihm zu pragmatisch war und die Meinung vertrat, seine Archetypen hätten keinerlei Nutzen für die Heilung der Kranken. Dafür bildeten nun die Künstler ein ideales Publikum, um die kühnen Erzeugnisse seines Geistes zu würdigen.

Unter den Zuhörern war Goll mit seiner genauen Kenntnis der Bibel und der Kabbala ein willkommener Gesprächspartner. Er widersprach Jung zuweilen, kehrte aber nach jeder Begegnung ganz fasziniert von den intellektuellen Jongleurkunststücken des Psychoanalytikers zurück. Jung war geradezu ein Dichter, der noch an das verlorene Paradies glaubte: Der Urmensch lebte einst glücklich und frei von Neurosen, er wußte Krankheiten zu verhüten und sah seinen Tod voraus. Erst die Zivilisation und die Vernunft hatten Spezialistentum und Unordnung erzeugt ... Goll dachte, mehr im biblischen Sinn, daß ein Fluch auf der Menschheit laste und das Böse ihr innewohne. Wo Jung ein System aufbauen wollte, wollte

Goll nichts, als klarer sehen. Für Goll war es erwiesen, daß jeder Mensch, der auf diesen Planeten geworfen war, die gleichen Ängste und Zwangsvorstellungen entwickeln mußte. Da er im Dunkeln nichts sieht, fürchtet der Mensch die Nacht. Bedroht von Kälte, Hunger, Einsamkeit, Alter, Krankheit und Tod, pflanzen sich im Menschen die gleichen Bilder immer fort; wenn es heute bei uns keine nackte Angst vor dem Hunger mehr gibt, so ist die vor der Arbeitslosigkeit an ihre Stelle getreten; wenn der Mensch nicht mehr fürchtet, von Wölfen angefallen zu werden, so fürchtet er einen Autounfall oder einen Rocker-Angriff. Goll begriff das Leben als Tragikomödie, in der Lachen und Weinen sich mischen und das Individuum, auf der Suche nach dem Absoluten, abwechselnd Engel und Dämon ist, Geist oder Körper. Diese Philosophie der Doppeldeutigkeit paßte Jung nicht, der als guter Schweizer lieber ein Präzisionsuhrwerk erfinden wollte. Dem ewigen Menschen Golls setzte er die Allmacht des kollektiven Unbewußten entgegen, das insgeheim die Menschheit beherrscht und die intimste Angelegenheit ebenso lenkt wie die hohe Politik. Golls Humanismus und sein Relativismus sträubten sich gegen solche Verallgemeinerungen. Er wies Jung darauf hin, daß Freud sich immer dagegen gewehrt habe, wenn man aus der Psychoanalyse eine Philosophie oder gar eine Metaphysik machen wollte.
»Nur weil er gern möchte«, erwiderte Jung mit seinem schallenden Lachen, »daß die Psychoanalyse sein eigenes kleines Spielzeug bleibt, das mit keinem anderen verwechselt werden kann!«
Goll stellte sich oft auf Freuds Seite und stimmte mit ihm überein, daß die Sexualität der Schlüssel zu jeder menschlichen Verhaltensform sei. Jung dagegen wartete mit boshaftem Vergnügen nur auf den Moment, sein Vorbild anzugreifen, und das tat er stets mit so witzigem Scharfsinn, daß seine Zuhörer freudig mitgingen.
»Ich habe mich an der Nase herumführen lassen«, bekannte Jung, »bis ich begriff, daß derjenige, der mich psychoanalysierte, zu lange gezögert hatte, sich derselben Behandlung zu unterziehen. Alles, was er in meinem Unterbewußtsein entdeckte, waren die Schweinereien, die ihm selbst durch den Kopf gingen.«
Dann ging die Verleumdung in anderer Richtung weiter:
»Er ist der größte Egozentriker aller Zeiten«, erklärte Jung fröhlich. »Dauernd wiederholte er: ›Ich bin der Schöpfer der Psychoanalyse, ich weiß besser als jeder andere, worum es sich handelt... Ich, ich, ich...‹ Wenn ein Wissenschaftler ein Heilmittel gegen die Tuberkulose findet, verwehrt er niemandem, seine Entdeckung zu verbessern... Aber das ist Freuds Sache nicht. Freud will unser aller Vater sein, und wir sollen seine

Kinder bleiben... Er will der Papa aller Psychoanalytiker sein und führt sich auf wie alle Papas... Wie ein Fabrikant oder Apotheker verlangt, daß sein Sohn wieder Fabrikant oder Apotheker wird, das heißt ein Fortbestehen seiner selbst, unter der Bedingung, daß nichts an der Fabrik oder Apotheke irgendwie verändert wird... Denn jede Verbesserung wäre eine Trotzhandlung gegen den Vater, und das erträgt er nicht. Freud, der so vorzüglich über den Vatermord bei primitiven Stämmen geschrieben hat, lebt in der ständigen Angst, daß er selbst an die Reihe kommt. Man kann in seiner Gegenwart keinen Schädel und keinen Knochen erwähnen, ohne daß er hochschnellt wie der Teufel aus der Schachtel und schreit: ›Sie wollen meinen Tod? Sie hegen den bewußten Wunsch, sich meiner zu entledigen?‹ Am komischsten war es, als ich ihn im Dresdner Museum zu den ägyptischen Mumien geführt habe: Da wurde er stocksteif und fiel in Ohnmacht. Und ich dachte, er interessiere sich für Archäologie!«
Jung genoß seine Hiebe gegen den Mann, den er einst so bewundert hatte. Jetzt hegte er nur noch unüberwindlichen Groll.
»In meiner Klinik behandele ich Mythomanen, aber ich mache sie bei wissenschaftlichen Forschungen nicht zu meinen Mitarbeitern... Ich könnte mich nicht mein Leben lang von einem Mann führen lassen, der mich überwacht und mir den Weg versperrt. Statt sich bei mir zu bedanken, daß ich die Psychoanalyse aus dem Schlafzimmer herausgeholt habe, organisiert Freud geheime Komitees, um mich auszuschalten und zu exkommunizieren. Wie alle, die an Verfolgungswahn leiden, sieht sich Vater Sigmund überall von Gefahren bedroht..«
Das Interessante an Jung war sein ungeheures Wissen und die Art, wie er mit seinen Ideen spielte und sie zu durchsichtigen Architekturen, die Jahrhunderte und Kontinente überspannten, zusammenfügte. Wenn Jung beispielsweise von alchemistischen Rezepten sprach, zu denen Krötenkot verwendet wurde, kam er, über Indiens heilige Kühe, deren Fladen den lebensnotwendigen Brennstoff liefern, auf das Kind, das mit dem Inhalt seines Töpfchens spielt; reiste dann weiter nach China, wo die Bauern ihre Äcker düngen, indem sie ihre Notdurft dort verrichten, und verbreitete sich schließlich über die Klöster des 17. Jahrhunderts, wo die gleiche Angelegenheit täglich unter dem Vorwand der Andacht gemeinsam erledigt wurde.
Stets lauschte das Auditorium in gebanntem Schweigen, bis Jung in das laute Lachen ausbrach, dessen genauen Grund ich nie ganz enträtseln konnte: Machte er sich über sich selbst lustig, wollte er alles Bisherige zerstören, um die Genugtuung zu haben, ein neues geistiges Gebäude zu errichten? Amüsierte es ihn, die Leute irrezuführen? Wenn er nämlich

dargelegt hatte, daß alle physischen und psychischen Phänomene sich in wenigen Archetypen zusammenfassen ließ, fügte er oft hinzu, daß in der Praxis doch jeder Fall für sich studiert werden müsse und allgemeine Begriffe dabei nutzlos seien.

Ich glaube, daß es Jung hauptsächlich um seine eigenen Geistesblitze ging, um seine gewaltigen Konstruktionen, um den Theorienwirbel, der alle Gesichtspunkte in eine einzige mögliche Erklärung münden lassen sollte. Und doch hielt er sich selbst nie ganz daran, weil sein lebhafter Intellekt jede Idee, kaum formuliert, in jede beliebige Richtung wenden konnte, manchmal sogar in die genau entgegengesetzte. Im letzten Kapitel seines Erinnerungsbuches hat er zweifellos ein geistiges Testament hinterlassen. Er antwortete auf die Frage, ob das Leben einen Sinn hat oder keinen: »Wahrscheinlich ist wie bei allen metaphysischen Fragen beides wahr: Das Leben ist Sinn und Unsinn, oder es hat Sinn und Unsinn. Ich habe die ängstliche Hoffnung, der Sinn werde überwiegen und die Schlacht gewinnen.« Das letzte Wort eines Mannes von sechsundachtzig Jahren drückt also keine Sicherheit aus, sondern nur Zweifel und Hoffnung.

Goll kam von seinen Begegnungen mit Jung immer ganz beruhigt zurück, als ob das Hinabtauchen ins kollektive Unbewußte seine Überzeugung bestätigte, daß die Menschen sich überall glichen. Wenn er auch nicht dasselbe Verhältnis zur Alchemie und den okkulten Wissenschafen hatte wie Jung, so fand er darin doch faszinierende Methoden, das Denken mehr dem Traum als der rationalen Analyse anzunähern. Die extravaganten und mysteriösen Sucher waren Dichter, die, statt auf herkömmliche Art Worte aneinanderzureihen, sonderbare Stoffe aus den Alpträumen der Menschheit schöpften und Trugbildern nachliefen, wie es die Künstler taten.

Meinungsverschiedenheiten gab es hauptsächlich auf politischem Gebiet. Jung betrachtete den Sozialismus und die russische Revolution, die eben erst stattgefunden hatte, als Ableger des Mythos vom Goldenen Zeitalter – des uralten Traumes, das Paradies auf Erden zu errichten. Solche Oberflächlichkeiten befriedigten Goll nicht, der die Leiden der kleinen Leute besser kannte und wußte, daß einem Arbeiter »Archetypen« nicht weiterhalfen bei seinen Sorgen und Wünschen: alle Tage satt zu werden, den nächsten Tag nicht mehr zu fürchten und kein Kind mehr sinnlos sterben sehen zu müssen.

Die geistigen Höhenflüge des Jung-Kreises hatten Goll jedoch für gewisse Seiten der abstrakten Malerei empfänglicher gemacht, die der Entstehung der Formen auf den Grund gehen wollte. Ein Freund von Arp und Richter wohnte ebenfalls in Ascona und arbeitete verbissen an einem Film. Es war ein Schwede namens Viking Eggeling. Als Abkömmling einer Musikerfamilie suchte er eine Synthese von Malerei und Musik zu schaffen. Aber da melodische Variationen einen zeitlichen Ablauf haben, während das Bild statisch bleibt, ersann Eggeling das widersprüchliche Unternehmen, Bildabläufe zu filmen, die sich wie eine Symphonie entwickeln sollten. Das machte sehr viel Arbeit, und Goll erbot sich, ihm beim Ausschneiden der Kreise und Dreiecke, deren er sich bediente, zu helfen. Bald trafen wir uns allabendlich zu fröhlichem Beisammensein bei Eggeling. Goll und ich wunderten uns über seine Hautfarbe – im allgemeinen haben die Schweden ja nicht gerade einen ins Olivgrünliche spielenden Teint. Es dauerte über eine Woche, ehe wir begriffen, daß Eggeling grün vor Hunger war. Seit Wochen ernährte er sich vorwiegend von abgefallenen Tomaten, und da es noch keine Maronen oder Mais gab, füllte er sich den Bauch mit Wasser und Melonenkernen.

Er besaß keinen roten Heller. Die wenigen Zuschüsse, die er gelegentlich bekam, gingen restlos in den Ankauf von Filmmaterial. Wir gewöhnten uns daran, ihm etwas zum Essen mitzubringen, hauptsächlich Leber, die billigste Fleischart, mit der die Ortsansässigen von Ascona höchstens die Hunde fütterten. Manchmal luden wir ihn und seine Frau in die Trattoria ein, damit sie sich wenigstens einmal satt essen konnten. Bei Tisch steckten sie verschämt Brot und Reste in eine Tüte. Damit kehrten wir dann ins Atelier zurück, um geometrische Figuren auszuschneiden, die Viking säuberlich auf Papierbogen klebte.

Eggeling war klein und untersetzt und hatte eine sehr große Nase. Nur seine auffallend blauen Augen bezeugten seine skandinavische Herkunft. Sonst widersprach alles an ihm, auch sein strenges Ordnungsbedürfnis, unseren Vorstellungen von Skandinaviern und einer romantischen nordischen Schlamperei.

»Die Rolle des Künstlers beginnt da, wo die Wissenschaft aufhört«, betonte er. »Aber er muß alle wissenschaftlichen Entdeckungen nützen. Mein Film trägt der Funktion und der Psychologie der Formen Rechnung. Indem ich die Zeit ins Bild einführe, lasse ich das nur Visuelle hinter mir; ich spiele mit Frequenzen und Großaufnahmen. Man muß die Barrieren zwischen Kunst, Mathematik und Industrie abschaffen. Das menschliche Denken ist nicht in kleine Abschnitte unterteilt. In der Kunst gibt es ebensoviel Genie wie in der Mechanik oder der Medizin... Darum muß die Kunst eine ebenso strenge Wissenschaft werden wie die Physik oder Chemie.«

Leider galt die Strenge, der er seiner Arbeit unterwarf, nicht in seinem Privatleben. Er war mit Marion, einer Amerikanerin, verheiratet, und

machte ihr regelmäßig ein Kind. Um sich aus der Affäre zu ziehen, trieb er dieses dann nach uralter Methode mittels einer Stricknadel ab. Aber da er in solchen Handarbeiten nicht sehr geschickt war, stach er des öfteren zu tief oder vorbei.
»Ich kann nicht mehr«, klagte Marion. »Wenn wir doch bloß das Geld hätten, um es mal ordentlich machen zu lassen!«
Viking machte es auf dem Küchentisch neben dem Wassertopf, in dem er seine Instrumente auskochte.
»Ich verlange ja gar keinen Arzt«, fuhr Marion fort, »nur eine Frau, die etwas Ahnung von Anatomie hat...«
1920 kam die Ärmste zu uns nach Paris, Vikings Porträt von Modigliani unter dem Arm. Sie wollte tausend Francs dafür, aber Goll und ich hatten ebenfalls nichts. Marion Eggeling brauchte das Geld, um sich operieren zu lassen; anstelle der Gebärmutter hatte sie nur noch ein Sieb, denn trotz seines ständigen Trainings war es Viking nicht gelungen, sich technisch zu verbessern. Als die Ärzte Marion aufschnitten, haben sie ihr gleich alles herausgenommen.
So wie die Eggelings lebten viele zu unserer Zeit, in nacktem Elend und Erniedrigung. Ohne uns und unsere Leberspenden hätten die Eggelings weniger gehabt als die Hunde von Ascona. Wenn man heute hört, daß alle Kinematheken Eggelings *Diagonale Symphonie* vorführen und Viking Eggeling in den Nachschlagewerken als Schöpfer des abstrakten Films genannt wird, möchte man alles kaputtschlagen. Man hat ihn in Hunger, Kälte und Elend dahinvegetieren lassen, man hat ihm die Mittel verweigert, zu arbeiten und einigermaßen anständig zu leben. Er starb 1925, ohne je Sorglosigkeit oder gar Erfolg gekannt zu haben. Es ist erbärmlich.
Nach seinem Tod schrieb sich Hans Richter die Vaterschaft an der *Diagonalen Symphonie* zu. Er vermachte dem Museum von Basel eine ausschließlich von ihm unterzeichnete Kopie des Films. Aber das Original war bei Marion Eggeling in Paris.

Am 11. November 1918 feierten wir den Waffenstillstand. Die ganze Künstlerkolonie von Ascona hatte sich versammelt; jeder brachte nach Vermögen Wurst und Flaschen mit, um das Ereignis, auf das wir seit Jahren warteten, zu begießen. Während wir auf den Frieden tranken, machten wir große Pläne. Wir wollten die Schweiz schleunigst verlassen und uns wieder Aktionen anschließen. In Deutschland zog das Gewittergrollen der Revolution herauf. Die Welt erwartete uns mit offenen Armen, und wir hatten es eilig, sie zu erobern. Mit Hilfe des Alkohols verflüchtig-

ten sich alle Schwierigkeiten; das Leben schien für uns nur noch aus Liebe und Versöhnung zu bestehen.
Erst am nächsten Morgen war jeder soweit ernüchtert, daß er seine persönliche Situation klarer ins Auge fassen konnte. Diejenige Golls war nicht glänzender als die der anderen Pazifisten. In Deutschland galt er als Deserteur, und ungeachtet der Niederlage traute er der germanischen Bürokratie nicht über den Weg. Nichts kann einen »Boche«-Funktionär aufhalten, der ein Fahndungsblatt in der Schublade hat. Für Yvan kam es daher nicht in Frage, nach Berlin zu gehen. In Frankreich lagen die Probleme anders. Seine Weigerung, unter dem Kaiser zu dienen, hatte ihm zwar viel Ehre eingebracht, aber die Befreiung Lothringens hatte seine Staatsbürgerschaft geändert. Nachdem er wieder Franzose geworden war, hatten seine Verwandten den Gestellungsbefehl für ihn erhalten, und sein Pazifismus wurde plötzlich wieder zum Dafätismus, seine Weigerung, eine Waffe zu tragen, zur Fahnenflucht. Da Goll jedoch nach wie vor nicht an diesem irrsinnigen Bruderkrieg teilnehmen wollte, zog er es vor, eine Geisteskrankheit vorzutäuschen und so das Problem zu umgehen. Mehrere Männer unter uns hatten zu dieser List gegriffen; Albert Ehrenstein hatte sich sogar in eine Irrenanstalt einsperren lassen. Dank Jung und meinen alten Genfer Professoren war es uns gelungen, ein dickes Bündel von fachärztlichen Gutachten zusammenzubringen. Das legten wir nun den Militärärzten vor, die nur eine verdächtig plötzliche Genesung konstatieren konnten.
Goll beschloß, in der Schweiz zu bleiben, bis das kriegerische Durcheinander sich in Frieden und Vergessen aufgelöst hatte. Um die Wartezeit zu verschönen, schlug er mir zum hundertstenmal vor, unser Verhältnis in eine legale Ehe umzuwandeln. Aber nach meinen einschlägigen Erfahrungen konnte ich meine tiefe Abneigung gegen die Veramtlichung der Liebe noch nicht überwinden. Ich liebte Goll, aber ich wollte mich nicht anketten lassen. Folglich entschloß ich mich, Ascona Hals über Kopf zu verlassen. Knapp eine Woche nach dem Waffenstillstand brachte mich Goll an den kleinen Bahnhof von Locarno.
Ich hatte meinen ersten Gedichtband an Rainer Maria Rilke geschickt, der in seiner Antwort den Wunsch ausdrückte, mich kennenzulernen. Ich machte daraus Zweck und Ziel meiner Abreise. Schon beim Besteigen des Zuges hatte ich eine Vorahnung, daß diese Begegnung in Leidenschaft ausarten könnte. Doch überhörte ich die innere Stimme, die mir riet, bei Goll zu bleiben, und verließ ihn.
Bis zur Grenze blieb alles beim alten. In einem neutralen, behäbigen und ruhigen Land gleicht der Vorabend eines Waffenstillstandes dem näch-

sten Tage. Aber kaum hatte ich den Zoll passiert, so änderte sich das Bild, und eine neue Welt eröffnete sich. Soldaten klammerten sich an Trittbretter der überfüllten Züge und verfluchten lauthals den Kaiser; betrunkene Matrosen brüllten revolutionäre Parolen und teilten brüderlich ihre Zigaretten mit allen. Eine außerordentliche Hochstimmung belebte das Volk, das im Begriff war, Jahrhunderte der Ausbeutug und des militärischen Drills von sich abzuschütteln.

6

Bei meiner Ankunft in München fand ich bereits die Republik und das Chaos vor. Kurt Eisner, ein Journalist und kommunistischer Heilsprediger mit leuchtenden Augen hinter dem Kneifer, hatte die erste Regierung der Republik Bayern ausgerufen. Der Bierlokaltheoretiker Eisner, von dem Dichter Ernst Toller unterstützt, organisierte seine Ministerräte wie Stammtischrunden. Während ihrer Debatten kamen unaufhörlich Abgeordnete oder einfach Neugierige herein und überbrachten Neuigkeiten über die Aufstände in Wien, Budapest, Kiel, Hamburg, Lübeck... Das Ganze war eine Machtergreifung der Künstler und der Verrückten, der Propheten und Neurotiker.

Aber das alles wurde mir erst nach und nach bewußt. Rilke stand für mich im Mittelpunkt aller Gedanken. Kaum war ich im »Regina-Palasthotel« abgestiegen, einem der besten Häuser im Zentrum Münchens, wo ich schon die Hochzeitsnacht mit meinem geschiedenen Mann verbracht hatte, so ließ ich durch den Pagen eine Botschaft zu Rilke bringen. Am nächsten Morgen schickte er mir ein riesiges Rosenbukett und ein Briefchen. »Ich erwarte Sie morgen bei mir; wollen Sie?« fragte er. »Ich bin schon seit langem ein Bewunderer Ihrer Gedichte.«

Am folgenden Tag eilte ich zu Rilke in die Ainmillerstraße 34. Aber bevor ich die Treppen hinaufstieg, hielt ich mich ein Weilchen im Zwischenstock bei Frau Klee auf, um die Panik, die mich ergriffen hatte, zu überwinden. Da ich Rilkes Ruf als Frauenverführer kannte, zitterte ich wie Espenlaub. Frau Klee sah meine Aufregung und bot mir ein kleines Tellergericht an, das den Bildern ihres Mannes ähnelte: einen Löffel voll Sauerkraut mit einer Prise Kümmel bestreut, daneben zwei Speckwürfel, ein paar Wurstscheiben und ein Würzkraut. Die Abstraktion war nicht nur in die Kunst eingezogen, sondern sogar in die Küche und die Köchin. Diese Stärkung gab mir die nötige Kraft, ins dritte Stockwerk weiterzusteigen.

Im politisch-revolutionären Klima, das in München herrschte, wirkte Rilkes Wohnung wie eine schillernde Seifenblase, die über allem Aufruhr schwebte. Rainer Maria Rilke schien von den Vorgängen draußen nichts zu bemerken. Beim Kriegsausbruch hatte auch er sich mit ein paar schlimmen Versen zum Ruhme des Gemetzels und des Militärs geäußert. Goll, Werfel und Johannes R. Becher hatten ihm einen schweren Vorwurf daraus gemacht. Aber er hatte sehr rasch selbst eingesehen, daß sein Platz überhaupt nie ganz auf dieser Erde sein würde, sondern bei seinen Büchern und böhmischen Gläsern, oder weit weg, in der Kälte eines sagenumwobenen Nordens... Der Kornett Rainer Maria Rilke war dazu geboren, von endlosen Ritten über feuchte Grasebenen zu träumen, mit phantastischem Streitroß, auf der Suche nach einer weißen Braut in der Einsamkeit einer märchenhaften Burg am Ostseegestade.
Während des Krieges hatte er sich in seine Romantik eingesponnen, nur der Poesie gelebt und die übrige Menschheit ihrem Waffengeklirr und dem stampfenden Marschtritt überlassen. Seine Klänge kamen woanders her: aus Meeren, gefüllt mit Ambra und wallenden Nebeln, in denen sich Kriege und Revolutionen verwischten. Er durchlebte eine Zeit »vor den Blumen«, vor Tagesanbruch, vor Kriegsausbruch.
Rilke war ein Ästhet, in seiner Art sich zu kleiden ebenso wie in der Kunst sich einzurichten oder zu lieben. Auf alles, was er berührte, übertrug er Reinheit in seinem Sinne. Seine Wohnung bezeugte den verwöhnten Geschmack des Dichters. Das riesige Arbeitszimmer bot durch eine Glastür den Blick auf die Rückseite einer Kirche. An den Wänden entlang standen Bücherschränke mit Glasscheiben, die kostbar gebundene Bücher und eine ganze Glasmenagerie geblasener Figürchen bargen. Er arbeitete an einem Stehpult, das in einer Ecke aufgestellt war. Rilke war ein sehr zarter Mann mit einem wuchtigen Kopf auf einem Knabenkörper, leuchtendblauen Augen, aschblondem Haar und einem Robbenschnauzbart, der den Mund verdeckte.
»Ich habe Negerlippen«, erklärte er mir mehrmals.
Er hatte Probleme mit seinem Körper und suchte seine Dichtung mit seinen schwachen Muskeln und seiner etwas ätherischen Gestalt einigermaßen in Einklang zu bringen. Er litt unter Angstzuständen, nicht wegen seiner Unfähigkeit zu kämpfen, sondern wegen seiner unfreiwilligen Arbeitspausen. Wenn die Inspiration ihn im Stich ließ, verfiel er in Trübsinn. Diese Leerläufe konnten monatelang dauern. Ihm graute vor dem Gedanken, niemals wieder die Feder in die Hand nehmen zu können. Für ihn war die reine Existenz eine vegetative Angelegenheit, die allen Menschen gemein war. Wirklich leben, also diesem stumpfsinnigen Los entgehen,

konnte er nur durch das dichterische Wort. Wenn Tag für Tag das Blatt vor ihm weiß blieb, geriet er in Panik. Das erklärte seine häufigen Reisen: Unterwegssein, das war sein Mittel, sich selbst zu entfliehen, wenn die Eingebung ihn floh.
»Ich habe schon einmal an eine psychiatrische Behandlung gedacht«, sagte er, »es aber gerade noch rechtzeitig unterlassen.«
Wirklich hatte er längere Zeit geglaubt, sein Heil läge in der Psychoanalyse. Seine Geliebte, Lou Andreas-Salomé, hatte Freud und seinen Kreis emsig besucht und Rilke zugeredet, sich auf den berühmten Diwan zu legen. Rilke hatte vor dem Krieg jahrelang das Für und Wider erwogen, aber im letzten Moment doch einen Rückzieher gemacht.
»Ich lasse mir nicht im Gehirn herumstochern«, sagte er zu mir, »da behalte ich lieber meine Komplexe.«
Er lernte Freud zwar eines Tages persönlich kennen, sagte ihm aber nichts von seinen Problemen. Danach wich er ihm aus, sooft Freud in seine Nähe kam. Die panische Angst, zerpflückt und ausgesogen zu werden, verfolgte ihn ständig. Nicht von ungefähr hatte er sich ein Universum aufgebaut, das ihm Sicherheit gab – es war erfüllt von Buchstaben, die Vorlieben, Seufzer und kosmischen Ekstasen umschlossen. Er baute an seiner Persönlichkeit, obwohl er das gar nicht nötig hatte, aber was er war, genügte ihm nicht. Er fühlte sich nackt und verletzlich. Voller Narzißmus hegte er seine Zartheit, seine Melancholie und seine Ängste.
In seiner abgeschirmten Klause, die stets von Frauen belagert war, stellte man sich den Dichter meist hungrig und durstig vor. Dabei war er ein echter Feinschmecker, der mich in Luxusrestaurants führte, während die Leute in München und dem übrigen Deutschland vor den Bäckereien Schlange standen, um einen Laib Schwarzbrot zu ergattern. Wenn ich bei ihm dinierte, bereitete er stets eigenhändig Omeletts zu, die ihm wunderbar gelangen. Obendrein war es seine Leidenschaft, den Tisch zu decken. Er verbrachte Stunden damit, gestickte Tischtücher passend zum erlesenen Porzellan auszuwählen. Ich habe nie wieder einen so ausgesuchten Geschmack bei einem Mann gefunden. Das erklärt vielleicht auch seine Bewunderung für Schlösser, wo beim Tischdecken harmonische Meisterwerke von stummen Lakaien zustande gebracht wurden.
Rilke benahm sich sehr väterlich mir gegenüber. Er nannte mich »mein Kind«. Der Altersunterschied zwischen uns betrug dreizehn Jahre, was mir damals ungeheuerlich schien, zumal, da er schon der Geliebte ungezählter Frauen gewesen war. Ich hatte in München sogar eine Jugendfreundin wiedergetroffen, die zu seinen verflossenen Liebschaften gehörte. Dennoch hatte ich viel Vertrauen zu ihm, zweifellos wegen seiner

Zärtlichkeit, die er mit aristokratischer Anmut freigebig austeilte. Rilke überschüttete seine jeweilige Geliebte mit Aufmerksamkeiten. Golls Liebe dagegen war etwas, das allen Menschen galt. Er interessierte sich viel zu sehr für andere, als daß er versucht hätte, über seine Gefühle ein Bild von sich selbst zu schaffen. Rilke riskierte nichts. Sogar die Zärtlichkeit war für ihn ein Mittel, sich einzuhüllen und zu schützen. Er lieferte sich niemandem aus, sondern errichtete sein Denkmal für die Ewigkeit. Während er vor mir auf den Knien lag, behielt er sich selbst gut im Auge. Was er anfaßte, geriet zum Märchen. Eine Liebesnacht verwandelte sich bei ihm in eine Erzählung der Scheherazade. Und um die Illusion zu vollenden, bat er mich, ihm den Tanz der sieben Schleier vorzuführen. Ich tanzte gut, und er verschlang mich mit den Augen. Der letzte Schleier, der meinen Körper bedeckte, wurde unter uns eine Art Losungswort, das in manchen seiner Gedichte wiederkehrte.

Er sagte, man brauche vier Tage, um sich für eine Liebesnacht vorzubereiten, merkte aber bald, daß bei mir diese Zwischenzeiten zu lang waren. Ich zog also zu ihm, um den Zeitverlust auf ein Mindestmaß herabzusetzen.

Während meines Aufenthalts bei ihm habe ich ihn nie arbeiten gesehen. Stundenlang, an seinem Stehpult oder auf den Knien vor der Bergère, auf der ich lag, las er mir mit volltönender Stimme seine Gedichte vor. Ich konnte ihm ganze Nachmittage zuhören, manchmal bis in die Nacht hinein. Es ist keiner Frau je gelungen, ihm zu widerstehen.

Gleich am ersten Tag gingen wir in die Pinakothek, um uns den Isenheimer Altar von Matthias Grünewald anzusehen, der als Kriegsbeute von Colmar nach München gebracht worden war. Rilke nahm mich bei der Hand, und wir standen reglos vor der Kreuzigung.

Trotzdem, und trotz seiner Heirat mit Clara Westhoff, einer auf den geschmacklosesten Kitsch spezialisierten Künstlerin, hatte Rilke keinerlei Beziehung zur Malerei. Bei ihm schmückte kein Bild die Wände. Claras beste Freundin war Paula Modersohn-Becker, eine sehr gute expressionistische Malerin, der es jedoch nie gelang, das Ehepaar Rilke modernen Bestrebungen aufzuschließen. Rilke hatte nur Sinn für Baukunst, besonders für Kathedralen, und davon ausgehend für Bildhauerei und primitive Kunst. Er hatte kein Gespür für seine Zeit oder die Menschen seiner Zeit. So aufmerksam, zuvorkommend und zart er auch mit Frauen umgehen mochte, erfuhr er doch nie eine wirklich große Liebe, weder in der Kunst noch im Leben. Keine Leidenschaft hat sein Gleichgewicht je ernstlich erschüttert. Er war ein sehr beherrschter Mensch, außer im Bett, aber das ist ja bei den Männern im allgemeinen der Fall.

Ich teilte mit Rilke eine grenzenlose Bewunderung für den dänischen Schriftsteller Jens Peter Jacobsen, Autor der *Fru Marie Grubbe*. Spielte da der Einfluß von Ibsen und Strindberg eine Rolle? Jedenfalls waren die Skandinavier sehr in Mode, und Rilke sprach mehrmals von der Verästelung seiner *Aufzeichnungen des Malte Laurids Brigge* mit Jacobsens Stil. Seine Kenntnis der nordischen Mythologie stammte hauptsächlich aus dessen Lektüre, durch die er Schweden, Norwegen, eisige Weiten und dunkle Wälder entdeckte.
Außerdem war Rilke auch ein Salonlöwe. Er hatte nie das Gefühl, bei intellektuellen Soireen oder literarischen Tees nur seine Zeit zu vergeuden. Dort pries er enthusiastisch die sprachlichen Schönheiten, die er bei der Übersetzung von Anna de Noailles aufspürte. Für ihn stellte sie das Äußerste an ästhetischer Kühnheit dar, während sie heute nur noch als Beispiel eines schriftstellerischen Laubsägestils gilt. Rilke hingegen machte ihr Reimgeklingel glücklich.
Er hatte eine große Schwäche für Frankreich, und er hat Louise Labé, Mallarmé, Valéry und Baudelaire wundervoll übersetzt. Aber er mußte die bittere Erfahrung machen, daß er in diesem Land nicht anerkannt wurde. Viel später hat mir Valéry einmal im Collège de France gesagt: »Schade, daß ich Rilkes Genie zu spät entdeckt habe. Eine meiner größten Unterlassungssünden ist es, ihn nicht übersetzt zu haben.« Rainer wäre über diese Worte hocherfreut gewesen, denn er hatte eine sehr hohe Meinung von Valérys Talent. Er sog die Komplimente in sich hinein und wurde es nie müde, Lobreden anzuhören. Ich selbst konnte ihn Stunden und Tage, ja sogar eine Woche bewundern, aber danach packte mich das unwiderstehliche Verlangen, wieder einmal aus diesem Zustand von Hypnose und Verzückung herauszukommen.
Golls Briefe erinnerten mich daran, daß es noch eine andere Welt gab, in der Menschen für die Revolution und Gerechtigkeit kämpften. Meine Post erreichte mich bei Rilke, dessen Adresse ich hatte angeben müssen, um mit der Schweiz in Kontakt zu bleiben. Der augenblickliche Geliebte überreichte mir nur widerstrebend die Briefe des angeblich Verflossenen. Seine Nervosität steigerte sich, wenn Goll mir täglich mehrmals schrieb, obwohl er so tat, als merke er nicht, daß die Briefe alle Schweizer Briefmarken trugen und von derselben Hand geschrieben waren.
»Man scheint viel an dich zu denken«, sagte er nur anzüglich und verstimmt.
Ich vermied jede Antwort und zog mich zurück, um den Umschlag zu öffnen. Ich wollte Rilke meinen Zwiespalt nicht merken lassen, wenn ich Yvans ultimative Forderungen las. »Rilke oder ich!« stand in jedem Brief,

und er beschwor mich inständig, endlich zu wählen. Er hätte es, notgedrungen, noch hingenommen, daß ich ihn betrog, aber daß ich es mit einem anderen Dichter tat, trieb ihn zur Raserei. Die literarische Rivalität war noch schärfer als die männliche. So wurde Goll Tag für Tag erregter und ausfallender und weigerte sich zu verstehen, daß ich mich nicht binden und noch weniger heiraten wollte.
Rilke seinerseits begann ängstlich zu werden. Jeden Morgen wurde er von einem anonymen Telefonanrufer aus dem Schlaf geschreckt: »Herr Rilke, Sie halten bei sich die Bolschewikin Claire Studer versteckt?« Mein journalistischer Ruf hatte sich von den Schweizer Kiosken über ganz Deutschland verbreitet, ohne daß Rilke darüber auf dem laufenden war. Ich hatte ihm nur von meiner Verehrung für Rosa Luxemburg und den neuen Perspektiven der russischen Revolution erzählt. Rilke dachte, es handle sich um literarische Koketterie, stimmte zerstreut zu und nahm mich nicht weiter ernst. Die Telefonbelästigungen änderten das. Nach jedem Anruf stand er lange da, den Hörer in der Hand, ohne ihn wieder einzuhängen.
»Ist es wahr?« fragte er beklommen. »Bist du eine Bolschewikin?«
Es machte mir Spaß, nicht direkt zu antworten und seine empfindsamen Nerven auf eine harte Probe zu stellen. Später erzählte ich ihm von meiner Mitarbeit an linksgerichteten Blättern und pazifistischer Propaganda. Ihm, dem völlig in sich Gekehrten, dienten alle anderen nur als Spiegel, und die kleinste Trübung der glatten Oberfläche störte ihn. Nun mußte er erkennen, daß ich anders war als er, daß ich mein eigenes Leben, meine eigenen Gedanken hatte. Es war nicht immer nur sein Spiegelbild, das er in meinen Augen sah. Im übrigen war Rilke unfähig zu dauerhafter Zuneigung oder Gemeinsamkeit. Alles, was er zu bieten hatte, waren ein paar Wochen, in Ausnahmefällen ein paar Monate. Bei ihm hielt die Liebe nicht. Eiligst verkroch er sich wieder in seinen Elfenbeinturm mit den Spitzendeckchen und erwartete ein neues Trugbild, an das er seine Träume hängen konnte.

Nach dem friedlichen Inselaufenthalt in Rainer Maria Rilkes gläserner Festung hatte ich das Bedürfnis, neue Kontakte mit der Wirklichkeit aufzunehmen. Ich wollte die Revolution wiedersehen. Ich stieg also in den Zug, ohne mich auch nur bei meinen Eltern zu melden, und fand auf jedem Bahnhof das gleiche Bild vor wie bei der Ankunft in München: Zerlumpte, lachende Soldaten, die politische Schlagwörter schrien und dabei Zigaretten und schäumende Bierkrüge herumreichten.
Berlin kam mir vor wie eine Stadt, die von Hoffnung und Leidenschaft

aufgewühlt ist. Ständig bewegten sich riesige Menschenmassen durch die Straßen und forderten den Sozialismus, die Freiheit, Brot... Die Bevölkerung, deren Nerven aufs äußerste gespannt waren, reagierte auf jeden Tumult.
Die Inflation machte das Geld wertlos, und jeder beeilte sich, es loszuwerden. Die Kabaretts, die gerade in Mode waren, mußten Besucher zurückweisen, der Sekt floß in Strömen. Das Gesicht hinter Halbmasken verborgen, im Abendkleid oder als Harlekin kostümiert, zogen wir durch die nächtlichen Straßen, wo ab und zu Maschinengewehrgarben aus den Fenstern ratterten. Wer schoß auf wen? Egal... Nachdem ich den ganzen Tag bei Demonstrationen mitgemacht hatte, wollte ich die Nächte durchtanzen. Die Todesnähe mischte sich mit der Lebensgier; alles mußte sofort und bis zur Neige ausgekostet werden.
In der eisigen Dezemberkälte strömten die Massen auf den Plätzen zusammen und marschierten die großen Straßen entlang. Kriegsinvaliden hinkten auf Krücken hinterher, Frauen trugen ihre Kleinsten auf den Armen. Die widersprüchlichsten Gerüchte schwirrten herum. Man rannte zu den Druckereien der beiden linken Zeitungen *Vorwärts* und *Rote Fahne*, um Genaueres zu erfahren. Die Leute stolperten, überstürzten sich. Die am Ende des Zuges wußten nicht, ob wieder einmal eingesperrte Matrosen befreit werden sollten oder ob es galt, die bedrohte Regierung zu stützen.
Etwa Mitte Dezember wurde der Kongreß der Soldatenräte in Berlin eröffnet. Alle Offiziere wurden abgesetzt, und gleichzeitig kehrten die meisten Frontsoldaten in die Stadt zurück. Sie kamen in geordneten Gruppen, aber ausgemergelt, abgerissen, geschlagen. Die Demobilisierungsvorschriften waren derart spitzfindig und bürokratisch, daß viele Heimkehrer entmutigt den ganzen Krempel hinwarfen und sich wieder auf den Bahnhöfen herumtrieben oder den täglichen Demonstrationen anschlossen.
Berlin war ein Fest, ein Wirbelsturm, eine Revolution, alles gleichzeitig. Ein Volk ohne politische Erfahrung, ohne revolutionäre Vergangenheit wollte sich nun plötzlich von der preußischen Unterdrückung und dem erstickenden Bürgermief befreien. Verrücktheit, Hoffnung, Hunger und Träume gingen wirr durcheinander, ohne daß irgend jemand etwas von dem mitbekam, was er nicht selber mitbrachte.
Die meisten Leute hatten keine Ahnung, was sich wirklich ereignete; sie konnten weder zwischen Sozialisten von rechts noch denen von links noch zwischen Republik und Revolution unterscheiden. Das Ende des Kaiserreichs, die Legalisierung der Gewerkschaften, das Versprechen von Neu-

wahlen verhießen den Anfang einer neuen Welt, der Heimkehr, des endgültigen Waffenniederlegens.
Aus den Straßenbewegungen brodelten stündlich neue Ideen. In dieser explosiven Ausnahmesituation konnte eine Liebknecht-Rede oder ein Artikel von Rosa Luxemburg in der *Roten Fahne* unübersehbare Folgen haben. Stets waren Massen auf dem Sprung, sich unter die Marinesoldaten zu mischen, die ihre Waffen noch nicht abgegeben hatten. Die Straße gehörte dem Volk. Lastwagenfuhren mit Soldaten, die rote Fahnen schwenkten, waren dauernd unterwegs. Aber diejenigen, die tagsüber am lautesten geschrien hatten, kehrten abends brav in die Kasernen zurück, wo sie Unterkunft und Verpflegung fanden, mitsamt den Offizieren, die sie bekämpften.
Mir gefiel diese Atmosphäre von Gewalt und Unordnung. Mit Genuß dachte ich jetzt an den Schrecken meiner Mutter, an ihr entsetztes Zusammenzucken, wenn sie die Verwünschungen gegen die Reichen mit anhören mußte. Ich fühlte mich mit den Massen verbunden, die dem Bürgertum Angst einjagten.
Ich wohnte bei einem Freund aus meiner Kindheit, einem Mathematiker, der durch Bücher über die Quantentheorie bekannt geworden ist. In München hatte er in derselben Straße gelebt, in der ich als Kind, auf der Türschwelle kniend, den jungen Richard Strauss Klavier spielen hörte. Jetzt begleitete ich meinen Freund zu Versammlungen, in denen er redete. Er war von unerhörter Sprachgewalt, wenn er das deutsche Spießbürgerdenken anprangerte, und das wäre ihm eines Tages beinahe schlecht bekommen. Das Publikum bestand zur Hälfte aus Konterrevolutionären, die zu johlen anfingen. Er verdoppelte daraufhin seine Lautstärke, und ich fürchtete schon, man würde ihn lynchen. Ich versuchte ihn am Ärmel hinauszuzerren, aber die Menge umdrängte uns so, daß wir den Ausgang nicht erreichten. Alles pfiff und schrie, und natürlich wurde ich ebenso aufs Korn genommen wie der Professor. Dank einiger Matrosen, die sich auf unsere Seite stellten, und der allgemeinen Konfusion gelang es uns schließlich zu entwischen.
Wenn ich mich nicht an Demonstrationen beteiligte, ging ich in das berühmte »Café des Westens«, in dem sich die gesamte deutsche »Intelligentsia« traf. Hier herrschte der trockene, scharfe Witz, der den Berlinern eigen ist. Ich sah viele alte Bekannte aus der Zeit meiner Ehe mit Studer wieder: Kurt Wolff, Johannes R. Becher, aber auch die sehr gefeierte Else Lasker-Schüler, Wolfenstein und Hans Richter, ferner Huelsenbeck, der sich mit großem Gefolge und noch größerem Trara als Wortführer der Dadaisten der ganzen Welt aufspielte.

Im Mittelpunkt des Berliner Gesellschaftslebens aber stand meine Freundin Elisabeth Bergner. Selbst während der Revolution ließ sie sich nicht von ihrer Lieblingsbeschäftigung abhalten, den Männern der Hautevolée den Kopf zu verdrehen. Der arme Wilhelm Lehmbruck, mit dem sie zusammenlebte, war schwer vom Krieg gezeichnet: Grausige Erinnerungen an zerfetzte Gesichter und Leiber verfolgten den ehemaligen Sanitäter. Kann man es der lebenslustigen, gefeierten Schauspielerin verdenken, daß sie nicht bereit war, die furchtbaren Depressionen des Bildhauers dadurch zu lindern, daß sie nicht von seiner Seite wich? Sie schickte ihn sogar zu seiner Frau und seinen vier Kindern zurück. Doch er blieb. Im März 1919 ertrug er seine Halluzinationen und die häufige Abwesenheit seiner Geliebten nicht länger. Er steckte den Kopf in den Gasofen. Zuvor hatte er Elisabeth Bergner noch ein Telegramm gesandt.

»Was sollte ich tun? Als ich das Telegramm erhielt, war es schon zu spät«, sagte meine Freundin, als ich ihr, Jahre danach, vorwarf, sie hätte Lehmbrucks Leben retten können. »Und warum hast du Goll verlassen?« fragte sie zurück.

»Wir haben uns nicht richtig getrennt, ich brauche nur etwas Zeit zum Nachdenken.«

»Yvan ist ein Mann, den ich bis zur Selbstverleugnung lieben könnte«, gestand mir die Bergner.

»Untersteh dich!« fauchte ich sie an. »Ich würde dich umbringen!«

Einmal lief ich im »Café des Westens« zufällig meinem Onkel Max Scheler in die Arme. Er hatte seine zweite oder dritte Frau bei sich. Jedesmal, wenn er die Religion wechselte, wechselte er auch die Ehefrau.

»Siehst du manchmal die Familie?« erkundigte ich mich.

»Rede mir bloß nicht von diesem Schlangengezücht! Ich kenne nichts, was mir widerlicher und ekelerregender wäre!«

Er, der viel über menschliche Ressentiments geschrieben hatte, nährte selbst unauslöschliche Ressentiments gegen die Seinen. Sein katholischer Vater hatte zum jüdischen Glauben übertreten müssen, um meine Tante Sophie heiraten zu dürfen. Sie war eine sehr schöne Frau, aber orthodox genug, um einen Rabbiner zum Antisemiten zu machen, und verbrachte ihre Zeit vorwiegend mit Riten und Gebeten. Sie rasierte sich den Schädel, trug die Scheitelperücke der sehr frommen Jüdinnen und befolgte auch sonst blindlings jedes Gebot. Dieser Fanatismus verstörte Max Schelers Kindheit so sehr, daß er wegen totaler Unfähigkeit vom Gymnasium gewiesen wurde.

Von der Bigotterie seiner Umgebung angewidert, aber doch von der Notwendigkeit einer geistlichen Stütze überzeugt, trat Max Scheler zunächst

zum Protestantismus, dann zum Katholizismus über. Mit der Zeit wäre er wohl auch noch Jünger von Buddha oder Mohammed geworden.
Unser gemeinsamer Abscheu gegen die Großmutter, seine Mutter und seine Schwestern wurde wieder wach, als wir Richard Huelsenbeck seine Nummer abziehen sahen. Das war Dada auf deutsche Manier: ohne Maß und Zurückhaltung, voller Grobheit, billigster Beschimpfungen und übermäßiger Egozentrik. Ich wußte damals noch nicht, daß zwischen Raoul Haussmann, Baader und Huelsenbeck ein wahrer Wettstreit in wildester Übertreibung ausgebrochen war.
»Seit die Matrosen durch die Straßen marschieren, kann man in Berlin leben«, sagte ich zu Scheler.
»Ich hätte nie gedacht«, erwiderte er, »daß überhaupt ein freiheitlicher Hauch Deutschland berühren könnte.«
Er bekannte sich zur Revolution mehr aus Gefühlsgründen als aus Überzeugung. Die Bewegung der Massen bot ihm ein Sprungbrett für seine philosophischen Reflexionen.
»Veränderung reimt sich nicht auf Deutschland«, fügte er nüchtern hinzu. »Die Welt wird immer wieder in Zuckungen verfallen, weil die Menschen vorgeben, an die Revolution, an Gott, an den Kaiser und wer weiß was zu glauben. In Wahrheit zweifeln sie an allem. Sie sind reif für das Abenteuer.«
Max Scheler ahnte den Aufstieg des Faschismus voraus, starb aber vor Hitlers Machtergreifung. Durch das intensive Miterleben der deutschen Gesellschaftskrise wurde er der große Philosoph der Zeit zwischen den Kriegen. Er glaubte die Menschheit zu retten, indem er eine materiale Wertethik entwickelte: Das Heilige, das Genie, der Held, der Künstler. Seiner Gewohnheit gemäß versteckte er sich hinter einem philosophischen Thema, um unter dem Titel *Zur Phänomenologie und Theorie der Sympathiegefühle und von Liebe und Haß* sein eigenes Problem abzuhandeln: die Frauen. Seine erste Frau hatte riesengroße, dunkle und schwermütige Augen. Die zweite war die Schwester des Dirigenten Wilhelm Furtwängler. Wie viele Verhältnisse er nebenbei hatte, dürfte schwer nachzuzählen sein.
Die Intellektuellen meiner Umgebung nahmen sich alle sehr ernst. Ohne zu merken, daß die Leute ihnen nicht folgten, schneiderten sie sich imaginäre Rollen auf den Leib und hielten in Versammlungen große Volksreden. Deutschland war nicht reif für eine Revolution. Es bestand immer noch aus einer Anzahl von Kleinstaaten, die nie eine gemeinsame nationale Revolution erlebt hatten. Trotzdem steigerten sich die Intellektuellen von Begeisterung bis in Ekstase. Sie glaubten, für die Ewigkeit zu pa-

radieren, während ihre Rolle doch nur für den Tag geschrieben war. Sie jonglierten mit ihren Konzepten, mischten sich ins Straßengewühl und ahnten nicht, daß sich im Schatten schon die Reaktion rührte. In der stillen Stadt Kassel, weit weg von Berlin, drohte und fuchtelte der alte Marschall Hindenburg, um seine Soldaten wieder um sich zu scharen. Die hin und her gezerrte Regierung versuchte eine Art Gleichgewicht zwischen Stab und Revolutionären herzustellen, wobei sie damit rechnete, daß sie sich gegenseitig in Schach halten würden. Wirklich an der Macht war niemand. Miliz durchstreifte die Straßen und gab Kommandos, die Zeitungen verbreiteten widersprüchliche Aufrufe. Hier traf man Abordnungen der neuen Räte, dort die Söldner der Reaktion. Schon vor Weihnachten wurde ich eines Tages von Kanonendonner geweckt. Mein Freund, der Mathematiker, verbot mir, auszugehen.
»Draußen wird überall geschossen. Bleib hier.«
Aber der Antrieb zum Mitmachen war bei mir zu stark. Ich fühlte mich nirgends wohler als in der Menge und war von früh bis spät auf den Beinen. Erst wenn die Stadt in Nacht und Kälte erstarrte, ging ich langsam heim, wobei ich mich bei jeder Gruppe aufhielt, die zeitunglesend unter den Straßenlaternen stand. Einmal wurde ich fast von einer Maschinengewehrsalve getroffen, die hinter mir abgefeuert wurde.
Am Heiligabend vertrieben Hindenburgs Soldaten die Marine aus der Reichskanzlei und besetzten alle strategisch wichtigen Punkte der Stadt. Durch den raschen Sieg ermutigt, richteten sie dann die Kanonen auf die Marinesoldaten, die sich im Marstall verschanzt hatten. Nun aber erhob sich die ganze Stadt, und ein Menschenstrom, voran die Frauen, wälzte sich zu Hindenburgs Vasallen, um ihnen die Gewehre zu entreißen.
Ein spartakistisches Weihnachten brach an. Man schoß noch wahllos auf Passanten und Uniformen, als ich mit meinem Professor durch Berlin eilte, um das Fest unter Albert Einsteins Tannenbaum zu feiern. Er empfing uns mit der Geige unterm Arm. Ich hatte ihm ein kleines Geschenk mitgebracht, und er überreichte mir dafür eine Schachtel Bonbons.
Einstein hatte wundervolle, zugleich verträumte und spöttische Augen. Bei ihm bog man sich immer vor Lachen. Zu allem hatte er einen Witz parat, oder er erfand einen. Wie die meisten Melancholiker verteidigte er sich mit Humor. Er war in seiner Ehe nicht glücklich, das spürte man. Aber man wußte noch nicht, daß er überhaupt nie glücklich werden konnte, auch nicht durch seine zweite Heirat, und daß sein Genie ihm nur Enttäuschungen bringen würde. »Wenn ich noch einmal zu leben hätte, würde ich Klempner werden«, erklärte er am Ende. Auch als Geiger hätte er es besser gehabt, denn er hatte das Zeug zu einem Virtuosen.

Die Frauen waren ihm nicht gleichgültig. Er machte ihnen linkisch den Hof, aber es blieb bei kleinen Galanterien und Bonmots, äußerstenfalls einer freundschaftlichen Liebkosung. Zum Frauenhelden fehlte ihm die nötige Erfahrung. Er reservierte alle Draufgängerei für seine wissenschaftlichen Spekulationen und Entdeckungen.
In Schlesien und Polen organisierten sich die rechten Freischärler. Das erste Geplänkel, bei dem die Revolutionäre den Sieg davontrugen, war nur der Anfang der Partie. Die Bürger und die Offiziere gaben sich nicht so leicht geschlagen. Ich sah einen langen blutigen Kampf voraus und stellte mir vor, in Berlin eingeschlossen zu sein, dieser inhumanen Stadt, einer *Metropolis* wie von Fritz Lang, kalt und bedrückend. Die industrielle Hölle schlug über dem Menschen zusammen, erdrückte ihn auf schmutzigen Straßen und in armseligen Behausungen. Diese Stadt ließ mir das Blut in den Adern gefrieren. Aber auf meinen Jugendfreund mußte sie die entgegengesetzte Wirkung ausüben, denn er wurde mit jedem Tage unternehmungslustiger. Eines Tages, als mich nichts mehr hielt, packte ich meine Koffer und suchte Zuflucht bei dem Schriftsteller Ferdinand Bruckner, den ich über Kurt Wolff kennengelernt hatte. Ich kam von der Skylla zur Charybdis. Die wohlberechnete Strategie des Mathematikprofessors wich dem Ausbruch eines entfesselten Dramatikers, der sich selbst in Szene setzte. Die Liebesglut Bruckners sprengte jedes übliche Maß. In jener Zeit der Barrikaden mußte ich auch noch meine Zimmertür verbarrikadieren. Das Jahr 1919 begann für mich mit einem doppelten Belagerungszustand.
Mit meinem Ruf als Bolschewikin, ganz abgesehen von den Herzensaffären, in die ich mich verstrickt hatte, wurde mir Berlin allmählich zu gefährlich. Ich entschloß mich, abzureisen und in die Schweizer Bergluft zurückzukehren. Wenige Tage danach wurden Karl Liebknecht und Rosa Luxemburg ermordet. Über das Land brandete eine Woge von Haß und Rachedurst, zwei Empfindungen, die dem Deutschen nur zu gut bekannt sind.
Der Berliner Aufstand ertrank in Blut. Eine Stadt nach der anderen fiel. Kaum hatten die Truppen unter Reichswehrminister Noske ihre Metzelei in den Vororten der Hauptstadt beendet, so marschierten sie in München ein. Dort geriet auch Rainer Maria Rilke in den Strudel.
Genau wie er sich bei Kriegsausbruch hatte hinreißen lassen, Deutschland zu den Waffen zu rufen, fand er sich jetzt bereit, sich Seite an Seite mit dem politischen Dichter Ernst Toller, einem der Gründer des revolutionären Zentralkomitees, fotografieren zu lassen. Nach Eisners Ermordung, der, während er vor seinem Mörder herging, vernehmlich gesagt hatte:

»Was soll's, man stirbt nur einmal«, gehörte Toller der Räteregierung an und hatte das Kommando über die »Rote Armee«, die München verteidigen sollte. In diese Zeit fällt ein Kuriosum, das nie erwähnt wird: Toller bat Rilke, das Volkskommissariat für Kultur zu übernehmen.
Schwäche oder Unwissenheit? Derselbe Rilke, der sich scheute, eine fortschrittlich gesinnte Frau zu beherbergen, lehnte dies ebensowenig ab wie Toller bei sich zu verstecken, als dieser von den Siegern gejagt wurde. In Berlin, Bremen und Hamburg war Spartakus bereits vernichtet, und es bedurfte keiner Prophetengabe, um zu merken, daß die Partie hoffnungslos stand. Rilke war nicht der Mann, sich in verschwörerische Abenteuer zu stürzen. Dazu fehlte ihm der politische Kopf und der aufrührerische Geist. Er kämpfte nicht, es sei denn mit dem Wort, und fühlte sich in keiner Weise für den Lauf der Welt verantwortlich. Vielleicht dachte er, ein Dichter habe nur dem jeweiligen Blatt Papier Rechenschaft abzulegen, und die Annahme des Postens als Volkskommissar sei nichts als eine Geste der Höflichkeit, die ein Dichter dem anderen Dichter schuldet. Wie dem auch sei: Der Mann, der am allerwenigsten geeignet war, Risiken auf sich zu nehmen, gab sich Mühe, Tollers Flucht zu decken.
Wieder einmal war sich Rilke nicht ganz klar darüber, daß er auf Erden lebte, nicht unter Idealwesen, sondern umgeben von Unterdrückern und Unterdrückten, die einander an Blutdurst nichts nachstanden. Die Söldner der Rechten hatten ihr schmutziges Geschäft erbarmungslos erledigt. Mit Bajonetten und schweren Geschützen säuberten sie München von den Kommunisten und ihren Anhängern. Jeder, der auch nur von fern mit den Revolutionären zu tun gehabt hatte, wurde verhört. Als Rilke an die Reihe kam, versuchte er alles abzustreiten, aber man zeigte ihm das Foto, auf dem er neben Toller posierte. Die Füsiliere lechzten nach Rache. Um ein Exempel zu statuieren, zögerten sie nicht, den größten lebenden deutschen Dichter zu verbannen und seinen Paß einzuziehen.
Man stellte fest, daß er im fernen Böhmen, in Prag geboren und erst nach dem 1. August 1914 nach München gekommen war. Das genügte, ihm seinen deutschen Paß abzunehmen. Aus Rilke wurde wieder der heimatlose Bohemien. Da er in dieser Welt, die er nie verstanden hatte oder nicht mehr verstand, ohnehin nicht zu Hause war, fiel ihm der Weg ins Exil nicht schwer. Als heimatloser Pilger zog er in der Schweiz von einem Schloß zum anderen, beinahe glücklich, in so ehrwürdige Mauern zu geraten, in denen er gern als Sproß der Liebe einer Prinzessin und eines schneidigen Offiziers geboren worden wäre – er, Nachkomme von Reitern und Hauptleuten, aber als kleiner Bruder immer im Schatten eines mythischen Älteren.

Er liebte die Legenden, die sich um alte Feudalsitze rankten, er liebte die unwirkliche Atmosphäre, die sie umgab. Duino auf seinen steilen Klippen muß für ihn ein magischer Ort gewesen sein. Er hat mir von dem Festungsportal erzählt, den Wehrgängen, dem Eckturm, dem Rosengarten. Von seinem Zimmer aus überblickte er die grünen Wasser der Adria, von der Terrasse den Sandstrand. Außer zum Spazierengehen brauchte er nie hinabzusteigen, denn er hat sein Leben lang kein Meerbad genommen. Rilke hatte einen Widerwillen gegen jeden Sport.

Als ich ihm mitteilte, daß ich ein Kind von ihm erwartete, war er entsetzt. Aus seiner Ehe mit Clara Westhoff hatte er schon eine Tochter, Ruth, die sich nicht mit ihrem Vater verstand und von der er mir gegenüber nur ein einziges Mal sprach, und auch das in Form einer herablassenden Platitüde: »Weißt du, was sie bewundernswert kann? Ruth ist wirklich talentiert beim Essen von Sahnetörtchen.«

Um keinen Preis wollte er sich auf eine neue Vaterschaft einlassen. Mich selbst stieß der Gedanke, einem Kind das Leben zu schenken, ebenfalls ab. Aber da es nun einmal unterwegs war, hätte ich es behalten, wenn Goll nicht getobt und Rilke nicht die bloße Möglichkeit weit von sich gewiesen hätte. Meine beiden Männer verlangten nichts weiter, als nie wieder ein Wort von dem Kind zu hören. Ich mußte also abtreiben. Der Operation ging eine längere Korrespondenz zwischen den beiden Dichtern voraus, die schließlich übereinkamen, alle Spuren zu verwischen und die gegenseitigen Briefe zu verbrennen.

Dabei waren die Beziehungen zwischen den Männern immer höflich. Goll war durch mein Abenteuer mit seinem Rivalen zwar tief verletzt, bewahrte Rilke aber seine Bewunderung. Rilke hingegen interessierte sich überhaupt nicht für Golls Schaffen. Nie ließ er die leiseste Anspielung auf seine Gedichte und anderen Schriften verlauten, nie stellte er eine Frage, höchstens um ganz allgemein zu erfahren, womit sich die neue Generation jetzt beschäftigte.

Rilke war von seinem Genie überzeugt. Er gehört zu den Schriftstellern, die nie an sich selbst gezweifelt haben. Seine Eitelkeit war sicher der Hauptgrund, daß er so wenig geschrieben hat. Er vertrug keine Bemerkung, die auch nur den kleinsten Vorbehalt verriet. Einige seiner Gedichte, sogar unter den *Duineser Elegien*, mochte ich nicht; ich fand sie zu hochgestochen und künstlich. Zu Goll durfte ich jederzeit sagen: »Erlaubst du, daß ich das zerreiße? Du kannst es besser.« Rilke hätte so etwas nicht ertragen. Es war seine Achillesferse. Er hatte deren mehrere.

Ich habe selten ein so kritikempfindliches Wesen gesehen. Als Goll in einem Artikel für die *Action* Rilkes Anstellung bei Rodin erwähnte, folgte eine dreijährige Pause in unserem freundschaftlichen Verkehr. Dabei hatte Goll nichts als die Wahrheit geschrieben. Rilke, der eine Rodin-Monographie plante, hatte dem Bildhauer beim ersten Besuch selbst vorgeschlagen, als sein Sekretär zu arbeiten, um den Aufenthalt zu bezahlen und engeren Kontakt mit dem Meister zu bekommen. Leider hatte er die Stelle nur ein paar Monate behalten, denn der erbitterte Rodin setzte ihn vor die Tür: Rilke machte in seinen Briefen zu viele orthographische Fehler.

»Nie bin ich Rodins Sekretär gewesen!« behauptete er zornig. »Ich war seinesgleichen, sein Freund.«

Große Empfänge behagten ihm. Gefeiert, umschmeichelt, von Prinzessinnen angehimmelt, ging er selbst vor jeder Null in die Knie. Er, der von Natur diplomatisch, aber nicht berechnend war, wurde es in diesen Kreisen. Er kam großartig mit jedem betitelten Hohlkopf zurecht.

Ich habe ihn 1920 in Zürich in der Rolle eines Clowns der Aristokraten gesehen. Der Abend begann mit Gedichtvorträgen im Theater. Rilke erschien weißbehandschuht auf der Bühne und begrüßte das Publikum. Er war ein wunderbarer Komödiant, oder wenn man den Ausdruck vorzieht, ein Poseur ersten Ranges, der jede Wirkung, jede Geste im voraus kalkulierte. Er kannte den Zauber seiner Stimme und spielte damit wie ein Virtuose. Nach seinem Auftritt, immer noch in weißen Handschuhen, geschniegelt und gebügelt, hielt er Audienz – mit bescheiden gesenktem Haupt, doch seines Erfolges voll bewußt. Er delektierte sich daran wie an Rosenkonfitüre. Die Frauen waren außer sich vor Entzücken, und er wandte sich unfehlbar solchen Schloßherrinnen zu, deren hochtönender Name von einem dicken Bankkonto untermauert war. Übrigens haben sich bei Gelegenheit dieser Dichterlesung unsere Wege noch einmal gekreuzt, und wir haben uns wieder geliebt.

Es scheint, daß seine Verehrung für Damen, deren Persönlichkeit sich in Ziffern ausdrücken ließ, mit seiner panischen Angst vor der Armut zusammenhing. Er erzählte mir oft von seinen Pariser Erfahrungen. Dort hatte er ein Dutzend Jahre in elenden Buden gehaust, nicht alle Tage etwas zu Essen und noch weniger zum Heizen gehabt und nur mit Mühe seinen *Malte Laurids Brigge* vollenden können.

»Nie wieder«, sagte er. »Nur das nicht.«

Seine Kindheit war nicht glücklich gewesen. Seine verwitwete Mutter hatte ihn verwöhnt und verhätschelt. In ihrer bemerkenswerten Dummheit hatte sie ihn zuerst wie ein Mädchen gekleidet und dann eine militärische Karriere für ihn angestrebt, indem sie ihn in die Kadettenschule von Sankt Pölten einschreiben ließ, wo eiserne Disziplin verlangt wurde,

blinder Gehorsam gegen die Vorgesetzten und wo die künftigen Roboter der Nation herangebildet wurden. Was hatte Rilke in dieser Hochburg des Militarismus zu suchen; er, der so schmächtig war, daß er schon als dienstuntauglich entlassen wurde, bevor er überhaupt vor der Musterungskommission gestanden hatte.
Ich habe noch einen Brief von Pia Rilke, seiner Mutter, der Zeugnis von ihrer törichten Überheblichkeit ablegt. 1925 schrieb sie an eine Freundin: »Wie Du weißt, befindet sich mein treuer René seit Anfang Januar in Paris, wo er im literarischen Club und ähnlichen Kreisen so glanzvoll empfangen wurde, daß er selbst ganz gerührt und freudig überrascht ist. Im Laufe des vergangenen Jahres hatte er französisch geschriebene Gedichte nach Paris geschickt, die in der größten Zeitung Aufsehen erregten. René wird enorm viel in der Gesellschaft eingeladen und steht mit den bedeutendsten Persönlichkeiten unserer Zeit in Verbindung. Das geht natürlich nicht ohne Mühe ab, denn die vielen Vorträge und Gespräche erfordern große Geistesgegenwart. Möge die Jungfrau meinen Bubi beschützen, meinen Schatz.«
Rilke, der seinen Vornamen René zu Rainer veredelt hatte, mußte ihr wohlweislich erzählt haben, in Paris ginge alles gut, und er sei empfangen worden wie ein König. Und sie hatte in ihrer grenzenlosen mütterlichen Dummheit alles sofort austrompetet, auf daß »Bubis« Ruhm allerorten widerhalle.
Nach seiner traurigen Jugend steuerte Rainer nun einem Ende zu, das als Schiffbruch bezeichnet werden kann. Als er Deutschland verließ, hoffte er in der Schweiz für immer Zuflucht zu finden. Doch ungeachtet aller prinzeßlichen Lobhudeleien wurde seine Lage bald nach 1920 bedauernswert. Er stieß auf zahllose bürokratische Schwierigkeiten. Seine Aufenthaltsgenehmigung lief im Mai ab, und gerade um diese Zeit verabschiedete die bayerische Regierung ein Gesetz, das allen Personen, die nicht am 1. August 1914 in München gewohnt hatten, die Rückkehr untersagte. An diesem Stichtag war Rilke jedoch in Paris gewesen. In der Hoffnung, sich irgendwo endgültig niederlassen zu können, bemühte er sich nun um einen tschechoslowakischen Paß, der ihm mehr Bewegungsfreiheit gewährt hätte. Für die Franzosen war er nichts als ein Boche, für die Deutschen ein Tscheche, und für die Tschechen ein Niemand, zumal er kein Sterbenswort Tschechisch sprach. Sein Schicksal – zwar in Prag geboren, aber ausschließlich deutsch erzogen – verwies ihn ans Ende der Warteschlangen vor den Konsulaten des neuen Vaterlandes.
Wer nie die endlosen Wartereien auf Polizeirevieren und in Immigrationsbüros erlebt hat, wer es nie mit hochnäsigen und übellaunigen Be-

amten zu tun hatte, kann kaum verstehen, wie demütig es ist, um Papiere betteln zu müssen, damit man irgendwo mit amtlicher Erlaubnis existieren darf. Oft genug erhält man, nachdem man von einem Schalter zum andern verwiesen worden ist, nur eine Verlängerung von acht Tagen, was bedeutet, daß noch vor Ablauf dieser Woche alles von vorn beginnt: Erklärungen zur Person, zum Einkommen, beweisen, daß man niemandem zur Last fällt.

Rilke wurde so zum Verbannten, der nicht einmal das Recht hat, irgendwo die Koffer auszupacken. Er lernte, überall nur »auf Zeit« zu leben, immer auf dem Sprung zu sein. Gern wäre er wieder nach Paris gegangen oder nach Italien gereist, aber der Wechselkurs der Mark war so himmelschreiend, daß er mir schrieb: »Wenn ich nach Paris ginge, müßte ich dort verhungern.«

Er liebte Frankreich leidenschaftlich, aber nach dem Verlust der Manuskripte, die er 1914 in Verwahrung zurückgelassen hatte, waren seine Gefühle nicht mehr ganz ungetrübt.

»Sie haben mir meine Kisten gestohlen«, klagte er.

Höchstwahrscheinlich hat die Concierge seine Papiere zum Feuermachen benutzt, denn mit Ausnahme weniger Seiten, die Gide gerettet hat, wurde nichts mehr gefunden. Was seine paar ärmlichen Möbel betraf, so waren sie als »Feindbesitz« verkauft worden.

Auch in München verlor er wieder alles. Um der Zwangsrequirierung zu entgehen, wollte er seine Wohnung erst Marie Laurencin, dann einem Freund zur Benutzung überlassen. Es half alles nichts; man beraubte ihn seiner stillen Dichterklause in der Ainmillerstraße 34. So geriet er in die Reihen der Leute wie Kahnweiler und Goll, die, Deutsche für die einen, Juden oder Revolutionäre für die anderen, dazu verdammt sind, ihre Vergangenheit in regelmäßigen Abständen einstürzen zu sehen. Sie führten die lange Liste der ausgeplünderten und vertriebenen Menschen an: Juden und Palästinenser, Vietnamesen und Kambodschaner, Chinesen aus Indonesien, Pakistani aus Uganda, *Pieds noirs* aus Algerien, Portugiesen aus Angola ... Diese Erde bietet keinem Volk Sicherheit. Früher oder später sind wir alle Vertriebene.

Rilke verbrachte seine letzten Lebensjahre am Tisch jener Aristokraten, die er so liebte, denen er sich aus dem einfachen Grund ebenbürtig fühlte, weil er in Bettwäsche schlief, die mit ihren Initialen bestickt war. War er glücklich? Die Klage des Romantikers, der ohnehin nur ein Gast auf dieser Erde ist, mischte sich mit der des wirklich Abgeschobenen. Sein Leid stand über allen Ereignissen und Menschen ... Es erwuchs aus seiner Unfähigkeit, die Probleme seiner Epoche zu erleben, für oder gegen dieses indu-

strielle und kriegerische Deutschland Stellung zu beziehen. In der tüchtigen und zufriedenen Schweiz, für die auch die Neutralität ein gutes Geschäft ist, glaubte er ein Gegenstück zu seinen edlen Ostseeprovinzen gefunden zu haben. Angesichts ihrer Seen, Berge und Schlösser erkannte er keine unmoralische Geschäftemacherei, sondern projizierte auf alles die Transparenz, die er in sich trug. Von dem milliardenschweren Kanonenlieferanten und Mäzen Oscar Reinhardt unterstützt, verwandelte Rilke das Blutgeld in Oden und Elegien. Auch dort war er noch der unbeteiligte Zuschauer, sogar bei seinem eigenen Tod, von dem die Fabel berichtet, er sei durch den Stich einer Rose verursacht worden, die ihm seine letzte Geliebte, die schöne Ägypterin Eloy Bay, geschickt hatte. In Wahrheit starb er, der Plebejer, einen plebejischen Tod, und der Dorn der Rose war nichts als eine poetische Floskel zur Verschleierung der Leukämie, die ihn unerbittlich dahinraffte. Die Blume, die ihn verwundete, brachte nur das Leiden zur Sprache, das längst in ihm war. Er wußte es, denn kurz vor seinem Tod hat er mir geschrieben: »Ich muß mich mit Krankheit herumschlagen, ich, der die Krankheit verabscheut...« Die Rose war sein letztes poetisches Wunder, das eine schlichte Drüsenerkrankung mit schillerndem Licht umkleidete. Auf jeden Fall hätte es ihn gefreut, wenn alle nur so über seinen Tod gesprochen hätten. Von Geburt an in der Unwirklichkeit, mußte Rilke schließlich in die Legende eingehen.
Wir sind bis zu seinem Tod in Verbindung geblieben. Er schrieb mir und schickte mir seine Gedichte. Aber inzwischen war ich zu Goll zurückgekehrt. Der Egozentriker Rilke wollte mich einsperren, während Yvan der Welt offen war und mich auf seinem Weg mitriß.

7

»In drei Wochen wirst du Picasso kennenlernen«, sagte mir Yvan am 1. November 1919 bei der Ankunft in Paris.
Und kurz danach traf ich ihn schon bei dem Kunsthändler Henry Kahnweiler.
»Ist das Picasso?« fragte ich.
Er machte keinen großen Eindruck auf mich. Ich hatte mir einen Giganten vorgestellt, und nun fand ich mich einem kleinen, wortkargen Mann gegenüber, der einen schmuddligen Raglanmantel trug. Nur seine magnetischen Augen ließen etwas von seinem Genie erraten.
Mein erster Tag in Paris bot mir in Kurzfassung ein Bild der menschlichen Existenz. Erst sah ich in den Jardins du Luxembourg eine Amme, die ei-

nem Säugling die Brust gab, dann ein Brautpaar, das eben vom Standesamt kam, dann eine Kabbelei unter Trunkenbolden und schließlich einen Sarg in einem Leichenwagen, der von vier Pferden gezogen wurde; ihr Geschirr und ihre Schabracken waren mit Sternen geschmückt.
Wir liefen bis zum Abend herum, um ein billiges Hotel zu finden, und landeten in einer Spelunke der Rue Pigalle, einer wahren Lasterhöhle von Huren und Zuhältern. Gleich in der ersten Nacht riß uns ein fürchterliches Geschrei aus dem Schlaf:
»Hilfe, Hilfe! Ich werde ermordet!«
Goll stürzte, mit einem Stuhl bewaffnet, in den Flur. Mehr Heroismus brauchte er nicht zu beweisen – es handelte sich nur um einen Zuhälter, der sein vom Strich heimkehrendes Mädchen verprügelte.
Am nächsten Morgen begab sich Goll zur Place du Panthéon, zum »Hôtel des Grands Hommes« und klopfte im dritten Stock. Die Tür öffnete sich, und wir fanden André Breton, Aragon und Soupault. Wir waren auf gleichem Boden mit den besten Vertretern der jungen Generation.
Es war die glücklichste Zeit meines Lebens. Wir hatten kein Geld und aßen an Gasthaustischen oder in den *Bouillons Duval* für 2,50 Francs, aber die Entdeckerfreude an diesem Auslandsaufenthalt fegte all meine Sorgen weg. Nach einigen Monaten in einem Stundenhotel richteten wir uns hinter der *Butte* in der Rue Becquerel ein. Goll ging nie ohne mich aus. Ich begleitete ihn, wenn er sich mit der Breton-Clique im »Café Certa« in der Opernpassage traf, oder wenn er mit Henri Barbusse, Vaillant-Couturier und ihren kommunistischen Freunden diskutierte. Goll war nach wie vor leidenschaftlich an Politik interessiert und näherte sich immer stärker der extremen Linken, lehnte aber jede militante Rolle ab. »Ein Dichter soll kein Parteibuch haben«, sagte er. »Er muß Abstand wahren und sich die Freiheit zur Kritik erhalten.«
Das Paris, das ich entdeckte, war von allen mir bis dahin bekannten Städten sehr verschieden. Viele Jahrhunderte der Kultur hatten ihre Ablagerungen hinterlassen und eine Bevölkerung geschaffen, die jedem seine Chance gab. Gide, Claudel, Valéry und Max Jacob beherrschten das damalige intellektuelle Leben, während Anatole France noch seine ferne Patriarchenstellung innehatte. Ich bin ihm mehrmals im Salon von Dr. Couchaud begegnet. Er pflegte mit seiner Frau zu kommen. Sie war, wenn nicht gar dumm, so doch einigermaßen beschränkt.
»Madame«, sagte Anatole France feierlich, »wo haben Sie meine Akademie-Robe hingetan?«
»Auf den Dachboden, Monsieur France.«
»Danke, Madame France.«

Jede Woche wiederholten sie diesen Dialog, und jedesmal mit dem gleichen Erfolg. Anatole France, ein schöner weißbärtiger Greis, machte mir großen Eindruck, obwohl ich seinem Werk nicht viel abgewinnen konnte. Um so mehr begeisterte ich mich für die Schriftsteller meines Alters und die gewaltige Neuordnung aller Werte, die das intellektuelle Milieu beschäftigte. Eine veraltete Welt brach auseinander, aber die neue erhob sich nur unter Schwierigkeiten daraus. Apollinaire, der zu früh Gestorbene, diente als Leitbild. Auch Reverdy und Cendrars hatten schon ihren Stern, aber die übrigen Anwärter bildeten eine undurchsichtige Masse. Man wußte noch nicht, wer aus ihr emporsteigen würde: André Breton oder Marcel Martinet, Aragon oder Paul Dermée. Wenn man einen Text von Nicolas Beauduin las, war man manchmal tiefer beeindruckt als von einem Gedicht von Soupault oder Reverdy.
Die nach Krieg und Rache schreienden Dummköpfe, die vier Jahre lang den niederträchtigsten Haß gesät hatten, mußten ihre leichten Erfolge jetzt mit dem wohlverdienten Vergessen bezahlen. Aber ihre nationalistische Holzhammerpropaganda hatte doch Spuren in den Köpfen hinterlassen. Berliner, Antifranzosen, Wagnerianer! Das waren Schimpfnamen, mit denen die »Richtigdenkenden« unterschiedslos alle eigenwilligen Köpfe der Avantgarde titulierten. Diese Verirrung hielt lange an. Als Goll, um eine Annährung herbeizuführen, *Le Cœur de l'ennemi* (Das Herz des Feindes) veröffentlichte, eine Anthologie der deutschen expressionistischen Dichter, ertönte allgemeines Schildgerassel. Man wollte nicht sehen, daß Johannes R. Becher, Stefan Zweig, Werfel und Karl Otten Vertreter der Gewaltlosigkeit waren.
Einmal weckte uns im Morgengrauen ein heftiges Türklingeln.
»Der Feind hat kein Herz!« schmetterte der Anführer des Polizeitrupps, der in unser Zimmer eindrang, um mit seinen Männern alles nach verdächtigen Papieren zu durchwühlen. »Sie beleidigen unsere Gefallenen! Sie töten sie zum zweitenmal!« Der Kommissar trat auf Goll zu und stierte ihm in die Augen. »Und überhaupt – sind Sie wirklich Franzose?«
Alle auffindbaren Exemplare seiner Bücher wurden eingestampft. Unter diesen entwürdigenden Umständen konnten wir uns nur an diejenigen halten, die für die gleichen Ideale kämpften wie wir. Unter ihnen war Florent Fels, der im Februar 1920 begann, die *Action* herauszugeben. Fels war ein echter Pariser, dessen Antennen überall hinreichten. Mit überschäumender Tatkraft und genialem Spürsinn sammelte er Leute um sich, bei denen er das Talent entdeckte, das er selber nicht besaß.
Florent Fels war nach amerikanischem Vorbild erzogen. Seine Eltern waren der Meinung, daß Kinder beizeiten lernen sollten, ihr Brot selbst zu

verdienen, und hatten ihn schon mit dreizehn in die Fabrik geschickt. Er hatte sich dort eine eiserne Gesundheit erworben, aber keine Spur von Geschäftssinn. Lustlos und ohne Überzeugung war er in den Krieg gezogen; angeekelt, den Kopf voller anarchistischer Ideen kehrte er daraus zurück. Er setzte sich, wie Goll, seit dem Waffenstillstand für die französisch-deutsche Versöhnung ein. Er fuhr nach Berlin, um in Begleitung von Malern wie Moise Kisling und Othon Friesz gewisse Intellektuelle nach Paris einzuladen, die als Feinde betrachtet wurden. Er schuf eine Hilfsorganisation, die regelmäßig Pakete nach Deutschland schickte, wo vielerorts derartiges Elend herrschte, daß gebrauchte Unterhosen und geflickte Westen als Schätze galten.
Florent Fels war selbst so arm wie wir, aber das hinderte ihn nicht, neben seiner Ehe ein außerordentlich bewegtes Liebesleben zu führen. Schauspielerinnen wirkten besonders anziehend auf ihn, und aus seiner langen Verbindung mit Valentine Tessier ging eine Tochter hervor.
Während der zwei Jahre ihrer Existenz leitete und beschützte die *Action* die ersten Schritte der neuen Generation: Malraux, Eluard, Aragon, Cocteau, Radiguet, Antonin Artaud, Ilja Ehrenburg... Über Fels, und ebenso über Kahnweiler, lernten wir auch die Maler kennen, die später zu Ruhm und Ehren gelangten: Fernand Léger, Delaunay, Larjonow und die Gontscharowa.
Ich wollte es lieber im Leben zu Erfolg bringen, als eine bloße literarische Karriere zu machen. Als Frau wußte ich, daß ich es mit der Kraft der männlichen Inspiration keinesfalls aufnehmen konnte. Ich setzte mir also kein festes Ziel und konnte mich, da ich mit niemandem konkurrierte, friedlich meiner Rolle als Zuschauerin hingeben.
Goll hingegen war ein echter Dichter. Notgedrungen mußte er auch an Geld denken, aber er träumte niemals davon, es mit der Feder zu verdienen. Für den Erwerb des Lebensunterhalts wichen die meisten Schriftsteller auf Nebenarbeiten aus, die ihnen das Nötigste sicherten: als Übersetzer, Journalisten, Verlagsmitarbeiter...
»Mach dir keine Sorgen«, sagte er zu mir, »ich habe einen Onkel, der zu *den* zweihundert Familien gehört. Wenn es hart auf hart geht, wird er mir helfen.«
Dann kamen wirklich magere Tage, und Goll fand es an der Zeit, an die Hilfsbereitschaft seiner Nächsten zu appellieren. Wir zogen uns möglichst gutbürgerlich an und klingelten an der Tür von Herrn Schwob d'Héricourt, der sich seinen Adel selbst zugelegt hatte. Er bekundete große Freude, seinen Neffen Yvan wiederzusehen, da er nicht oft Gelegenheit hatte, ihn ans Herz zu drücken.

»Nein, wie ich mich freue, meine Lieben!«
Der Empfang war warm genug, um Goll zur Bitte um ein langfristiges Darlehen zu ermutigen. Aber er hatte kaum etwas anzudeuten gewagt, als das Gesicht des Onkels sich betrübt in die Länge zog.
»Meine armen Kinder, da trefft ihr es schlecht: Ich habe selber kein Geld mehr.«
Unsere Lage wurde trotzdem bald besser. Goll wurde literarischer Direktor der *Editions du Rhin* (Rhein-Verlag). Ich schrieb Modeartikel für ein Berliner Journal. Ein gutes Jahr nach unserer Ankunft in Paris konnten wir in die Rue Jasmin ziehen, in das Haus, wo Madame Caillaux wohnte, die vor dem Kriege mit dem Mord am Direktor des *Figaro* Schlagzeilen gemacht hatte. Die Concierge nannte sie nie anders als die »Töterin«.

Ich lernte André Malraux kennen, als er neunzehn Jahre alt war. Er kam in die Redaktion der *Action*, wo er gerade einen seiner ersten Artikel veröffentlicht hatte. Er war ein junger Mann von eigenartiger Schönheit, fieberhaft gespannt und voller Tricks. Er spielte den düsteren Dandy, der aus dem Nichts kam und sich auf einen meteorhaften Aufstieg vorbereitete. Sein Wesen war beweglich, ungreifbar; sein Gehirn schien das eines sechzigjährigen Philosophen zu sein. Malraux schenkte seinen Gesprächspartnern niemals Beachtung. Er sah nichts als die allgemeinen Ideen, die haufenweise seinem Schädel entströmten.
So konnte er stundenlang reden, ohne irgend jemanden anzusehen. Er lebte, wie Joyce, im luftleeren Raum eines übermenschlichen, alles Menschlichen beraubten Verstandes. Immerhin bereicherte Malraux mich innerhalb einer Stunde mehr als Joyce in all den Jahren unserer Bekanntschaft.
Wie einst Romain Rolland zwischen Goll und mir vermittelt hatte, diente ich jetzt als Vermittlerin zwischen Maulraux und Clara Goldschmidt.
Clara war sympathisch, hübsch und sehr kokett. Obwohl sie, besonders was deutsche Literatur betraf, recht gebildet war, konnte sie sich ganze Nachmittage lang leidenschaftlich mit den nichtigsten Problemen beschäftigen. Ich kannte sie durch Di Feuchtwanger, die Frau eines entfernten Verwandten, die ich bei einer Vernissage getroffen hatte. Di stellte mir Clara Goldschmidt und Simone Kahn vor, die dann die erste Frau André Bretons wurde. Alle gehörten zu einer Freundinnenclique, die auf der Suche nach guten Partien war.
Seit Goll und ich in der Rue Jasmin lebten, war Clara beinahe unsere Nachbarin. Sie bewohnte mit ihrer Mutter, ihrem Kürschner-Onkel und zwei Brüdern eine Villa in der Avenue des Chalets, einer ruhigen Passage

zur Rue de Ranelagh. Clara sprach zu Hause Deutsch, durchsetzt mit Jiddisch; ihre Eltern stammten aus Magdeburg, ihre Großeltern von der deutsch-polnischen Grenze. Ihr Vater, der auch Kürschner gewesen war, lebte nicht mehr.
Wir trafen uns fast täglich. Clara wollte mir durchaus das Radfahren beibringen, und wir hatten dazu die Rue Henri-Heine gewählt, deren Gefälle mich vom Treten befreien sollte. Aber ich war noch nicht am Ende der Übungsstraße angelangt, als ich schon auf dem Pflaster lag.
Von Malerei hatte Clara damals noch keine Ahnung. In ihrem Zimmer hingen nur ein paar äußerst geschmacklose Farbdrucke an der Wand. Sie kümmerte sich nicht um bildende Kunst; Literatur kam ihrem Temperament näher, und auf Golls Rat übersetzte sie ein Gedicht von Johannes R. Becher, das in der *Action* erschien.
Florent Fels organisierte in einem Restaurant des Palais Royal allmonatlich ein Essen für alle Mitarbeiter der Zeitschrift. Bei einer dieser Gelegenheiten nahmen wir Clara mit. André Malraux war mein Tischnachbar und machte mir wortgewandt den Hof; aber trotz seines blendenden Vortrags über die Auffassung von Liebe quer durch die Zivilisationen bewahrten mich die Mitesser auf seiner Nase davor, seinem Charme zu erliegen.
»Gehen wir uns amüsieren«, schlug Malraux nach dem Kaffee vor.
In jungen Jahren machte es ihm Spaß, sich in populären Tanzlokalen unter die Menge zu mischen. Wir begaben uns also zu viert in ein Seitenstraßenlokal, um den Abend dort zu beenden. Während ich mit Malraux tanzte, bemerkte ich, daß Clara uns mit den Augen folgte, und ich begriff sofort, daß sie Malraux aufs Korn genommen hatte.
»Tanzen Sie lieber nicht mit Clara Goldschmidt«, sagte ich zu meinem Kavalier. Er muß der Betroffenen einmal diese wohlgemeinte Warnung verraten haben, denn Clara Malraux erinnerte sich noch nach fünfzig Jahren daran. Sie erwähnt es in ihren Memoiren.
Am nächsten Sonntag gaben wir einen Empfang. Unter den Gästen waren Albert Gleizes, Fernand Léger, Chagall mit Frau und Malraux. Clara sah ihn bei dieser Gelegenheit wieder und machte mir gegenüber kein Geheimnis aus ihren Absichten.
»Ich habe ihm erzählt«, sagte sie, »daß ich mal zweihunderttausend Goldfrancs mitkriege.«
Malraux heiratete sie.
Bevor Claras Mitgift zur Finanzierung der Expedition durch die Dschungel von Laos verwendet wurde, wohnten die Malraux' noch über ein Jahr in der Avenue des Chalets. Claras Mutter hatte das erste Stockwerk für

das junge Paar geräumt, das jedoch weiter am Familientisch aß. Ich war oft zum Essen eingeladen und sah, wie sehr die rückständige Schwiegermama und der ebenso bornierte Kürschner-Onkel ihnen auf die Nerven fielen. In diesem Kreis war von nichts als Geld, Darlehen, Rückzahlungen und Zinsen die Rede. Wenn sich der Ton bei Tisch belebte, handelte es sich bestimmt nur darum, den Tagesärger abzuladen oder über die Kürschner-Konkurrenz zu schimpfen.

Vor ihrer Abreise nach Indochina vertraute mir Clara Malraux ein Päckchen Briefe an, in denen ihr Malraux ihre Familie vorwarf und die ihm aufgedrängte Gastfreundschaft, unter der er gelitten hatte.

Die Malraux' hatten keinen weiten Weg zu mir, und wir verbrachten manchen Abend miteinander. André war so geistsprühend, daß er von neun Uhr abends bis drei Uhr früh ununterbrochen reden konnte. Ich hing an seinen Lippen und wagte kein Wort einzuwerfen. Übrigens wäre das auch nicht so einfach gewesen; er hörte sowieso nicht hin, außer wenn Goll vom deutschen Expressionismus oder dem Spartakistenaufstand sprach.

Malraux war ein merkwürdiger Charakter. Er machte sich über alles seine eigenen Gedanken – Liebe, Religion, Kunst –, wobei er jedes Thema in einem intellektuellen Kontext darstellte, was ihm erlaubte, sich zu distanzieren und nur zu denken, statt zu empfinden. Er schien eine Maschine zum Analysieren im Kopf zu haben. Seine geistige Reichweite erinnerte mich an Jung; auch seine Denksysteme umfaßten ganze Jahrhunderte. War zum Beispiel vom Leiden die Rede, so war Malraux imstande, die Geschichte dieses Gefühls vom fünften chinesischen Jahrtausend an aufzublättern, über Indien und das antike Griechenland bis ins Mittelalter... Niemals aber gab er eigene Gefühle preis. Er leugnete seine eigene Jugend, seine Lieben, seine Qualen. In seinem Genie befangen, konnte er nicht anders leben als in der Unwirklichkeit der Abstraktion.

Sein Leben lang hat er sich auf diese Weise eine Persönlichkeit aufgebaut, um seine Vergangenheit zu verschleiern. Er kam von nirgendwo her und ging nirgendwo hin. Er wollte sich mit aller Kraft durchsetzen, aber er wußte nicht, wo. Er war ein Genie ohne näher bezeichnetes Wirkungsfeld. Und wenn er sich der Literatur zuwandte, so nur, weil die Grenzen bei ihm fließend waren. Als Schriftsteller kann man ebensogut Gelehrter wie Anarchist, Lyriker oder kühler Rechner sein. Man kann auch fünf Jahre lang schweigen, verschwinden, wiederkommen.

»Ich habe nicht die Absicht zu arbeiten«, erklärte er Clara eines Tages. Was er damit meinte, war, daß er sich nicht irgendwo im Gesellschaftssystem festnageln lassen wollte und entschlossen war, auf spielerische Art alle Verpflichtungen zu umgehen. Um etwas für den Lebensunterhalt zu verdienen, spielte er an der Börse, spekulierte mit Büchern und Kunstwerken oder amüsierte sich mit der Herausgabe von erotischen Büchern. Er ging von der Voraussetzung aus, daß er jung sterben würde und bald niemandem mehr Rechenschaft abzulegen brauchte. Der Gesellschaft gegenüber nahm er sich alles heraus.

Der Mittelmäßigkeit und Gemeinheit unfähig, war er doch zu jeder Frechheit bereit. Er hätte ohne Gewissensbisse die Türme von Notre-Dame geklaut oder die Goldreserven der Bank von Frankreich. Fasziniert vom Nimbus mutwilliger Späße, spielte Malraux in seiner Jugend den Immoralisten.

Zu Anfang unserer Bekanntschaft riet Malraux, dessen Vater Bankier war oder etwas mit Banken zu tun hatte, Goll zum Ankauf von Aktien und Wertpapieren. Aber nachdem er selbst alles mit mexikanischen Aktien verloren hatte, warf er sich aufs Filmgeschäft. Ich hatte gerade einen langen expressionistischen Streifen, der in Deutschland gedreht war, über die Grenze eingeschmuggelt, *Das Haus im Mond.* Malraux kaufte die Rollen, aber ich weiß nicht genau, was daraus wurde, denn bald war schon die Expedition nach Indochina in Sicht, zu deren Vorbereitung ich Clara in die verschiedenen Fachgeschäfte begleitete, um Tropenausrüstung zu besorgen.

Kurz vor der Abreise führte Malraux uns noch ins Cernuschi-Museum. Zwischen den orientalischen Antiquitäten war er in seinem Element. Er kannte die Geschichte jedes einzelnen Stückes und konnte stundenlang davon erzählen. Erst die Schließung des Museums setzte seinem Gedanken- und Redestrom ein Ende.

8

In Paris herrschte damals große Aktivität. Man brauchte abends nur ein paar Schritte im Umkreis des »La Coupole« zu tun, um Leuten wie Cendrars, Darius Milhaud, Aragon, Man Ray, Derain oder Fernand Léger zu begegnen. Von weitem erspähte ich wohl auch Tristan Tzara, der die Schweiz verlassen hatte, »diese Berge, zwischen die Gott ein paar Seen gespuckt hat«, wie er sagte, um den Montparnasse mit seiner Unverschämtheit zu erobern. Die russischen Emigranten hatten ihr Hauptquartier in der »Rotonde« aufgeschlagen, oder, wenn sie knapp bei Kasse waren, im »Select«, wo es billiger war. Ich sah dort Charchoune, Michail Larjonow und seine Frau Natalia Gontscharowa, aber nur selten Chagall,

der lieber in französischen Kreisen verkehrte, wo er ein paar Kunden aufzutreiben hoffte.
Außerdem führte Diaghilew seinen großen melonengekrönten Kopf spazieren, Tänzer und Musiker in seinem Kielwasser nachziehend, und Jean Cocteau, mager wie ein gerupfter Kauz, flatterte ihm zur Seite. Mit seinem eigenen Hofstaat von Snobs und parfümierten Epheben lief Cocteau allem nach, was einen Namen hatte. Der schönen Welt und den Vermögenden wollte er seinen eigenen Lebensstil vorführen, aber es kam nicht viel mehr dabei heraus als Schellengeklingel und Flitterglanz. Gleich, ob fröhlich oder erschöpft, er stieß theatralische Seufzer aus, und seine Schar miaute dazu wie ein Wurf junger Katzen.
Einer unserer besten Freunde war der Maler Fernand Léger. Sein Name mochte an einen Luftgeist erinnern, aber er stand mit seinen klobigen Stiefeln fest und schwer auf der Erde.
»Gehst du gern ins Kino?« fragte er mich schulterklopfend und schleppte mich in einen Film.
Sein Vater, ein Viehzüchter, hatte ihm einen gesunden Bauernverstand mitgegeben, die Lust, alles anzufassen, in den Händen zu drehen und abzuwägen.
»Wir haben die Aufgabe«, sagte er, »die Schönheiten dieses Jahrhunderts zu zeigen. Was wir erleben, ist wunderbar. Seht doch: Alles, was aus den Maschinen kommt, ist rund oder eckig. Man wird bald ganz in der Geometrie leben.«
Er glaubte, was er sagte; sein Optimismus verdrängte alle Ängste und Zweifel. Aber unter seinem robusten Äußeren verbarg sich eine poetische Seele, die der modernen Literatur weit aufgeschlossen war. Sein eigenes Ziel war es, den technischen Aspekt unserer Epoche festzuhalten.
»Ah, *mon pote*«, sagte er zu mir, »wenn ich nur der Mechaniker der Malerei werden könnte! Einen größeren Wunsch habe ich nicht.«
Er hatte kürzlich geheiratet. Seine Begegnung mit seiner Jeanne war eine köstliche Geschichte. Jeanne, ein kleines Vorstadtmädchen, war nämlich mit einem braven Burschen verlobt. Als Hochzeitsgeschenk hatte sie sich ein Fahrrad gewünscht. Als sie, ganz in Weiß, aus dem Standesamt kam, bestieg sie sofort das Rad zu einer kleinen Probefahrt. Sie strampelte mit wehendem Schleier nach Paris, und als ihr der Hals trocken wurde, beschloß sie, sich im ersten Bistro ein Glas zu genehmigen. Fernand Léger, der in der »Closerie des Lilas« saß, erblickte von weitem eine Braut, die auf einem roten Fahrrad hockte und flink in die Pedale trat, wobei sie ihr langes Spitzenkleid hochraffte. Vor der Closerie hielt sie an, lehnte das Rad fachmännisch an den Rinnstein und betrat das Café. Léger lud sie an

seinen Tisch. Sie setzte sich lachend zu ihm. Danach trennten sie sich nicht mehr.
»Für uns Maler sind die Sujets auf der Straße«, sagte er oft. »Plakate, Motorräder, Wegweiser... Gibt es etwas Schöneres als das Schaufenster eines Friseurs? Und die Autos? Hast du dir mal richtig angesehen, wie ein fabrikneues Auto in der Sonne funkelt? Man muß die Sachen nur so sehen, wie sie sind.«
Goll und ich gingen oft in sein ständig belebtes Atelier.
»Grüß dich, Kumpel«, sagte er, wenn er mich sah. Dann holte er seine Bilder und zeigte uns ein paar.
»Wir leben heutzutage in einer Industriegesellschaft. Von der Konservendose bis zur Benzinkutsche kommt alles vom Fließband. Sogar das Licht ist ein Industrieprodukt. Es kommt von allen Seiten: von Straßenlaternen, Leuchtreklamen, Autoscheinwerfern. In dieser Welt gibt's keinen Schatten mehr.«
Ungeachtet seines Genies blieb Léger ein freundlicher, normaler Mensch. Er liebte das Leben und interessierte sich für jeden. Nachdem er uns seine Bilder gezeigt hatte, führte er uns stets auch seine Schüler und deren Arbeiten vor.
»Ihr könnt euch drauf verlassen«, versicherte er ihnen, »die beiden hier sind weder Händler noch Kritiker, sondern nur Poeten.«
Selten verließ ich ihn ohne ein Geschenk unter dem Arm. Sobald er sah, daß mir etwa eine Gouache gefiel, hielt er sie mir hin.
»Magst du das Ding? Es gehört dir, *mon vieux*.«
Ich genierte mich, alles gleich anzunehmen, und wußte kaum, was ich für ein Gesicht machen sollte.
»Geschenkt ist geschenkt, *mon petit pote*. Gehen wir einen Happen essen.«
Da Goll und ich immer zusammen gesehen wurden, verbreitete sich allmählich der Mythos »Claire und Ivan Goll« in Paris. Man sah in uns das ideale Paar, dessen Liebe von keiner Wolke getrübt wurde, und reihte uns in die Galerie der weltberühmten Liebenden ein: Dante und Beatrice, Petrarca und Laura... Unser Verständnis füreinander war wirklich so ungewöhnlich, daß ich schließlich Ivans Drängen nachgab und mich 1921 in der Mairie des 16. Arrondissements offiziell mit ihm verheiratete.
»Ich will diese Halb-Boche nicht sehen«, sagte seine Mutter und weigerte sich, mich zu empfangen.
Acht Jahre lang habe ich sie nie getroffen. Aber das dämpfte weder meine gute Laune noch unsere Liebe. Goll umwarb mich wie am ersten Tag und schwor, sich nie mit einer anderen Frau einzulassen. Wir verstanden uns

mit jeder Silbe, jedem Blick. Mehr noch als die Liebe verbanden uns eine Art Komplizenschaft und die gemeinsame geistige Orientierung. Golls hingebende Anhänglichkeit trotzte allen gesellschaftlichen Moralvorschriften. Einmal, als wir noch in dem miesem Hotel an der Pigalle wohnten, lag ich krank zu Bett. Wir hatten keinen Sou, um den Arzt zu rufen, und nicht einmal genug, um etwas zum Essen zu kaufen. Goll ging weg und kam nach einer Weile mit zwei Dosen Kondensmilch zurück.
»Ich habe sie für dich vom Ladentisch gestohlen«, gestand er.
»Und wenn man dich erwischt hätte?« fragte ich.
»In Frankreich werden Verliebte nicht abgeurteilt.«
Bei ihm vergaß ich alle Männer, die ich früher gekannt hatte: Studer, die beiden Wolffs, Rilke – um nur diejenigen zu nennen, die zählten. Alle waren mit der Zeit so ferngerückt, als sei ich ihnen in einem früheren Leben begegnet oder als sei es gar nicht ich, sondern eine Freundin, die diese Erlebnisse gehabt und mir davon erzählt hatte. Das Gedächtnis bewahrt vage Empfindungen auf, aber nichts Konkretes, und die Erinnerungen haben weder Fleisch noch Geschlecht. Wie machte dieser oder jener Liebe? Wie benahm ich selbst mich unter ihren Zärtlichkeiten? Wenn man für einen kurzen Zeitraum leidenschaftlich geliebt hat, bleiben gewisse Bilder, aber sobald die Liebe alltäglich wird, vernebelt sich der Film, Gesichter verlöschen, Körper entschweben ins Unirdische.
Vielleicht ist es so am besten. Wenn alle Abenteuer für immer in unsere Netzhaut eingeätzt blieben, könnten wir uns keinem Mann mehr hingeben, ohne daß die anderen dabei wären. Jede Vertrautheit würde unmöglich. So hatte ich alle meine Exgeliebten schon aus meiner Erinnerung verbannt. Paris fesselte mich viel zu sehr, als daß ich mich zurückgewandt hätte. Ich kam mir vor wie eine Forschungsreisende, die eine neue Kultur entdeckt – voller Genies, Aufschneider und Argloser mit einfachem Herzen und erleuchtetem Geist.
Einer der unerschütterlich ernsthaften Exzentriker, die ich damals kennenlernte, war der Komponist Erik Satie. Er kam in die Redaktion von Florent Fels. Ich fühlte mich auf den ersten Blick zu diesem Mann hingezogen, der sogar bei praller Sonne eine Melone und einen riesigen Regenschirm trug. Sein steifer Beamtentyp fiel in unserer Mitte sehr auf; man hätte ihn für einen Provinzapotheker oder Postangestellten halten können. Eine Zeitlang fand ich ihn sehr dandyhaft, bis ich bei näherem Zusehen merkte, daß sein makelloser Mantel, sein Kragen, sein Vorhemd nichts als Attrappen waren.
»Wir legen keinen Wert darauf, den Farbenklecksern vom Montmartre zu gleichen«, sagte er hochnäsig und rückte seinen Zwicker zurecht.

Dieser verkleidete Weihnachtsmann hatte zwei Feinde: Jean Cocteau und Georges Auric. Er warf ihnen vor, sich im Modernismus eingenistet zu haben und Geschäfte damit zu machen. »Das sind unsere Krämerseelen«, sagte Erik Satie.

Sein Privatleben war ein Rätsel. Ich habe ihn nie mit weiblichen Freunden oder auch nur näheren Bekannten gesehen. Er hatte eigentlich nichts von einem Hagestolz an sich, aber seine auf Wortspiele reduzierte Sprache und sein Hang zu Mystifikationen verhinderten jede Annäherung. Er trug die Maske des Konformismus wie andere die der Ehrbarkeit. Er mußte von düsterstem Pessimismus durchdrungen sein, um sich in diese Rolle einer Aufziehpuppe zu flüchten. Von den Rosenkreuzlern des Sâr Peladan, bei denen er gewesen war, schien er den Geschmack an Einweihungsriten und aufgeblasenen Redensarten zurückbehalten zu haben, die er übrigens gern mit gutmütiger Ironie ins Lächerliche zog.

Vor dem Krieg hatte er sich Papier mit hochtönendem Briefkopf drucken lassen: »Eglise métropolitaine d'Art de Jésus conducteur«. Später änderte er die Devise; nun hieß es unter seiner Adresse voller Bitterkeit: »Désunion des Musiciens de bas étage« (Unvereinigung der Musiker im Souterrain). Wirklich bewohnte Satie ein elendes Loch im finstersten Winkel von Arcueil. In der unbeschreiblichen Unordnung sah nur das Klavier noch einigermaßen manierlich aus. Satie lebte am Rande der totalen Verwahrlosung.

»Die Armut ist nur eine Unannehmlichkeit unter anderen«, sagte er eines Tages, als er meinen Blick auf seine abgetragenen Schuhe bemerkte.

Nie hörte ich eine Klage von ihm. Ich wußte nur, daß er Mitglied der Kommunistischen Partei war. Damit beantwortete er alle Ungerechtigkeiten.

Während der Proben zu *Relâche* sah ich ihn häufig. Er selbst betrachtete das Stück weder als Erfolg noch als Revanche für erlittene Unbill, sondern als eine Posse. Er wußte, daß seine Stunde noch nicht gekommen war, und daß er sie auch nicht mehr erleben würde. Seine Musik war viel zu subtil in Form und Inhalt. Wie sollte man dem Publikum begreiflich machen, daß Satie Musik zum Nicht-Hinhören schrieb! Am liebsten vertonte er die Pausen, wenn die Leute rauchen und sich unterhalten. Seine grotesken Stücke hätten dann heißen können »Richtung Buffet« oder »Beim Anhören eines Knoblauchwürstchens«. Satie wollte dem Leben Töne hinzufügen, sowohl dem Sandwich, das einer mampft, als auch dem Hintern, in den gekniffen wird.

»Hört nicht zu!« schrie Michail Larjonow mit seinem grausigen russischen Akzent, während in der Pause Musik von Satie gespielt wurde. Aber

das Publikum verstand das nicht. Man dachte, das Stück ginge schon weiter, und nahm die Plätze wieder ein.
Satie sagte nur, um seine musikalischen Zwischenspiele zu erklären: »Ich möchte nicht stören.«
Nach der großen Premiere im »Théâtre des Champs-Elysées« traf ich ihn im Foyer.
»Ich begebe mich jetzt auf Schusters Rappen in meinen Palast von Arcueil zurück«, sagte er. »Ich kann mir nämlich keine Fahrkarte leisten.«
Er war so arm, daß er sich sogar zum Sterben keinen passenden Ort leisten konnte. Man brachte ihn schwerkrank in das Hôpital Saint-Joseph in den Saal der Bedürftigen, wo ihn nur ein Vorhang von den anderen Schwerkranken trennte. Yvan, ich und Caby, Saties Lieblingsschüler, waren die einzigen Besucher an seinem Sterbelager. Er schlug um sich, halb bewußtlos, und bäumte sich plötzlich auf.
»Wo ist der Brief?« schrie er.
Ich glaube, es waren seine letzten Worte, denn eine Stunde später war sein Körper bereits erkaltet.

Unser eigener Lebensweg hat uns immer mit den Surrealisten verbunden. Wir trafen uns häufig mit Louis Aragon und Charles Vildrac und schlossen Freundschaft mit Eluard, Soupault, René Crevel, André Masson, Antonin Artaud und später auch mit Salvador Dali.
Was André Breton betraf, so stoben bald Funken, die schließlich zur Explosion führten. Der endgültige Bruch vollzog sich 1924 im »Théâtre des Champs-Elysées«. Wie in antiken Dramen drehte es sich um eine Frau, Valeska Gert, eine deutsche Tänzerin, die die Berliner Glanzzeit des Dadaismus mitgemacht hatte. Sie wollte in Paris ihre verrückten Tänze vorführen und bat Goll, für ihre Vergangenheit Bürgschaft abzulegen. Er war gern dazu bereit, und Valeska Gert ließ an allen Mauern Plakate anschlagen, die einen »surrealistischen« Tanzabend ankündigten.
Das Wort war schon längere Zeit unter den Intellektuellen im Schwange, ohne daß jemand genau sagen konnte, was es eigentlich bedeuten sollte. Erfunden hatte es Apollinaire, denn er gebrauchte es als erster im Untertitel seiner *Mamelles de Tirésias* (Die Brüste des Teiresias), ein Theaterstück, das er als *Drama surréaliste* bezeichnete. Goll hatte den Gedanken 1919 wieder aufgenommen, als er in einem Manifest erklärte, »man müsse das Wort surrealisieren«. André Breton, der seinen Ruhm ebenfalls auf diesem Begriff aufbauen wollte, geriet in rasende Wut, als er Valeska Gerts Plakate sah, und schwor Rache für das, was er als arglistige Konkurrenz und Schmach betrachtete.

Kaum erschien Valeska Gert auf der Bühne, so machten sich die Surrealisten mit gellenden Pfiffen und faulen Eiern Luft. Im Zuschauerraum entstand ein unbeschreibliches Getümmel. Breton sprang auf einen Sitz und beanspruchte laut für sich das alleinige Recht, das Wort »Surrealismus« zu gebrauchen. Es war kein Dichter mehr, der da gestikulierte, sondern der Exklusivbesitzer einer Fabrikmarke.
»Breton«, rief Goll, »haben Sie wenigstens die Güte, Valeska Gert tanzen zu lassen!«
André Breton wäre ob dieser kecken Zurechtweisung fast hintenüber gefallen.
»Und Sie, meine Herren«, fuhr Goll fort, »lernen Sie etwas Höflichkeit...«
Schon stürzten sich die Breton-Jünger, mit Stöcken fuchtelnd, auf ihn, Breton selbst an der Spitze der Angreifer. Ohne zu wissen, daß ich im Begriff war, die mutigste Tat meines Lebens zu tun, warf ich mich zwischen die beiden Männer, trotz meiner Todesangst, ein eisenbeschlagener Stock würde mir gleich alle Zähne einschlagen. Die Gegner, die sich an den Revers packten, schleuderten mich hin und her, soweit sie mich nicht zwischen ihren zorngeblähten Brustkästen einklemmten. Dann, unversehens, knallte Golls Faust Breton mitten ins Gesicht. Valeska Gert, die bis dahin tapfer weitergetanzt hatte, erstarrte bei dem Schmerzensschrei, der zu ihr heraufschallte, zur Salzsäule.
Das Publikum scharte sich um Breton, dessen Auge in Windeseile schwoll und ein Farbenspiel von Rot zu Violett bis zum tiefsten Schwarzblau zeigte. Er taumelte, vergewisserte sich, daß einige Freunde bereitstanden, ihn aufzufangen, und fiel mit gekreuzten Armen nach hinten. Seine Schreie hatten bereits die Polizeiwache alarmiert, die den Zuschauerraum stürmte. Bei ihrem Anblick richtete Breton sich auf, trat einen Schritt vor und sagte mit großartiger Miene:
»Meine Herren, das geht Sie nichts an.«
Doch zwischen Goll und Breton war der Krieg erklärt, der fast zwanzig Jahre dauern sollte. Das Boxkampfveilchen zog ein literarisches Duell nach sich. Noch bevor Breton seine Zeitschrift *Le Surréalisme au service de la Révolution* (Der Surrealismus im Dienst der Revolution) herausbrachte, publizierte Goll die seine, unter dem schlichten Titel *Surréalisme.* Seine Mitarbeiter waren René Crevel, Marcel Arland, Reverdy, Delaunay und Jean Painlevé.
Breton faßte dieses Zusammentreffen als persönliche Beleidigung auf. Er verlangte von jedermann blinden Gehorsam und Unterwerfung. Daß Goll sich nach eigenem Gutdünken äußerte, erbitterte ihn im höchsten Grade.

Wie auch Jacques Maritain, den wir gerade kennengelernt hatten, fühlte sich André Breton mit einer Mission beauftragt. Maritain wollte der himmlischen Wahrheit in den Köpfen seiner Zeitgenossen zum Triumph verhelfen und träumte insbesondere davon, Homosexuelle und Lästerer zu Gott zurückzuführen. Breton dagegen hatte sich selbst zum obersten Vertreter des modernen Geistes ernannt und gebrauchte die Ellenbogen, um sich an die Spitze derer zu setzen, die neuen Ideen zum Triumph verhelfen wollten.

Außer ein paar Saufkumpanen, die nebenbei noch unter sich uneins waren, hatte Breton jedoch keine Truppen ins Feld zu führen. Er bearbeitete also, wen er finden konnte, schloß Nichtangriffspakte mit Gide und Valéry und taktische Allianzen mit Picabia und Tzara. Den einen deutete er an, daß er über Hilfsmittel verfüge, den anderen, er habe ergebene und treue Jünger. Er verschwendete fast all seine Zeit und Energie auf Unterhandlungen, Telefonate und geheime Zusammenkünfte.

Er war das, was ich einen Schriftsteller-Strategen nenne. Im Jahr 1924 hatte er noch nicht mehr als drei Broschüren veröffentlicht, eine davon in Zusammenarbeit mit Philippe Soupault. Mit diesem mageren Gepäck konnte er niemandem imponieren, es sei denn in einer Amtsstube. Statt auf die Entwicklung seines Talents zu vertrauen, versuchte Breton, der sich seiner Grenzen zweifellos bewußt war, die Leute zu manipulieren. Man findet zu jeder Zeit solche Schriftsteller, die unter dem Vorwand, die Ideen einer Generation theoretisch zusammenzufassen, das Erarbeiten eines eigenen Werks durch die Kontrolle anderer ersetzen.

Breton publizierte also das *Manifest des Surrealismus*, das die Gedanken aneinanderreihte, die in Berlin, Moskau und Paris schon ähnlich von anderen formuliert worden waren. Dieses Manifest diente ihm als Sockel, auf den er eilig stieg, um sich als Leiter der Schule zu proklamieren. Die bekannte praktische Untüchtigkeit der meisten Maler und Dichter ausnutzend, übernahm er die Organisation von Ausstellungen und Veröffentlichungen sowie die Redaktion von Flugblättern. Er eröffnete sogar eine oder zwei Galerien, die seinen Schülern vorbehalten waren, und zu denen er, um sein Herrschaftssystem zu festigen, Empfehlungen beisteuerte.

Der innere Antrieb bei Breton war nicht das Geld. Er kam fast sein Leben lang aus Entbehrungen und Sorgen nicht heraus. Erst mit sechzig Jahren kam er durch den Verkauf eines Bildes von Mondrian an das Stockholmer Museum für moderne Kunst in den Besitz einer nennenswerten Summe. Er dürstete nach Macht, und zwar auf seine mystische Art. Ich meine damit, daß er nicht auf die Macht des Politikers zielte, der die Geschicke eines Landes lenkt, und auch nicht auf den Einfluß, den ein Werk wie das von Goethe oder Victor Hugo erlangt. Breton strebte nach einer Macht, die sich nach innen auswirken sollte. Als Gründer einer selbsterfundenen Religion leitete er Moral, Verhalten, Politik davon ab. Er warf sich zum Staatschef oder Hohepriester auf, der über seine Polizei und seine Spitzel verfügte.

Dank seiner Intelligenz faszinierte er Max Ernst, Miró, Aragon, Eluard. Aber ich glaube nicht, daß es in der Literaturgeschichte ein ähnliches Beispiel von diktatorischer Machtausübung gibt, abgesehen vielleicht von der Académie Française, die in ihren Anfängen Bannflüche über Molière und Corneille verhängte. Breton steuerte seinen Surrealismus mit den Methoden der Inquisition. Er überwachte seine Freunde bis ins kleinste. Wenn man ihn im »Certa« an einem Mandarin-Curaçao nippen sah, bedurfte es des Mutes, ja der Tollkühnheit, sich ein Glas Rotwein oder ein Bier zu bestellen.

Da er Homosexuelle verabscheute, verwies er alle aus dem surrealistischen Kreis, die sich dem, was er widernatürlich nannte, irgendwie geneigt zeigten. Nur Crevel fand Gnade vor seinen Augen, zumal er bisexuell war und manchmal auch was mit Frauen hatte.

»Breton redet dauernd von Humor«, bemerkte Goll, »aber ich kenne keinen Menschen, der weniger davon hat.«

Herausfordernde surrealistische Streiche waren an der Tagesordnung. Soupault klingelte zum Beispiel in einer Straße an sämtlichen Türen und fragte die Concierges, ob Monsieur Soupault dort wohne. Michel Leiris schlich sich an die *Vespasiennes* (die runden Pariser Pissoirs) und angelte mit der Stockkrücke nach den Beinen der Benutzer, die unweigerlich mit gespreizten Händen auf die nassen Fliesen fielen. Gegen den Surrealisten-Papst selbst durfte man sich allerdings nicht das geringste erlauben. Nur Dali hat seine Irrenwitze konsequent durchgeführt und niemanden damit verschont, nicht einmal Breton.

»Warum laßt ihr euch so von Breton beherrschen?« fragte Goll Max Ernst und Masson.

»Oh, wissen Sie, wir sind Maler... Uns kann er erzählen, was er will. Unsere Arbeit berührt das nicht.«

Goll fragte Desnos und Eluard dasselbe.

»Oh, wissen Sie, wir sind Dichter... Wir haben unsere Arbeit und gehen eigene Wege. Er terrorisiert hauptsächlich die Maler.«

Jeder wies den Vorwurf der Abhängigkeit von sich. André Breton seinerseits träumte weiter von dem kleinen Kreis Auserwählter, die vom Schicksal und ihm zur Rettung der Welt bestimmt waren.

Die Rolle des Schiedsrichters der Avantgarde hatte Francis Picabia inne. Vor dem Erscheinen von Golls Zeitschrift *Surréalisme* wandten sich die Gegner an Picabia, um seine Meinung einzuholen.
Picabia war ein kleiner, gedrungener Mann, der Schuhe mit hohen Absätzen trug, um größer zu wirken. Seinerzeit ebenso berühmt wie Picasso, unterwarf er die Neulinge durch sein gesetztes Alter und sein Geld. Aber seine fünfundvierzig Jahre hatten ihn nicht weiser, sondern nur überheblich gemacht. Er war überzeugt, er sei der Klügste und schon Dadaist gewesen, bevor auch nur das Wort erfunden war; und er amüsierte sich mit den Jüngeren, solange ihm die Hauptrolle zufiel.
Aber Picabia trank übermäßig und war obendrein opiumsüchtig, deswegen mußte er sich zwischen seinen Exzessen schrecklichen Entziehungskuren unterziehen. Unter Drogeneinfluß entwickelte er plötzliche Vorlieben, die er bald danach nicht mehr wahrhaben wollte. Leute, die seine Gunst errungen zu haben glaubten, sahen sich beschimpft und lächerlich gemacht.
»Verdrescht diesen Breton«, forderte er Goll auf, »diese Pariser Kloake muß endlich gereinigt werden!«
»Ich denke nicht daran, meine Zeit zu vergeuden.«
»Doch, doch«, ereiferte sich Picabia, »man muß sich alles vom Herzen reden!«
»Ich brauche mein Herz für andere Dinge«, sagte Goll.
»Sie lassen also diesen Flegel ruhig weiter auf die Pauke hauen und alle Blicke auf sich ziehen?«
»Ich halte ihn für keinen besonders guten Dichter. Das ist Strafe genug; ich habe dem nichts hinzuzufügen.«
Als dieses Gespräch stattfand, wußten wir noch nicht, daß Picabia gleichzeitig Paul Dermée gegen Goll und Tzara gegen Breton aufhetzte. Die Situation wurde dadurch noch verworrener, daß Picabia in seiner Post anonyme Briefe fand, in denen Tzara als Betrüger bezeichnet und die Geburt Dadas Walter Serner oder Hans Arp, jetzt Jean Arp, zugeschrieben wurde.
Zum Erscheinen von *Surréalisme* bezog Picabia nicht direkt Stellung, aber in seiner eigenen Zeitschrift, *391*, fiel er heftig über André Breton her. »Golls Surrealismus leitet sich vom Kubismus ab«, schrieb er, »aber der von Breton ist einfach Dada, als Reklameballon für das Haus Breton & Cie. aufgepustet.« Der ganze Text war eine bedenkenlose Verunglimpfung: »André Breton erinnert mich an Lucien Guitry in einem Stück von Henry Bernstein; er ist zwar ein ebenso guter Schauspieler, aber bei weitem altmodischer als Guitry...« Und ohne Furcht, sich selbst zu wider-

sprechen, fügte Picabia hinzu: »Breton ist ein Schauspieler, der alle Hauptrollen im Illusionistentheater an sich reißen will, obwohl er nichts weiter ist als ein Verwandlungskünstler wie Robert Houdin von der Provinz-Schmiere.« Als Gnadenstoß folgte dann die Unterschrift: »Francis Picabia, Regisseur des Surrealismus von André Breton.«
Doch die heimtückischsten Gemeinheiten hinderten ihn nicht, sich tags darauf mit seinen Feinden zu versöhnen und dafür die Freunde des Vorabends zu attackieren. Dieser ständige Zirkus belustigte Picabia und stärkte ihn in seiner Überzeugung, Kunst und Literatur seien ohnehin nichts als Aufschneiderei.
»Sie haben eine Mission, Goll«, behauptete er. »Sie müssen sich André Bretons Übergriffen entgegenstellen. Ich werde Sie bei allem, was Sie unternehmen, mit allen Mitteln stützen...«
Er lachte sich ins Fäustchen, wenn er seine Umgebung manipulieren konnte. Für diejenigen, die ihn zu gewinnen hofften, war das Spiel freilich nicht sehr komisch.
Seine Angriffe, seine Polemik und seine Rückzieher schienen reiner Mutwille und verlieren, historisch gesehen, jegliche Bedeutung. Aber für ein Menschenleben bedeuten solche geistigen Rivalitäten Erfolg oder nervenzerrüttende Warterei. Es ist nicht gleichgültig, ob man mit dreißig von allen gehört und gefeiert wird oder ob man siebzig werden muß, ehe man ein anerkennendes Lächeln von einem Verleger erntet.
Besonders aggressiv benahm sich die Avantgarde anläßlich des »bruitistischen« Konzerts, das im Juni 1921 von Marinetti und einigen seiner futuristischen Gefolgsleute in Paris gegeben wurde. Den ganzen Monat hindurch folgte im Théâtre des Champs-Elysées eine Demonstration der anderen. Die Premiere der *Mariés de la Tour Eiffel* (Das Brautpaar vom Eiffelturm) von Jean Cocteau fand zwischen einer Dada-Ausstellung und futuristischen Veranstaltungen statt.
Cocteau war entzückt, solchermaßen mit Revolutionären gleichgesetzt zu werden, aber die Dadaisten verbargen kaum ihre Wut, mit einem Sprecher der Snobs und Modernisten in einen Topf geworfen zu werden, den sie für vorsintflutlich hielten, denn der vor dem Krieg geborene Futurismus schmeckte noch nach Kubismus. Das Publikum hatte keinen Sinn für solche Feinheiten und merkte kaum einen Unterschied zwischen den Tendenzen, die einander befehdeten.
»Verrückte junge Leute, die sich aufspielen wollen«, hörte man von den einen, »Zersetzer, Kommunisten« von den anderen. »Sie bezwecken nur, die Gesellschaft von innen her auszuhöhlen und unsere nationalen Werte zu zerstören.«

Auf der Teilnehmerseite sah man nichts als Aufregung, Zwist, Wiedervereinigung, Bruch. Die Gelegenheit, seine Werke zu zeigen, war zu günstig, und die meisten beeilten sich, die Einladung anzunehmen. Und wer einen Platz ergattert hatte, konnte nur mit dem Scheuerbesen vertrieben werden.
Soupault, Benjamin Péret und andere verteilten schon am Eingang Flugblätter. »Nicht verwechseln! Dada hat keine Zweigstellen in der Provinz, weder in Italien noch in Bergwerken noch in Krankenhäusern...« Auf einem anderen Handzettel las man: »Nicht verwechseln! Dada allein bietet jede Garantie gegen Krankheiten der Persönlichkeit, der Tugend und andere Reizungen der Kopfhaut.«
Im Treppenhaus, das zur Galerie Montaigne im obersten Stockwerk des Theaters hinaufführte, erregten herausfordernde Inschriften allgemeine Heiterkeit. Im Studio des Champs-Elysées angelangt, fand ich ein buntes Durcheinander vor: Von der Decke hingen Pfeifen, Schuhe, Krawatten, Musikinstrumente und etliche Schirme. Werke von Max Ernst, Hans Arp, Man Ray und Charchoune wechselten sich mit Basteleien von Tzara, Péret und Soupault ab. Die Avantgarde verfocht die Theorie, jeder könne machen, was er wolle, und es gäbe keinen Grund, warum Dichter keine Bilder malen und Maler sich nicht im Dichten versuchen sollten.
Offensichtlich konnten Soupault und Péret nur karikieren, was sie rechts oder links gesehen hatten. Da Picabia in diesem Jahr eine Leinwand mit einem Plüschbären ausstellte, zeigte Soupault eine mit einem Stück Asphalt, das an einem Faden aufgehängt war. Benjamin Péret hatte einen Kinderluftballon an einen Spiegel gebunden. Zwischen diesen albernen Spinnereien, die dazu bestimmt waren, jede Andeutung von Ernst aus der Kunst zu verdrängen, verkündeten Plakate: »Dada ist der größte Schwindel des Jahrhunderts!« und »In diesem Sommer tragen die Elefanten Schnurrbart – und Sie?«
Beim Konzert mischte sich von Anfang an Hühnergegacker in die Kakophonie des Orchesters. Ich erkannte Tzaras Krähen, das bald von Benjamin Péret übertönt wurde, der sich aufreckte, um in mehreren Sprachen »Es lebe der Papst!« zu brüllen. Die Musiker auf dem Podium setzten ihre Darbietung unerschütterlich fort. Trillerpfeifen schrillten. Soupault rief jämmerlich nach seiner Mama. Tzara vergeudete seine Kraft nicht weiter mit negativen Äußerungen und überschüttete das Publikum mit Dada-Flugblättern.
In diesem maßlosen Tumult wußten die Leute nicht mehr, welcher Lärm aus dem Orchester und welcher von den Störtrupps kam. Marinetti, der neben mir saß, vermochte seine Wut kaum zu zügeln.

»Sie wollen alles zerschlagen«, ächzte er, »weil ich stärker bin als sie. Das wissen sie, und sie haben Angst.«
In seinem und Luigi Russolos Geist war der Bruitismus ein ausgeklügeltes Gemisch von klassischer Musik und Geräuschen – etwa Knirschen, Miauen, Knattern –, die kontrapunktisch darin eingesetzt waren. Die Dadaisten erkannten jedoch nicht an, daß die Futuristen neue Regeln aufstellten, und wären sie noch so avantgardistisch. Sie ergriffen Partei für das Niederreißen aller Regeln, allen voran der eigenen. Dada sollte ein gefräßiges, selbstzerstörerisches Ungeheuer sein, das keinen Stein auf dem andern ließ.
Jacques Hébertot, der Theaterdirektor, vergalt es ihnen mit der Schließung der Dada-Ausstellung. Cocteau trug den meisten Schaden davon. Seine *Mariés de la Tour Eiffel* wurden von den Stoßtruppen der Dadaisten unhörbar und unverständlich gemacht, mit einer verstärkten Neuauflage der Störaktion, die schon den Bruitisten-Abend sabotiert hatte.
Was dem Publikum wie ein Künstlerulk erschien, ausgeheckt von ein paar Possenreißern, verdeckte regelrechte Terroraktionen, mit denen sich die rivalisierenden Gruppen ins Rampenlicht drängen wollten. Der Erfolg einer anderen Richtung wurde meist als unerträgliche Niederlage derjenigen empfunden, die man selbst vertrat.
»Wenn die Futuristen sich in Paris durchsetzen«, sagte Soupault, »ist es aus mit uns. Alle Welt hält uns dann für mickrige Nachahmer.«
»Vertrauen Sie nicht dem Urteil der Zeit?«
»Ich hasse die Zeit«, erwiderte er. »Was habe ich davon, wenn mich in fünfzig Jahren ein Historiker ausgräbt, um mich zwischen Apollinaire und Max Jacob zu stellen?«
Goll dagegen vertraute auf die Zeit und geizte nicht mit der seinen. Er widmete sich allen, die ihn brauchten, und stellte Anthologien zusammen, um amerikanische, ungarische, jugoslawische und tschechische Dichter bekanntzumachen. Als Joyce nach Paris kam, zögerte Goll nicht, ihm ganze Tage zu opfern. Im Gegensatz zu den Dadaisten und Surrealisten fühlte er sich nie als Rivale und wandte daher auch keinerlei Kriegslisten an, um bekannte Namen zu übertrumpfen.

9

Mein Ruhebedürfnis nötigte mich mein Leben lang, immer möglichst früh schlafen zu gehen. Yvan pflegte mich fürsorglich zu Bett zu bringen, mich zuzudecken und mir zärtlich die Fußsohlen zu streicheln, bis ich

einschlief. Solange ich die Augen offenhielt, war er der ideale Gatte. Aber kaum überwältigte mich die Müdigkeit, so ergriffen die Dämonen von ihm Besitz.
Wie der Gott Schiwa, der mit seinen sechs Armen durch die Luft rudert, tanzte Goll im entfesselten Aufruhr seines dreißigfachen Geschlechtstriebes. Er verschwand, um sich draußen auszutoben und zu seinen Stelldicheins zu laufen. Das erstemal, als ich etwas merkte, versteckte ich mich in der Diele und wartete bis fünf Uhr morgens auf seine Rückkehr. Endlich öffnete sich leise die Tür. Während Goll seine Schuhe auszog, stürzte ich mich mit Klauen und Zähnen auf ihn.
Seit diesem Tag ließ ich ihn jedesmal vor dem Einschlafen schwören, daß er nicht wieder weggehen würde.
»Ich verspreche es dir«, sagte er und küßte mir die Hände.
Leider konnten weder schöne Worte noch meine Krallen etwas ausrichten. Goll folgte seinem Jagdtrieb wie ein Schlafwandler. Seine Sinnengier machte es mir unmöglich, eine Freundin zu haben; ich hätte mir allenfalls häßliche, bucklige und unsympathische Personen aussuchen müssen. Zu uns kam kein weibliches Wesen, das er nicht versucht hätte, aufs Kreuz zu legen.
Meine erste Freundin in Paris, Denise Lecache, besuchte uns eines Abends zum Essen. Nach der Mahlzeit redete Yvan mir zu, schlafen zu gehen; er würde Denise nur schnell zur Métrostation bringen. Zwar rühmte er unseren Stadtteil immer als besonders ruhig und sicher, aber jetzt war er plötzlich sehr besorgt wegen der Gefahren, die einer jungen Frau bei Nacht drohen könnten.
Der Weg zur Métro dauerte nur wenige Minuten. Ich bewilligte ihm also eine Viertelstunde. Nach dieser Zeit holte ich den Revolver, den Yvan, der meine Ängstlichkeit kannte, mir zur Beruhigung gegeben hatte, und ging ihm nach. Ich brauchte nicht weit zu suchen. In einer Nische des nächsten Torweges sah ich Denise und meinen Mann einander an den Lippen hängen.
War es die Vergangenheit des Hauses, die auf mich abfärbte? War es der Schatten der »Töterin« Madame Caillaux, der mir befahl, den Abzug zu drücken?
»Ich bringe euch um, alle beide!« schrie ich, während Goll meine Freundin ritterlich zu schützen versuchte.
»Nimm dich in acht!« rief ich, zielte Goll genau aufs Herz, schloß die Augen und drückte ab. Schreie zerrissen die Luft. Yvan, Denise und ich waren wie betäubt. Langsam dämmerte mir, daß ich in die Luft geschossen und eine Freundin verloren hatte. Yvan wartete nicht ab, bis ich noch ein-

mal offenen Auges schoß. Er sprang mich an und riß mir die Waffe aus der Hand.
Seiner chronischen Untreue fügte Yvan noch ein anderes Laster hinzu: mich in fremde Arme zu treiben. Er fand darin den Sporn der Eifersucht und den Reiz des Leidens. Rilke empfand er längst nicht mehr als gefährlichen Rivalen. Goll verließ taktvoll die Wohnung, wenn der andere nach Paris kam. Rainer Maria Rilke erzählte mir von seinem Exil und dem düsteren Schloß Muzot. Oft bat er mich, mit ihm spazierenzugehen, und dann gingen wir durch die Straßen, in denen er gewohnt hatte. Diese Pilgerfahrten in die eigene Vergangenheit schmeichelten seinem Selbstgefühl.
»Welch ein Getöse in Paris!« sagte Rilke.
Er war sehr lärmempfindlich und hatte einen leichten Schlaf.
»Bei jeder Reise habe ich eine Todesangst, daß ich an geräuschvolle Nachbarn geraten könnte«, gestand er mir.
Er hatte stets ein komplettes Verzeichnis aller ruhigen Hotels von Europa in der Tasche.
Wenn Goll auch auf Rilke nicht mehr eifersüchtig war, behielt er seinetwegen doch immer einen gewissen Groll auf mich. Aber die vergangenen Affären genügten nicht, seine perversen Gelüste zu befriedigen. Das brachte erst meine Begegnung mit Jean Painlevé fertig, die Golls Masochismus glücklich belebte. Jean Painlevé, Sohn eines millionenschweren Wissenschaftlers, Ministers und Staatsratspräsidenten, war ein junger Mann knapp über zwanzig. Dank der väterlichen Rückenstütze verfügte er über zwei Laboratorien. Die Sorbonne und das medizinische Forschungsinstitut machten sich offenbar ein Vergnügen daraus, dem Sohn eines der höchsten Würdenträger des Staates zu Diensten zu sein. Jean profitierte von diesen Vergünstigungen, indem er sehr fleißig und ernsthaft Forschungen über das Axolotl betrieb.
Sein Privatraum im Institut war voller Aquarien. Er erläuterte mir seine Forschungsarbeiten und zeigte, wie man ein Mikroskop handhabt, aber im Kopf hatte er meist etwas ganz anderes. So kam es häufig vor, daß wir uns im Laboratorium liebten, wobei uns die seltsamen Molche, die Köpfe an die Glasscheiben gedrückt, zuzusehen schienen.
Jean Painlevé begeisterte sich für die Avantgarde, und auf diesem Gebiet verstand er sich mit Goll. Er war hochmusikalisch und spielte virtuos Poulenc und Satie. Aber sobald er merkte, daß mir das Zuhören Freude machte, schlug er den Flügeldeckel zu und rief:
»Das langt! Ich gehe!«
Heftig und eitel, wie er war, erprobte er gern seine Macht an einer Frau,

die neun Jahre älter war als er. Er litt zwar noch unter Pubertätsschwierigkeiten, wußte aber, daß er gut aussah, klug und ungeheuer reich war, und hielt sich deshalb für allmächtig.
»Ich scheiße auf die Spießer!« schrie er auf offener Straße.
Seine Aufsässigkeit ging allerdings nicht so weit, daß er das Geld seines Vaters zurückgewiesen hätte. Dieser Vater, Paul Painlevé, Mitgründer des Linken Kartells, bekannte sich in der guten radikalsozialistischen Tradition zum Antiklerikalismus. Jean, von ihm und den Surrealisten angesteckt, verfluchte sämtliche Pfaffen mitsamt dem Papst und überhäufte sie mit ganzen Müllwagenladungen von Schmähungen.
Ich liebte seine Sorglosigkeit, Ungebundenheit und seine Herausforderungen. Ein unerträglicher, aber begabter Bengel, für den das Leben noch ein Spiel war und der behauptete, nur an wissenschaftlich belegte Tatsachen zu glauben...
»Die Liebe«, dozierte er zynisch, »ist ein Prozeß, der sich in den Drüsen abspielt und durch eine leichte Temperaturerhöhung gekennzeichnet ist.«
Er hatte auch eine schöne Wohnung im Palais seines Vaters. Einmal nötigte er mich, die Parade der gesamten Dienerschaft des Hauses abzunehmen: erst der Portier, dann eine Art Aufseher, und schließlich noch drei oder vier Kammerdiener, bevor wir sein Zimmer erreichten.
»Na, gefällt Ihnen das?« fragte er mich unterwegs.
Das Gesinde war also über unser Verhältnis bestens auf dem laufenden. Später führte mich Jean in der prächtigen Residenz herum: lauter Prunksäle mit Holztäfelungen, Goldrahmen und Schnitzereien.
»Und da liegt die gutbürgerliche Kopfbedeckung«, sagte Jean und deutete herablassend auf den steifen Hut seines Vaters, der neben einem Silbertablett mit einigen Visitenkarten lag.
Yvan war auf Jean Painlevé rasend eifersüchtig, obwohl er genügend eigene Abenteuer hatte. Bei uns zu Hause war ein dauerndes Kommen und Gehen. Ich ging immer gerade aus, wenn Yvan heimkam, und umgekehrt. Wir hatten gar keine Zeit mehr, uns Szenen zu machen.
Aber wenn ich allein war, blieb ich vor Eifersucht nächtelang wach und krallte die Nägel in mein Kopfkissen. Es kam vor, daß ich mich heulend auf dem Boden des Schlafzimmers wälzte. Meine eigenen Seitensprünge änderten nichts daran. Man wird mit dem Besitztrieb geboren, man hat das Bedürfnis, einen Menschen ganz für sich zu behalten, und diese Schwäche kann man auch mit eigener Untreue nicht kompensieren.
Meine Liebelei machte mir Spaß, aber ich ahnte damals noch nicht, daß körperliche Beziehungen für eine Frau mehr Gefühle als nur physische

Reize mit sich bringen könnten. Und da ich nicht wußte, was mir entging, vermißte ich nichts.
Liebe bedeutet heute für mich Zuneigung, Zärtlichkeit, Gemeinsamkeit. Das Gleichgewicht zwischen diesen Vorbedingungen ergibt das Ganze, das gegenseitige Verstehen. Die Männer aber, logisch bis ins Sinnenleben hinein, verfolgen genaue Ziele, die mit der körperlichen Entspannung schon erreicht sind. Ich habe den größten Teil meines Lebens hinter mich gebracht, ohne den äußersten Liebesgenuß kennengelernt zu haben. Dennoch war ich weder frustriert, noch habe ich es den Männern je übelgenommen. Sie haben mir auf andere Art zuviel gegeben und mich zu sehr geliebt, als daß ich eine Abrechnung über empfangene und geschenkte Orgasmen aufstellen könnte. Und der natürliche Masochismus der Frauen entschädigt sie schon, wenn andere Lüste ihnen vorenthalten bleiben.
Jean Painlevé hegte eine sehr große Bewunderung für Goll, denn trotz seines wissenschaftlichen Forscherdrangs hätte er sich am liebsten ganz in das Leben der Dichter, Schauspieler und Regisseure gemischt. Yvan Golls Stück *Methusalem* konnte nur dank Jean Painlevé aufgeführt werden, der 75 000 Francs vorschoß. Er verlor sie übrigens bis zum letzten Sou. Die rechte Presse war darauf erpicht, das Stück zu boykottieren. Lange vor der Generalprobe erschienen regelmäßig giftige Pressenotizen: »Der Sohn des Staatsratspräsidenten verhilft dem Stück eines jüdischen Revolutionärs zur Aufführung...« Dabei führte die Zeitung *La Croix* den antisemitischen Kreuzzug an. Die Angriffe arteten derart in Gewalttätigkeit aus, daß die Darsteller Methusalems und seiner Frau am Vorabend der Premiere flüchteten. Die beiden Rollen mußten von einer Stunde zur anderen neu besetzt werden.
Die erste Kritik, die in *La Croix* erschien, trieb die Verunglimpfung weiter als je zuvor: »Da haben wir also das Stück eines Juden, der es wagt, auf einer französischen Bühne die *Internationale* singen zu lassen. Wohin soll das noch führen? Monsieur le Président du Conseil erntet, was er gesät hat...« Goll ließ sich von solchen Gemeinheiten nicht beirren, aber das Stück erholte sich nicht davon, zumal es karikaturistisch überzogen gespielt wurde. Später, in Berlin, wurde *Methusalem* mit den Bühnenbildern und Kostümen von George Grosz ein Erfolg, weil der parodistische Stil des Textes nicht von einer unnötig überhöhten parodistischen Inszenierung erschlagen wurde. Man hätte es auch in Paris so natürlich wie möglich aufführen müssen.
Antonin Artaud spielte in dem Stück eine bedeutende Rolle.
»Furchtbar schwer, ihn richtig in Gang zu bringen«, sagte Goll zu mir.

»Manchmal ist er wie geistesabwesend, und wenn er zurückkommt, macht er's übertrieben...« Ich hörte sofort an Golls Ton und Stimmung, welche Probleme er mit seinem Darsteller hatte. »Ich habe noch nie so etwas Starrköpfiges und Streitsüchtiges gesehen wie diesen Artaud«, seufzte er.
Jean Painlevé, der in seinem Laboratorium eine komplette Filmausrüstung zum Filmen seiner Kaulquappen besaß, begann einen Streifen über Antonin Artaud zu drehen, von dem noch ein paar Fragmente im Archiv liegen. Artaud war für ihn eine ebenso fesselnde Spezies wie seine Molche. Jean fing derart Feuer, daß er Artaud für jede Aufnahme bezahlte. Deutlicher konnte er sein Interesse nicht beweisen, denn wie die meisten Millionäre liebte er nichts auf Erden so innig wie sein Geld.
Artaud war während der ganzen Probenzeit mit uns zusammen, abwechselnd exaltiert, düster, großmäulig oder niedergeschlagen, aber er konnte auch einfach nett und höflich sein. Im letzten Fall erinnerte er an einen Marquis des 18. Jahrhunderts. Doch nahm er diese Manier nicht aus Snobismus an, sondern nur, wenn er sich im Geist auf die Bühne versetzte und unwillkürlich eine Rolle spielte. Er konnte sich innerhalb eines Lidschlags verändern: ein Wort, eine Betonung genügte, und es überkam ihn wie ein Anfall. Er warf sich in eine Predigerpose, und unzusammenhängende Reden entströmten seinem Mund. Genauso unvermittelt raffte er dann seinen Verstand wieder zusammen, um von seinen Plänen zu sprechen oder sich kritisch über Gegenwartsprobleme zu äußern.
»Madame«, sagte er zu mir, »die Fäulnis ist in unserer Kultur. Im Theater gibt es nur noch Schweine, sowohl auf der Szene wie im Publikum. Äußerlichkeit, Gerede, ein Schauder, der einem den Rücken herunterläuft...«
Er sprach nie von dem, was er schrieb, außer wenn er mit dem Theater zu tun hatte. Damals konnte man sich kaum vorstellen, daß er einer der größten Dichter seiner Epoche werden würde. Er machte eher den Eindruck einer Lokomotive, die mit Volldampf dem Abgrund zuraste.
»Der Mensch kotzt mich an«, schleuderte er mitten in einer Probe hervor.
Ich hatte immer das Gefühl, Artaud sei in sich selbst und einen Doppelgänger aufgespalten; er wußte nicht, wer im nächsten Moment die Oberhand gewinnen würde. Er dachte, das Leben entfliehe ihm, und die Zeit zerbröckele in nichtige Teilchen. Die Vollkommenheit, die er suchte, fand er nur im Opium. Aber sobald die Wirkung nachließ, versank er in Todesangst und Schweigen. Er konnte dann furchtbar heftig werden und alle Leute beleidigen, aber nicht wie jemand, der absichtlich verletzen will,

sondern wie ein Tiger, der von einem herabstürzenden Felsen zermalmt zu werden droht. Er erstickte fast an seiner Wut, er spie seine Hilflosigkeit heraus.
Ich habe mit eigenen Augen gesehen, wie er sich vor einem Café des Montparnasse aufpflanzte und die Gäste auf der Terrasse beschimpfte.
Mein Verhältnis mit Jean Painlevé dauerte fast zwei Jahre. Nach und nach trafen wir uns seltener. Einige Zeit nach dem Bruch traf ich ihn jedoch zufällig in einem Theaterfoyer.
»Besuche mich doch mal wieder«, sagte er, »ich würde mich so freuen, mit dir zu plaudern.« Er wohnte noch bei seinem Vater im Präsidentenpalais. »Ich erwärme mich immer mehr für Filme«, fuhr er fort und nahm mich beim Arm. »Du auch?«
»Gewiß.«
»Dann kann ich dir gleich ein paar großartige Streifen zeigen. Sag mir ehrlich, wie du sie findest.«
Er nahm mich mit und führte mir einen gepfefferten Porno vor.
»Du bist ein schöner Schmutzfink!«
»Wirklich? Findest du?«
»Ich interessiere mich nicht für den Geschlechtsverkehr anderer Leute«, sagte ich. »Das liegt nicht in meiner Natur.«
»Aber in meiner«, erwiderte er. »Ich habe einen enormen Spaß daran.«
Echt Painlevé. Die Herausforderung in Person.

Da Goll sich ein Vergnügen daraus machte, in meiner Gegenwart mit anderen zu flirten, brauchte ich mich auch nicht weiter zu genieren. Also betätigte er sich als Schürzenjäger, und ich ließ mir den Hof machen. Einer meiner hartnäckigsten Verehrer war der chilenische Dichter Vincente Huidobro. Täglich holte er mich ab, um mit mir ins Kino zu gehen, wo er sich jedoch damit begnügte, meine Hand zu halten und zu küssen. Goll, wild vor Eifersucht, überschüttete mich mit Vorwürfen, aber ich gab nicht nach: Huidobro amüsierte mich zu sehr. Huidobro wollte der Erste, der Größte, der Einzige sein. Er redete großartig daher, und seine Selbstgefälligkeit tönte aus jeder Silbe. Täglich versuchte er mich mit irgendeiner Heldentat zu blenden und erfand deshalb die blödsinnigsten Sachen.
»Ich habe soeben das Gebiß Sarah Bernhardts gefunden«, verkündete er zum Beispiel und zog eine in ein Taschentuch gewickelte Zahnprothese aus der Tasche.
Ich wußte nie, was an seinen Einfällen stimmte und was der puren Mythomanie entsproß. Die literarische Vermessenheit dieses Großsprechers wurde nur noch von dem Dünkel übertroffen, mit dem er auf alle anderen

Dichter spanischer Sprache herabsah. Ich habe diese Arroganz häufig bei südamerikanischen und osteuropäischen Intellektuellen wiedergefunden. Ihre närrische Egozentrik erklärt sich wohl durch die kulturelle Enge ihrer jeweiligen Heimatländer. Es ist schon ein Fluch, als Dichter aus Chile, Ecuador oder Bulgarien zu stammen.

So ein Poet rafft um jeden Preis alles Nötige zusammen, um nach Paris zu kommen, wo kein Mensch ihn kennt, wo keiner auch nur seine Sprache lesen kann. Der leere Raum, dem er entrinnen wollte, umgibt ihn hier erst recht. Ihm bleibt nichts übrig, als sich in sich selbst zurückzuziehen und eine krankhafte Paranoia zu entwickeln. Eines Tages stürmt er durch Paris und schreit: »Ich bin der größte Dichter von Guatemala!« Und wenn er dann nach Guatemala oder Bolivien zurückkehrt, drapiert er sich mit einer Toga und verkündet den Gästen des einzigen Literatencafés am Ort: »Ihr seid alle Trottel und Bauern! Ich bin der Größte, der Einzige, ganz Paris liegt mir zu Füßen...« Schließlich glaubt er es selbst, oder er bringt sich um.

Vincente Huidobro saß in diesem geistigen Kerker. Verrückt vor Einsamkeit, vertat er seine Zeit mit Polemiken, Angriffen und Manövern. »Der Creationismus, den ich erfunden habe«, prahlte er, »setzt den endgültigen Schlußpunkt unter jede literarische Entwicklung. Niemand wird je den Gipfel überschreiten, den ich erreicht habe.«

Der Künstler bedarf des Lobes, und wenn er keins erhält, verschafft er es sich auf seine Weise. Aber auch in dieser Kunst der exzentrischen Erfindungsgabe wurde Huidobro von niemandem übertroffen.

»Man hat mich unter Ausschluß der Öffentlichkeit mit dem Kreuz der Ehrenlegion dekoriert«, flüsterte er mir zu.

Später einmal rief er mich in äußerster Erregung an:

»Ich muß Sie um einen enormen Gefallen bitten. Darf ich meine Manuskripte bei Ihnen verstecken? Hitler will sie mir stehlen, damit er meine Argumente in seiner nächsten Rede widerlegen kann!«

An Gelegenheiten zum Flirten mangelte es nicht. Goll und ich gingen oft in Cocteaus Cabaret »Bœuf sur le Toit«, oder wir zeigten uns in einem der zahllosen literarischen Salons, die damals aus dem Boden schossen. Einer der meistbesuchten war der von Gertrude Stein, einem ungeheuren Weibsstück mit Herrenschnitt und der Figur eines Möbelpackers. Das Haus quoll von Picassos über, aber Gertrudes kostbarster Gegenstand lief auf vier Beinen – ein gespenstischer Pudel, der sich in einer Art Dauerekstase zu befinden schien. Er war weit über zwanzig Jahre alt, aber Gertrude Stein hielt ihn mit Verjüngungsspritzen am Leben. Wäre es ihr möglich gewesen, so hätte sie Herz- und Nierentransplantationen an ihm vornehmen lassen. Ihre Freundin Alice Toklas verbrachte die Hälfte ihrer Zeit damit, die Schritte des Pudels zu überwachen, der sich an allen Wänden und Besuchern rieb.

Gertrude Stein machte uns mit einer anderen Amerikanerin bekannt, Natalie Clifford Barney, die jeden Freitag offene Tafel hielt. Bei ihr traf man Leute wie Ezra Pound, Paul Valéry, Barbusse, T. S. Eliot und André Gide.

Mit einer Grausamkeit, die mir heute erst bewußt wird, sah ich Gide als einen Greis an, denn er war zwanzig Jahre älter als ich. Er trug immer Capes und unwahrscheinliche Hüte. Ich mochte ihn nicht, was nichts mit seiner Homosexualität zu tun hatte; dergleichen störte mich nicht. Aber seine Katzenhaftigkeit war mir unbehaglich.

Bei unseren Begegnungen wußte ich nichts zu sagen und zu fragen. Wir ließen es bei oberflächlichem Geplauder bewenden. In der Literatur sucht man einen Vater oder Brüder, niemals einen Onkel oder eine Tante. Gide war für meine Entwicklung nicht nötig; ich sah in ihm einen französischen Aufguß der deutschen Romantik. Die Romanen begeistern sich normalerweise nicht für die ungebändigte Natur. Sie lieben französische Stilgärten mit wohlgestutzten Bäumen und abgezirkelten Rasenflächen. Die Franzosen bleiben selbst in der Unordnung planvoll. Der Deutsche zielt auf Überschwang und Selbstaufgabe. Seine Größe und sein Fall liegen in jedem Taumel beschlossen, der ihn manchmal in den Faschismus stolpern läßt. Goll und ich waren selbst aus diesem überspannten Romantizismus hervorgegangen und neigten zur Maßlosigkeit. Auf diesem Gebiet konnte Gide mir nichts mehr beibringen, es sei denn ein wenig Kräutertee, um mein starkes Eigengebräu zu verdünnen.

André Gide war gern in Gesellschaft von Natalie Clifford Barney, weil sie sich, anders als Gertrude Stein, geradezu fanatisch zu ihrer lesbischen Veranlagung bekannte. Ihr konnte keine halbwegs reizvolle Frau über den Weg laufen, ohne daß sie sich mit der Blitzesschnelle einer Kobra auf sie stürzte. Große Leidenschaften oder flüchtige Abenteuer – Natalie bekam es nie satt. Als ich zu ihr kam, zog sie mich in eine Ecke, und ehe ich wußte, wie mir geschah, hatte sie schon die Hand unter meinem Rock.

»Mein Mann ist auch da!« sagte ich, um von ihr loszukommen.

»Ach was, die Männer sind alle Flegel und Tölpel und haben keine Ahnung von der Liebe. Solange du es nicht mit einer Frau versucht hast, weißt du nicht, was Zärtlichkeit bedeutet.«

Von Stund an traute ich mich nicht mehr allein in ihren Salon. Ich brauchte einen männlichen Blitzableiter, um das verliebte Ungestüm der Dame des Hauses zu dämpfen. 1925 war sie schon an die fünfzig, aber

ihre Schönheit war immer noch auffallend, und sie trug mit Stolz den Spitznamen, den Rémy de Gourmont ihr gegeben hatte: Die Amazone. Der superreichen Amerikanerin war ihre lesbische Neigung zum erstenmal klargeworden, als ihre Eltern sie in ein Mädchenpensionat bei Paris steckten, auf daß sie dort feine Manieren lerne.
Schade, daß sie dadurch so einseitig lesbisch wurde. Meine Mutter hatte mir für immer Grausen vor jeder weiblichen Berührung eingeimpft, weil sie ständig an meiner Unterwäsche herumfummelte, als ich noch »zu Hause« war.
»Du hast kein Korsett an. Schweinerei! Untersteh dich nicht, so wegzugehen«, pflegte sie zu sagen, indem sie meine Hüften und dann meine Brüste betastete, um zu fühlen, ob ich einen Büstenhalter trug.
Trotz aller Vorsichtsmaßnahmen war es fast unmöglich, Natalie Clifford Barneys Überfällen zu entgehen. Wohin und wie weit ich ihr auch ausweichen mochte – immer schlängelte sie sich irgendwie heran und griff nach meinem Rock, und wenn ich mich rasch abwandte, fühlte ich ihre Finger an meiner Wange oder am Busen.
»Ein Jammer, daß du keine Frauen liebst«, sagte sie.
»Ein Jammer, daß du keine Männer liebst«, versetzte ich.
»Und warum liebe ich sie nicht? Weil sie und ich den gleichen Geschmack haben. Ich bin einfach in Konkurrenz mit ihnen, denn sie verderben mir so liebe kleine Dinger wie dich. Komm doch mal zum Tee zu mir, damit wir unter vier Augen miteinander sprechen können.«
»Wenn meine Augen dich so interessieren«, sagte ich, »brauchst du sie ja nur anzusehen.«
»Du hast wohl Angst, daß ich dich diesen groben, struppigen Viechskerlen wegnehme? Aber ganz und gar nicht! Ich schenke dir gern ein Zoo-Billett, damit du dir einen Gorilla aussuchen kannst... Dann wirst du merken, daß kein großer Unterschied zwischen ihnen und deinen Liebhabern besteht.«
»Woher weißt du das? Hast du es schon mal ausprobiert?«
»Aber ich bin doch nicht pervers!« schrie sie auf. »Ich treibe es weder mit Affen noch mit Männern...«
Bei Natalie sah ich regelmäßig Georgette Leblanc, die Freundin Maurice Maeterlincks. Sie trug erstaunliche Schleppen und über die Schultern geworfene Goldstolen. In dieser Aufmachung radelte sie auch mit Maeterlinck durch die Straßen.
Sie blieben zehn Jahre beisammen und wohnten in einer alten Abtei im tiefsten Flandern, wo sie prunkvolle Empfänge bei Kerzenschein gaben. Der Champagner floß in Strömen, und man tanzte bis in den Morgen.

Maeterlinck und Georgette Leblanc verschleuderten ihr Geld auf höchst unbekümmerte Weise.
Georgette war Schauspielerin. Sie spielte in *L'Inhumaine* von Marcel L'Herbier mit, und ich sah sie im »Odéon«, zweifellos auf Betreiben von Maeterlinck, in *Pelleas und Melisande*. Sie war so schlecht, daß die Oper ein kompletter Durchfall wurde.
»Die Franzosen haben keinen Sinn für gute Musik«, erklärte Maeterlinck bitter.
Das mochte zutreffen, aber er vergaß hinzuzufügen, daß er selbst vor dem Krieg, als das Werk entstand, mit den Worten aus dem Saal gegangen war: »Was für ein Langweiler ist dieser Debussy, und welch gräßliche Musik!« Er änderte seine Meinung im gleichen Maße, wie *Pelleas* ihm Geld einbrachte. Da klang ihm die Musik, mit dem Klingeln der Kasse untermischt, immer lieblicher in den Ohren. Ich habe selten einen Dichter gesehen, dessen Entwicklung derart vom Anschwellen seines Bankkontos abhing.
Georgette Leblanc, die mittelmäßige Schauspielerin, stellte ihre schönsten Rollen im täglichen Leben dar. Alles, was sie tat, jeder Schritt, jede Geste, jede Handlung war königlich. Das wurde ihr zum Verderben. Eines Tages traf sie irgendeine kleine unscheinbare Frau, die sie mit Schmeicheleien überschüttete.
»Georgette, und dazu hast du noch das Glück, mit bedeutenden Leuten zu verkehren, mit Malern und Dichtern ... Ich werde natürlich nie in solche Kreise eingeladen.«
»Willst du mich begleiten? Ich mache dich gern mit Maeterlinck, André Gide oder der Colette bekannt«, sagte Georgette nur so zum Spaß oder aus Gleichgültigkeit. Die andere schien ihr zu farblos, um überhaupt beachtet zu werden.
»Ich würde dir bis zum Ende meiner Tage dankbar sein!« versicherte die Freundin.
Ob sie dieses Versprechen hielt, weiß ich nicht, aber sie hätte allen Grund dazu gehabt, denn sie spannte Maeterlinck seiner Gefährtin aus und schleppte ihn unverzüglich zum Standesamt.
Georgette, rasend vor Wut, versuchte Yvan zu verführen – erfolglos, wie ich glaube, denn ich traf sie alsbald bei Margaret Anderson wieder. Beide waren nur Gelegenheits-Lesbierinnen. Sie zogen es bei weitem vor, sich außergewöhnliche Männer zu angeln, als sich miteinander zu amüsieren, taten dies aber immer noch lieber, als sich mit einem Mann ohne Rang und Namen abzugeben. Georgette schwor sich nach jeder Enttäuschung, nie wieder etwas mit einem Mann anzufangen.

Sie und Margaret Anderson zogen sich in ein Spukschloß zurück, das von Woche zu Woche mehr verfiel. Bei jedem meiner Besuche war wieder ein Stück abgebröckelt: ein Schornstein stürzte zusammen, und der Efeu rankte sich von draußen über die Dielen. Deswegen mußte ein Fenster zugemauert werden. Einmal, als ich die Tür öffnete, sah ich über meinem Kopf einen Ziegelstein auf dem Rahmen schweben, der in der nächsten Sekunde herunterfiel und gerade noch meine Ferse streifte.
»Ich habe es noch nicht ganz verdaut, daß er geheiratet hat«, sagte Georgette. »Wenn ich an dieses kleine Nichts denke... Und ausgerechnet ich mußte sie mit ihm bekannt machen, ich Dussel!«
»Du warst viel zu gut für Maeterlinck«, sagte ich.
Das war aufrichtig gemeint. Georgette Leblanc war der personifizierte Sonnenschein, eine strahlende Muse.
»Ist mir doch schnuppe, ob ich zu gut oder nicht gut genug für ihn war! Maeterlinck ist einfach ein dreckiger Egoist! Er will nichts als ein Weibchen. Er fühlt sich nur wohl, wenn man wie eine Hündin zu seinen Füßen liegt. Was er gesucht hat, ist ein Hausmütterchen, das ihn rund um die Uhr anhimmelt.«
Noch in der Erinnerung regte sie sich über Maeterlinck und die unscheinbare Renée auf.
»Ich habe ihn verhext«, sagte sie. »Nie wieder wird er auch nur die kleinste interessante Zeile schreiben! Er soll genauso fad werden wie der Pantoffel, den er geheiratet hat!«
Ich weiß nicht, ob ein Gott sich verratener Frauen annimmt und ihre Gebete erhört, aber Maeterlincks Genie überlebte den Bruch mit Georgette nicht. Aus seiner Feder kam nichts Nennenswertes mehr.
Margaret Anderson und Georgette Leblanc versuchten dann eine franko-amerikanische Revue aufzuziehen. Aber Georgette langweilte sich bald mit den Frauen. Folglich ging sie wieder auf die Jagd nach einem Mann.
»Die Treulose!« sagte Natalie Clifford Barney. »Das räudige Schaf kehrt zu den Böcken zurück...«

10

Ich kann Frauen nicht ausstehen. Sie sind oberflächlich und dilettantisch. Pomadisierte und geschminkte Zirkustierchen. Selbst unter den Großen entgeht keine der allgemeinen Kleinlichkeit.
Im Salon von Natalie Clifford Barney sah ich Colette zum erstenmal. Sie

kam in einem weiten Umhang herein und glich einem königlichen Schäfer. Georgette Leblanc nahm mich beim Arm.
»Möchtest du sie kennenlernen?«
Sie zog mich in Richtung der Colette, die von Männern umringt war und uns ostentativ übersah. Georgette berührte ihre Schulter.
»Colette, erlaube mir, dir eine große Dichterin vorzustellen: Claire Goll.«
Colette sah mich von oben herab an; dann zuckte sie die Achseln.
»Große Dichterin? Eine Frau? Das gibt es nicht.«
Ich war starr über diese lässig hingeworfene Bosheit. »Alles nur Dirnen!« schrie ich, den Tränen nahe.
»Reg dich nicht auf«, begütigte Georgette, »zu Mädchen ist sie immer so gemein.«
Colette schätzte die Frauen ebensowenig wie ich. Diese Abscheu hat uns einander so nahegebracht, daß wir enge Freundinnen wurden. Zweifellos fand sie an weiblichem Charme Gefallen, aber dieses Vergnügen hat nichts mit Achtung zu tun. Ich besuchte sie oft, als sie nicht mehr gehen konnte und in ihrer Wohnung im Palais Royal ihre Tage in einem Rollstuhl verbrachte. Unser Gedankenaustausch war weitläufig und wundervoll, aber ich hatte nie das Gefühl, bereichert von ihr wegzugehen. Colettes Größe lag gerade in ihrer Weiblichkeit begründet; da konnte sie mich also nichts lehren. Sie hat mich nur in meiner Überzeugung bestärkt, daß das schwache Geschlecht ausnahmslos auch das unterlegene bleibt. Wer pißt gegen die Mauer? Der Mann. Wer liegt auf der Geliebten und belastet sie mit seinem ganzen Gewicht? Wer betätigt sich in der Liebe? Können Sie sich vorstellen, daß Gott eine Frau wäre?
Die Frau ist eine Null, nichts als eine Anhäufung von Eierstöcken, und ich nehme mich nicht aus. Trotz meiner kleinen Erfolge bin ich nichts, fühle ich mich als nichts. Ich bin nie auf die Idee gekommen, mit Goll zu konkurrieren. Ich habe mich immer eine Etage tiefer gefühlt.
Ohne Hilfe des Mannes kann seine sogenannte bessere Hälfte sich nicht entwickeln. Seine Ideen durchdringen sie, und sie gibt sie dann auf ihre Art wieder, aber sie ist nicht schöpferisch. George Sand hat viel von Musset und Chopin gelernt, Madame de Staël war ein geistiges Geschöpf Benjamin Constants, und Simone de Beauvoir existiert nur im Schatten Sartres.
Ich habe mir in New York einen Vortrag von Simone de Beauvoir angehört. Sie wischte sich unaufhörlich den Schweiß von der Stirn, so sehr nahm sie es mit, in der Öffentlichkeit zu sprechen. Sie litt an Atemnot, ihre Stimme überschlug sich. Sie bot keinen schönen Anblick. Ich habe

dabei wieder einmal festgestellt, daß ich an meinen Geschlechtsgenossinnen nichts finden kann. Sartre dagegen öffnet mir den Geist, bringt mein Gehirn zum Arbeiten.
Ich habe mit vielen meiner Schwestern verkehrt, von denen manche einen großen Namen hatten: Clara Malraux, Sonia Delaunay, Gertrude Stein, Adrienne Monnier, Alma Mahler, Helena Rubinstein, Natalia Gontscharowa, Else Lasker-Schüler, Isadora Duncan... Aber ich kenne nicht mehr als zwei überragende Frauen. Sie waren keine Künstlerinnen, versuchten nicht zu glänzen, hatten keinen politischen Ehrgeiz. Sie waren nichts als Frauen: Mrs. McDowell, die Gründerin der berühmten Künstlerkolonie, die ihren Namen trägt, und meine Schulvorsteherin, die Kerschensteiner. Sonst spricht man sogar in den höchsten Kreisen von nichts anderem als Kleidern, Frisuren, Strümpfen mit Laufmaschen... Immer nur von Kleinkram. Und wenn einmal ein Gespräch ernsthafter wird, bleibt es doch Operette: Man trällert den Modeschlager mit. Mir graut es vor diesen Midinetten, die sich nicht beherrschen können und ihre Gefühle in Liedchen übersetzen.
Wir sind mindere Geschöpfe, gerade gut genug zur Unterordnung. Wir haben Eierstöcke, wir sind jeden Monat von unserem Blut abhängig, wir werden vom Mond beeinflußt. Unser Gehirn ist weniger entwickelt als das unserer Gefährten, und auch unsere Körperkraft ist geringer. In allen Lebenslagen reagieren wir mehr vom Gefühl her. Eine Frau, die an den Füßen einer Rivalin hübschere Schuhe sieht als die ihren, wird nicht aufhören, die andere anzuschwärzen und zu verletzen. Man stelle sich vor, daß zwei Männer einander wegen ihrer Schuhe verabscheuen! Bei ihnen dreht sich der Wettstreit um Höheres wie Geld, Ehrgeiz, Verstand. Sie haben die Fähigkeit, sich zurückzuziehen, Abstand zu wahren, während die Frauen angesichts einer Puderdose oder eines Ringes jede Selbstbeherrschung verlieren. Die Gier ergreift sie dermaßen, daß sie ihre aggressive Lüsternheit nicht unterdrücken können. Sie sind eifersüchtig, neidisch, sie verzetteln sich in Nebensächlichkeiten.
Nie wird eine Frau ein Michelangelo, ein Bach, ein Palladio sein. Es gibt keine große Philosophen im Unterrock. Wie sollte eine Frau ein Denksystem aufbauen wie Kant, Hegel oder Marx? Ein solches Abstraktionsvermögen kann im Geist einer Puppe nicht gedeihen.
Sogar die Pille ist von den Männern erfunden und weitergereicht worden. Venus hat kein Genie, es sei denn das Genie der Liebe. Ihre Rolle beschränkt sich auf die Inspiration, aber das Schöpferische entgleitet ihr. Eines Tages kommt das auch noch, versichern die Optimisten. Aber wie sollte das kommen? Nach einem Hundert von Jahrhunderten könnte man

die Spur eines Beweises erwarten, aber bei den Heldinnen aus der Geschichte, Salome oder Kleopatra, dreht sich alles um das Bett. Und selbst dann, wenn eine Frau zum Symbol erhöht wurde, ehrte man in ihr weder Kraft noch Verstand, sondern die Bestimmung oder den Nichtgebrauch ihrer Geschlechtsorgane: die Jungfrau, die Mutter!

Ich habe schon Männer erwähnt, die eine umfassende Bildung hatten und haben. Wie viele Frauen zeigen soviel Neugier, die in alle Richtungen zielt? Dabei wurden sie auf diesem Gebiet nie eingeengt. Sie hätten ihre geistigen Fähigkeiten entwickeln können, aber sie haben es nie getan. Schloßherrinnen und Bürgerinnen, die über ein Heer von Domestiken verfügen, fehlt es gewiß nicht an Zeit. Es haben nur so wenige davon profitiert, weil sie sich im allgemeinen nicht fürs Universelle interessieren. Klatsch, Stricken, Fünfuhrtees sind ihnen lieber. Wenn man zwei Lokkenköpfe zusammensteckt, geht das Gespräch unweigerlich um Geschirrspülen, die Regel, die nächste Niederkunft. Und natürlich um Männer, Hosen und Bettgeschichten.

Seit dem Mittelalter ist das Vergnügungsgewerbe ihr ureigenstes Gebiet, aber auch hier ist nie etwas herausgekommen, weil sie in narzißtischer Pose verharren, ohne die schöpferische Leidenschaft kennengelernt zu haben. Für Angehörige des schönen Geschlechts schickt es sich nicht, zur Avantgarde zu gehören, Widerstand zu leisten, zu brüllen. Übrigens schickt sich das für niemanden, es wird sehr ungern gesehen und bringt sehr wenig ein. Man wird rasch an den Rand der Gesellschaft abgeschoben, moralisch und finanziell. Van Gogh, Mondrian, Artaud und Goll haben nichts als graues Elend gekannt oder lange Perioden der Mittellosigkeit und der Feindseligkeiten. Man kann mit den Menschen nicht auf dem Gebiet des Charmes konkurrieren, sondern nur auf dem des Erfolges. Goll hat den andern seine Ideen aufdrängen und einhämmern müssen.

Welche Intellektuelle hat die Kraft, ein Leben lang die Höhen und Tiefen des Erfolges zu durchmessen? Frauen haben es viel zu eilig, sich durchzusetzen, sich in das allgemeine Los zu fügen, sich einen kleinen Platz zwischen Küche und Kinderzimmer zu erobern. Das ist ihr althergebrachtes Schicksal. Ein Mann entscheidet erst jenseits der Vierzig über sein Leben. Ein Mädchen muß zwischen sechzehn und zwanzig entscheiden – mit blankem Hintern, aber noch weichem Hirn –, ob es heiraten und Kinder kriegen oder studieren soll. Sie hat ja nur zehn Jahre, um einen Mann zu ergattern, und zwanzig zur Fortpflanzung.

Die Suffragetten und die anderen engagierten Frauen haben nie etwas daran geändert: Ihre Schwestern verlieren sich wieder, tändeln herum, wollen gefallen, verbringen die meiste Zeit mit Frisieren, Schminken,

Schaufensterbummeln. Ihnen fehlt die wilde männliche Entschlossenheit, der Unternehmungsgeist, der Eroberungstrieb. Das gilt nicht nur für den Schriftsteller, Politiker und Industriellen, sondern auch für den Bergmann, der in den Fels eindringt, den Bauern, der das Erdreich pflügt. Die Ehefrau schürt das Feuer, besorgt den Hühnerhof. Ihr fehlt die körperliche Kraft, vor allem aber die Fähigkeit, sich zu konzentrieren.
Vom nicht vorhandenen Mut gar nicht zu reden. Diese schwachen Kreaturen haben Angst vor einem Türenknarren, vor dem Dachboden und vor dem Keller. In der Nacht allein draußen zu sein ist eine große Geschichte. Sie sind von der Angst vor Gewalt besessen.
Manche Männer beuten ihre »bessere Hälfte« aus, aber wie viele Ehefrauen beuten ihren Mann aus und verachten ihn obendrein? Ich für mein Teil habe nie unter meinem Los gelitten. Im Gegenteil, meine Weiblichkeit hat mir ermöglicht, das Leben voll auszukosten. Yvan spülte das Geschirr und ging einkaufen, wenn wir nicht in der Lage waren, eine Köchin zu bezahlen.

Ich habe einige Frauen gekannt, die aus dem Rahmen fielen: Helena, Sonia, Elsa, Gala. Die vier »A's«. Sie kamen alle aus Rußland, wo die zaristischen Pogrome wahre Wölfinnen an Herrschsucht hervorgebracht haben, die sich mit stählerner Willenskraft an der Grausamkeit der Welt rächten. Doch nur Helena Rubinstein hat ein Imperium aufgebaut, das ihren Namen trägt und ihren Ruhm in die Welt hinaustrompetet. Ihr Größenwahn hatte vielleicht etwas mit ihrer halbpolnischen Abstammung zu tun. Wer kannte wohl Titus, ihren Mann? Sie muß ihn geliebt haben, denn sie lebten fast vierzig Jahre zusammen. Selbst nach der Scheidung hat Helena ihn noch unterstützt. Von den vieren hat keine so wie sie das Zeug, im Rampenlicht zu paradieren.
Sonia Delaunay, Elsa Triolet und Gala Dali haben im Schatten ihrer Männer gelebt und sich rückhaltlos für deren Erfolg eingesetzt. Für diese Russinnen endet das Weltall an der Schwelle des Hauses. Draußen ist der feindliche, wüste Dschungel. Sie betrachten das Leben als schlechte Komödie, die gar keine Beachtung verdient. Zwischen all den Gnomen und Bösewichten gibt es nur eine Gerechtigkeit: diejenige, die ihrem Mann nützt. Er soll der größte Maler, der größte Kommunist, der größte Exzentriker sein. Wenn das Leben schon nichts als ein Marionettentheater ist, muß der Ehemann darin eine Rolle spielen, die einzige, die ihm zukommt, die Hauptrolle. Sie selbst hocken in einer dunklen Ecke und ziehen die Fäden. Völlig im Dienst ihres Gatten konzentrieren sie alles Können und alle Energie auf sein Vorankommen. Eigene Erfolge interes-

sieren sie nicht. Wäre es ihnen möglich, so würden sie das Haus nie verlassen. Und wenn sie es tun, opfern sie sich für ihren Helden auf. Ob verdrehte Mütter, ob rasende Ehefrauen, sie sind von Machttrieb besessen, aber die einzige Macht, die in ihren Augen irgendwelchen Wert hat, ist diejenige, die sie auf den Mann, der in ihrem Besitz ist, ausüben.

Ich war immer von Sonias Selbstverleugnung fasziniert; sie war Robert Delaunay restlos ergeben. Von 1920 bis 1940 verkaufte Delaunay sozusagen nichts. Niemand wollte seine Bilder haben, obwohl er in den Kreisen der Avantgarde berühmt war. Da nahm Sonia sein Schicksal in die Hand. Sie mietete eine Wohnung und einen Laden in einem Hof am Boulevard Malesherbes. Sie hörte selbst zu malen auf und richtete ihr Talent auf Kleider, Teppiche, Dekorstoffe. Er hatte die Simultan*kunst* erfunden, sie erfand die Simultan*mode*: Röcke in Kontrastfarben, weiß mit violett, orange mit apfelgrün... Für einen Ball hat Sonia mir ein Kleid gemacht, das mir enormen Erfolg eintrug.

Alle Snobs versorgten sich in Sonias »Simultan-Atelier«. Sie führten ihre Kreationen bei allen festlichen Anlässen vor, aber sonderbarerweise kaufte immer noch kein Mensch ein Bild von Robert. Bei der Ausstellung der Dekorateure von 1926 stattete Sonia den Stand von Bourgeois aus und brachte zur perspektivischen Verlängerung ein Bild von Robert an, einen bewundernswerten Eiffelturm, von unten gesehen. Die Jury der Ausstellung lehnte Delaunays Originalwerk ab, da sie es zu kubistisch fand, nahm aber Sonias Tapeten und Vorhänge mit Begeisterung auf. Diese Idioten hängten das Meisterwerk ab und behielten nur das Kunstgewerbliche.

Sonia Delaunay war eine tüchtige Frau, die bis Mitternacht, manchmal bis zwei Uhr morgens arbeitete. Tagsüber beaufsichtigte sie ein ganzes Atelier voll Näherinnen, verhandelte mit ihren Kunden, meist Industriellen. Unermüdlich und zielstrebig beherrschte sie Robert durch den verbissenen Willen, ihm einen künstlerischen Durchbruch zu sichern, der über alle Kompromisse erhaben war.

Ein Gerücht will jetzt, daß sie überhaupt alle Ideen hatte, aber Delaunay bedurfte solcher Hilfe nicht. Sonia hat ihn vielleicht zu dem Farbenrausch angeregt, den man in russischen Ikonen findet, und sicherlich hat sie ihn mit den deutschen Expressionisten bekannt gemacht, die ihr durch ihren ersten Mann Wilhelm Uhde vertraut waren. Uhde wiederum war ein Freund des Zöllners Rousseau, der die naive Malerei in Mode brachte. Aber die abstrakten Formen stammen von Robert Delaunay selbst, das Genie war er. Sonia wandte seine Ideen wundervoll an, übertraf jedoch keine. Bei ihm zeigt sich die lyrische Form in Reinkultur.

Als Antifeministin und mit dem Bewußtsein der Unterlegenheit habe ich doch den Grundsatz, von niemandem abzuhängen. Da der Mann für seine Frau nicht verantwortlich ist, sollte sie auch nicht von ihrem Ehepartner oder Geliebten ausgehalten werden. Von diesem Gesichtspunkt aus bin ich für die Gleichberechtigung. Jedes menschliche Wesen muß für sich selbst aufkommen.

Vom ersten Tag meines Pariser Aufenthalts an habe ich gearbeitet, zunächst schrieb ich Artikel über Mode für deutsche Journale. Mallarmé und Colette waren meine Vorgänger in diesem literarischen Broterwerb. Durch die Notwendigkeit, von der Pike auf zu lernen, trat ich mit den größten Modeschöpfern, Textilfabrikanten, Porzellanherstellern in Kontakt. Unter diesen Pariser Industriellen war Helena Rubinstein eine Galionsfigur. Sie bestellte bei mir poetische Beschreibungen ihrer Schönheitsmittel.

»Du solltest mir einen kleinen Text über das neue Lippenrot schreiben«, sagte sie.

»Schön, gib mir einen Stift mit.«

Sie zog mich zu einer Abteilung weiter. »Hier kannst du probieren, soviel zu willst!«

»Ich mach's lieber zu Hause.«

»Unmöglich. Diese Muster müssen in der Abteilung bleiben. Die Verkäuferin ist dafür verantwortlich.«

»Du willst, daß ich über deine Neuheiten schreibe, und dabei kannst du mir nicht einmal einen Lippenstift mitgeben?«

»Du ahnst nicht, wie kompliziert unsere Abrechnungsprobleme sind.«

Unüberbietbar geizig in Kleinigkeiten, gab sie mir nichts, warf aber das Geld zum Fenster hinaus, wenn es darum ging, ihren Größenwahn zu befriedigen. Bei ihren Empfängen hätte man in Champagner baden und den Kaviar mit Schöpflöffeln essen können, aber im Laden wurde jede Puderdose schärfer kontrolliert als das Morphium beim Apotheker.

Man wird nicht durch Zufall Helena Rubinstein. Glück genügt nicht, um ein Unternehmen aufzubauen, dessen Umsatzziffern mehrere Millionen Dollar übersteigen. Dazu gehört Genie. Helena Rubinstein hat es von dem Moment an bewiesen, als sie begriff, daß die Zeit für die Massenproduktion von Schönheitsmitteln gekommen war. Sie hat damit keinen ortsgebundenen Handel aufgezogen, sondern die ganze Welt überschwemmt: Melbourne, London, Paris und schließlich auch Nord- und Südamerika. Der kleine Kaufmann ist froh, wenn er ein Lager hat, das ihm angenehme Einkünfte sichert. Sie hatte nur den einen Gedanken: Investieren, Riskieren, Erweitern. Das zeigte sie schon in jungen Jahren. 1908 in London in

einem Gebäude von sechsundzwanzig Räumen ein eigenes Schönheitsinstitut zu eröffnen, das muß ihr erst einer nachmachen.
Außer ihren Salben und Wässerchen kannte sie nichts. Einmal, als ich in ihrer New Yorker Wohnung ankam, nahm sie mich am Arm, um mich vor ein Gemälde zu führen.
»Claire, jetzt zeige ich dir den wunderbarsten Chagall, den du je gesehen hast.«
Ich traute meinen Augen nicht. »Aber Helena – das ist doch ein Matisse!«
Es focht sie nicht im geringsten an. »Meinst du?« fragte sie nur.
In ihren Wohnungen häuften sich sagenhafte Schätze. Da gab es ein venezianisches Zimmer, einen chinesischen Salon, Räume im Stil Louis XIV., Louis XV. und aller sonstigen Louis. Auf dieser Grundlage hätte man ihr auch einen Joe Louis andrehen können.
Woher kam diese Sammel- und Kauflust, da sie doch einen Empiresessel kaum von einem Küchenschemel unterscheiden konnte? Sie kaufte, um ihrerseits ihre Cremetöpfe besser zu verkaufen. Auch hier witterte sie mit genialem Geschäftssinn, daß die Frauen nicht nur ein duftendes Fett- und Kräutergemisch bezahlten, sondern einen Teil ihrer Träume. Helena Rubinsteins Produkte mußten ja die allerbesten sein, weil sie ihrer Schöpferin ein Vermögen einbrachten. Hätte sie in einer Mansarde gehaust, so hätte man sie verdächtigt, Forschungskredite zu verschwenden. Aber da sie auf einem Berg von Luxusartikeln thronte, flößte sie Vertrauen ein. Bei ihr drängten sich die renommiertesten Innenarchitekten, Antiquare und Pelzhändler, abgelöst von Herzoginnen und Marquisen, die bei ihr Jean Cocteau, Picasso und Diaghilew zu treffen hofften. Helena Rubinstein und ihr Geld schlugen Brücken zwischen Malern, die nicht von ihrer Tür wichen, und Sammlern, denen die Maler ihre Bilder verkaufen wollten, Fürstlichkeiten, die mit Dichtern und anderen Künstlern plauderten, Schriftstellern auf der Suche nach einem Verleger, Tänzerinnen auf der nach einem vermögenden Freund, älteren Schwerenötern auf der Jagd nach einem Backfisch in Finanznöten... Helena Rubinstein galt inmitten dieses Hexenkessels als gesuchteste Frau von Paris, und all dieser Flitterglanz verdichtete sich zur geschäftsfördernden Aureole um ihre Puder und Salben. In den Augen des Publikums konnte Helena Rubinstein nichts anderes als Wundermittel verkaufen, weil ihr Erfolg wundersam genug war, um sogar die Beachtung Cocteaus und Picassos zu erzwingen.
Je mehr Geld sie zum Fenster hinauswarf, desto mehr fuhr sie dafür in ihre Scheuer ein. Schließlich ließ sie sich zum Spiel verleiten. Ihr Mann

und sie trennten sich, und sie kaufte sich einen betitelten Säufer, Artchil Gourielli-Techkonia, einen georgischen Prinzen und Experten in Schnaps, Wodka und anderen scharfen Getränken. Einige ehemalige weißrussische Gardeoffiziere versicherten, ihn vor Kriegsausbruch 1914 nüchtern gesehen zu haben, aber seit der Hinrichtung des Zaren sei er vor Schmerz nicht mehr aus dem Suff herausgekommen. Helena Rubinstein gewann mit dieser Wiederheirat die Krone einer Karnevalsprinzessin und das Recht, sich von der Dienerschaft mit »Hoheit« anreden zu lassen. Ihre Laune war um so sinnloser, als ihr Ruhm nicht darin bestand, die morganatische Gemahlin eines so mittelmäßigen wie fragwürdigen Fürsten, sondern eben Helena Rubinstein zu sein. Sie änderte ihren Namen auch nur auf den Ausweispapieren, denn auf Millionen von Tuben und Dosen war es der Name Rubinstein, der die Massen anzog.

Als ich Gala Dali kennenlernte, hieß sie noch Gala Eluard und galt als Muse der Surrealistenbewegung. Sie war eine düstere, schweigsame Schönheit, die viele Männer fesselte. Sie bildete ein seltsames Paar mit dem Dichter Paul Eluard, der bleich, durchgeistigt und fast durchsichtig wirkte. Ihrer beflügelnden Rolle getreu, fühlte sie sich nur als Mittelpunkt einer Gruppe wohl. Paul Eluard war ein überempfindliches Instrument wie eine Stradivari, die tausend Vorsichtsmaßnahmen erfordert. Gala wagte nicht, einen so zarten Poeten in ihren stählernen Griff zu nehmen. Statt des Tambours oder der großen Pauke, die sie gebraucht hätte, hielt sie nur eine biegsame Liane in der Hand.
Gala war fürs Köpfezusammenstecken und geheime Zusammenkünfte geboren; sie suchte stets Intrigen zwischen ihren surrealistischen Freunden zu knüpfen, wieder zu entwirren und, vor allem, die Karriere ihres Mannes zu lenken. Aber Eluard war zu stolz, um andere Register als die der Poesie zu ziehen. Geld und leichte Erfolge lockten den Sohn eines Lotterieeinnehmers nicht.
Wenn es Salvador Dali nicht gegeben hätte, so hätte Gala ihn erfunden. Er war genau der Mann, den sie suchte: großspurig, aber ohne Stolz, bereit, um jeden Preis die Aufmerksamkeit zu erregen und Erfolg zu haben, und sei er der platteste und vulgärste. Für einen Künstler seines Ranges bedarf es schon ziemlichen Mangels an Selbstgefühl und Würde, um das Publikum mit der Länge seiner Schnurrbartspitzen oder mit einem Nashorn-Stockknauf zu verblüffen. Doch Gala verließ ihren Eluard, um Dali in ihre Netze zu verstricken. Dali besaß damals keinen Sou und hatte keine anderen Aussichten auf Einkünfte als die unwahrscheinliche Möglichkeit, seine Bilder zu verkaufen.

Ich kannte Dali seit 1927, noch vor seiner ersten Begegnung mit Gala. Margherita Sarfatti, die jüdische Geliebte Mussolinis, hatte uns angerufen:
»Ich habe einen Künstler entdeckt, der wie ein Engel malt. Außerdem ist er noch schön.«
Goll und ich fanden einen schüchternen jungen Mann vor, der wie ein Tangotänzer aussah. Ein Schnurrbart, dünn wie ein Bleistiftstrich, verstärkte diesen Eindruck. Als vornehmer Spanier beantwortete er alle Fragen korrekt und küßte den Damen die Hand. Nichts deutete auf den zynischen Clown hin, zu dem er sich später entwickeln sollte.
Um diese Verwandlung zu begreifen, mußte man Gala kennen. Wie Sonia Delaunay war sie eine Fanatikerin und von ungeheurem Machtwillen getrieben. Nachdem sie Dali unter ihr Joch gezwungen hatte, formte, unterstützte und protegierte sie ihn.
Dali war in seiner Jugend witzig, listig und schlagfertig. Aber er nahm sich nicht ernst und lachte stets als erster über seine Farcen. Gala hat seine Persönlichkeit systematisch aufgebaut, ihn genötigt, sich zu bestätigen und selbst zu übertreffen. Sie hat ihm die Welt vereinfacht, indem sie alle Entscheidungsmöglichkeiten auf eine Formel reduzierte: Treten oder getreten werden. Mit anderen Worten, es gibt Gewitzte und Trottel, Leute mit Geld und die ewigen Habenichtse. In Galas Augen war ein armes Genie verächtlicher als der geborene Idiot, denn statt sein Talent zu Gold zu machen, tauschte er es für trockenes Brot ein.
Dali brauchte seine Natur nicht zu vergewaltigen, sondern nur seine Scheu zu überwinden. Noch heute kann er, wie alle Ängstlichen, nur im Spiel oder der Karikatur Selbstbestätigung finden. Jedesmal, wenn ich ihn sehe, taucht in meiner Phantasie hinter seinen Mätzchen Gala auf wie eine Spinne im Netz; ich glaube ihre Stimme zu hören: »Das Leben ist nur Theater, eine makabre Komödie... Du bist der Größte, du hast alle Rechte, mokiere dich nur über die andern, nimm sie aus, beraube sie... sie verdienen nichts anderes.«

Auch Aragon wurde durch seine Begegnungen mit Frauen geformt. Er war eine charmante und kultivierte Persönlichkeit und führte die Feder verblüffend mühelos. Er war imstande, einen Satz anzufangen, ohne selbst zu wissen, was er sagen wollte. Er konnte Nebensätze mit viel Wenn und Aber ineinander verschachteln, und obwohl die Wörter einzeln genommen gar nichts bedeuteten, löste das Satzende den Wirrwarr. Bei Louis Aragon verbanden sich höchste Intelligenz mit anderen außergewöhnlichen Gaben.

Im Sommer 1924 hatten wir in Tirol benachbarte Ferienhäuser gemietet. Aragon war mit Nancy Cunard, der exzentrischen Erbin der berühmten Cunard-Reederei, verlobt. Sie gehörte zu den Superreichen, wiewohl sie einmal wegen ihrer Flucht mit einem schwarzen Musiker von ihrer Mutter enterbt worden war. Aber ihre tollen Streiche fingen jetzt erst richtig an. Einerseits stockenglischer Snob, stürzte sie sich andererseits in jedes Wagnis, besonders in alle Feldzüge für die Menschenrechte. Mit unerhörtem Mut und verbissener Energie kämpfte sie für die Schwarzen in Amerika und Äthiopien und gegen den Franco-Faschismus.
Bis zu ihrem Tod im Jahr 1969 verfolgte sie das Unrecht, druckte, verlegte und hatte nebenbei immer noch Zeit für ihre diversen Männer: einen Dichter, einen Stierkämpfer, einen Klarinettisten, einen militanten Farbigen. Damals übersetzte sie gerade in Gemeinschaftsarbeit mit Aragon *Die Jagd nach dem Schnark* von Lewis Carroll. Die beiden waren ein drolliges und vergnügtes Paar. Vielleicht hätte sich Aragons Schicksal anders gestaltet, wenn er Elsa Triolet nicht getroffen oder, besser gesagt, Elsa Triolet nicht auf ihn verfallen wäre.
Sie hat ihn regelrecht mit dem Enterhaken gekapert. Dann brachte sie ihn nach und nach dazu, mit seinen surrealistischen Freunden zu brechen, damit sie seinen Ruhm mit niemandem mehr zu teilen brauchte. Sie wurde seine politische und literarische Managerin und lenkte seine Schritte auf den Weg des Erfolges. Wenn Aragon eine andere Frau gefunden hätte, wäre ein anderer Schriftsteller aus ihm geworden. Zur Zeit seines *Traité du Style* und des *Paysan de Paris* (Pariser Landleben) hatte Aragon noch Größe. Aber er hat sich mit andern gemein gemacht und an Kunst geglaubt, die dem Alltäglichen verhaftet ist. Statt weiterzusteigen, ist er mehrere Stockwerke abwärts geklettert.

Ich bin gegen alle Emanzipationsbewegungen der Frau. Die Weiblichkeit ist unsere einzige Waffe. Wir haben weder die nötigen Körper- noch Geisteskräfte, aber uns bleibt der Charme. Und wenn ich in meinem Leben so viel Erfolg hatte, so nur, weil ich bei jeder Gelegenheit hundertprozentig Frau geblieben bin. Wenn ich Goll dichterisch antworten konnte, hat er mich dazu erzogen, mir Talent abgegeben. Er war mein Meister, dessen Überlegenheit ich anerkenne.
Diese Abhängigkeit hat meine Feder nicht einfrieren lassen. Schon in meinen ersten Pariser Jahren habe ich Gedichte mit Illustrationen von Chagall und Foujita veröffentlicht, ich habe Novellen und mehrere Romane publiziert: *Der Neger Jupiter raubt Europa, Eine Deutsche in Paris.* Auch auf journalistischem Gebiet hatte ich einige Erfolge, namentlich mit

einer Bettlerreportage für *L'Intransigeant*. Mit straff zurückgekämmtem Haar, einem alten Hut von Yvan und zerlumpter Kleidung sah ich so abschreckend aus, daß die Leute im Bus von mir wegrückten. Der Zeitungsfotograf folgte mir von fern, um die Reaktionen, die ich hervorrief, festzuhalten.

Am Trocadéro bemerkte ich Ferdinand Bruckner, tief in Gedanken versunken. Er mußte wegen der Proben zu seiner *Krankheit der Jugend* in Paris sein. Ich näherte mich ihm von hinten und streckte die Hand aus. Er sah mich an. Als ich fünfzehn Jahre zuvor in Berlin bei ihm gewohnt hatte, versuchte er mich zu vergewaltigen. Jetzt erkannte er mich nicht. Er griff in die Westentasche und reichte mir ein Zweifrancsstück.

»Danke, Herr Bruckner«, sagte ich.

Er fuhr zusammen und bekam glasige Augen. Daß eine Bettlerin einen beim Namen nennt, ist, als ob einen der Abschaum der Gosse vertraulich auf die Schulter klopft. Bruckner drehte sich um und floh quer über den Platz.

Das Bettelgewerbe erlaubt tiefe Einblicke in die Mentalität jedes Stadtteils. In den eleganten Straßen beschleunigen die Fußgänger den Schritt, um nichts geben zu müssen. In den Vororten schenken diejenigen, die selbst nichts haben, wenigstens ein Lächeln oder ein gutes Wort. In der Rue des Rosiers, im Judenviertel, warf mir der Bäcker angewidert ein Stück Brot hin. An der Börse beriefen sich die Boten aufs Gesetzbuch: »Weißt du nicht, Alte, daß Bettelei verboten ist?«

Trotzdem brachte ich einen Tagesdurchschnitt von zwanzig Francs zusammen. Soviel verdiente 1933 kein Arbeiter. Am Ende meines Streifzugs gab ich die gesamte Einnahme einem Clochard, der mich zu einem Teller Suppe in ein Bistro eingeladen hatte.

Nach dem Erfolg dieser Reportage bat mich Florent Fels, für sein Journal *Voilà* auch die Situation der Straßensänger zu untersuchen. Er besorgte mir einen Ausweis, denn hier handelte es sich um ein geregeltes Gewerbe: Die Polizei wies einem gegen Zahlung einer Gebühr eine bestimmte Straßenecke an, und die Streifen sorgten dafür, daß man nicht in fremdem Revier wilderte.

Ich zog mich mit Sorgfalt und ein wenig ordinär an und engagierte zu meiner Begleitung zwei Raufbolde, der eine spielte Banjo, der andere Akkordeon. Nach jedem Liedchen, das ich krähte, verkaufte ich die Noten dazu, für einen Franc pro Stück.

Wir waren Freiwild für die Spitzel, die jedesmal, wenn sie Sänger ohne Lizenz erwischten, eine Prämie erhielten. Nahe bei der Concorde kam ein Flic auf uns zu. Mein Akkordeonspieler erbleichte.

»Wenn ich wieder geschnappt werde, ist es aus«, flüsterte er. Da er schon ein paarmal aufgelesen worden war, fürchtete er jeden Kontakt mit den Behörden.
»Keine Angst«, flüsterte ich, »ich habe ja die Genehmigung von der Präfektur.«
Aber für meinen Fotografen, der jede Etappe des Unternehmens knipste, mußte ich mich ins nächste Revier abführen lassen. Als ich dort meine Papiere hervorkramte, ging der Kommissar in die Luft. Er fühlte sich mißbraucht und genasführt.
Diese Auseinandersetzung mit der Polizei war für meinen Tatsachenbericht unerläßlich.
»Verdammt, schon wieder Polypen!« fluchte mein Akkordeonspieler, als wir uns im Belleville installierten.
Zwei Polizisten machten gerade per Fahrrad ihre Runde. Wir drei stürzten, unseren Krempel unterm Arm, in den nächsten Torweg. Ein paar Nutten machten uns aus dem Fenster Zeichen, als die Gefahr vorbei war.
Wenn ich noch Illusionen gehabt hätte, so hätte ich sie beim Bettler- und Straßensängerspielen verloren. Der Mensch ist nicht gut. Die Gesellschaft verfolgt und bedroht die Armen, sie zieht noch dem Straßensänger das Geld aus der Tasche, damit er an einer Ecke des Bürgersteigs stehen darf. Kein Wunder, daß ich jedesmal, wenn ich die Politiker im Scheinwerferlicht weise Sprüche klopfen höre, Lust habe, sie zu ohrfeigen. Ob sie vom Krieg reden, von den Steuern, von der Geldentwertung oder der Arbeitslosigkeit, sie lügen mit dem einzigen Ziel, ihr auf Diebstahl gegründetes System zu bewahren. Und für dieses schmutzige Geschäft verkleiden sie sich mit steifem Kragen und Krawatte, sprechen mit milder Stimme, schwitzen aber vor Angst um ihren guten Platz. Unmöglich, ihnen auch nur ein Wort zu glauben.
Bei so einem Schauspiel, das ebenso widerlich ist wie eine Militärparade, vergeht mir jegliche Lust, ein Mann zu sein. Ohne mich zurückgesetzt oder verbittert zu fühlen, nehme ich meine Unterlegenheit hin, was mir nicht schwerer fällt als die Einsicht, wieviel mehr als ich große Ärzte, Architekten, Sportler oder Mathematiker leisten. Ich konkurriere mit niemandem. Meine Rolle hat mir von jeher gepaßt, und ich habe nie versucht, aus ihr auszubrechen. Ich eigne mich nicht zur Mutter, aber zur Liebenden. Ich gehöre dem Mann, der mich liebt. Zur Leidenschaft bestimmt, und nicht zur Mutter oder männerfeindlichen Untergrundkämpferin, fordere ich kein Recht. Meine untergeordnete Situation behagt mir vollkommen, da sie mir alle Freuden und sogar Glück beschert hat. Für nichts auf Erden möchte ich den Männern gleichgestellt werden.

11

Ich lag gerade im Garten und nahm ein Sonnenbad, als ich eine absonderliche Figur, den Panama schief auf dem Kopf, herankommen sah. Es war James Joyce. Hinter ihm stapfte sein Sohn George, gefolgt von Lucia, die an ihren Zöpfen zupfte. Seine Frau Nora beschloß den Zug.
»Ich brauche eine Wohnung in Paris«, sagte Joyce ohne lange Vorreden.
Das war der Anfang meines Martyriums. In diesem Sommer 1920 hatte sich Joyce nach seiner Ankunft in Frankreich unverzüglich mit den Seinen nach Ville-d'Avray begeben, wo Goll und ich unsere Ferien verbrachten.
»Möbliert«, betonte er. »Seit der Abreise von Irland bin ich gewohnt, nur in Betten zu schlafen, in denen vorher schon andere geschwitzt haben.«
Ich verstand, daß er seine Revanche für alles, was er bisher hatte durchmachen müssen, von einem festen Platz aus organisieren wollte. Bisher hatte er sich nirgends wohler gefühlt als in halbverfallenen Städten wie Rom und Triest. Er liebte solche Ruinen, wo eine von Erinnerungen erdrückte Bevölkerung stets eine Entschuldigung für ihre heutigen Niederlagen sucht. Joyce konnte mit Aufschub leben, seine ebenfalls arbeitslosen Freunde um sich versammeln und ihnen alte Traktate über Botanik oder Feldvermessung vorlesen, um die Entwicklung eines Wortes zu verfolgen.
»Es geht voran«, sagte er mir mit vertraulicher Miene, ohne daß ich ihm die geringste Frage gestellt hätte.
Ich hatte schon in Zürich gemerkt, wie geheimnisvoll er von seinen Arbeiten zu reden pflegte. Man hätte meinen können, ein Anarchist bereite eine neue Sprengstofformel vor.
Wir gingen alle zusammen im Park von Saint-Cloud spazieren. Joyce machte es Vergnügen, seine Familie Luft schöpfen zu lassen. Manchmal verstieg er sich dazu, einen Fiaker zu mieten, Weib und Kinder hineinzustopfen und eine Rundfahrt über die Boulevards zu machen. Wie ein beschwipster Provinznotar gestikulierte er dann auf dem Kutschbock herum und gab dem Kutscher dauernd widersprüchliche Anweisungen.
»Ich werde schon für alles sorgen, was Sie brauchen«, versprach Goll.
»Ich brauche auch einen deutschen Verleger für meinen *Ulysses*«, erwiderte Joyce.
Als Pariser Korrespondent des Basler Rhein-Verlags legte Goll dort ein gutes Wort für ihn ein, ohne zu bedenken, daß der Verleger dieses Ansinnen mit Schrecken von sich weisen würde.
»Dieses pornographische und verworrene Machwerk hat in unserer Sammlung nichts zu suchen!«

Goll mußte erst mit Kündigung drohen, um den Verleger umzustimmen. Joyce fand freilich, das sei wohl das mindeste, was man für ihn tun könne.

Im Herbst zog Joyce nach Paris, und Golls Sklaverei begann. Sobald Joyce sich über die Etymologie eines Wortes oder dessen Übersetzung im unklaren war, zitierte er sofort seinen gutmütigen Sekretär herbei. Da ihm vor dem Telefon grauste, schickte er meist Rohrpostbriefe, die sich nicht mit höflichen Floskeln aufhielten: »Kommen Sie augenblicklich, ich erwarte Sie.« Und Goll sprang in das nächste Taxi, um sich dem zur Verfügung zu stellen, den er den »Homer des zwanzigsten Jahrhunderts« nannte.

»Heute abend essen wir bei Joyce«, verkündete er mir oft, wenn er von seinen Arbeitssitzungen zurückkehrte.

»Will er uns schon wieder mit dem *Barbier von Sevilla* beglücken?« stöhnte ich.

Joyce pflegte sich nämlich nach dem Essen stets ans Klavier zu setzen, um eine Arie von Rossini zu schmettern. Jahrelang war es *Der Barbier von Sevilla*, später die große Arie aus dem *Wilhelm Tell*, weil er sich in den irischen Tenor O'Sullivan vernarrt hatte. Dieser spielte in dreißig Vorstellungen an der Pariser Oper, und jeden Abend ging Joyce hin, um in frommer Verzückung zu lauschen. Für ihn war alles, was aus Irland kam, unvergleichlich. Und da sein Freund O'Sullivan in *Wilhelm Tell* brillierte, wurde diese Oper für Joyce das größte Meisterwerk aller Zeiten.

Die Abende bei Joyce belasteten mich wie der schlimmste Frondienst. Er hatte eine besondere Begabung, die düstersten Wohnungen von ganz Paris zu finden. Soviel Wert er auf seine Kleidung legte, so wenig kümmerte er sich um seine Umgebung.

Superelegant, die Füße in spitze Lackschuhe gezwängt, erwartete uns Joyce in der Mitte eines verstaubten Salons. Kaum waren wir eingetreten, so belegte er Goll mit Beschlag und zog ihn in eine Ecke, um ihm die Arbeit des Nachmittags vorzulesen. Mir blieb nichts übrig, als mich zu Nora in die Küche zu begeben, wo sie seufzend irgendein kompliziertes Gericht zubereitete.

Einmal sah sie dermaßen niedergeschlagen aus, daß ich ihr unwillkürlich die Hand auf die Schulter legte.

»Was ist denn los, Nora?«

»Er schreibt, er schreibt, er hört nicht auf zu schreiben«, murmelte sie kopfschüttelnd.

»Das ist normal«, meinte ich. »Schließlich ist er Schriftsteller.«

Ein abermaliger tiefer Seufzer hob ihre Brust.

»Ist Ihnen nicht klar«, fügte ich hinzu, »welches Glück Sie haben: mit einem Genie zu leben?«
»Aber ja, Claire, jeder sagt mir das, aber ich merke nichts davon, und ich verstehe nicht mal, was er schreibt.«
Nebenan kritzelte Joyce, eine Lupe in der Hand, an seinen Manuskripten. Bevor er sich zur Arbeit an einen schrecklichen Mahagonitisch setzte, rollte er sorgsam die Plüschdecke auf, die sie bedeckte. Er schrieb, um sie zu schonen, auf dem blanken Holz.
»Da sehen Sie es«, sagte Nora, »er schreibt immer noch...«
Sie war die »unpoetischste« aller Ehefrauen, wie Goll sie eines Tages in einem seiner Briefe genannt hat. Immerhin war Joyce ihr treu; er hat seine zerrupfte Nora nie betrogen. Ein Bourgeois hat keine außerehelichen Abenteuer, es sei denn in der Phantasie, wo Sex und Sünde eine große Rolle spielen. Ich habe keine Ahnung, ob er sich im täglichen Leben solche Fragen stellte. Nackt oder beim Liebesakt konnte ich ihn mir überhaupt nicht vorstellen.
»Der arme James«, seufzte Nora zuweilen, »er hat nie irgend etwas von Frauen verstanden.«
Beim Essen saß er entweder stumm, ohne ein Wort an jemanden zu richten, oder er warf unbekümmert-entzückt mit Anspielungen um sich, die selbst manchem seiner Übersetzer unverständlich blieben. Seine weitverzweigten Gedanken streiften niemals das allgemeine Gespräch. Er glich einer Frau, die unfähig ist, einen ganz schlichten Pullover mit dem Stift zu skizzieren, aber Masche für Masche das vertrackteste Muster stricken kann. Was Joyce strickte, waren Wörter auf Papier, langsame Verwandlungen und Überleitungen, Doppelbegriffe, Alliterationen, Satzmelodien, Untertöne. Aber mündlich vorgetragen, folgte seinen Sprüngen vom Deutschen ins Italienische oder vom Englischen ins Dänische stets betrübliches Schweigen. Sein Humor war mir unzugänglich, und ich glaube, daß außer ihm niemand so recht von Herzen darüber lachen konnte.
Trotzdem bereitete er seine Wirkung von langer Hand vor. Ich war an jenem Abend dabei, als er seinem letzten Werk, *Finnegan's Wake*, den letzten Schliff gab. Während des Essens sprach er kein Sterbenswort. Dann aber nützte er eine momentane Stille, um die Hand zu heben und sich zurückzulehnen.
»Ich habe das Wort gefunden, das ich suche...«
Er weidete sich im voraus an dem Überraschungseffekt, den er bei seinen lauschenden Zuhörern auslösen würde.
»*The*«, sagte er dann.

Wir warteten auf weiteres, aber Joyce hatte sein letztes Wort gesprochen.
»Groß oder klein geschrieben?« fragte Goll.
»*The*, ganz einfach, wie *le* auf französisch.«
Da ich selbst schriftstellere, kann ich wohl sagen, daß Joyce uns mit dieser Komödie angeführt hatte. Die Inspiration mag kommen, selbst wenn man vor einem Teller sitzt, aber die Idee wird alsbald wieder in Frage gestellt, besonders wenn es gilt, das Werk in sich abzurunden: Das letzte Wort der letzten Seite entspricht dem ersten des Romans.
Nach der Mahlzeit räumte Nora den Tisch ab und legte wieder die dunkelgrüne Plüschdecke auf, die das ehrwürdigste Stück der Wohnung zu sein schien. Joyce half seiner Frau zuweilen mit den Gebärden eines Priesters, der die heilige Hostie darreicht.
»Wir sollten uns entspannen«, schlug Joyce dann vor. Meist begann er, seine Gedichte zu rezitieren. Er war für diese Kunst kaum begabt. Seine Verse waren mittelmäßig, aber er hielt sich lange Zeit vor allem für einen lyrischen Dichter.
»Was meinen Sie zu etwas Musik?« fragte er anschließend.
Ohne auf Zustimmung zu warten, begann er zu trällern und Tanzschritte anzudeuten, meistens eine Art Foxtrott, mit leidlicher Grazie. Er glaubte, ein sehr guter Tänzer und sehr guter Sänger zu sein und suchte mit allen Mitteln Bewunderung zu erregen.
Nach diesem Tanzintermezzo setzte sich Joyce ans Klavier und peinigte uns mit seinem Belcanto. Seine Stimme war gar nicht so übel, aber seine Schwelltöne kamen mit einer solchen Selbstgefälligkeit, daß man sie kaum ertragen konnte.
Joyce hatte zwei Sekretäre, die er schamlos ausnutzte: Goll, und später Samuel Beckett. Er ließ sie für sich springen, ohne dafür zu bezahlen, außer daß er ihnen ein wenig Beachtung schenkte. Verleger, Übersetzer und Mäzene hatten dem Meister zu Diensten zu stehen. Da er alle Sprachen konnte, in die seine Bücher übersetzt wurden, Russisch ausgenommen, überwachte er das Ganze, verpflichtete aber jeden seiner Helfer, die anderen zu kontrollieren.
Er nutzte die Uneigennützigkeit seiner Bewunderer bewundernswert aus. Als unangefochtener Gott seiner Sekte teilte er deren Diener für ganz genau umrissene Aufgaben ein. Jeden Morgen erschien Stuart Gilbert zur Vorbereitung der französischen Übersetzung. Wenn der deutsche Übersetzer wieder ein Kapitel schickte, berief Joyce Goll zu sich, und donnerstags trafen sich alle bei Paul Léon, um die Arbeit der Woche kritisch durchzusehen.

Joyce hatte genügend Sprachkenntnisse, um selbst zu übersetzen, war aber zu sehr Künstler, um sich sklavisch an einen Text zu halten, und sei es auch der eigene. Er wäre in Versuchung geraten, vieles zu ändern und zu verwandeln. Er brauchte bedingungslos Ergebene, die seinen Text ins Französische oder Deutsche übertrugen, ehe er ihn selbst wieder vornahm, um jeden Ausdruck, jede Beziehung durchzusprechen, was auf vier, sechs oder zehn Ebenen zugleich vollzogen werden konnte. Dialekt- und Slangredewendungen machten ihm viel Kopfzerbrechen, weil er die Wörter nach dem Zusammenklang wählte oder mysteriöse Nebenbedeutungen verfolgte, so daß seine Übersetzer manchmal neue Vokabeln erfinden mußten, um weder die Melodie noch die Anspielung zu opfern.

Er war vom Glaukom befallen, einer Art Augapfelverhärtung, und durchlitt wirklich ein Martyrium. Er hat sich etwa fünfundzwanzig Operationen unterzogen und fuhr regelmäßig nach Deutschland zu einem Augenarzt, der ihn unwahrscheinlichen Behandlungen aussetzte. Zum Entziffern seiner winzigen Handschrift brauchte er eine riesige Lupe. Trotz seiner ungeheuerlichen Brillengläser, bei deren Anblick mir schon schwindlig wurde, war er auf der Straße so unsicher, daß er sich auf allen seinen Wegen begleiten lassen mußte.

Eines Tages klingelte er bei uns in der Rue de Condé und bat, geführt zu werden. Er geriet in Verzweiflung, als er erfuhr, Goll sei nicht da.

»Ich muß zum Boulevard des Capucines«, sagte er, »es ist von äußerster Wichtigkeit.«

Also ging ich mit ihm. Er war als Gott Wotan gekleidet, mit Schlapphut, großem Lodencape und einer Augenbinde, als sei ihm die eine Gesichtshälfte von einer Kugel weggeschossen. Ich marschierte neben ihm her und versuchte, eine Unterhaltung zu beginnen, konnte ihm aber keine Silbe entlocken; er blieb in seine eigenen Gedanken vertieft. Die Leute sahen sich schon nach dem seltsamen Paar um. Ich beschleunigte den Schritt, doch er konnte mir nicht folgen, da der gigantische Umhang ihn behinderte und außerdem eine gemessene Gangart verlangte, damit er seinen Körper rhythmisch umwallen konnte. Es war mir eine Qual, ihm den Arm zu reichen.

»Von höchster Wichtigkeit...«, wiederholte er ab und zu.

Dabei begab sich der »Homer des zwanzigsten Jahrhunderts« lediglich zu Lloyds Bank International am Boulevard des Capucines.

Unterwegs überlegte ich mir dauernd, warum ich ihn dermaßen verabscheute. Gewiß reizte mich sein zugleich verschlossenes und trotziges Gehabe, aber ich wußte ja, daß dies mit seinen schlechten Augen zusammenhing. Da er fast nichts mehr sah, tat er so als ob, indem er den Kopf

in Richtung der Stimme wendete. Ich habe diese gezwungene Höflichkeit auch bei manchen Tauben angetroffen, die lieber lächeln und den Kopf schütteln, als eine Frage falsch zu beantworten.
Joyce war nicht schwerhörig, aber er hörte grundsätzlich nicht zu. Manchmal verzerrte ein breites Grinsen, das freundlich wirken sollte, seinen Mund. Warum und für wen spielt er seine große Nummer? fragte ich mich dann. Er gehorchte einer persönlichen Strategie, die ihm befahl, zu lächeln oder sich dem Gesprächspartner zuzuwenden, aber fast immer zur Unzeit. In seiner Gegenwart fror es mich.
Doch warum hat sich eine solche Antipathie gegen diesen genialen Mann in mir entwickelt? Weil er mich nie wirklich gesehen und gehört hat? Zwischen uns ist nie eine menschliche Beziehung entstanden. Mit wem aber hatte er eine? Er nutzte jedermann aus, ohne ein Dankeswort, ohne eine Geste der Anerkennung. Wie hätte er eine Frau gewinnen können, solange er nicht einmal ihre Existenz zur Kenntnis nahm? Seine einzige Liebe war seine Tochter Lucia.
Sein egozentrischer Narzißmus zeigte sich eklatant, als ich ihn an seinem fünfzigsten Geburtstag, 1932, anrief. Der erste Ton seiner Stimme verriet mir, daß er ganz durcheinander war.
»Madame«, sagte er, »es hätte mich gefreut, Ihnen die Hand zu drücken, aber im Moment ertrage ich niemanden. Ich bin in einer entsetzlichen Lage.«
»Ich bin auf dem laufenden, Meister. Ihr Vater...« Und da ich nicht wußte, wie ich mein Beileid ausdrücken sollte, fügte ich hinzu: »Er war hochbetagt...«
»Das ist nicht der Grund meines Kummers. Er ist mit achtzig Jahren gestorben, das ist normal. Aber ich habe ihn sehr geliebt, und nun konnte ich ihm nicht die letzte Ehre erweisen. Meine Frau und meine Kinder haben sich dem widersetzt.«
»Wirklich?« sagte ich, um mehr darüber zu erfahren.
»Ich selbst fühle mich in Irland nicht mehr sicher. Haben diese Leute nicht nach meinem letzten Aufenthalt 1912 die ganze Auflage meines *Dädalus* verbrannt? Sie werden begreifen, daß es mir unter diesen Umständen unmöglich ist, hinzufahren.«
Der Zusammenhang war nur ihm klar. Schließlich hatte man nur sein Buch verbrannt, nicht seine Person.
»Sicherlich«, sagte ich. »Wie lange hatten Sie Ihren Vater nicht mehr gesehen?«
»Zwanzig Jahre. Ermessen Sie meine Verzweiflung?«
»Sie haben einander doch wenigstens geschrieben?«

»Natürlich, und ich habe ihm regelmäßig Geschenke geschickt.«
»Aber, lieber Monsieur Joyce, es ist nicht Ihre Schuld, daß Sie Ihren Vater nicht wiedersehen konnten. Es liegt an den Umständen.«
Schweigen am anderen Ende.
»Hallo?« rief ich.
»Ja, ich höre noch. Seien Sie nicht böse, wenn ich Sie nicht sehen kann...«
»Ich wollte Sie nur fragen, wie Sie sich heute an Ihrem fünfzigsten Geburtstag fühlen?«
»Das ist im Moment für mich völlig belangslos.«
Wer etwas von ihm haben wollte, mußte sich beizeiten darum bemühen. Als die deutsche Übersetzung des *Ulysses* erschien, bat Yvan ihn um eine Widmung.
»Da bitten Sie mich um etwas sehr Kompliziertes«, erwiderte Joyce. »Nichts auf Erden ist schwieriger, als eine Ausgabe zu signieren.«
Erst nach dem Essen winkte er uns zu sich. »Ich habe es gefunden.« Und mit Sorgfalt schrieb er auf das Vorsatzpapier: »Für Claire und Yvan Goll.« Dann unterschrieb er.
Er verschenkte nichts, keinen Gedanken, keinen Hinweis. Nie sprach er von seinen Vorhaben. Wenn er sich für ein Projekt entschieden hatte, hielt er sich methodisch daran, verteilte genaue Aufgaben an seine Helfer und benutzte diese wie Infanteristen, deren einziger Traum es war, ihrem General den Sieg zu bringen.
Hatte er Angst, man könne ihm seine Ideen stehlen? Gewiß nicht. Aber für ihn kam es nicht in Frage, seine Probleme mit irgendwem zu besprechen. Solange ein Werk unbeendet war, durchlief es so viele Wandlungen, daß Joyce den Fluß seiner Gedanken nicht hätte aufhalten können, um zu sagen: »Ich mache das und das.« Schon hatte er gestrichen, hinzugefügt, gekürzt... Der Roman war ein gefräßiger Krake, der dauernd seine Gestalt änderte und nicht heraufbeschworen werden konnte, besonders nicht von einem Mann, der sich nicht äußerte, aber so tat, als sei alle Welt über seine Absichten auf dem laufenden.
Ich habe nie einen so finsteren Nihilismus angetroffen wie bei Joyce. Ein zerstörerisches, vollkommen steriles Wesen, dessen Genie sich in Studentenstreichen austobte. Sein vielseitiger Wissensdurst, seine Bildung, die Religion, Astrologie, Jura, Psychoanalyse und Linguistik umfaßte, lösten sich in einem bitteren Gelächter auf. Bei Joyce scheitert der Mensch in einem zu großen oder zu kleinen Universum. Nie gelingt es ihm, alles zu sehen, alles zu verstehen; er verliert sich in der Unermeßlichkeit des Wissens, und aus einem Wassertropfen quillt die nächste Unendlichkeit.

Und überall verflechten sich Doppeldeutigkeiten, dreifache Auslegungsmöglichkeiten, Parodien und unartikulierte Wörter wie eine irische Buchmalerei des Mittelalters. Sein Unterbewußtsein arbeitete mit allen ihm bekannten Sprachen, allen Kulturen, deren Früchte er erntete, und in *Finnegan's Wake* findet man einen Widerhall davon. Das Werk ist so ungeheuer vielschichtig, daß niemand mehr als ein Kapitel zu übersetzen wagt. Joyce wollte eine neue Sprache schaffen, die ein sarkastisches Echo aller zusammengehäuften Wissenschaften werden sollte.

Eines Tages versammelte er uns zur Lesung von *Finnegan's Wake*. Er glaubte sich wohl auf einer Opernbühne, denn er psalmodierte seinen Text durch mehrere Tonarten. Zweifellos hätte er sein ganzes Talent dafür gegeben, ein großer Tenor zu werden. Diesen Traum erfüllte er sich mit seinem letzten Text. Die Wortmarmelade, die er deklamierte, hielt ungefähr die Mitte zwischen Literatur und Gesang. Ich hatte den Eindruck, daß Joyce sich über unsere Verblüffung amüsierte. Wie bei einem abstrakten Gemälde oder einem Operntext gibt es in *Finnegan's Wake* nichts Genaues zu verstehen. Der Strudel verschlingt jegliche Interpretation. Joyces Genie vollendete sich in einer sublimen und spöttischen Maskerade.

Je berühmter er wurde, desto mehr Niederlagen erlitt er in seinem Privatleben. Mit seinen Augen begann es. Dann kam die Reihe an seine Tochter. Lucia nahm Tanzunterricht in Paris. Zu ihrem fünfundzwanzigsten Geburtstag wünschte sie sich eine Reise, und die Eltern brachten sie zum Bahnhof. Da warf sie plötzlich auf dem Bahnsteig ihr Gepäck hin und brach in Tränen aus. Sie hatte auf einmal lauter gute Gründe, nicht in den Zug zu steigen, und Joyce versuchte sie zur Vernunft zu bringen. Doch bald wälzte sie sich schreiend am Boden. Als Joyce sie aufheben wollte, sprang sie auf und lief weg. Der blinde Vater versuchte ihr mit ausgestreckten Händen zu folgen, wobei er mit Koffern und Gepäckträgern zusammenstieß. Die Schwingen des Wahnsinns hatten Lucia eingeholt.

Joyce vergötterte seine Tochter. Ihre Krankheit veränderte ihn sehr. Sein metaphysischer Nihilismus verwandelte sich in Verzweiflung. Er setzte es sich in den Kopf, sie selbst zu heilen, ermutigte sie, zu zeichnen und Buchbinderei zu lernen. Sie hat mehrere seiner Werke illustriert. Er, der wie Rilke immer abgelehnt hatte, sich analysieren zu lassen, vertraute seine Tochter C. G. Jung an. Nichts half, Lucias Zustand verschlimmerte sich. Am Ende mußte er sich entschließen, sie nach Ivry zu geben, in die Nervenheilanstalt von Dr. Delmas, der einige Jahre später auch Antonin Artaud aufnahm und behandelte.

Joyce erwartete viel von seinem Sohn George, den er Russisch studieren ließ, weil er selbst es nicht konnte. Er bezahlte ihm teure Gesangsstunden bei den besten Professoren. Aber das Unheil siegte über diese Familie: Die Tochter wurde wahnsinnig und der Sohn ein periodischer Trinker. Nach Golls Tod habe ich George in Zürich besucht.
»Ich zahle Ihnen jede Summe, wenn Sie mir die Briefe beschaffen, die Goll an Ihren Vater geschrieben hat«, sagte ich.
»Die Briefe? Ach, die..., die habe ich längst verkauft.«

12

Als Direktor einer Maklerfirma hätte Goll reich werden können. Sobald ein Maler oder Schriftsteller nach Paris kam, wandte er sich an Goll, um eine Wohnung zu finden. Also kam auch Chagall prompt zu uns.
»Ich bin Maler, russischer Emigrant mit Frau und Tochter«, führte er sich ein. »Ich bin nicht gerade reich, denn man hat mir alles gestohlen... Was ich brauche, ist ein ganz kleines Atelier, nicht zu teuer.«
Marc Chagall gebärdete sich gern als Clown und lachte über das Mißgeschick, das auf seinen Schultern lastete. Außer dem Geld gab es nichts, worüber er sich nicht lustig machte.
»Ich habe alle meine Bilder in Berlin gelassen, bei Herwarth Walden. Er will mir nichts wiedergeben. Nichts, verstehen Sie, nichts!«
Er war über Berlin gefahren und hatte vergeblich versucht, die Werke zurückzubekommen, die er Walden kurz vor Kriegsausbruch in Kommission gegeben hatte. Der Kunsthändler und Herausgeber von *Der Sturm* behauptete, schon für alles bezahlt zu haben. Chagall konnte ihn weder mit Flehen noch mit seinem bewährten Charme erweichen.
»Er hat mir hundertfünfzig Bilder gestohlen«, jammerte Chagall, der erst nach einem langen Prozeß drei oder vier zurückbekam.
»Haben Sie denn keine Quittungen?« forschte ich.
»In Paris hatte ich nur ein Mauseloch, und in Berlin nicht einmal das. Wo sollte ich da eine Wagenladung Bilder unterbringen? Ich war schon froh, daß Walden mir ein Plätzchen in seinem Keller einräumte. Konnte ich etwa eine Quittung dafür verlangen? Außerdem war er so nett zu mir; er bezahlte mir das Hotel, das Essen im Restaurant...«
Da Walden einer der wenigen war, die sich für die Avantgarde einsetzten, hatten die Künstler kein Interesse daran, ihm gegenüber auf Formalitäten zu bestehen.
»Können Sie sich vorstellen, daß ich, Chagall, ein kleiner Jud aus Witebsk,

das Wort des berühmten Herwarth Walden in Zweifel ziehe, daß ich von diesem bekannten Mann eine komplette Liste verlange, beim Notar unterzeichnet? Wir Maler sind ja schon zufrieden, wenn sich überhaupt jemand um uns kümmert...«

Ich habe oft bemerkt, daß Künstler, sobald sie zu Ruhm gelangen, jegliches Mitgefühl und alle Großzügigkeit verlieren. Aber zu Anfang bleibt auch ihnen nichts erspart. Als Unbekannte werden sie in die Rolle des Bettlers gedrängt, man weist sie ab, bestiehlt und demütigt sie. Das dauert zehn, zwanzig, vierzig Jahre. Sollte sich dann der Erfolg einstellen, so nehmen sie kaltblütig Rache.

»Walden sagt, die Mode hätte sich geändert«, sagte Chagall damals. »Stimmt es, daß die Expressionisten sich nicht mehr verkaufen?«

»Picasso hat eine Kehrtwendung zum Klassizismus gemacht«, sagte Goll, »und nun fragen sich die Leute, ob er zum Kitsch zurückkehrt, weil er seinen Kubismus selbst als Irrtum erkannt hat? Das Publikum hat nie etwas von künstlerischen Umwälzungen begriffen und erwartet vom Künstler Geständnisse. Am besten sollten sie bekennen: ›Ich habe mich über euch mokiert... Die Bürger haben recht. Nichts geht über die Klassik.‹ Inzwischen zählt man die Abtrünnigen auf: Picasso, Derain, Vlaminck sind zur Tradition heimgekehrt.«

»Och«, machte Chagall, »mit dem Kubismus ist Schluß, mit dem Expressionismus ist Schluß; da muß man eben was Neues finden...«

Er wohnte eine Weile nahe der Place d'Alésia in einer Art Garage, fand aber dann eine bessere Bleibe in Boulogne. Jeden Sonntag besuchten wir ihn in seinem neuen Atelier. Er arbeitete an den Illustrationen zu Gogols *Tote Seelen*, auf Bestellung von Ambroise Vollard, der sonst mit Cézanne und anderen Impressionisten handelte. Vollard zahlte Chagall ein monatliches Honorar, das ihm ein sorgloses Leben ermöglichte.

Ohne das Gespräch mit uns zu unterbrechen, klopfte und stichelte er wie ein Schuster auf seinen Kupferplatten herum. Bella Chagall servierte zwischen zwei Lockerungsübungen den Tee, während er Goll und mich skizzierte. Seine Erinnerungen an Rußland hatten bei ihm einen bitteren Nachgeschmack hinterlassen.

»Früher haben die Maler sich gegenseitig mit dem Pinsel bekämpft und sich Farbtöpfe an den Kopf geworfen. Heute geht das alles über die Bürokratie. Man braucht Amtssiegel vor jeder Reise und ein Polizeikommando zur Rückfahrt. Aber wißt ihr, wer mich zum Kommissar für die Schönen Künste ernannt hat? Der Minister höchstpersönlich, Lunatscharski.«

»Den habe ich in Lausanne noch während des Krieges am Bart gezupft!« unterbrach ich ihn.

»Nun wollen die Abstrakten recht behalten«, fuhr Chagall fort. »Wie die Kitschmaler träumen sie von ihrer Kunstdiktatur, damit sie allen verbieten können, anders als sie zu malen. Die Konstruktivisten, angefangen bei Malewitsch, sind samt und sonders Banditen. Aber sie wissen nicht, daß sie dabei sind, sich selber den Strick zu knüpfen, an dem man sie aufhängen wird.«
»Was haben sie Ihnen denn getan?«
»Als ich nach Moskau ging, haben sie meine Klasse besetzt und den Namen der Schule geändert. Die Akademie von Witebsk ist jetzt die Akademie der Suprematisten. Mich haben sie ausgeschlossen, denn sie werfen mir vor, daß ich nur Folklore mache... Alle diese *Gojim* haben noch nicht kapiert, daß der Kommunismus keine Künstler braucht, und schon gar keine abstrakten. Die Folklore dagegen könnte ihre modernen Ideen weiterbringen; nur Kreise und Vierecke, das wird den Revolutionären nicht lange gefallen.«
Das Ehepaar Chagall und wir wurden sehr gute Freunde. Wir haben gemeinsam die Loire-Schlösser besichtigt und in Bois de Size in der Normandie unsere Ferien verbracht. Chagall war ein idealer Gefährte, amüsant, einfallsreich und zauberhaft in der Unterhaltung. Mit seinem unerschöpflichen, typisch jüdischen Witz wußte er all die alten Geschichten, die man sich in russischen Gettos erzählte, um die ewige Wiederkehr der Pogrome zu vergessen. Er betete sein Töchterchen Ida an, die ihren Vater tyrannisierte, wie es nur ein siebenjähriges Kind fertigbringt. Chagall gehorchte ihr widerstandslos, auch wenn sie ihn ausdauernd auf ihrem Roller umkreiste.
Sein Hauptproblem war und blieb das Geld. Er hatte eine von Armut gezeichnete Jugend hinter sich und wurde die Angst vor dem Elend sein Leben lang nicht los. Weder Erfolg noch Ruhm konnten das Gefühl der Unsicherheit ganz aus seinem Herzen tilgen. Aber da er sich gern als Seiltänzer, Luftikus und Wolkenträumer darstellte, verbarg er die bebende Aufregung, die ihn ergriff, sobald von Geld die Rede war. Eine wahre Geschichte, die bereits die Runde um die Erde gemacht hat, ist der Nachwelt überliefert:
Die Familie Chagall bewohnte in New York ein Appartement aus dem vorigen Jahrhundert, mit Spiegeln an allen vier Wänden. Ein amerikanischer Kunstliebhaber ist sehr an einem Werk Chagalls interessiert und erkundigt sich nach dem Preis.
»Was für ein Preis?« wiederholte Chagall.
»Der Preis Ihres Bildes.«
»Ah, ich verstehe! Sie sind ein Poet wie ich, mein Herr, und Sie wissen,

wieviel Kummer, wie viele schlaflose Nächte es kostet, bis man sich ein solches Bild aus dem Herzen reißt. Das ist der Preis des Künstlers...«
»Ich rede vom Verkaufspreis«, unterbricht der Amerikaner. »Was verlangen Sie für das Bild?«
»Ich? Ich verlange nichts! Nur Zuneigung, nur etwas Freundschaft...«
»Wieso, verkaufen Sie Ihre Bilder überhaupt nicht?« fragt der Amerikaner entnervt.
»Verzeihung, mein Herr, Sie bringen mich in Verlegenheit... diese Art Fragen bin ich nicht gewohnt. Vielleicht könnte meine Frau Ihnen Bescheid sagen. Sie kennt sich in materiellen Dingen so viel besser aus als ich.«
Bella betritt die Szene, ein Heftchen in der Hand, und der Kunde wendet sich ihr zu. Während sie in ihren Notizen blättert, vertieft sich Chagall in die Betrachtung einiger Werke, wischt sorgfältig den Staub von einem Rahmen.
Der Kunde steht mit dem Rücken zu Chagall, sieht aber im Spiegel, wie der Meister seiner Frau Zeichen gibt: Er spreizt alle zehn Finger.
»Zehntausend...«, sagt Bella zögernd.
Und der Amerikaner sieht im Spiegel, daß Chagall die Fäuste ballt und dann rasch zweimal hintereinander alle zehn Finger zeigt.

Ich bin von vielen Künstlern porträtiert worden: Chagall, Delaunay, Archipenko, Léger... Nur bei Picasso erwischte ich einen schlechten Tag. Ich hatte ihn getroffen, und er hatte wie üblich stürmisch seine Freude bekundet.
»Warum besuchen Sie mich eigentlich nie?« rief Picasso. »Sie haben einen Kopf, der mir gefällt. Ich würde Sie gern zeichnen. Kommen Sie doch mal vorbei. Für Sie bin ich immer zu sprechen.«
Einige Zeit danach klingelte ich in der Rue La Boétie an seiner Wohnungstür. Seine Frau Olga öffnete und fragte kühl:
»Sie wünschen?«
»Es ist... Man hat mir gesagt... Ich meine, Picasso hat gesagt, ich sollte doch mal vorbeikommen...«
»Zu welchem Zweck?«
»Er wollte mich zeichnen.«
»Ach, wirklich?«
Olga hatte nichts Liebenswürdiges an sich. Aber es wäre zu demütigend gewesen, nur wegen dieses unfreundlichen Empfangs wieder zu gehen.
»Bitte sagen Sie Monsieur Picasso, Madame Claire Goll sei da«, erklärte ich förmlich.

»Unmöglich. Er darf auf gar keinen Fall gestört werden. Nicht einmal ich darf sein Atelier betreten.«
Picasso war auch in solchen Ausweichmanövern ein Meister. Bei guter Laune ging er aus und warf mit Einladungen nur so um sich, plante große Diners und was nicht alles. Aber kaum hatte er die Pinsel wieder in der Hand, so ergriff ihn die Malwut, und er verrammelte seine Tür. Er kannte keine Freunde mehr und hielt keine Verabredungen ein. Für ihn existierte nur noch seine Malerei. Selbst Henri Michaux muß ein Opfer der Launen des Meisters geworden sein, denn er nannte ihn nie anders als »dieser katalanische Idiot« oder »der schwachsinnige Andalusier«.

Mit Oskar Kokoschka, dem größten deutschen Maler unserer Zeit, erging es mir besser. Wir wurden 1927 in Paris miteinander bekannt. Kokoschka bat mich sofort, ihm zu sitzen. Er wohnte in einem Elendsviertel in der Gegend der Porte de Vanves.
»Er ist am Verhungern«, erzählte mir ein Freund im Vertrauen, »aber hüten Sie sich, ihm irgend etwas mitzubringen. Er ist imstande, Sie vor die Tür zu setzen und Ihnen Ihre Geschenke an den Kopf zu werfen.«
Kokoschka war wirklich eine furchteinflößende Persönlichkeit, ein Wilder, der sich auf die Leinwand stürzte, um seine Energie zu entladen – und dann plötzlich ein Bild zerriß, Zeichnungen zerfetzte, auf seiner Arbeit herumtrampelte. Er war so davon durchdrungen, daß mein Siamkater Mandalay, den Jacques Villon mir geschenkt hatte, mich jedesmal, wenn ich von einer Sitzung zurückkam, mit krummem Buckel und entblößten Eckzähnen umschlich, um mich zu beschnuppern. Ich roch wohl nach Tiger oder Wolf.
Kokoschka öffnete mir stets in Hemdsärmeln und mit gezücktem Malwerkzeug. Sein Atelier, lediglich mit Armut und expressionistischer Verzweiflung ausgestattet, verströmte eine beklemmende Atmosphäre. Die Laken seines Matratzenlagers auf dem Boden waren unter einer Decke verborgen; ein Diwan für die Modelle stand in der Ecke, und der einzige Luxus war außer der Staffelei ein Hocker, der ihm auch als Tisch diente.
»Nehmen Sie Ihre Pose ein und rühren Sie sich nicht«, befahl er.
Keine Kleinigkeit, in Gegenwart eines nervös bebenden, zappelnden, mit einem Stift fuchtelnden Malers zur Reglosigkeit zu erstarren. Ihn ergriff jedesmal eine Art Raserei, die sein hungerbleiches Gesicht entstellte. Er rieb selbst seine Mondscheinfarben an, schleuderte sie auf die Leinwand und kratzte gereizt Teile davon wieder ab. Oskar Kokoschka, das explosive Genie, arbeitete stoßweise, befreite sich in Ausbrüchen und wütete dann wieder zerstörerisch.

Als Vorkämpfer seiner Generation, den faschistische Studenten, die seine Werke zerfetzten, vertrieben hatten, glaubte er, in Frankreich freundschaftliche Aufnahme zu finden. Aber der Ruhmesglanz, in Wiener und Berliner Kampfjahren erworben, war nicht über die Grenze hinausgedrungen. Kein Mensch in Paris kannte seinen Namen oder vermochte ihn auch nur richtig auszusprechen. Kokoschka mußte ihn stets dreimal wiederholen, selbst dann waren sich die Leute noch immer nicht ganz sicher, ob es sich um den Familiennamen oder einen Diminutiv handelte.
»Kokoschka? Schon wieder eine neue Droge?« erkundigte sich Picasso, als er zum erstenmal von ihm hörte.
Nicht ein Malerkollege besuchte ihn, geschweige denn ein Kunsthändler, der ihm ein Werk abgekauft oder eine Ausstellung vorgeschlagen hätte. Ich wußte nicht, wie ich ihm helfen sollte. Ich traute mich nicht, ihn in ein Restaurant einzuladen, und noch weniger, ihm ein selbstgekochtes Gericht zu bringen. Um ihn zu überlisten, beschloß ich eines Tages, mich mit zwei Erdbeertörtchen bei ihm einzufinden.
Nach zwei Sitzungsstunden pflegte er Tee zu machen. Als Trinkgefäße gab es nur leere Konservenbüchsen, die er mit Totenköpfen geschmückt hatte. Makaber. Ich begann eines der Törtchen zu essen, in der Hoffnung, er würde es mir nachtun. Er sah jedoch weder auf meine Hände noch auf den Teller, wo das andere Törtchen lag, sondern nur in meine Augen. Anschließend ging er gleich wieder an die Arbeit.
Ich war schon auf der Treppe, als sich die Tür hinter mir noch einmal öffnete und Kokoschka im Rahmen stand. Er hatte mein Törtchen in der Hand.
»Sie haben was vergessen!« rief er mir nach.
»Soll ich das bei der Hitze etwa wieder mitnehmen?« rief ich ärgerlich zurück.
Ich bin sicher, daß er es auch hinterher nicht angerührt hat.
Kokoschka hat Frankreich nie verziehen, daß es ihn derart demütigte. Lange Zeit, bis über sein achtzigstes Lebensjahr hinaus, weigerte er sich, dort auszustellen. Da Paris ihn ignoriert hatte, ignorierte er auch Paris. Er verdrängte diese Periode so krampfhaft, daß er sogar die Werke, die er dort geschaffen hatte, aus seinem Gedächtnis löschte. Als ich später, von Not getrieben, einige seiner Zeichnungen zur Versteigerung freigab, erklärte er sie für falsch.
Der Auktionator telegraphierte mir sofort, meine »Kopien« seinen zurückgezogen. Ich war wie vor den Kopf geschlagen. Ich brauchte dringend Geld, um mein Hotel zu bezahlen und die nächsten Monate zu überleben. Und nun hatte Kokoschka nicht nur meine Notlage verschlimmert, son-

dern mich in den Verdacht gebracht, eine Gaunerin oder Helfershelferin eines Fälschers zu sein.
Nach einem Tränenausbruch schrieb ich an Kokoschka, um ihn mit präzisen Orts- und Zeitangaben zu erinnern, unter welchen Umständen diese Zeichnungen entstanden waren. Nach langem Schweigen kehrte ihm die Erinnerung zurück, und er antwortete, die Zeichnungen seien tatsächlich von ihm. Aber ich spürte von neuem, welch unangenehmen Nachgeschmack der Pariser Aufenthalt bei ihm hinterlassen hatte. Picasso und die Surrealisten hatten damals alle Erfolge für sich verbucht, und Frankreich mißachtete sämtliche Maler und Dichter, die in Wien, Berlin oder Moskau arbeiteten.
»Frankreich hat ein großes Herz für alle Nationalitäten«, sagte Kokoschka, »vorausgesetzt, daß sie sich Paris total unterwerfen.«
Unter seinem ungehobelten Äußeren war er sehr feinfühlig und hatte entsprechend viel Erfolg bei Frauen, namentlich bei Alma Mahler. Als Künstler zog er keine Trennungsstriche zwischen den einzelnen Kunstgattungen und führte die Feder ebensogut wie den Pinsel. So ist er der Autor eines Stücks, dessen Titel ihm ähnlich sieht: *Mörder, Hoffnung der Frauen.*

Cocteau hielt allabendlich im »Boeuf sur le Toit« Hof und flatterte wie ein kostbares Insekt von Tisch zu Tisch.
»Auch du«, deklamierte er, »an diesem Ort der Verderbnis?«
Cocteau spielte sein Leben mit einer solchen Selbstgefälligkeit, daß es schon wieder rührend war. Er verbrachte die ganze Zeit damit, sein Schneckenhaus mit Spiegeln und falschen Edelsteinen zu schmücken. Dennoch hatte er eine unfehlbare Nase für jede kommende Mode und nahm aufgeregt die neue Spur auf. Picasso, Diaghilew und viele Surrealisten merkten rasch, welchen Vorteil sie aus diesem »Lautsprecher« ziehen konnten, und bedienten sich der willkommenen Reklame, das glitzernde Reich, in dem Cocteau paradierte, mitzuerobern. Künstler und Musiker benutzten ihn als Werbefachmann, und er benutzte sie, um sein eigenes Prestige aufzupolieren. So kam jeder auf seine Kosten, bis man ihn für überflüssig oder lästig hielt, oder bis er selbst nicht mehr so recht mitmachen wollte.
Im Munde Cocteaus wurden Ideen, die Bilder Picassos oder die russische Revolution zu Spielereien verflacht, um die Leute zu verblüffen oder zu amüsieren, sowohl Prinzessinnen wie Stars oder Boxer. Er machte sich viele Freunde und noch mehr Feinde mit seiner Manie, alles leicht und amüsant in Wortakrobatik umzugestalten. Im tiefsten Innern jedoch

quälte ihn die Angst, an seiner Zeit zu kleben und vielleicht doch kein Erneuerer zu sein. Sein privates Drama war es, ein französischer Oscar Wilde zu sein, aber ohne die Skandale und die Tragik des englischen Dichters. Wilde hatte das puritanische England Königin Victorias zu wütendem Haß herausgefordert, während Cocteau das Kind einer sowieso dekadent-raffinierten Zeit war und sich frei entwickeln durfte.

Doch in Gegenwart oberflächlicher Lobhudler lebt ein Seiltänzer immer gefährlich. Die Snobs verlangen dauernd Pirouetten von ihm, wie sie von einem Komiker, den sie zu Tisch laden, Witze und Anekdoten verlangen. Wer Cocteau einlud, wollte entzückt, erstaunt, hingerissen sein. Und Cocteau entzückte, erstaunte, riß sein Publikum immer von neuem hin. Immer, und egal womit. Solche Regsamkeit ließ ihm kaum Geistesfreiheit. Zum Glück arbeitete er sehr schnell, an jedem Ort, in jeder Lebenslage. Aber er blieb an der Oberfläche der Dinge. Übrigens tat er das ausgezeichnet.

Die meiste Zeit verschwendete er an ein Publikum, das nichts ernst nahm, höchstens das Geld. Da man leider nicht ein ganzes Leben lang jeden Tag genial sein kann, sah Cocteau sich bald genötigt, seine Einfälle und Bonmots zu wiederholen.

Er betrat einen Salon mit den Worten: »Ich interessiere mich für nichts außer Gott und Lenin…«, worauf sich ein Stimmenchor erhob: »Jean, du bist verrückt!« Die Replik kam blitzschnell, wie gestochen: »Die Verrücktheit ist die einzige Weisheit.« Solche Axiome wiederholten sich in allen Tonarten, durch alle Themen. »Ordnung bedeutet Anarchie.« »Die Ungerechtigkeit muß gerechtfertigt werden.« »Das Heilige ist das Laster…« Gegen Ende seines Lebens, als er in der Académie Française aufgenommen wurde, verkündete er: »Heutzutage ist man nur Antikonformist, wenn man Konformist ist.«

Er parodierte sich selbst, um seinen Ruf zu wahren. Als Unterhaltungsmaschine der oberen Zehntausend, Poet vom Dienst auf mondänen Cocktailpartys führte er seine sanfte Melancholie brillant spazieren. Im Laufe der Jahre machte er sich mehr und mehr bewußt, daß er ein Blender war. Zu intelligent, um nicht zu wissen, daß er eigentlich nichts zu sagen hatte, gab er sich Mühe, dieses Nichts wenigstens gut zu sagen. Und da er nicht wußte, was ihm noch bevorstand, beeilte er sich, seinen gegenwärtigen Ruhm auszukosten.

Meine Begegnungen mit ihm waren unterhaltsam. Er empfing mich stets freimütig und amüsant, aber da ich nicht den Ehrgeiz hatte, bei seinen Snobs Karriere zu machen, ließen wir es bei einer oberflächlichen Beziehung bewenden. Diejenigen, die sich dem mondänen Betrieb fernhielten und mich nicht dauernd »Chérie« nannten, zogen mich mehr an. So besuchte ich öfters den Bildhauer Constantin Brancusi im Impasse Ronsin. Diese von Ateliers gesäumte Sackgasse ist ein Stück vergessenes Dorf mitten in Paris. Brancusi fühlte sich dort besonders wohl, weil er ein rumänischer Bauer geblieben war, der gern alles mit eigenen Händen machte: Rohrleitungen, Möbel, Werkzeuge und Skulpturen. Er kochte auch für sich allein in der Ofenröhre. Wenn ich kam, ließ er sich nicht stören; er bereitete seine Mahlzeit, aß sie und steckte mir dabei hin und wieder einen Bissen zu. Dann sang er Volkslieder und begleitete sich auf der Geige. Aus seinem Benehmen ließ sich nicht erraten, was er über die Kunst zu finden suchte, nämlich das Wesentliche, die ursprüngliche Reinheit. Er wollte, ein wenig wie Arp, daß seine Werke runden Steinen glichen oder einem Türrahmen, den ein namenloser Bauer angefertigt hatte. Man mußte Brancusi gut kennen, um zu merken, daß er mehr war als ein Dorflümmel in Kittel und Holzschuhen. Er war ein Philosoph auf der Suche nach dem Pulsschlag alles Elementaren, der Kindheit und der Landarbeiter.

»Nichts Kompliziertes«, sagte er, wenn er mir seine Skulpturen zeigte, »am besten soll man gar nicht gewahr werden, daß sie von Menschenhand gemacht sind.«

Er war selig, als in New York seine vollkommen glattpolierten Werke vom Zoll zurückgehalten wurden. Niemand wollte glauben, daß es sich um Skulpturen handelte. Schließlich wurde die Einfuhrgenehmigung doch erteilt, aber für »Industrieteile«.

Brancusi mochte weder Freud noch Picasso, den er zu verkrampft fand. Von einigen Bildhauern sagte er: »Das sind ja Beefsteak-Fabrikanten.«

Ich hielt ihn immer für sehr bescheiden und gleichgültig, was seinen Ruf betraf. Aber als ich ihn nach einer Soirée von Valeska Gert mit den Worten vorstellte: »Das ist Brancusi, Bildhauer, in Amerika sehr berühmt«, da schrie er auf: »Wieso nur in Amerika? In der ganzen Welt!«

Sonntags gingen Goll und ich oft zu Jacques Villon, der sehr ärmlich lebte. Ihm gegenüber wohnte Albert Gleizes, der die Tochter des Ministers Roche geheiratet hatte. Dieser Roche verschaffte während des Krieges allen Künstlern Ausweise und Pässe, angefangen bei Picabia, Delaunay und Marie Laurencin. Juliette Gleizes war sehr reich, was ihrem Mann gestattete, sorglos zu malen. Sie selbst machte Wandschirme in einem Stil, der sich der Art déco näherte.

Wir haben zusammen einen Ferienmonat in einer Pension von Lavallière im Var verbracht. Wenn Juliette ihren Mann herbeirufen wollte, klatschte sie nur in die Hände, und er kam im Galopp. Die Gleizes verfügten über ein Auto nebst Chauffeur. Es war ein angenehmes Leben für einen Maler, der nichts verkaufte. Wenn er die Armut gewählt hätte, wäre er sicher ein großer Künstler geworden.

Oft gingen wir nach Fontenay-aux-Roses zu Fernand Léger. Das Ehe-Abenteuer, das mit seiner Jeanne so heiter angefangen hatte, wandte sich ins Tragische. Jeanne wurde immer kränker und ließ sich in Österreich und der Schweiz behandeln. Dreißig Jahre lang zog sie von Krankenhaus zu Sanatorium und umgekehrt, so daß sie Fernand Légers Leben nicht wirklich teilen konnte.

Über Robert und Sonia Delaunay habe ich auch Wladimir Majakowski kennengelernt, den prächtigsten Schreihals, den zu hören mir je vergönnt war. Seine Stimme brauste wie ein Orkan, wenn er vor bekannten und unbekannten Ohrenzeugen auf russisch loslegte, ohne sich darum zu kümmern, daß außer einigen Landsleuten kein Mensch seine Schmähungen verstand. Zugleich war er jedoch eines der zartfühlendsten Wesen, die ich je gekannt habe. Einmal waren wir alle, mit Elsa Triolet und Delaunays Clique, im Lunapark und gingen zum Schluß des Abends zu einem Boxkampf. Als ich dabei Blut fließen sah, fing ich an zu schreien. Sofort nahm Majakowski meinen Kopf in beide Hände; dann versteckte er mein Gesicht an seiner Schulter.

»Komm, komm, hab keine Angst, ich beschütze dich.«

Dieser Riese von fast zwei Metern nahm mich unter seine Fittiche, als wäre ich die Prinzessin auf der Erbse. Sonst führte er sich als echter Russe gern auf, als stünde er hoch oben auf einer Tribüne – exzessiv, großherzig, donnernd. Majakowski wollte den Futurismus »in Marsch setzen«, die Kunst auf die Straße, in jeden Körper bringen. In jungen Jahren glich er selbst einem lebenden Gemälde, wenn er mit gelber Bluse, roten Schuhen und violettem Hut losging. Zu jener Zeit zeigten sich Michail Larjonow und seine Malerfreunde mit geometrisch gemusterten Gesichtern in der Öffentlichkeit. Majakowski führte, angeregt durch Meyerholds Theaterlektionen, Jahrmarktsbuden und Gauklerbühnen wieder ein, brauchte aber gar nicht erst die Szene zu betreten, um sich als Schauspieler zu gebärden. Wohin dieser Dichter auch kam, fielen die unsichtbaren Barrieren, die das Theater vom Leben trennen.

Jeden Moment übertrieb er seine Freude, sein Verlangen, seine Eifersucht; dann wieder verfiel er in düstere, pathetische Verzweiflung. Ich fragte mich oft, ob er in einem dieser Depressionszustände nicht Selbstmord begehen würde. Die Energie, die er in seine Klagen legte, steigerte sein Leid, und er ließ sich von seinem eigenen Jammer mitreißen. Der To-

reador wurde wieder zum verliebten Knaben. Denn es waren immer die Frauen, die ihn in verzagte Hoffnungslosigkeit stürzten.
Er liebte Streitereien, Stürme, Rivalitäten, ertrug aber keine Niederlage, die er sofort als Tragödie empfand. Dann gab es nichts Lebenswertes mehr; seine Welt war aus den Fugen.
Aber er überwand jede Krise mit verblüffender Leichtigkeit. Wenn ich eben einen bis zum Wahnsinn Verzweifelten verlassen hatte, fand ich ihn Tränen lachend wieder.
Ein paar Leute in Paris fanden ihn plump, grob, ein bißchen ungebildet. Nicht jeder verstand, daß ihm das Image des hochgestochenen, intellektuellen Literaten, der nur in Konditionalsätzen sprach, verhaßt war. Es genügte Majakowski nicht, den neuen Menschen anzukündigen; er wollte ihn selbst verkörpern. Darum sprach er von sich in der dritten Person und gebrauchte zupackende Redewendungen, wie in Reklametexten. Im Bewußtsein, Bannerträger künftiger Generationen zu sein, übernahm er die Rolle des Bollwerks und des Symbols. Er hatte nicht das Recht, zurückzuweichen oder zu ermatten, sonst wären durch seine Schuld Hunderte von Schriftstellern ebenfalls verjagt worden.
Im vertrauten Kreis kam seine naive Frische an die Oberfläche. Er spielte gar zu gern: Billard, Domino, aber auch Spiele, die ihm mitten auf der Straße einfielen, etwa wohlgezielte Steinchen in das Abflußloch der Straßenrinne werfen oder seinen Hut auf dem Knopf eines Treppengeländers landen lassen. War er ein verkappter Glücksspieler, wollte er in jedem Sinne sein Geschick erproben? Was ihn in Paris besonders fesselte, waren die Wartenummern, die man damals an den Bushaltestellen bekam. Gerade, ungerade? Jedesmal wettete er, bevor er eine Nummer zog, jedesmal gewann er, und sein Sieg erfüllte ihn mit kindlicher Freude. Wo er ging und stand, auch beim Reden, machte er sich Notizen. Überall und über alles. Eine richtige Wort- und Gedankensplitterfabrik. Majakowski hörte nie auf zu arbeiten, das heißt, sich zu beobachten. Während die Lokomotive mit Höchstgeschwindigkeit dahinraste, kontrollierte er jeden Moment die Instrumente. Irgendwann funktionierten die Zeiger aber nicht mehr richtig. Der Exhibitionist Majakowski bekam es satt, sein eigener Voyeur zu sein. Er, der behauptete, die schönsten Theaterstücke seien Boxkämpfe und akrobatische Kunststücke, mußte sich eingestehen, daß im stalinistischen Rußland die Zeit des Gauklerspiels vorbei war. Der Humanismus, den er verkündigt und verkörpert hatte, welkte schon; der Futurismus drohte wieder einmal zum Zukunftstraum zu werden. Majakowski blieb nichts übrig, als akademischer Literat zu werden und allenfalls für die Urenkel zu schreiben. Er zog es vor, diesem Tod zuvor-

zukommen und richtete den Revolverlauf auf sein Herz. Sein Ende leitete eine lange Selbstmordserie ein, die auf Stalins und Hitlers Schuldkonto ging und die Reihen der Dichter und Schriftsteller lichtete. Wir wußten es nur noch nicht.

13

1930 fuhr Goll nach Berlin, um an einem Filmprojekt mitzuarbeiten. Seine Abwesenheit sollte nur ein paar Wochen dauern. Obgleich ich wußte, daß seine Lebensgier ihn auf alles schleudern würde, was nur über weiblichen Sex verfügte, seien es Prinzessinnen oder Huren, erhob ich nicht die leisesten Einwände. Man soll Männern nichts vorwerfen, sonst kommen sie sich wie Häftlinge vor und träumen von ihrer Befreiung.
Seine ersten Briefe berichteten von großen Erfolgen und noch größeren Möglichkeiten, die sich für ihn im Journalismus und beim Theater eröffneten. Aber kaum drückte ich meinen Wunsch aus, ihm nachzukommen, so wurde Berlin das Grab aller Träume. Nichts klappte mehr, die Krise stand vor der Tür.
Wirklich beunruhigt war ich erst, als Goll mir mitteilte, er habe gerade mit den Dialogen zu einem derart außergewöhnlichen Stück angefangen, daß sich bald eine Horde von Theaterdirektoren vor seiner Tür um ihn schlagen würde. So eine Jagd nach dem Erfolg war gar nicht in Golls Stil. Ich ahnte, daß sich ein anderes Ereignis zwischen uns geschoben hatte. Dieses Ereignis hieß Paula Ludwig und führte eine Entfremdung von acht Jahren herbei. Am 21. Februar 1931 schrieb Yvan:

So kann sich wirklich niemand verwundern, daß sich mein Aufenthalt in Berlin so hinzieht. Alle Hände voll hier: darf man mir ernsthaft zumuten, statt dessen nach Pierrefonds zu Sévérine träumen zu gehen?
Und doch: alles nur Projekte. Bargeld nicht in Sicht. Hier heißt es wieder, alles oder nichts.
Wird die »Germaine« gut: alles! Sonst: nichts. Kriegen wir die Bovary: alles! Sonst: nichts! Und das ist ja sicher klar.
Brauchst Du wirklich die 1500 Fr für die Pelisse sofort? Schick mir doch gelegentlich das Scheckbuch, das in meinem kleinen Casier sich befindet. Nicht das »rosa«: das grüne von der Banque Nationale de Crédit.
Heute früh: »Europa sucht einen Zeus«: Berlin ist entzückt von Dir. Es ist sehr schön geschrieben und so richtig.
Ich habe auch Paula Ludwig kennengelernt. Seltsames Bauernmädel,

Tochter eines Sargtischlers, ziemlich holzschnitthafter Kopf, aber eine feine Seele. Sie entwickelt sich langsam zu einer christlichen Lasker. Sie hat auch einen Sohn von 13 Jahren, der in einer Schulgemeinde am Meer lebt. Unehelicher Sproß. Sie ist Dienstmädchen gewesen, Modell in München, Souffleuse. Jetzt schreibt sie diese Gedichte an ihren Knaben. Und wie bescheiden arm!

Merkst Du was an meiner Schrift? Ich schreibe mit Daumen und Mittelfinger, denn der rechte Zeigefinger ist schon wieder mal krank, dicke Eiterbeule, cataplasma et toute la suite. So soll ich die Germaine-Szene schreiben.

Viel Zärtlichkeit
von Deinem Yvan

Die Untreue wird oft durch andere Ängste und ungelöste Konflikte kompliziert. Goll war vierzig, in einem Alter, wo jeder Schriftsteller sich endlich von materiellen Sorgen befreien möchte. Aber 1000 Francs für Miete, 600 für eine Reise, 200 für die Stromrechnung – das mußte aufgebracht werden. Zwar kam auch Geld ein, aber es waren immer nur kleine Summen für pünktlich abzuliefernde Arbeiten: eine Übersetzung, einen Artikel, ein Anthologieprojekt. Goll träumte schon lange von einem Theaterstück oder einem Film, der ihm Geld und Erfolg bringen würde und damit die Lösung der beiden Hauptprobleme, mit denen Intellektuelle zu kämpfen haben.

Aber weder Geld noch Erfolg lassen sich erzwingen. Im Gegenteil, das launische Schicksal enttäuscht am liebsten diejenigen, die sich stark genug dünken, den Tanz ums Goldene Kalb nicht mitzumachen. Was ein Fluch zu sein scheint, ist nichts als ein unerbittlich logischer Prozeß: Man kommt überhaupt erst auf die Idee, Geld und Ruhm erzwingen zu wollen, wenn die Lage schlecht ist und die Chancen schwinden. Dann versteift sich der Schriftsteller auf den Gedanken: »Ich bin ebenso gescheit wie der, ich habe mindestens soviel Talent wie jener... Also werde ich den großen Coup landen und ihnen einen Roman hinknallen, der Furore macht!« Leider geht trotzdem alles schief, weil Angst und Not die Inspiration hemmen.

Von dem Tag an, als Paula Ludwig, die Tochter eines Sargfabrikanten, in Golls Leben trat, gelang ihm nichts mehr. Weder seine Filmpläne noch das Theaterstück, um das sich die Direktoren raufen sollten. Er mußte sich wieder auf reine Brötchenarbeit beschränken oder nach Metz fahren und seine Mutter anbetteln. Die war bei seinen Drei- oder Viertagebesuchen aber freigebiger mit guten Ratschlägen als mit Geld. Am Ende bezahlte

sie meistens eine Stromrechnung gegen Quittung oder sonst etwas, lieh ihm aber grundsätzlich keinen roten Heller in bar.
Goll kehrte dann zu seiner Paula zurück, die ebenfalls zu dichten begonnen hatte oder vielmehr mit der Unbefangenheit der Dilettanten Wörter aneinanderreihte. Ich war wahnsinnig eifersüchtig und wußte nicht, wie ich reagieren sollte. Stracks nach Berlin fahren und Yvan zurückerobern? Nein, ein so unwürdiges und degradierendes Vorgehen hätte den Mann, den ich wiederhaben wollte, erst recht in die Flucht getrieben.
Die einzig richtige Haltung gegenüber einem Masochisten besteht darin, ihn leiden zu lassen. Zwischen dem Vergnügen an seiner neuen Eroberung und den Qualen, die ihm seine alte auferlegte, würde Yvan automatisch das wählen, was ihm die größten Unannehmlichkeiten versprach.

Die Herzogin von Clermont-Tonnerre hatte mich mit dem Marquis Illan de Casa Fuerte Alvarez de Toledo bekannt gemacht, und zwar mit den schlichten Worten: »Hier ist der schönste Mann von Paris.« Er trug diesen Ruf nicht zu Unrecht. Der Marquis schien einem Gemälde von El Greco entstiegen zu sein. Sein Blut war eine äußerst noble Mischung: Er war Neffe der Kaiserin Eugénie und von großelterlicher Seite her ein Nachkömmling der Herzogin von Alba. Außerdem war er Gabriele d'Annunzios bester Freund gewesen, und ich vermute, daß sie auf mehr als intimem Fuß miteinander standen.
Von dieser Freundschaft hatte er einen zynischen Dünkel zurückbehalten, theatralisches Auftreten und eine messianische Selbstgefälligkeit.
Die Blässe des hochgeborenen Spaniers verstärkte eine Schönheit, die mit Bildung und Kultur verbunden war. Er interessierte sich hauptsächlich für religiöse Studien und hatte selbst ein Buch zu diesem Thema veröffentlicht. Aber diese hochgeistige Beschäftigung hatte nicht auf seine Moral abgefärbt. Er war überall verschuldet. Oft ließ er in Windeseile seine Bilder und Wertgegenstände in den Keller schaffen.
»Was ist los?« fragte ich. »Gibt es einen Umzug?«
»Nein, ich erwarte den Gerichtsvollzieher.«
Er wurde regelmäßig geschnappt, aber es half nichts. Obwohl er bereits ein Schloß in den Abruzzen verloren hatte und stets am Rand der Pleite stand, schränkte er seine Lebensführung nicht ein. In seinem vornehmen Privathaus, Villa de la Tour, nahmen wir an einem riesigen Renaissancetisch im Schein silberner Kerzenleuchter üppige Festmähler ein.
Ein junges Hausmädchen namens Colomba folgte ihm auf Schritt und Tritt, anhänglich wie ein Hündchen. Er hatte sie mit vierzehn Jahren eingestellt und sie zweifellos gelehrt, wie man bei Aristokraten Liebe macht.

Sie war wohl eine zu gelehrige Schülerin gewesen, denn eines Tages trat sie unangemeldet ins Zimmer und überraschte mich nackt im Bett. Sie geriet außer sich, kreischte und beschimpfte den Marquis. Die Dienerin machte dem Herrn eine Szene, wie ich nie eine gehört hatte. Ich begriff dabei, daß er ihr keinen Lohn zahlte, abgesehen von seiner »Liebe«. Colomba pochte also auf ihr Recht.
Von Zeit zu Zeit kam Goll nach Paris, um irgendwelche Angelegenheiten zu regeln. Auch er war krank vor Eifersucht und beschwor mich, das eheliche Leben wieder aufzunehmen. Allerdings behielt er sich das Recht vor, seine Beziehungen zu Paula Ludwig fortzuführen.
»Ich brauche ihre Ausgeglichenheit und Trägheit«, sagte er, »das beruhigt und tröstet mich.«
Ich teilte meine Zeit also zwischen der Wohnung des Marquis und der unsrigen. Hier fand ich eines Morgens um drei beim Zurückkommen die Tür von innen verschlossen. Ich klopfte mehrmals.
»Draußenbleiben!« schrie Goll.
Mir blieb keine andere Wahl, als umzukehren und mich endgültig beim Marquis de Casa Fuerte niederzulassen. Aber seine außerordentliche Schönheit verwickelte ihn auch in Abenteuer außer Hause. Nachdem er die Frau des Großfürsten Andrej von Rußland, eine Cousine der Windsors, kennengelernt hatte, glänzte er immer öfter durch Abwesenheit.
»Sie ist eine charmante Frau, weiter nichts«, sagte er mir in beiläufigem Ton.
Diese gespielte Harmlosigkeit bestätigte meinen Verdacht. Ich beschloß reinen Tisch zu machen und ging hocherhobenen Hauptes hinaus, kehrte aber, da ich die Schlüssel hatte, heimlich zurück und versteckte mich in einem dunklen Zimmer.
Bald hörte ich draußen Schritte auf dem Kies knirschen und näherkommendes Geflüster. Mir zitterten die Knie vor Aufregung und Zorn. Die Haustür öffnete sich, und ich sah seinen dunklen Schatten über eine runde Schulter gebeugt. Ich stürzte mich auf den Marquis und ohrfeigte ihn.
»Schweinehund!« schrie ich.
Damit entfloh ich in die Nacht, eilte zu Goll und nahm vor Wut den Telefonhörer, um den Großfürsten Andrej von Rußland anzurufen.
»Monsieur«, sagte ich trocken und unterdrückte so gut wie möglich das Beben meiner Stimme, »Monsieur, Ihre Frau befindet sich im Bett des Marquis de Casa Fuerte.«
»Aber, Madame«, erwiderte er verdutzt, »was soll ich dabei machen? Es ist Mitternacht, und ich bin im Pyjama.«

Am nächsten Morgen revanchierte sich der Marquis für die Ohrfeige: Eine Woche lang war ich am ganzen Körper braun und blau.
Da ich mit meinem Bericht über die Straßenbettelei viel Geld verdient hatte, beschloß ich, es für eine Reise zu verwenden.
»Ich muß zu Maria Carmi nach Rom«, erklärte ich Goll, um ihn nicht unnötig zu ärgern.
Maria Carmi war die Frau des Dramatikers Karl Vollmoeller. Sie war so vollendet schön, daß sie in seinem Stück *Das Mirakel* von Anfang bis Ende unbeweglich auf der Bühne blieb, ohne ein Wort zu sagen. Ihre bloße Gegenwart hypnotisierte das Publikum.
Am Tag meiner Abreise brachte Goll mich zum Bahnhof. Dabei sah er unaufhörlich um sich, als suchte er jemanden in der Menge. »Hat mich die Eifersucht getäuscht«, schrieb er mir wenig später, »oder habe ich in dem Abteil einen Hut erkannt, der mir nicht fremd ist?«
Goll hatte sich nicht getäuscht. Der Hut gehörte ganz richtig dem Marquis de Casa Fuerte, der mir gefolgt war, um unsere Versöhnung zu besiegeln.
In Rom hatten wir eine Wohnung in der Via Veneto, nahe an der Piazza di Spagna, gemietet. Wir fingen gerade an, unser Glück neu zu entdecken, als ich einen Brief von Goll bekam, in dem er mir mitteilte, auch er würde mit Paula nach Italien kommen. Am nächsten Vormittag schon erschien er mit Sack und Pack in unserer Mietwohnung. Ich sah sprachlos zu, wie er seine Hemden und einen Anzug säuberlich in den Schrank einräumte.
»Du kannst hier nicht bleiben«, sagte ich dann. »Maria Carmi kommt gleich wieder.«
»Das stört mich nicht«, sagte Goll. »Ich habe sie sehr gern. Außerdem brauche ich nicht viel Platz. Nur ein Eckchen in der Diele, wo ich schlafen kann. Tagsüber bin ich nur selten da.«
»Maria Carmi hat Probleme. Ich muß bei ihr bleiben.«
»Fein. Ich bin der begabteste Mensch, wenn es darum geht, die Probleme anderer zu lösen.«
Er hatte auf jeden Einwand die passende Antwort. Ich verzog mich lieber in ein Hotel oberhalb der Piazza di Spagna. Natürlich hinterließ ich meine neue Adresse beim Portier, damit der Marquis mich finden konnte. Von dort oben sah man über Roms Dächer, die bei Sonnenuntergang wie ein geflecktes Leopardenfell aussehen. Der Marquis und ich blieben bis Mitternacht Arm in Arm an die Balustrade gelehnt stehen.

»Dein Mann hat Nerven!« meinte er. »Mit seiner Geliebten herzukommen und dich um Gastfreundschaft zu bitten!«

»Er betrachtet mich nur noch wie eine Schwester, eine Cousine... Er weiß, daß er mich verletzt, ist aber überzeugt, daß ich ihm alles verzeihe... Er braucht mich, glaubt aber auch sie zu brauchen, vor allem schwärmt er dafür, sich zerrissen und schuldig zu fühlen! Ohne mich wäre Paula für ihn nur ein Abenteuer wie jedes andere.«
In diesem Moment sah ich eine Gestalt die Spanische Treppe heraufkommen und sich dem Brunnen an der Mauer nähern. Der Unbekannte senkte das Gesicht über das Wasser und fing dann plötzlich an, wie rasend den Kopf an die Mauer zu schlagen.
»Dein Mann!« stieß der Marquis hervor.
»Yvan...«
Es war wie in der Commedia dell'Arte. Liebhaber, Maitresse und Ehemann – das klassische Dreieck. Unter uns Bajazzo in der großen Verzweiflungsszene. Goll konnte nichts von unserer Nähe ahnen, sonst hätte er sich niemals so zur Schau gestellt. Er war zwar ein Masochist, aber kein Exhibitionist.
Ein paar Tage später gab ich meinem schönen Aristokraten endgültig den Laufpaß, doch war die Krise damit keineswegs beendet. Nach dem Italienaufenthalt ließ Goll Paula nach Paris kommen und quartierte sie in unserer Wohnung am Quai aux Fleurs ein. Was mich betraf, so löste ein Architekt den Marquis ab. Er lebte mit seiner Familie in Saint-Germain-en-Laye, richtete mir aber eine Zweitwohnung in einem Hochhaus mit Dachgarten ein.
Jeden Abend fuhr mein neuer Geliebter zu seiner Familie, und Goll holte mich zum Essen ab.
»Wir sollten wieder zusammenleben«, sagte er.
»Nur unter der Bedingung, daß du zwischen Paula und mir wählst.«
»Du weißt sehr gut, wie ich gewählt habe.«
»Aber du bleibst bei ihr.«
»Ich brauche nur noch etwas Zeit, um mit ihr zu brechen. Ich habe genug von ihrer Temperamentlosigkeit. Ich fühle mich nur an deiner Seite lebendig...«
Aber der geplante Bruch, von dem er dauernd redete, mußte unerhört viel Diplomatie erfordern, denn er wurde von Woche zu Woche aufgeschoben. Ich litt schrecklich darunter, denn kein Mann konnte mir die innere Übereinstimmung geben, die ich bei Goll fand. Meine Liebschaften waren Abenteuer, Zerstreuung, nichts, was eine so tiefe Gemeinsamkeit ersetzen konnte.
»Siehst du nicht, daß wir unser Leben vergeuden?« fragte ich Goll.
»Du hast recht, wir müssen unsere Liebe retten und über alles andere

stellen.« Er küßte mir die Hände, warf sich mir zu Füßen, aber die Dämonen packten ihn aufs neue, sobald er aus der Tür war.

»Laß mir Zeit, nur ein bißchen Zeit...«, hieß es immer wieder. »Ich will mich nicht wie ein Grobian benehmen...«

»Daß du bei mir einer bist, stört dich wohl weniger?«

Auch Golls finanzielle Lage besserte sich nicht, zumal Paula, die Deutschland definitiv verlassen hatte, ihn immer mehr Geld kostete. Er verschwand oft, ohne mir irgend etwas dazulassen. Ich hatte keinen anderen Ausweg, als auf Kosten meines Architekten zu leben.

Aber nicht alle Frauen sind dazu geeignet, die Hand über den Diwan auszustrecken. Als der Architekt mir zum erstenmal einige Geldscheine hinlegte, hielt ich mich für tiefer gesunken als jede beliebige Straßendirne. Da ich selbst keine Mittel mehr hatte, war ich genötigt, eine geradezu fürstliche Hilfe anzunehmen.

Nach einem halben Jahr verließ mich der Mut. Ich packte meine Koffer in ein Taxi und fuhr zu Goll.

»Ich ertrage es nicht länger, mich von diesem Mann aushalten zu lassen«, sagte ich.

So kehrte ich in ein eheliches Heim zurück, das meistens leer war. Goll wich mir aus, wie er vor sich selbst floh. Auch wenn er neben mir saß, war er ganz woanders. Schon von Natur schweigsam und verschlossen, wurde er jetzt undurchdringlich.

Bei den Malraux' ging es nicht besser. Nach dem indochinesischen Abenteuer wurde Clara von der Familie Goldschmidt verstoßen. Deshalb wohnte sie bei mir, während Goll seine Mutter in Metz besuchte. Clara war mager, unbeherrscht und nervös geworden. Der Siamkater, den Jacques Villon mir geschenkt hatte, störte sie so, daß sie ihn eines Abends am Nackenfell packte und in den Kleiderschrank warf.

Goll kam überstürzt aus Metz zurück, um Bittgesuche für Malraux in Umlauf zu setzen. Er war in Pnom-Penh wegen gewaltsamen Eindringens und Plünderung archäologischer Denkmäler verhaftet und abgeurteilt worden. Goll bekam Unterschriften von Gide und Valéry. Als Clara dann ein Telegramm mit dem einzigen Wort »frei« erhielt, sank sie mir ohnmächtig in die Arme.

Der befreite Malraux kehrte nach Frankreich zurück und holte Clara bei mir ab. Er war bleich und erschöpft. Es war das einzige Mal, daß er mich umarmt und geküßt hat.

Die Malraux' blieben einige Wochen im Hotel und zogen dann in ein winziges Appartement an der Porte de Versailles. Clara hielt diesen Moment für angebracht, Ärger und Zwietracht zwischen uns zu stiften. Ich hatte sie gebeten, meinen Roman *Der Neger Jupiter*, der schon in deutscher Sprache erschienen war, zu übersetzen. Als Goll das Resultat sah, traute er seinen Augen nicht. »Clara hat sich da kein Bein ausgerissen«, sagte er. »Das ist ja nicht mal richtiges Französisch!« Er mußte jede Zeile korrigieren.

Aus Rache brachte sie das Gerücht auf, ich erzählte überall herum, daß sie mein Neger gewesen sei. Dieses Gewäsch führte zu einem Bruch, der bis zur Geburt ihrer Tochter Florence dauerte.

Clara war zur Entbindung in eine Klinik ganz nahe bei mir gegangen. Ich machte ihr einen Besuch. Ich saß noch am Fußende, als Malraux hereinkam und einen flüchtigen Blick auf das Kinderbettchen warf.

»Braucht ihr Geld«, fragte er trocken.

Er ging gleich wieder. Er wußte, daß Clara das Kind gewollt hatte, um ihn an sich zu binden. Aber sie liebten sich nicht mehr. Er besuchte sie nur noch aus Pflichtgefühl. Seine Gleichgültigkeit ging in Haß über, als sie sich nicht scheiden ließ, nachdem er zwei Kinder von Josette Clotis, einer blendenden Schönheit, hatte.

Später sollten wir Malraux zum Kongreß der antifaschistischen Intellektuellen nach Moskau begleiten, aber dieser Plan zerschlug sich im letzten Moment.

Nach 1933 wurde Paris ein Vorort von Berlin, nur mit dem Unterschied, daß die Dichter, Schriftsteller, Verleger und Regisseure nach Überschreiten der Grenze jede Bedeutung verloren. Lediglich die großen Namen vom Film machten eine Ausnahme, aber sie blieben nicht in Frankreich. Nach ein paar Wochen Wartezeit zogen sie weiter, nach Hollywood.

Die Emigranten trafen sich auf dem Montmartre, außer denen, die ihrer Überzeugung wegen Moskau vorgezogen hatten, wie Herwarth Walden und später auch Becher. Nach der ersten Wiedersehensfreude breitete sich in den Cafés eine bedrückende Stimmung aus. Die Gespräche drehten sich nur noch um Visa und Aufenthaltsgenehmigungen. Leute, die man auf dem Gipfel des Ruhms gekannt hatte, von Ehrgeiz durchdrungen, vom Erfolg berauscht, waren nichts mehr als Flüchtlinge auf der Dauersuche nach einer billigen Unterkunft, einem nicht zu dreckigen Lokal, einem Personalpapier, um eine Arbeitskarte zu erhalten.

Aus dem Beruf herausgerissen, verbrachten sie ihre Zeit mit Klagen und mit wehmütigen Erinnerungen an die prunkvolle Vergangenheit. Es war nicht leicht, sich und andern einzugestehen, daß man nur noch eine Null war, nachdem man ein Theater oder eine große Zeitung beherrscht hatte.

Hinzu kam, daß zwar alle Intellektuellen zwischen Wien und Budapest, Sofia und Krakau über die Vorgänge in Berlin im Bilde waren, Paris aber Brecht, Piscator, Döblin, Heinrich Mann, Anna Seghers, Ernst Bloch nicht einmal dem Namen nach kannte. Sie alle waren nichts als Flüchtlinge, die gekommen waren, um das Brot der Franzosen zu essen. Mit ihren schlechten oder überhaupt nicht vorhandenen Sprachkenntnissen unterschieden sie sich nicht von der Masse, ein berühmter Schauspieler nicht von irgendeinem fast analphabetischen polnischen Arbeiter. Nach einigen Wochen konnten die Sprachbegabtesten wenigstens vom Wetter reden oder sich etwas Schinken kaufen, aber es blieb ihnen unmöglich, ihre Regieauffassung zu erläutern oder einen theoretischen Vortrag über den Expressionismus zu halten. Sie fühlten sich heruntergekommen, und man ließ es sie spüren. Selbst die Kellner im Café betrachteten sie von oben herab.
Dann rückten sie unter sich enger zusammen, weil sie in den Augen ihrer Leidensgenossen doch noch etwas waren. Aber auch die alten Antipathien und Rivalitäten kamen, durch Untätigkeit verschärft, wieder nach oben.
»Hitler läßt sich nicht mehr verdrängen«, prophezeite Brecht. »Er wird zwanzig bis dreißig Jahre an der Macht bleiben.«
Brecht trug seine ewige Sportjacke mitsamt der Mütze, die seine sprichwörtliche Häßlichkeit nicht eben milderte.
»Die UdSSR kommt um einen Krieg nicht herum, um den Faschismus zu zerschlagen«, fügte er hinzu.
Manche der deutschen Emigranten hofften auf eine Rückkehr, andere waren so verbittert, daß nicht einmal ihre Kinder je wieder den Fuß in dieses verfluchte Land setzen sollten.
Die unglaublichsten Berichte machten die Runde: Die Nazis hätten einen Juden totgeschlagen, weil er nicht vom Bürgersteig heruntergegangen war, als ihm ein Offizier entgegenkam; ein jüdischer Industrieller, der eine katholische Freundin hatte, sei mit einem Plakat auf der Brust durch die Straßen getrieben worden: »Ich habe die arische Rasse geschändet«, während der Plakattext seiner Freundin lautete: »Ich bin eine Judenhure«. Ein alter Mann sei gezwungen worden, das Pflaster abzulecken, weil er angeblich über einen SS-Mann gelächelt hatte. Ich hätte geglaubt, es handle sich um Greuelmärchen, wenn die deutschen Zeitungen nicht selbst voller Stolz Fotos und Berichte darüber gebracht hätten. Mit der Zustimmung eines ganzen Volkes, das froh war, seine Überlegenheit beweisen zu können, gaben die Faschisten einen Vorgeschmack dessen, was noch kommen sollte.
Würden nun Frankreich oder Amerika zur Rettung der Juden und einiger

Regimegegner Deutschland angreifen? Vorläufig ließ nur Hitlers Antikommunismus darauf hoffen, daß Stalin ihm eines Tages auf die Schnauze schlagen würde.

Im Augenblick suchten diejenigen, die schon beim Aufziehen des Nazismus emigriert waren, vor allem herauszufinden, ob man sich auf die Dauer in Paris niederlassen oder lieber gleich nach England oder New York weiterfahren sollte. Kurt Wolff, mein erster Geliebter, hatte die »Machtübernahme« der Nazis gar nicht erst abgewartet, um zu flüchten. Mit seinem erstaunlichen Geschäftssinn spürte er, daß sein Unternehmen in einem Hitler-Deutschland schlecht weitergehen würde. Darum verkaufte er seinen Verlag rechtzeitig und ging nach Frankreich, um bei Nizza eine Familienpension aufzumachen.

In einem irrte er sich, wie so viele andere: Kurt Wolff dachte, Hitler würde niemals einen Angriff auf Frankreich wagen.

»Er wird einen kleinen Krieg anzetteln, um die Sudeten von der Tschechoslowakei zurückzuerobern, er wird vielleicht Österreich und einen Teil Polens annektieren, aber weiter geht er auf keinen Fall«, sagte Wolff, als er mich aufforderte, zahlender Gast in seiner Pension zu werden.

Die Emigranten, die bei uns vorbeikamen, bildeten sich alle ein, wir hätten beste Beziehungen zu Präfekten, Polizeikommissaren und Beamten des Innenministeriums. Sie baten uns um Empfehlungsschreiben und dachten, dies könnte ihnen bei ihren Bemühungen helfen. Sie hatten alles verloren, einschließlich ihres Rufs, und letzteres traf sie am meisten. Namhafte Rechtsanwälte, Musiker und Mediziner waren hier nichts als Arbeitslose auf Stellensuche. Aber Frankreich brauchte Bergleute, Bau- und Saisonarbeiter, keine Pharmazeuten oder Psychoanalytiker. Ihre akademischen Grade waren in Frankreich seit der deutschen Niederlage von 1918 nicht mehr gültig. Es kam nicht in Frage, daß ein »Boche« mit einheimischen Gelehrten konkurrierte.

Auch Goll hatte Berlin verlassen und Paula, von der er sich nicht befreien konnte, mitgebracht. Trotz meiner Drohungen und Bitten ging sein Versprechen, mit ihr zu brechen, nicht über die gute Absicht hinaus. Yvan hatte aufgehört, der Meine zu sein; ein großer Teil seines Lebens war mir entglitten.

Habe ich meinen Marquis oder meinen Architekten geliebt? Sicher; andernfalls hätte ich niemals mit ihnen geschlafen. Aber die Liebe ist nicht nur eine Bettaffäre: Sie erstreckt sich auf alle Gebiete des gegenseitigen Verstehens. Die Langeweile, die Angst vor der Einsamkeit, sogar Trotz können einen Menschen dazu treiben, sich in irgendwen zu verlieben.

Ich mußte mich damals vor Yvan, vor mir selbst bestätigen, und in der

Liebe geht das nicht ohne Männer. Außerdem hätte es mir wenig genützt, Enthaltsamkeit zu üben. Goll hatte eine Mauer zwischen uns errichtet, die sein Tun und Lassen vor meinem Blick verbarg. Ich versuchte vergeblich zu ergründen, was in seinem Kopf vorging. Es ist immer ein schlechtes Zeichen, wenn die Beziehungen zwischen zwei Menschen nur von einer Seite aus beurteilt werden können.
Ich mußte darüber sprechen, mir raten lassen. Kurt Wolff, in dessen Pension ich ab und zu wohnte, meinte, Yvan sei ein Opfer des »Johannistriebs«. Aber alles Reden änderte nichts an der Situation. Es stachelte nur immer wieder die Eifersucht an, die mir jede Minute meines Lebens verdarb.

14

Um diese Zeit machte ich die Bekanntschaft von Jacques Audiberti, einem ungewöhnlichen Mann, der vom Wort besessen war und seine gequälten, zerstückelten Verse förmlich ausspie.
»Mein widerlicher Körper!« sagte er selbst, so oft er auf seine ungeschlachte Leiblichkeit zu sprechen kam.
Das Genie, das in diesem schweren Organismus gefangen war, litt auch unter übermäßiger Wetterfühligkeit. Seine anfälligen Drüsen funktionierten manchmal tagelang nicht. Dennoch mußte er sich täglich dem Stundenplan des *Petit Parisien* unterwerfen und die Poesie vergessen, um über Unfälle oder ein totgeprügeltes kleines Mädchen zu berichten.
Sobald seine Kollegen nicht hinsahen und auch der Bürochef einmal den Rücken kehrte, vergaß er das Telefon und das Ticken des Telegrafen, um den Weg seiner vulkanischen Inspiration weiter zu verfolgen.
Audiberti war mit nichts anderem als einem Wirbelsturm, einem Verbal-Orkan zu vergleichen. Ich glaubte den Geist Victor Hugos wiederkehren zu sehen, um den Surrealismus mit der Tradition zu verbinden. Egal was, nur viel und in pausenlosem Strom, das Wort als Tapiokasuppe, als vielblättrige Artischocke. Audiberti wollte alles zugleich sein, und kaum hatte er die Feder in der Hand, jagte ihn ein unstillbarer Heißhunger in alle Richtungen. Er konnte nicht das Wort »weiß« schreiben, ohne »schwarz« zu denken, »Elefant« ohne den Nebengedanken »Skorpion«. Die Worte verlängerten sich, verknäuelten sich ineinander, der Anfang des einen verschmolz mit dem Ende des nächsten, aus weiß und schwarz wurde blau. In seinem Kopf mußten Wortspiralen mit hundert Stundenkilometer durcheinanderkreiseln.

Er war mehr als nur wortverliebt, er war auf alle andere Literatur eifersüchtig. Er konnte nichts von Goll, Breton, Gide oder Valéry lesen, ohne sie übertreffen, zerreißen, anders zusammensetzen zu wollen. Der Victor Hugo ähnliche Ozean seiner Einfälle überschwemmte alles.
Audiberti verabscheute Goll. Aus den Karikaturen, die er von ihm machte, kann man seinen Haß herauslesen.
»Wann läßt du diesen Juden endlich fallen?« fragte er mich oft.
»Und ich, bin ich denn etwas anderes?« gab ich zurück.
»Du bist Dannie.«
Er machte mir närrische Liebeserklärungen, die ich durchstand wie einen Zyklon. Dennoch habe ich nie mit Audiberti geschlafen. Ungeachtet seines schönen Napoleonkopfes durchfuhr mich jedesmal, wenn ich ihn betrachtete, ein Kurzschluß.
Ich liebte sein Genie, nicht seinen Körper. Ich konnte seine Liebesgedichte nur mit Freundschaft beantworten. Dieser Vorbehalt rief bei ihm furchtbare Leidenschaftsausbrüche hervor.
»Ich werfe mich in die Seine!« drohte er.
Er war einer der unglücklichsten Menschen, die zu kennen mir beschieden war. Er bewohnte mit Frau und zwei kleinen Töchtern eine scheußliche Behausung in dem dichtbevölkerten Viertel Ménilmontant. Zum Schreiben floh er aus der Wohnung, denn trotz seiner mühelosen, sturzartigen Produktion brachte er inmitten von Kindergeschrei und Haushaltssorgen nichts zustande.
Eines Tages verließ er die Seinen, um nie wieder zurückzukehren, aber bei Audiberti konnte nie etwas glattgehen. Von Stund an fand er kein Zuhause mehr, es sei denn kurzfristig und zu seinem Unheil. Nach dem Krieg gelang es ihm, genügend Geld zu sparen, um sich eine Dreizimmerwohnung an der Place de la Contrescarpe zu leisten.
Kurze Zeit danach klingelte er an meiner Tür.
»Meine Geliebte hat mich vor die Tür gesetzt«, sagte er, »vor meine eigene Wohnung!«
»Wirf sie hinaus«, sagte ich.
»Ich kann nicht.«
»Liebst du sie denn?«
»Nein, aber es ist unmöglich!«
»Es ist deine Wohnung. Du kannst damit machen, was du willst.«
»Ja, nur... ich habe sie auf ihren Namen gekauft.«
Auf dem Papier hatte er keinerlei Recht. Die Frau hatte es so arrangiert, daß Audiberti in keinem Dokument auftauchte. Da sie viel jünger sei, hatte sie ihm erklärt, sei es doch wirklich besser, wenn alles auf ihren Na-

men ginge, das erspare ihr später die Erbschaftssteuer. Die Garantie für Audiberti bestand in der treuen Liebe, die sie für ihn zu hegen schien. Die Treue währte so lange, bis die Reparaturen und der Umzug bewerkstelligt waren. Danach gab sie ihm den Laufpaß.
Mancherlei Ungemach dieser Art zeichnete schon sein Leben, als wir zusammen im »Hotel du Château« in Challes-les-Eaux wohnten. Audiberti klagte ständig, gepeinigt von dem Gedanken, seine stumpfsinnige Arbeit beim *Petit Parisien* wieder aufnehmen und in die Hölle seines Privatlebens zurückkehren zu müssen, von der Furcht gehetzt, sein Werk nie zu vollenden.
»Dannie, die Rothaarige, die manche Claire nennen«, schrieb er mir, »seit deine Augen, grün wie die Ewigkeit, ihr hartes Licht auf die Welt fallen ließen, hör ich in mir den schwirrend süßen Faden deiner Spindel, benetzt von den Quellen der Venus...«
Er weigerte sich, mich Claire zu nennen, weil Yvan es tat, und hatte einen neuen Vornamen für mich erfunden, der nur ihm gehörte. Aber das war auch alles, was er von mir hatte. Bebend, schluchzend und hemmungslos brachte er Himmel und Erde in Aufruhr, um seine Liebe zu beteuern. Ich hielt es drei Tage lang aus. Als er wieder nach Paris fuhr, konnte ich nicht mehr; mein Kopf dröhnte wie eine Trommel.
In der Nationalbibliothek arbeitete ich oft ihm gegenüber. Statt wie alle anderen zu lesen und sich Auszüge zu machen, benutzte er die Stille, um Gedichte zu schreiben und sie mir zuzuschieben.
»Darf ich das zerreißen?« fragte ich oft leise.
»Ist es so schlecht?«
Wenn er sich ein wenig von seiner Hugo-Verehrung gelöst hätte, wäre Audiberti viel höher gestiegen. Aber Victor Hugo war nun einmal sein Vorbild, der Wort-Titan, der an ein und demselben Tag fünf Gedichte machte, ein Drama anfing und zwei Romane beendete. Für ihn hatte das Talent die unmäßige Gewalt der Meeresbrandung.
Während der Mittagspause ergingen wir uns im Hof der Bibliothek. Er erzählte mir von seinem Vater, einem schlichten Maurer, an dem er sehr hing. Oft suchte er das baufällige Haus in Antibes auf, wo sein Vater saß und die Zeit verrinnen sah. Audiberti hatte ein tiefes Bedürfnis, die Verbindung zu seiner Erde und seiner Familie aufrechtzuerhalten. Die merkwürdige Treue, die in ihm steckte, war wohl auf seine Suche nach einem festen Halt oder auf die Angst vor der Leere zurückzuführen – wer weiß?
»Ich weiß, daß ich häßlich bin«, sagte er zu mir.
»Du bist nicht häßlich. Du hast einen sehr schönen Kopf.«
»Aber mein Körper ekelt dich an?«

Hierauf konnte ich nicht antworten. Er hatte recht. Doch wenn ich neben ihm ging, spürte ich die Nähe eines Vulkans, der im Dienst einer ausschweifenden Phantasie stand.
»Schreib alles auf, was du gesagt hast«, bat ich, »es ist so schön...«
Aber die Worte verflogen.
Einmal, als wir am Boulevard Sébastopol Bratwürstchen aßen, erzählte er mir, er habe im Traum die Zimmerdecke voller Gehenkter gesehen. Er hatte panische Angst vor der Nacht. Später, als er mich mit verstörten Augen und verbeultem Hut in meinem Häuschen in Savoyen aufsuchte, brach am selben Abend ein Gewitter los.
Blitze zuckten quer über den Himmel, der Hagel prasselte ans Fenster. Audiberti suchte in meinem Zimmer Zuflucht. Er hatte den ganzen Tag von Selbstmordabsichten gesprochen, und nun ergriff seine ansteckende Angst auch mich. Ich legte mich fiebrig zu Bett. Er setzte sich ans Kopfende und skizzierte mein Porträt. Er zeichnete und malte immer in den unwahrscheinlichsten Momenten, als diene ihm der Skizzenblock dazu, die ihn umdrängenden Gespenster zu beschwören: Verbrannte, Ermordete, Zerschmetterte und alle sonstigen Opfer, die sein schreckliches Reporterdasein bevölkerten.
Während er zeichnete, schleuderte er die erste Fassung seines Gedichtes *La Mort de Cléopâtre* hervor, das er mir mit dem Wortspiel widmete: *A Claire opâtre*...
Mit seiner Frau, einer Mulattin, führte Audiberti eine sehr unglückliche Ehe. Obendrein war er das hilflose Spielzeug seiner beiden autoritären Töchterchen. Eines der Kinder kämpfte allnächtlich mit Atemnot. Er wachte bei dem Kind, bis es Zeit war, mit schlaftrunkenen, verquollenen Augen ins Büro zu gehen und den Sklavendienst zu tun, mit dem er kaum genug für das tägliche Brot und die nächtlichen Medikamente verdiente.
Zweimal wöchentlich aß Audiberti bei uns, in unserer Wohnung auf der Ile Saint-Louis. Er kam keuchend an, nachdem er ins dritte Stockwerk heraufgestiegen war. Dann zog er viele ausgefranste Blätter und Zettel aus seiner schweren Aktentasche, alle mit rasch hingeworfener Schrift bedeckt, voller Tintenkleckse und Karikaturen. Er zeigte mir einen Brief von Paulhan: »Sie sind der größte Dichter seit Rimbaud...«, oder, ein anderes Mal: »Es ist ganz normal, daß ein großer Dichter furchtbare Entmutigungszeiten durchmacht...«
Er litt unter seiner Unbekanntheit. Paulhans Briefe gaben ihm seinen Stolz zurück.
»Ist das wahr, Dannie, ist es wahr?« fragte er, um noch eine Bestätigung zu bekommen.

In Augenblicken des Überschwangs wurde er wieder zum Kind, das von Poesie besessen ist. Auf offener Straße, in der Métro oder im Café zog er plötzlich ein Heft aus der Tasche und deklamierte lauthals sein jüngstes Gedicht. Seine eherne Stimme übertönte das Gelächter der Passanten, das Hupen der Busse, den Schienenlärm. Er vergaß alles um sich und war blind gegen das Lächeln derer, die ihn für einen armen Irren hielten.
Dieses überbordende Wesen konnte in wenigen Monaten eine Fremdsprache bis in ihre tiefsten Wurzeln durchdringen. Mit unersättlicher Wißbegierde entdeckte er die Verbindungen zu deutschen und italienischen Ursprüngen und schlug Brücken zwischen den verschiedenen Zivilisationen.
Kurz vor dem Zweiten Weltkrieg veröffentlichte er einen chaotischen Roman voller Licht- und Schattenspiele, unbegreifbar in jedem Sinn.
»Ich töte die alte Romanform«, sagte er. »Ich will mich mit Gott messen und die Welt neu erschaffen.«
Ungefähr zu dieser Zeit empfahl er uns einen seiner Bekannten, einen »Elsässer«, der gerade aus Deutschland gekommen war und, wie Audiberti sagte, statt eines ordentlichen Essens mit einem Croissant und einer Tasse Kaffee in seiner Mansarde vorliebnehmen mußte.
»Unser Tisch steht ihm offen«, sagte Goll.
»Herr Walter« kam also mehrmals zu uns in die neueste Wohnung, Rue de Condé. Er war ein ungemein gescheiter Philosoph, hatte aber einen stahlharten Blick.
»Der Mann ist an- und aufregend«, meinte Goll, »nur finde ich ihn auch irgendwie undurchsichtig.«
Audiberti nahm seinen Freund in Schutz, und dieser teilte weiterhin unsere Mahlzeiten. Dann lud er mich einmal freundschaftlich zu sich ein, um sich zu revanchieren.
Ich war darauf gefaßt, bis in die Mansarde eines schönen Gebäudes in der Rue de Seine klettern zu müssen, als ich seinen Namen schon an einer Tür der zweiten Etage erblickte. Er öffnete, ohne daß ich geklingelt hatte, und ich stand staunend in einer kostspielig möblierten Wohnung. Vergebens suchte ich die Brosamen des berühmten einzigen Croissants, das seine tägliche Nahrung sein sollte. Alles war makellos sauber. Begreiflicherweise wurde ich allmählich unruhig.
»Wann haben Sie Deutschland verlassen?« erkundigte ich mich.
»Um dieselbe Zeit wie die meisten«, erwiderte er. »Man hat mir so oft eingeredet, Hitler sei ein Ungeheuer, daß ich bei der ersten Gelegenheit verduftet bin.«
»Nun, hier in Frankreich sind Sie ja weit vom Schuß.«

»Ja, aber Deutschland fehlt mir.«
»Immerhin sprechen Sie Französisch genausogut wie Deutsch. Sie können sich nicht so ganz heimatlos fühlen.«
»Gewiß, ich spreche ein korrektes Französisch, aber das ist nicht dasselbe.«
Er saß mir gegenüber und versperrte den Weg zur Tür. Innerlich fragte ich mich, worauf er eigentlich hinauswollte, und schätzte zugleich ab, wie viele Schritte mich vom Treppenhaus trennten.
»Ich lese alle Berliner Zeitungen«, fuhr er fort, »und ich muß feststellen, daß es sich gar nicht so übel anläßt.«
»Finden Sie?«
»Man darf eben nicht nur auf die Propaganda der sogenannten Demokraten hören.«
Ich war sprachlos.
»Zugegeben«, fügte er in väterlichem Ton hinzu, »alles ist noch nicht perfekt. Deutschland braucht Leute wie Sie beide, um ganz über den Berg zu kommen.«
»Wirklich?«
Er stand auf und ging vor der Tür hin und her, auf die ich mit wachsender Besorgnis starrte.
»Sie müssen nach Deutschland kommen«, sagte er bestimmt. »Baldur von Schirach hat mich beauftragt, Sie einzuladen.«
»Wie bitte? Seit wann lädt der Führer der Hitlerjugend denn Juden ein?«
»Sie gehören ja nicht zu den Bankiers und Kaufleuten, die unser Volk ausbeuten. Sie sind hervorragende Intellektuelle. Baldur von Schirach möchte Sie persönlich an der Grenze abholen.«
»Und warum soviel Ehre?«
Er glättete seinen Jackenaufschlag. »Sehen Sie die prachtvolle antike Büste auf dem Kaminsims? Sie gehört Ihnen, wenn Sie Baldur von Schirachs Einladung annehmen. Man verlangt nichts weiter von Ihnen, als daß Sie Vorträge für die deutsche Jugend halten.«
»Aber ich will nicht zu diesem Schwein Hitler, der sich wie ein gemeiner Mörder aufführt!« schrie ich.
»Ich habe Ihnen doch gesagt, daß Sie Ausnahmen sind.«
In diesem Moment hörte ich ein Knacken aus der Täfelung, die die Wände ringsum verkleidete. Sofort kam mir der Gedanke, daß alles, was ich sagte, abgehört wurde. Ich stürzte hinaus und hörte nicht auf zu laufen, bis ich zu Hause in der Rue de Condé war.
»Die Faschisten verbrennen unsere Bücher«, lachte Goll spöttisch, »und dann laden sie uns ein, Vorträge bei ihnen zu halten?«

»Und um uns in zwei Schädel und vier gekreuzte Knochen zu verwandeln«, ergänzte ich.
Herr Walter arbeitete für die Gestapo als Treiber, um das Intellektuellen-Wild, das Hitler erledigen wollte, nach Deutschland zu schicken.
So war das Pariser Milieu kurz vor der Kriegserklärung. Im Strom der deutschen, spanischen und italienischen Flüchtlinge hatte jede Seite ihre Spitzel eingeschleust, und niemand wußte, auf wessen Rechnung sein Nachbar arbeitete.

Die Nachrichten von meiner Mutter wurden alarmierend. Ich hatte sie seit der Beerdigung meines Vaters nicht mehr gesehen, aber sie fuhr fort, mir sinnlose Briefe zu schreiben, in denen sie sich über den Zustand ihrer Nägel und ihres Haars ausließ und regelmäßig um Zusendung eines Pariser Parfums bat.
Die Nazis hatten sie schon vorher mit zwanzig Kilo Gepäck aus der Wohnung gejagt. Sie gab ihrer Putzfrau das Silber und ein paar Nippes und zog in ein möbliertes Zimmer.
Meine Mutter war sich über die Situation offenbar nicht klar, denn sie hörte nicht auf, sich in ihren Briefen über ihre Wirtinnen zu beklagen, die es an Respekt fehlen ließen und freche Bemerkungen wegen der unsauberen Treppe machten. Da sie sich der Unterdrückung durch die Nazis nicht bewußt war, reservierte sie ihre Streitsucht für die kleinen Leute. In kurzen Abständen wechselte sie die Adresse, weil sie sich wieder mit der Portiersfrau oder einer Flurnachbarin gezankt hatte.
Damit begann der langsame Abstieg in die Höllenkreise, der im Feuer der Verbrennungsöfen endete. Aber der Mensch ist so beschaffen, daß er nie an das Schlimmste glaubt. Als sie die luxuriöse Wohnung verlassen mußte, dachte meine Mutter wohl, Hitler würde sich damit begnügen, sie auszuräubern. Was sollte er ihr jetzt noch nehmen, da sie nichts mehr als einen Koffer voll abgenutzter Wäsche besaß? Man verbot den Juden den Gebrauch des Telefons, dann durften sie nur in die letzten Wagen der öffentlichen Verkehrsmittel, und man schloß sie vom Kino- und Theaterbesuch aus. Bei jedem Verbot verbreitete sich der Irrglaube, daß die Nazis nicht wagen würden, noch weiter zu gehen, oder daß sie kein Interesse daran haben könnten, macht- und mittellose Menschen noch tiefer zu demütigen.
Als meine Mutter mit einem Bündel, das ihren Wintermantel enthielt, in ein Durchgangslager gebracht wurde, glaubte sie sich am Ende ihrer Leiden. Dann, als ihr im Konzentrationslager auch der Mantel weggenommen wurde, hockte sie in ihrer Schlafsaalecke mit der Gewißheit, nun

könne ihr bestimmt nichts mehr passieren. Wem sollte sie, eine alte abgemagerte Frau, denn im Wege sein? Mit ihren Schwestern, die gleichzeitig deportiert worden waren, wartete meine Mutter das Weitere ab. Von Wachhunden bedroht, vielleicht geschlagen, am Horizont nichts als Stacheldraht, dachte sie immer noch, man würde ihr ein Plätzchen lassen, wo sie den Tod erwarten dürfte. Aber auch ihr Tod war schon von den Faschisten vorprogrammiert, und zur festgesetzten Stunde durchschritten sie und ihre Schwestern die Tür der Gaskammer.

Wir wußten seit 1938, welches Schicksal die Verschleppten erwartete. Geplünderte Geschäfte und Speicher, niedergebrannte Synagogen, die Art, wie die Deutschen öffentlich mit den Juden umgingen – alles das ließ ihr düsteres Los in der Verschwiegenheit der Lager vorausahnen. Die ironisch-beschwichtigenden Erklärungen von Goebbels änderten nichts daran. Die Nazis gedachten weder zaghaft noch großmütig vorzugehen, seit sie freie Hand hatten.

Ich schrieb in jenem Jahr an Audiberti: »Die Verbrannten von Marseille sind mit denen in Deutschland nicht zu vergleichen. In Marseille haben sie nur einmal gelitten, aber Hitlers Opfer brennen alle Tage. Ihr Martyrium findet in jeder Sekunde statt, und ich beklage bitterlich die Tatsache, daß sich wildere Bestien als die der Apokalypse unter einem menschlichen Äußeren verbergen... Wenn die Nazis mitsamt ihrer niederträchtigen Inquisition längst der banalste Staub der Geschichte sein werden, sollen ein Einstein, ein Audiberti von der wahren Menschlichkeit unserer Epoche zeugen... Als wir noch ahnungslose Kinder waren und aus dem Leben ein Spiel machten, wurden bei den russischen Pogromen schon kleine Kinder wie wir ermordet. Heute mordet man die kleinen Spanier und Chinesen. Und morgen werden andere Kinder an die Reihe kommen. Niemand wird je die Mordlust und das Böse im Menschen auslöschen...«

Wieder einmal waren wir bei einem Weltuntergang dabei. Wieder einmal brach ein Krieg aus. Noch waren keine zwanzig Jahre seit dem vorigen vergangen, als man von noch zerstörerischen Waffen und Massakern unter den Völkern sprach. Goll fühlte sich unnütz, leer, er redete nur noch vom Auswandern nach Amerika oder Australien. Er vermochte nicht mehr, Vorsänger des Pazifismus zu sein und von Versöhnung zu sprechen. Angesichts eines Hitler und seiner hysterischen Gefolgschaft wäre es lächerlich gewesen, dieselbe Haltung einzunehmen wie 1914. Im Radio und in der Wochenschau sah und hörte man die deutschen Massen Hitler bis zum Irrsinn zujubeln. Die anderen Völker hätten den Schnurrbärtigen nicht einmal als Clown haben wollen, aber Deutschland war vom Delirium gepackt und warf sich anbetend vor diesem blutdürstigen Verrück-

ten nieder, der Rassenreinheit, Ordnung und höhere Notwendigkeiten predigte.
Goll, den ich nur traf, wenn er seine Post abholte, war mehr als pessimistisch. Er suchte bei den Frauen Vergessen. Ich hatte Paula akzeptiert, weil ich sicher war, Yvan wiederzubekommen, aber ich sagte mir oft, daß diese Sicherheit nichts als eine Illusion sei, mit der ich mich beruhigte.
Wie soll ich ohne Goll leben? überlegte ich manchmal. Ich bin keine Literatin, die völlig in ihrem Werk aufgeht. Hätte Gott mir die Wahl zwischen einem ungeheuren Talent und einer strahlenden Liebe gelassen, so hätte ich das Herz gewählt. Ich bildete mir nicht ein, in einem Elfenbeinturm eingeschlossen zu sein, den ich weder gebaut noch je gesucht hatte. Mein Leben war mit Goll verbunden und hatte nur seinetwegen Sinn. Ich hoffte immer, er würde es endlich verstehen, aber im Laufe der Monate und Jahre wurde das Warten endlos. Auf die Hoffnung folgten Rückschläge, und nichts ließ eine baldige Lösung vorausahnen.
Der Selbstmord ist unerklärlich, weil er einem Geisteszustand entspringt, der von jeweils einzigartigen Umständen erzeugt wird. Alles entfesselt sich mit der Logik einer Notwendigkeit, bei der es keine Wahl gibt.
Heute versuche ich nicht mehr herauszukristallisieren, welche Rolle dabei die Erpressung spielte, die heimliche Hoffnung, Goll in die rotglühende Zange der Gewissensbisse zu nehmen... Etwas Theatralik ist immer im Selbstmord, aber gilt das gleiche nicht für all unsere Taten?
Als Yvan mir sagte, er wolle nun endgültig mit Paula Ludwig leben, ging für mich die Welt unter. Seit langem hatte er mir immerzu wiederholt, er habe die langweilige Friedlichkeit seiner Geliebten satt. Ich erwartete das Ende des Abenteuers, aber er geriet immer tiefer hinein. Wozu sollte ich noch leben? Um einen neuen Krieg mitzumachen und Berge von Leichen zu sehen? Wegen meiner Schlafstörungen hatte ich immer Veronal vorrätig. Ich brauchte nur die Dosis zu erhöhen, um in einen tieferen Schlaf als den gewöhnlichen zu sinken.
Es ist nicht schwer, sich zum Selbstmord zu entschließen, aus dem einfachen Grund, weil man selbst den Moment wählt, in dem einen nichts mehr hält. Wenn die Stunde da ist, erleichtert verzweifelte Resignation den Schritt. Keine Rede von Heldenmut oder Feigheit: Die Natur weiß schon, was sie tut.
Ich wäre hinüber gewesen, wenn Goll nicht am nächsten Morgen in die Rue de Condé gekommen wäre, um seine Post zu holen. Die Concierge sagte ihm, sie hätte mich am Vorabend am Rand eines Nervenzusammenbruchs erlebt. Goll rannte in die Wohnung hinauf, und ich wachte im Hospital Cochin auf.

Hinterher erfuhr ich, daß Yvan nicht einmal mit Paula Ludwig zusammenlebte, sondern mit einer kleinen Nutte, die er auf der Ile Saint-Louis, wenige Schritte von mir entfernt, untergebracht hatte. Konnte ich daraufhin noch mit Yvan neu anknüpfen oder so weitermachen wie vorher? Ich schrieb an Yvan:

Lieber, ja Du hast es gefühlt und am Abend sollte Dein Telegramm den herzlosen Brief wiedergutmachen, aber da war es schon zu spät. Denk, was ein ganzer Tag von Gram in einem Menschen anrichten und zerstören kann. Aber darüber will ich mich lieber ausschweigen, es sollen keine Rührungen mehr ausgelöst werden. Also, seien wir sachlich.
Du schriebst: wie Dich meine Briefe schließlich immer enttäuschten. Ach, wenn ich Dir sagen wollte, welch große Enttäuschungen die Deinen nur zu oft für mich waren und wie so manches Mal sie gerade in die Augenblicke größter Liebes- und Opferbereitschaft hineinfielen. Du schriebst ferner: Paula schrie: ich würde Dir ein Theater mieten, Dein Stück aufführen lassen! – Du vergißt, daß ich in den ersten Jahren unserer Zuneigung ähnliche Dinge schrie. Ich habe auch voriges Jahr ähnliche Dinge zu Illan gesagt. Ein Jahr Verliebtheit erst, bedenke das doch! Ich wünsche, daß Paula es Dir auch noch nach 16 Jahren sagen möge. Heute morgen sagte ich Dir, daß ich Dir nicht mehr schreiben werde, daran soll Dein Telegramm nichts ändern. Ich muß nur dieses Post Skriptum schicken, Du wirst gleich sehen, warum.
Ich werde nicht mehr schreiben, denn ich will nichts mehr wissen und Dich nichts von mir wissen lassen. Ich will auch nichts mehr verlangen. Weder Deine Rückkehr noch finanzielle Hilfe. Der Matin soll auch *meine* letzte Sorge sein. Ich werde schon durchkommen, ebenso gut wie andere und wenn es mir einmal gutgeht, so werde ich bestimmt mit Dir teilen, das brauche ich gar nicht erst zu sagen, ich werde es tun.
Liebe und lebe, frei und unabhängig.
Ich weiß nicht, wo ich sein werde, wenn Du zurückkommst. Irgendwo in der Welt. Vielleicht gehe ich nach Berlin, sobald Du es verlassen hast. Freunde rieten es mir wegen meiner Kunst und wegen meiner Krankheit.
Ich sage es Dir nicht, um Rechenschaft abzulegen, aber damit Du nicht glaubst, es wäre Revanche. Wofür? Ich habe Dir nichts zu verzeihen, Du hast mir nichts mehr getan.
Warum noch dieser Brief? Weil ich heute morgen an Daniel die 30 ersten Romanseiten schickte und ihnen mitteilte, ich wäre aus Berlin zurück wegen der Frühjahrskollektionen.

Anbei eine Kritik, die nützlich sein könnte bei der Unterbringung des neuen Romans.
Leb wohl, sei glücklich, laß Dich lieben. Ich kann Dir nichts Weicheres zum Abschied schreiben. Du könntest sonst wieder glauben, ich möchte Dich rühren.

Claire

Konzentrationslager, Kriegsgerüchte, schwarze Wolken über Europa wie über der Liebe versperrten uns die Zukunft.
»Wir werden hier nicht auf unsere Mörder warten«, sagte er. »Die Völker werden, eins nach dem andern, unter Hitlers Zustoß fallen. Es gibt keinen Grund anzunehmen, daß gerade Frankreich ihm entkommt.«
Er hatte eine klare Voraussicht, obwohl er selbst nicht daran glauben wollte. Wir waren wieder umgezogen, um unseren Erinnerungen zu entfliehen. Die Zahl der Zimmer erlaubte uns, in Paris durchreisende Kollegen zu empfangen. Eine hektische Betriebsamkeit hatte uns ergriffen; wir hörten alle Hitler-Reden, um uns unsere Zukunft vorstellen zu können, und informierten uns ständig, welche Schiffe demnächst nach New York fuhren. Viele Freunde hatten Europa schon verlassen, andere bereiteten den Aufbruch vor. Eine sonderbare Leere entstand um uns. Selbst James Joyce hatte die Beziehungen gelockert, seit die französische Übersetzung seines *Ulysses* fertig war.
Am Morgen des 12. Februar 1939 erinnerte Goll mich daran, daß heute Joyces siebenundfünfzigster Geburtstag sei. Um fünf Uhr nachmittags standen wir mit einem Blumentopf vor seiner Tür. Wir klingelten lange vergeblich. Endlich öffnete uns eine Aufwartefrau.
»Monsieur Joyce empfängt nicht«, sagte sie. »er ist leidend.« Joyce litt schon an Magenkrebs.
»Sagen Sie ihm, daß Monsieur und Madame Goll da sind«, drängte Yvan. Man hörte schlurfende Schritte. Joyce schleppte sich in Pantoffeln und seidenem Hausmantel, den er immer trug, zur Tür.
»Treten Sie ein, meine Freunde«, sagte er. »Ich bin sehr krank, aber ich habe gerade ein großartiges Geschenk von meinem Londoner Verleger Faber and Faber bekommmen: das erste Exemplar der *Anna Livia Plurabelle*. Heute nacht habe ich sie unter dem Kopfkissen gehabt.«
Da er nicht mehr lesen konnte, streichelte er den Einband und hatte auf dem Buch geschlafen. Wir saßen im Salon seiner muffigen Wohnung.
»Ich muß Sie jetzt verlassen«, sagte er gleich darauf. Er drückte uns die Hände. »Ich muß mich nämlich anziehen, um nach Ivry zu fahren«, erklärte er. »Ich habe Lucia versprochen, ihr ein paar irische Wiegenlieder vorzusingen.«

Das war der Gipfel der Tragödie: Der Blinde besuchte die Irre, um sie mit Liedern aus alten Zeiten in Schlummer zu wiegen.
Wir hatten bei diesem Abschied Tränen in den Augen. Mehr und mehr drängte sich uns der Gedanke auf, daß wir in Europa nichts mehr zu tun hatten. Zwar verbrachten wir den Frühling noch zwischen Hoffnung und Zweifeln, aber der beklemmende Sommer gab uns den Rest. Hitler wechselte von Drohungen zu beschwichtigenden Gesten. Er trieb ein Spiel, bei dem es um Millionen von Menschenleben ging. Yvan besuchte im August noch seine Mutter, kehrte aber überstürzt nach Paris zurück. Ich hatte kaum Zeit, einige Briefe und Erinnerungsstücke zusammenzupacken, bevor wir uns auf den Weg nach Anvers machten. Die Wohnung war noch voll von Dokumenten, Bildern, Joyce-Briefen... Die Deutschen kamen gleich nach dem Einmarsch in die Rue de Condé.
»Wo ist die Wohnung der Golls?« fragten sie den Portier.
Sie räumten die Zimmer aus und transportierten unsere Vergangenheit in zwei Lastwagen ab. Alle unsere Andenken verschwanden für immer.

15

Am 6. September 1939 landeten wir nach elf Tagen Schiffsreise in New York. Der Krieg war erklärt.
»Habe ich das Recht, hier zu sein, während die anderen kämpfen?« fragte Goll, der augenblicklich umkehren wollte. Er meldete sich als Kriegsfreiwilliger schriftlich beim französischen Informationsminister Jean Giraudoux, der ihm antwortete: »Sie werden in Amerika nützlicher sein, um den Kampf zum Sieg zu führen.«
Fernab von diesem Europa, wo ein Gewimmel von Staaten seit Jahrhunderten nichts anderes im Kopf hatte, als sich gegenseitig zu bekriegen, überkam mich ein fast betäubendes Glücksgefühl. Hier schien mir alles möglich. Ich hätte ungeniert Zeitungen verkaufen oder Schuhe putzen mögen, woran ich in Paris nicht im Traum gedacht hatte. Die amerikanische Atmosphäre war so dynamisch, daß keine Tätigkeit erniedrigend wirken konnte.
Sehr rasch stellte ich fest, daß wir ohne besondere Schwierigkeiten unser Brot verdienen konnten. Dieses Riesenland nutzte alle Kenntnisse und Fähigkeiten, auch die der ausgefallensten Spezialisten. Deutsche Emigranten, die schon 1933, vor unserer Ankunft, nach Amerika gekommen waren, hatten bedeutende Stellungen in Museen, Orchestern, Krankenhäusern gefunden. In Frankreich hätten dieselben Männer sich nicht ein-

mal um einen Posten als Straßenfeger bewerben können. Die Franzosen nehmen zwar alle Verfolgten auf, genießen aber eine traurige Berühmtheit wegen ihres Protektionsunwesens. Sie reservieren sich die guten Plätze, während die Amerikaner, durstig nach Blutauffrischung und neuen Ideen, die Fremden, die sie bei sich aufnehmen, zu Höchstleistungen anzutreiben versuchen. Jeder hat dort eine Chance – mit Ausnahme der Dichter.

Da unser künstlerischer Ruf nicht über die Grenzen Europas gedrungen war, hatten auch Goll und ich bei den Amerikanern nichts zu bestellen, und es bestand gar keine Hoffnung, daß wir uns schreibend durchsetzten. Dichter bleiben ihr Leben lang an eine Sprache gebunden, seltener, wie Goll und ich, an zwei. Goll hatte auf dem Schiff zwar angefangen, Englisch zu lernen, konnte aber nicht von fern daran denken, sich diese Sprache so anzueignen, daß sie zum natürlichen Ausdrucksmittel wurde.

Unsere ersten Wochen verbrachten wir mit Spaziergängen. Ich entdeckte die phantastischste Stadt der Welt. Die prickelnde Luft hielt meine Sinne hellwach. Ringsumher hörte man alle Sprachen und Dialekte, sah man alle Rassen, und jeder war von der gleichen Lebens- und Erfolgsgier besessen.

Wie lange würden wir in diesem Amerika bleiben? Die Deutschen, mit denen wir uns trafen, sagten ein langes Exil voraus.

»Ich glaube nicht, daß ich Berlin wiedersehen werde«, sagte George Grosz, »oder daß ihr Frankreich je wiederseht.«

Er hatte seinerzeit für die deutsche Uraufführung von *Methusalem* Bühnenbild und Kostüme entworfen. Ich fand ihn in Amerika so grobschlächtig, wie ich ihn in Erinnerung hatte, aber sein Feuer war erloschen. Früher hatte er immer gesagt: »Meine Zeichnungen sind das Resultat meines Hasses« oder: »Meinen Stil habe ich aus den Krakeleien an Pissoirwänden bezogen: nirgends findet man ein besseres Konzentrat der menschlichen Häßlichkeit.« Er hatte sein abstoßendes Gesicht schon als junger Mann wie eine Anklage gegen die Gesellschaft zur Schau getragen. Jetzt übertrieb er es. Romantisch, vom Schauerlichen angezogen, war er von der Verzweiflung zur Besessenheit gelangt. Grosz sah überall nur Grimassen und Perversitäten, und seine gelungensten Arbeiten waren seine Karikaturen der deutschen Offiziers- und Bürgerwelt.

In Berlin hatte man ihn, sogar schon vor der Machtübernahme der Nazis, auf deutsche Art behandelt, das heißt: ihn verhört, vor Gericht gezerrt, verurteilt und eingekerkert. Das erstemal, 1921, wegen »Erregung öffentlichen Ärgernisses«. Er hatte eine Puppe in Militärkleidern ausgestellt, deren Schädel durch einen Schweinekopf mit Soldatenkäppi ersetzt war; ferner eine Schneiderbüste, an deren Hintergestell ein Eisernes Kreuz baumelte. Die Zeugenaussage, die ihn am schwersten belastete und zu seiner Verurteilung führte, war die eines Offiziers, der gesehen haben wollte, wie sich zwei »Ausländer« über solche Karikaturen amüsierten. Fünf Jahre später wurde Grosz abermals wegen Blasphemie verurteilt. Angeekelt verließ er Deutschland, die Quelle seiner Revolte und seiner Inspiration.

Als ich die neueren Bilder in seinem Atelier sah, erkannte ich, daß das Raubtier die Reißzähne verloren hatte. Ohne Haß blieb Grosz nichts übrig als seine ausgedörrte Romantik. Ohne Feinde war auch seine Seele leer.

Da unsere Visa für Amerika nur für einen Besuch von sechs Monaten galten, mußten wir zwischendurch verreisen, um unsere Situation zu regeln. Anfang April 1940 fuhren wir also nach Kuba, wo Goll sein tropisches Paradies entdeckte. Die Straßen quollen über von den verlockendsten Früchten und den appetitlichsten Huren. Wir hatten kein Geld, aber für fünf Cents bekam ich dort schon einen Korb Mangofrüchte und Goll die hübscheste Negerin.

Er eilte von einer zur anderen, als würde er nie mehr eine Frau zu sehen bekommen. Mit seltsamer Raserei zog es ihn zu diesen Mädchen, die ihren Körper mit der gleichen unbeteiligten Gelassenheit verkauften wie Zigarettenhändlerinnen ihre Ware. Goll wußte so wenig wie ich von dem Schicksal, das schon in seinen Chromosomen eingegraben war, aber zweifellos trieb ihn ein verborgener Instinkt, sein Leben noch voll auszuleben.

Außerdem nahm Goll während unseres einmonatigen Aufenthalts die Gelegenheit wahr, sich mit der kubanischen Poesie und derjenigen der übrigen Antillen vertraut zu machen. Er sprach mit mir über eine Anthologie, die nur farbigen Schriftstellern gewidmet sein sollte. Aber die Nachrichten aus Frankreich waren so schlecht, daß Goll sagte:

»Schluß mit den Ferien hier. Ich will kein Vergnügen mehr, wenn die Franzosen leiden. Fahren wir nach New York zurück.«

Später erklärte er: »Die Zukunft liegt nicht mehr in Europa, nicht einmal in den Vereinigten Staaten... Wir müssen dem Aufgehen neuer Welten entgegenblicken: Asien, den Tropen...«

Goll hatte das Vertrauen in die europäische Kultur verloren. Er warf ihr vor, zum Geschwätz einer sogenannten Elite abgesunken zu sein, während er in Kuba noch eine gesunde Ursprünglichkeit vorfand. Seine expressionistische Neigung erfrischte sich am Anblick jener Intellektuellen, die Kunst und Leben gleichsetzten. Für Goll war Schreiben nicht nur eine

Gehirnfunktion, sondern eine Angelegenheit des ganzen Körpers: Über die Liebe zu schreiben und sie zu praktizieren waren die beiden Aspekte derselben Tätigkeit.
Schweren Herzens verließ er den Garten Eden, um ins puritanische Amerika zurückzukehren. Ich meinerseits vermißte die Huren, die mir Yvan jeweils nur für ein paar Stunden wegnahmen, während eine anständige Frau ihn volle acht Jahre beanspruchte.
»Nun verlassen wir einander nicht mehr«, versprach er mir feierlich.

Mondrian war der erste, der sich wieder zu uns gesellte. Er kam aus London, wo er geglaubt hatte, die nötige Ruhe zur Perfektionierung seiner Vierecke zu finden. Die Bombenangriffe hatten ihn dabei gestört und schließlich vertrieben.
»Auf dem Schiff, während der ganzen Überfahrt«, vertraute er mir an, »habe ich nachgegrübelt, ob ich einen roten Punkt in das rechte Quadrat oder in das linke setzen soll.«
»Haben Sie das Problem gelöst?«
»Vor dem Malen mache ich gewöhnlich Versuche. Ich lege Buntpapierstücke auf die Leinwand, verschiebe sie, beschneide einen Rand... Aber alle meine Bilder waren in Kisten verpackt und tief unten im Laderaum.«
Nun nahm Mondrian in einer Wohnung der 52. Straße seine Experimente wieder auf. Er war sehr allein, fern vom Tumult. Seine Kisten dienten ihm als Tisch und Stühle.
»Ich glaube, daß ich jetzt etwas Neues finden werde«, sagte er. Er fand New York herrlich und freute sich bei jedem Ausgang wie ein Kind.
»Man könnte meinen, die Leute haben ihre Probleme auf der anderen Seite des Ozeans gelassen und vergessen. Hier gibt es kein Innenleben, kein Drama, keine Schwermut... Man sollte alles so erleben, an der Oberfläche des Lebens, an der Oberfläche der Dinge. Im alten Europa zählt das Innere viel zuviel, das Herz, die verborgenen Pläne und heimlichen Gefühle; die Menschen wollen sich selbst verstehen. Hier versucht man nur zu verstehen, was im Moment draußen passiert. Die Welt von morgen wird dem Broadway gleichen, mit all seinem Lichterglanz auf den Fassaden. Oder dem Jazz. Lärm – und nach dem Lärm nichts – oder neuer Lärm. Jedenfalls wird es kein Zurücksehen mehr geben.«
Yvan hatte mir erzählt, daß Mondrian sich eines Tages in Paris zu einer großen Geldausgabe entschlossen habe. Nach wochenlangem Hin- und Hergerede hatte er sich dann in Begleitung eines Freundes in ein Kaufhaus begeben, um was zu kaufen? Ein Stück Wachstuch im Format fünfzig zu fünfzig Zentimeter!

»Als Tischdecke?« fragte sein Freund.
»Nein, als Tanzfläche.«
Als fanatischer Liebhaber moderner Tanzmusik sammelte Mondrian Schallplatten der besten Orchester. Wenn ihn die Lust ankam, rollte er sein Wachstuch auf dem Parkett aus – um den Bohnerwachsglanz nicht zu gefährden – und tanzte.
»New York ist wunderbar«, sagte er. »Hier wird es nie Nacht.«
Das war sein Traum: eine unveränderliche Welt wie seine Quadrate zu finden, ohne Morgen und Abend, Haß oder Liebe, Trübsal oder Heiterkeit – wo der Mensch in einer einzigen Architekturlandschaft lebte, die in New York, Athen oder auf Borneo die gleiche wäre.

Die Tragödie des Juni 1940 und der Zusammenbruch Frankreichs änderten unsere Situation. Bis dahin hatten wir uns wie in den Ferien fühlen können. Aber die Niederlage unserer Heimat und die Drohung, die auch über England schwebte, verdüsterten unseren Horizont. Hitler hatte seinem Reich tausendjährige Dauer vorausgesagt. Sein Wahnsinn schien sich zu verwirklichen.
»Vielleicht werden wir hier alt und sterben«, sagte ich.
»Nein«, antwortete Goll. »Wir müssen mitkämpfen, um diesen blutdürstigen Irren, der über Europa herrscht, zu vernichten.«
»Mit bloßen Händen kämpfen?« fragte ich.
»Die Feder ist mächtiger als der Arm. Wir müssen de Gaulle und alle Franzosen unterstützen, die sich nicht unterwerfen wollen, und wir müssen die Amerikaner wachrütteln.«
Die Amerikaner zeigten vorläufig noch herablassende Verachtung gegenüber diesem winzigen Europa, in dem sich alle zwanzig Jahre irgendwelche Länder den Krieg erklärten. Ihre einfache Philosophie lief auf Isolationismus hinaus. Sollten die kleinen bissigen Köter da drüben doch ihre Streitereien unter sich ausmachen und das reiche Amerika in Ruhe lassen!
»Es gibt eine Arbeit«, sagte Goll, »die dringender ist, als Schützengräben auszuheben: Die Geister mobilisieren.«
Ein Taxichauffeur warf mir an den Kopf: »Wir haben euch schon 1917 geholfen, und trotzdem fangt ihr immer wieder an. Ihr seid unverbesserlich!«
Die bedeutende deutsche Emigrantengemeinde sah den Kriegsereignissen nicht gerade freudig zu. Einige wenige waren für Hitler, aber die Mehrheit verhielt sich abwartend und bemerkte lediglich, daß die Deutschen disziplinierter seien als die Franzosen. Für ihre etwas schwerfälligen

Köpfe bedeutete das: Ein an Gehorsam gewöhntes Volk habe schon ein gewisses Recht, die Ungehorsamen zu strafen.
»Ein bißchen mehr Ordnung und Organisation würden euch nichts schaden!« bekam ich oft zu hören.
Für sie waren die Konzentrationslager, die Rassengesetze, das Vorgehen der SS nur Kleinigkeiten, die von selbst verschwinden würden, sobald die Lage sich beruhigte.
Mehr als alle anderen sprachen sich die jüdischen Emigranten gegen jegliche bewaffnete Einmischung aus.
»Wir sind hier sowieso eine unerhebliche Minderheit, die von den USA vollkommen akzeptiert worden ist. Zum erstenmal seit der Zeit der polnischen Gettos, der russischen Pogrome und der anderen europäischen Verfolgungen können wir unbehelligt leben. Wie könnten wir, ohne auch hier Antisemitismus herauszufordern, von hundert Millionen Amerikanern verlangen, in den Krieg einzutreten, nur um ein paar unserer Glaubensgenossen zu retten? Kann man sich denn vorstellen, daß die Sizilianer im Namen ihrer von Rom unterdrückten Vettern Amerika zum Krieg gegen Italien aufriefen? Oder daß die Südchinesen eine Strafexpedition gegen Nordchina forderten? Daß Mexikaner, Polen, Ungarn oder sonst eine Minderheit, unter welchem Vorwand auch immer, eine Intervention der USA verlangten?«
So brachte jeder gute Gründe vor, um den eigenen Frieden zu retten.
»Ihr kommt auch noch an die Reihe«, warnte Goll. »Seht ihr denn nicht, daß Hitler Stück für Stück den ganzen Kontinent auffrißt?«
»Um Amerika zu erreichen, müßte er erst mal den Atlantik überqueren«, kicherten die anderen.
Bald war der größte Teil der Intellektuellen in New York eingetroffen: Max Ernst, André Breton, Chagall, Yves Tanguy, Léger, Kurt Seligmann, Lipschitz... Salvador Dali hatte sich schon vorher in Kalifornien niedergelassen, und Kurt Wolff war im Begriff, einen neuen Verlag aufzumachen.
New York wurde zu einer Mondstadt, in der halbvergessene Legenden umgingen. Einige bemühten sich, Englisch zu lernen, um sich besser in das neue Leben einzufügen, andere, wie André Masson, verkapselten sich ganz in ihrem Werk. Die Flüchtlingsrolle ist nicht leicht durchzuhalten. Vom gewohnten Lebens- und Arbeitsfeld abgeschnitten, fern von dem Spinnennetz, das er sich geduldig gewebt hat, wird der Emigrant zum Johann Ohneland, den Yvan in seinen Gedichten besungen hat.
Mit dem Moment der Abreise stand alles still. Und was nun? Das war die Frage.

»Ich habe amerikanische Kundschaft«, sagte Chagall, »ich muß zusehen, daß ich sie vergrößere. Es gibt viele Jidden hier.«
Chagalls Strategie war klar: den Verfolgten spielen, um die New Yorker Juden zu erorbern und ihr exklusiver Lieferant zu werden. Max Ernst hingegen, der wegen seiner deutschen Abstammung überall auf Mißtrauen stieß, löste sein Problem, indem er eine Milliardärin heiratete, die Kunstsammlerin Peggy Guggenheim. So schlug er zwei Fliegen mit einer Klappe: Er kam zu Geld und zur amerikanischen Staatsbürgerschaft. Aber die Fron, die er dafür leisten mußte, war zu hart für den verführerischen Max Ernst, der seinen Posten denn auch bald räumte, um ihn Kampferprobteren zu überlassen. Seine eigenen Ausstellungen waren komplette Pleiten. Die Stunde war dem, was man verächtlich den »Pariser Surrealismus« nannte, nicht günstig.
Aus der Entfernung gesehen, verklärten sich alle Vorkriegsereignisse in unwirklichem Glanz. Waren wir noch dieselben, die im »Select« oder der »Coupole« lustig über den Ausschluß von Charles Vildrac und Artaud aus der surrealistischen Gruppe debattiert hatten? Unsere damaligen literarischen Meinungsverschiedenheiten kamen uns jetzt läppisch vor. Wie ein Schuldgefühl setzte sich die Idee in uns fest, daß wir alle Kräfte zum Kampf gegen den Faschismus hätten vereinigen müssen.
»Wer von Sprache, Kultur und Poesie spricht«, sagte Goll, »spricht vom Menschen. Unsere Opposition gegen Hitler und seine Clique bedarf der Strategie. Man kann keinen Gegenangriff planen, ohne eine Idee vom Menschen zu haben.«
Der Druck des Tagesgeschehens war zu stark geworden, als daß man sich davon distanzieren konnte. Max Ernst fiel dieser Tatsache mit seinem Werk zum Opfer.
»Das ist gerade der richtige Moment, die Gespenster aus dem Unterbewußtsein heraufzubeschwören!« sagte mir jemand. Die wirklichen Ungeheuer waren leider keine Phantome. Sie agitierten von Berlin aus und verwüsteten Europa.
Fernand Léger zog sich besser aus der Affäre. Er bekam, wie André Maurois und Darius Milhaud, eine Gastprofessur an der Yale-Universität, und diese Aufgabe ließ ihm viel Muße. Auch wenn seine Kunst kein begeistertes Publikum fand, war wenigstens sein Unterhalt gesichert.
»Ah, da ist ja *mon petit pote*!« rief er, als er mich wiedersah. Immer derselbe, vierschrötig, beide Füße fest auf dem Boden: Léger änderte sich nicht. Wie ein Baum, den man nur umgepflanzt hat, ließ er sich vom Exil nicht unterkriegen.
»Entbehrst du nichts in dieser neuen Welt?« fragte ich ihn.

»Du weißt ja, daß ich nicht sentimental bin. Das sogenannte Malerische interessiert mich nicht. Paris oder New York, das ist mir gleich. Ich bin kein Landschaftsmaler.«
Er trug seine Sicherheit wie eine Rüstung, die nichts von dem, was ihn umgab, eindringen ließ.
»Sieh mal, das Wesentliche ist das, was man im Kopf hat. Exotik – das paßt zu Gauguin und seinen Tahiti-Mädchen. Für mich sind Schwarze, Braune und Gelbe nichts als Farbflecken, und dahinter sehe ich immer den gleichen Menschen. Europa kann nicht die eine Wahrheit haben und Amerika eine andere, meinst du nicht auch?«
Wie Mondrian wurde er der Plakate und Leuchtreklamen nie überdrüssig.
»Na, *mon pote*, ist das nicht toll?«
»Mir gefiele es besser, wenn ich nicht zwangsweise hergekommen wäre«, erwiderte ich.
»Hast du schon gemerkt: Kein Baum, kein Pferd in der ganzen Stadt? Nichts als Fenster, Geldschränke und die schönsten Kochtöpfe des Weltalls...«
Léger hatte wie alle großen Maler, die ich persönlich kannte, einen ungemein raschen und genauen Blick. Ohne im Gehen innezuhalten, wies er mit dem Kinn auf ein Schaufenster: »Schau mal, der Neger mit den grünen Schuhen...« Er hatte den schreienden Farbfleck vor einem violetten Hintergrund sofort registriert. »Die Straße ist das schönste aller Schauspiele«, fuhr er fort. »Die Reklamen sind wie endlose Auftritte von Mannequins. In den Kleine-Leute-Vierteln sieht man blau oder rot bemalte Häuser mit einer Reklameschrift vom Dach bis zum Erdboden, die Abführpillen oder Klistierspritzen anpreist... Hier ist eine Zivilisation fürs Auge entstanden. Frankreich macht es auf die feine, suggestive Art; in New York sucht jeder seinen Nachbarn zu überbrüllen. Was für eine herzerfrischende Barbarei!«
Fernand Léger war der Freund der schönsten Tage in Paris gewesen. Er war auch derjenige der schlechten Tage in Amerika.

Durch die neue Umwelt angeregt, schrieb Yvan in den Vereinigten Staaten seine besten Gedichte. Als *Johann Ohneland* geboren, Franzose in Deutschland, »Boche« in Frankreich, hatte Goll, wie ich, keine Wurzeln und kein Zuhause. Gelegentlich hatten wir in Zürich, Berlin und Paris Anker geworfen, und zur Zeit saßen wir eben in Brooklyn fest, im Columbia-Heights-Viertel.
Wir bewohnten ein vornehmes Appartement mit dem Blick auf die Wol-

kenkratzer-Silhouette am Ende der Wall Street. Die Hochbahn vor dem East River durchschnitt die Perspektive. Ich konnte vom Bett aus zur Rechten die geschwungene Brooklynbrücke sehen und zur Linken die Freiheitsstatue, die aus dem Wasser aufzusteigen schien. Bis zur Kriegserklärung war sie nachts immer erleuchtet. Dann wurde Verdunklung vorgeschrieben, und beim kleinsten Lichtstrahl, der durch ein Fenster fiel, erhob sich ringsum das Geschrei: »*Lights out* – Licht aus!« Im Hafen gruppierte sich ein Ballett von Panzerschiffen, und die Schlepper veranstalteten dazu ein Sirenenkonzert.

Unter den Emigranten spielte sich die gegenseitige Hilfe so ein wie während unseres Aufenthaltes in der Schweiz. Wir tauschten Übersetzungsarbeiten aus, stellten Anthologien zusammen und machten Untertitel für Filme.

Als freie Mitarbeiterin des gaullistischen Journals *La Voix de France* berichtete ich in der Theater- und Kino-Rubrik über die Neuheiten der New Yorker Szene. Da Stückeln und Zusammenflicken bekanntlich das A und O des Journalismus sind, benutzte auch ich schamlos die Artikel meiner Kollegen. Nach jeder Filmuraufführung kaufte ich eiligst alle Theatermagazine, deren ich habhaft werden konnte, und schrieb mit etwas abgewandelten Ausdrücken zunächst die Inhaltsangabe ab. Dann wog ich die verschiedenen Kritiken gegeneinander ab und bildete mir daraus eine eigene Meinung. Dieser telepathische Bericht ging noch am selben Abend an die Redaktion.

»Schreiben Sie mir bitte eine Lobrede auf General de Gaulle«, bat mich einmal der Direktor, Henri Torrès.

»Ich zeige meine Überzeugung deutlich genug, indem ich für de Gaulle arbeite«, sagte ich. »Sie können nicht von mir erwarten, daß ich ihm auch noch jeden Knopf auf Hochglanz poliere.«

Der Romancier und Biograph Stefan Zweig besuchte uns regelmäßig in unserer Wohnung. Er war ein echter Wiener, ein Charmeur, witzig, raffiniert, mit beißendem Witz ausgestattet, weit entfernt von der Schnoddrigkeit der Berliner. Er sprach gern im Dialekt, der für die österreichische Hauptstadt so typisch ist, und liebte vertrackte Wortspielereien.

Vor seiner Abreise nach Brasilien feierten wir, um eine große Torte versammelt, seinen sechzigsten Geburtstag. Ich versuchte seine Frau ins Gespräch zu ziehen, aber seit sie keine Briefe mehr zu frankieren und keine Farbbänder in die Maschine zu fädeln hatte, fiel ihr offenbar nichts mehr ein. Zweig hätte dieses Freudendämpfers nicht bedurft, denn von seiner eigenen Kultur getrennt, den Brand Europas vor Augen, wußte er nicht, was und für wen er noch schreiben sollte, versank immer tiefer in pessi-

mistisches Grübeln und ging schließlich, von seinem deutschen Temperament nicht nur zur Schwermut, sondern zur Tragödie bestimmt, mit seiner Frau in den gemeinsamen Freitod.
1942, ein Jahr nach jener Geburtstagsfeier, schrieb Goll ihm einen Brief, der so begann: »Ich weiß nicht, warum ich Ihnen heute, am Aschermittwoch, schreibe...« Er bekam nie eine Antwort.
Vor kurzem hat mir eine Studentin, die mir beim Sortieren meiner Papiere half, einen ungeöffneten Umschlag gezeigt. Es war Golls Brief an Stefan Zweig, mit brasilianischer Adresse. Er war mit dem schlichten Vermerk zurückgekommen: »Empfänger verstorben.«

Wer Alma Mahler zur Frau hat, muß sterben. Franz Werfel ließ sich dabei etwas Zeit; Alma hatte beschlossen, ihn auf kleiner Flamme zu schmoren.
Ich hatte Werfel 1936 in Paris wiedergesehen. Auf der Flucht vor Hitler war er in einem Hotel an der Place de la Madelaine abgestiegen, um einen Roman über die heilige Bernadette zu schreiben. Er hatte tatsächlich dem Himmel gelobt – oder irgendeinem im Paradies gut eingeführten Geist –, dem »Mädchen von Lourdes« eine Biographie zu weihen, wenn er heil nach Amerika gelangen sollte. Da er Paris als die erste Reisestation betrachtete, schickte er sich schon dort an, einen Teil seines Versprechens einzulösen.
»Ehe ich nach Spanien gehe«, sagte er mir, »besuche ich noch Lourdes, um mir möglichst viele Dokumente über das Leben der kleinen Soubirous zu beschaffen.«
»Wirst du auch den anatomischen Befund betreffs der unbefleckten Empfängnis in deine Dokumentation einbeziehen?« fragte ich.
»Ich interessiere mich für ihre Einfalt, die Armut, die Verfolgungen, denen sie wegen ihrer Erscheinungen ausgesetzt war.«
Wir gingen in Richtung Opéra den Boulevard entlang. Plötzlich nahm mich Franz Werfel am Arm und zog mich näher.
»Du hast mich immer zurückgewiesen«, flüsterte er. »Vielleicht mit Recht.« Dann fügte er ernster, mit einem tiefen Blick in meine Augen, hinzu: »Heute würde ich dich mit dem ganzen Gewicht meiner Persönlichkeit lieben.«
»Du träumst, Franz. Alma erwartet dich im Hotel.«
Er wurde bleich, dann gelb, dann trübte sich sein Blick.
»Das ist wahr. Entschuldige mich.«
Er lebte in ständiger Furcht vor Alma, die im Laufe der Jahre wuchs und auseinanderging wie eine leibhaftige Germania. Herrschsüchtig wie sie

war, gestattete sie ihm nicht die kleinste Untreue, und sei sie auch nur in Gedanken. Bei einer früheren Begegnung hatte ich ihr spaßeshalber erzählt, daß Franz mit neunzehn Jahren in Leipzig mein Verehrer gewesen sei. Alma sprang wutschnaubend vom Stuhl auf und lief schreiend hinaus. Noch am selben Abend bekam ich einen Rohrpostbrief von ihr, in dem sie mir mitteilte, sie lehne fürderhin jeden Verkehr zwischen uns ab, weil ich sie »an Franzens Aufrichtigkeit irre gemacht« hätte.

Da sie aber auch eine bemerkenswerte Geschäftsfrau war, vergaß sie alles, als sie Goll eines Tages brauchte, und versöhnte sich mit mir.

Takt war nicht ihre starke Seite. Das merkte ich auch wieder in New York, als es um die Übersetzung von *Das Lied der Bernadette* ging. Werfel und Goll verhandelten im Nebenzimmer über die Prozente, die jeder für die französische Version erhalten sollte. Alma überwachte das Gespräch durch den Türspalt, sprungbereit wie eine Löwin, die ihr Junges verteidigt. Als sie sich überzeugt hatte, daß Franz seine Interessen allein wahrzunehmen wußte, wandte sie sich zu mir – nicht ohne ein Ohr weiter in Richtung der Tür zu spitzen – und zog ein Foto ihrer ältesten Tochter Maria, die aus der Verbindung mit dem Architekten Gropius stammte, aus ihrer Handtasche.

»Meine einzige Tochter«, sagte sie mit einem Seufzer, der ihre üppige Brust hob.

»Aber, Alma«, rief ich, »Sie haben doch noch zwei andere?«

»Ja, aber das sind halt Mischlinge...«

So etwas auszusprechen, wo die Wogen des Antisemitismus über Europa zusammenschlugen und in den Verbrennungsöfen ein ganzes Volk in Qualm verwandelt wurde!

»Ist Franz denn kein Jude?«

»Eben deshalb habe ich ja ein Kind von ihm abtreiben müssen«, antwortete sie. »Sie verstehen, Claire, das gibt keine reinrassigen Kinder.«

Mir wurde übel bei diesen Worten. Die Werfels verdienten in Amerika Unsummen an den Tantiemen, die Alma für Mahlers Musik kassierte. Aber von unmäßigem Ehrgeiz getrieben, tyrannisierte sie auch ihren Franz, damit er Meisterwerke gebäre. Sie hielt sich für eine Egeria, aber sie war lediglich eine Menschenfresserin. Gewiß machte sie sich als Mitarbeiterin ihrer Opfer verdient, indem sie hingebungsvoll Mahlers Partituren und Werfels Manuskripte mit der Hand ins reine schrieb. Aber ihr Erfolgszwang war unerbittlich. Werfel mußte sich fast totarbeiten; Alma schloß ihn im Zimmer ein, um jeden Einfall, der sich etwa verflüchtigen wollte, am Entkommen zu hindern. Sie verkannte die Begabung ihres Mannes vollständig: Werfel war ein großer Dichter, aber kein Schrift-

steller, der imstande war, einen Roman von fünfhundert Seiten aufzubauen und durchzuhalten.
Nach Werfels Tod begab sie sich auf die Jagd nach dem nächsten Opfer. Ihre Wahl fiel auf den Dirigenten Bruno Walter, der Gustav Mahler in den Vereinigten Staaten bekannt gemacht hatte. Die Aussicht auf eine solche Verbindung, welche die künftigen Tantiemen der ewigen Witwe vervielfacht hätte, mußte ihr sehr verlockend erscheinen. Sie gab also prachtvolle Cocktailempfänge zu dem Zweck, das Wild anzuziehen. Um ihre welkenden Reize aufzufrischen, trug sie gigantische Hüte mit Straußenfedern; man wußte nicht, ob sie als Trauerpferd vor einem Leichenwagen oder als neuer d'Artagnan aufzutreten wünschte. Dazu war sie gepudert, geschminkt, parfümiert und volltrunken. Diese aufgequollene Walküre trank wie ein Loch. Bruno Walter hatte es jedoch mit dem Sterben nicht eilig und zog es vor, sein Verhältnis mit Delia Reinhardt, einer Sängerin der Berliner Oper, aufrechtzuerhalten.

16

Ich ging in New York spazieren und stand plötzlich, welche Überraschung, vor einem Blumengeschäft in der Zweiten Straße. Zwischen all dem Glas und Beton schien dieses Stückchen Natur so unwirklich wie eine Quelle, die auf dem Mond entspringt.
»Schön, nicht wahr?« hörte ich eine Stimme hinter mir.
Es war André Breton. Das Scharmützel zwischen Goll und Breton, das an Valeska Gerts Tanzabend angefangen hatte, war beigelegt.
Anfangs war er uns wütend ausgewichen, obwohl wir in den gleichen Kreisen verkehrten. Bei einer Abendgesellschaft bei Helena Rubinsteins Exgatten war er sogar schon vor dem Diner gegangen, um uns ja nicht über den Weg zu laufen. Dann aber saßen sich Goll und Breton plötzlich Angesicht zu Angesicht gegenüber, im selben Büro des *Office of War*, einer Abteilung des Kriegsministeriums.
»Sie haben gewagt, die Hand gegen mich zu erheben!« waren Bretons Begrüßungsworte.
Er hatte nichts vergessen, aber das gemeinsame Arbeiten und das Exil brachten die beiden Gegner zu dem Entschluß, einander wieder zu achten und zu schätzen. Bald warteten sie nur, bis ihr Chef Pierre Lazareff das Büro verließ, um ihre Zeitschriftenpläne unter dem Tisch hervorzuziehen.
Ihre Beziehungen wurden so gut, daß sie gemeinsam an der englischen

Übersetzung eines Gedichts von Aimé Césaire arbeiteten, und Breton schrieb einen Artikel für Yvans Zeitschrift *Hémisphères*.
Breton hatte in New York seine Rolle als Katalysator wieder aufgenommen, blieb aber hochmütig und bissig wie immer. Er, der sich stets gegen Polizei und Gerichte aufgelehnt hatte, tat nichts lieber, als sich selbst zum Ankläger und Richter zu erheben und unwiderrufliche Urteile auszusprechen.
Wir hätten mit allen Surrealisten, die sich in New York aufhielten, eine Art nostalgischen Pariser Klub aufmachen können, aber ich wollte lieber die neue Welt kennenlernen, die sich mir eröffnete.

Der schwarze amerikanische Schriftsteller Richard Wright war unser Nachbar, der uns oft zum Gänsebraten einlud. Dank ihm lernte ich Harlem kennen. Ich sah beklemmendes Elend, das die verzweifelte Bevölkerung zermürbte. Wer diese Hölle einmal erlebt hat, wundert sich nicht über den Haß, der daraus hervorbrach.
Durch meine häufigen Besuche entwickelten sich engere Beziehungen zu einer schwarzen Familie. Eltern, Kinder und Verwandte drängten sich in einer Wohnung, die sehr passend »Eisenbahn« genannt wurde, weil in den aneinandergereihten Zimmern drei Generationen hausten. Jedes Jahr verloren meine Freunde ein Kind und machten dafür ein neues. Es reichte nicht einmal mehr dazu, eine Blume zu kaufen, um sie dem kleinen Toten aufs Grab zu legen.
Für Rassenprobleme war ich stets besonders aufgeschlossen, da ich mich mit allen Erniedrigten und Beleidigten identifizierte. Auf dem Pariser Flohmarkt hatte ich mit Schrecken einen Stand mit der Inschrift »Nieder mit den Schwarzen« gesehen. Auf einem Bett saß ein schwarzer Athlet, dessen Herz man treffen mußte, damit er umfiel: Sex und Aufruf zum Mord als symbolische Gedankenverbindung. Über den schwarzen Romancier René Maran, der vor dem Krieg den Goncourt-Preis erhalten hatte, wurde ich auch mit Léopold S. Senghor bekannt. Er wickelte gerade eigenhändig das Baby, das er mit seiner Frau, einer charmanten Senegalesin, hatte. Ich weiß noch, daß ich ihm erklärte, wie die Windeln auf deutsche Art zugeknüpft werden. Er hatte kein Geld und wohnte bei Maran in der Rue Bonaparte.
In New York machte ich nun unter Richard Wrights Führung eine Reihe von Untersuchungen über den religiösen Fanatismus der Schwarzen, die sich in protestantischen Kirchen der Massenhysterie hingaben. Den größten Zulauf hatte damals ein Scharlatan, der sich *Father Divine*, Göttlicher Vater, nannte. Er gab eine Zeitschrift mit dem Titel *I love you, Fa-*

ther heraus und raffte mit Hilfe seiner Allmacht ein ansehnliches Vermögen zusammen. Jeden Samstag veranstaltete er ein großes Fest, wobei er in der Mitte des Raums thronte, umgeben von Engeln, das heißt von jungen, schneeweiß gekleideten Negerinnen, deren Schultern strahlende Flügel schmückten. Um die hufeisenförmige Tafel tanzten Frauen in Trance, bis ihnen der Schaum auf die Lippen trat. Dann warfen sie sich in konvulsivischen Zuckungen auf den Boden, zerkratzten sich das Gesicht und heulten: *Father Divine, Father Divine…*
Ich war mit Yvan und Richard Wright auf der Empore der Kirche, von wo man dem Festmahl des »Göttlichen Vaters« zuschauen konnte, und plötzlich kam mir der fette Priester, der sich da von seinen Seraphim bedienen ließ, dermaßen albern vor, daß ich in Lachen ausbrach. Statt Medaillen trug er auf der Brust eine Batterie von Füllfederhaltern in Gold, Silber und Platin, und der schönste war mit Brillanten besetzt… Im ganzen waren es sechs Füller, mit denen dieser Clown Gottes Diktat niederschreiben konnte. Mein Gelächter schallte immer lauter und teuflischer. Da hob Father Divine den Kopf und richtete seinen magnetischen Blick fest auf mich: Das Lachen blieb mir in der Kehle stecken. Trotzdem habe ich mehrere Artikel gegen diesen Hochstapler der Frömmigkeit geschrieben. Dank seiner regelmäßigen »Speisungen«, bei denen sich etwa hundertfünfzig Arme für fünfzehn Cents mit Hühnchen vollstopfen konnten, gewann er den Ruf eines Wohltäters, mit dem er den Reichen ganze Vermögen und den Armen die letzten Ersparnisse abschwindelte.
In die gleiche Kategorie wie Father Divine gehörte auch der Priester Powell, der die Abessinische Baptistenkirche gründete. Er war ein Mestize von außergewöhnlicher Schönheit, Sohn eines schwarzen Vaters und einer New Yorker Jüdin. Die Frauen waren alle in ihn verliebt und schluchzten bei seinen Predigten. Neben mir saß die Ehefrau, die er verstoßen hatte, um eine Weiße zu heiraten. Die Unglückliche schlug sich an die Brust und klagte sich selbst an, ihrem Mann nicht genug Liebe gegeben zu haben, um ihn zu halten.
Powell war ein Schauspieler von hohen Graden, der bei seinem Publikum nach Belieben Hysterie und Tränen entfesseln konnte. Er hatte nicht mehr Glauben als Chagall oder ich, organisierte aber seine religiösen Zeremonien so meisterhaft wie andere Sängertourneen oder Boxkämpfe.
Richard Wright führte mich auch noch in eine orthodoxe Kirche, in der Jazz gespielt wurde. Die Schwarzen tanzten oder wiegten sich von rechts nach links wie vor der Klagemauer. Außerdem habe ich buddhistische Tempel gesehen und über fünfzig Sekten besucht; es gibt in den Vereinigten Staaten etwa dreihundert. In jeder fand ich die gleiche Irreführung.

Das menschliche Wesen, besonders die Ärmsten, wünschen sich nichts sehnlicher, als an der Nase herumgeführt zu werden. Statt gegen Unterdrückung und Ausbeutung zu revoltieren, flüchten sich die Leute in Traum und Vergessen. Je mehr sie zu erdulden haben, desto beglückter sehen sie, daß es auf Erden noch eine Kaste gibt, die es besser hat als sie.
In New York habe ich in die Tiefen eines Elends geblickt, das sich mit der langen Tradition europäischer Armut nicht vergleichen läßt. Alles ist dort viel härter und unmenschlicher. In Brooklyn gab ich zum Beispiel meine Wäsche zu einem Chinesen, der nie Geld dafür annehmen wollte. Statt dessen lud er uns ein, im Hinterzimmer seines Ladens, wo es von Kakerlaken und Kellerasseln wimmelte, ein chinesisches Entengericht mit ihm zu essen. Seit fünfundzwanzig Jahren befaßte er sich nun schon mit der schmutzigen Wäsche anderer Leute und sparte an allem, um möglichst viel von seinem Verdienst nach China zu schicken. Seit einem Vierteljahrhundert hatte er seine Frau und seine Kinder nicht gesehen und würde sie vermutlich auch nie mehr wiedersehen, aber er sprach von ihnen, als hätte er sich gerade erst am Vorabend von ihnen verabschiedet. Ein Leben lang in Armut und Verzicht, ohne sich je den einzigen Wunsch erfüllen zu können – welch eine Aufopferung!
Ich habe Richard Wrights Freundlichkeit schlecht gedankt. Als bei Kriegsende auch in den USA Rassenverfolgungen ausbrachen, warnte ich Richard Wright vor dem, was ihn erwartete. Er hatte zwei Töchter von einer Weißen, einer Jüdin.
»Warten Sie nicht, bis man Ihnen Steine in die Fenster wirft«, sagte ich ihm bei jedem Treffen, »gehen Sie nach Frankreich!«
Der Krieg war aus, und er folgte uns nach Paris. Dort bekam er eines Tages eine Blinddarmentzündung und mußte ins Krankenhaus. Eine an sich leichte Operation, aber ein Kunstfehler des Anästhesisten wurde ihm zum Verhängnis.
So hatte ich, indem ich ihm zuredete, nach Europa zu kommen, unwissentlich seinen Tod herbeigeführt.

Durch seine Zeitschrift *Hémisphères* war Goll wieder ins Zentrum der literarischen Bewegung gerückt.
»Wir dürfen die Alte Welt nicht ganz ins Vergessen hinüberdämmern lassen«, sagte er. »Ich werde mit Maurice Maeterlinck Kontakt aufnehmen.«
»Maurice *de* Maeterlinck«, korrigierte ich. »Du vergißt, daß du es jetzt mit einem Aristokraten zu tun hast!«
Goll hatte die Absicht, fünfzehn Gedichte von Maeterlinck zu veröffentli-

chen. Er besuchte ihn also in seinem Nobelhotel, dem »Plaza Athénée«. Neben seiner Tür prangte unter Glas und Rahmen die Adelsurkunde, die ihm der König der Belgier verliehen hatte, auf daß man sofort wisse, mit wem man rede – nicht mit einem Bauernlümmel, sondern mit dem Grafen Maeterlinck.

»Wenn Sie meine Gedichte publizieren wollen«, war eines seiner ersten Worte, »müssen Sie entsprechend bezahlen.«

»Lieber Meister«, erwiderte Goll, »ich dachte immer, unter Poeten käme man nie auf die leidige Geldfrage!«

Maeterlinck war verblüfft, daß Goll ihn seines liebsten Gesprächsstoffs berauben wollte.

»Aber...«, stammelte er, »ich habe Ausgaben, ich muß leben, wovon denn sonst, wenn nicht von meinen Werken?«

Seit er Renée geheiratet hatte, jene fade Person, von der Georgette Leblanc sagte: »Diese Köchin, die mir Maeterlinck gestohlen hat«, war das Niveau des Dichters beträchtlich gesunken. Er war ein alter Mann geworden, der nach Ruhm und leichten Erfolgen gierte. Jeden Nachmittag ging Maeterlinck in die erste Kinovorstellung. Wenn er um fünf zurückkam, brachte er eine enorme Erdbeertorte mit, die wir gemeinsam zum Tee verzehrten. In dieser Hinsicht hatte sich Maeterlinck nicht geändert: Er blieb ein großes Kind.

Die Verhandlungen mit den Hollywood-Produzenten beschäftigten ihn sehr. Die Verfilmung seiner Romane und Theaterstücke brachte ihm Riesensummen ein.

»Kommen Sie zur Privatvorführung von *Der blaue Vogel* mit«, bat er uns. »Er ist eben erst abgedreht. Ich fürchte, diese Amerikaner haben mein Werk nicht verstanden.«

Im Vorführraum waren außer uns nur ein paar Filmleute. Jeden Moment beugte sich der Direktor der Metro-Goldwyn-Mayer zu Maeterlinck und flüsterte:

»Nun, Meister?«

Keine Antwort. Ein paar Minuten später tuschelte es wieder:

»Meister, was sagen Sie denn dazu?«

Maeterlinck saß mit zusammengebissenen Zähnen da und schwieg. Als das Licht anging, meinte der Direktor besorgt:

»Sie sagen nichts... Hat es Ihnen nicht gefallen?«

Maeterlinck ging stumm hinaus. Erst im Fahrstuhl sagte er:

»Das mag vielleicht irgendein blauer Vogel gewesen sein, aber es ist nicht meiner.«

Im Exil machten wir auch die Bekanntschaft von Saint-John Perse. Er wohnte in Washington, kam aber regelmäßig nach New York, um Frankreich bei verschiedenen Anlässen offiziell zu vertreten.
Goll wollte auch ihn in seiner Zeitschrift herausbringen, aber Saint-John Perse neigte zu Koketterien, vor denen die alten Kämpen des Prix Fémina vor Neid erblaßt wären. Bei ihm konnte nichts einfach gehen: Er nahm ablehnend an, schickte brüske Absagetelegramme, setzte dann überraschend einen Besprechungstermin fest und verlangte den ganzen Mitarbeiterstab versammelt vorzufinden, blieb aber immer Diplomat, kritisierte niemanden und begnügte sich damit, allgemeine Redensarten von sich zu geben.
Sicherlich hätte ihm eine große Komödiantenkarriere offengestanden, wenn er seine Gaben nicht in den Dienst der betrügerischen Diplomatie gestellt hätte. Als Meister in der Kunst der heimlichen Vorbehalte beherrschte er Verzögerungstaktik, Vorstöße und Rückzieher mit diabolischer Gewandtheit.
»Ich habe im Moment wenig Lust zum Publizieren«, schrieb er Goll im August 1942, »aber es wäre mir zu peinlich, Sie im Stich zu lassen...«
Im nächsten Brief gab er gute Ratschläge, die zwischen den Zeilen auf den Ausschluß des einen oder anderen Mitarbeiters hinzielten: »Wenn die Zeitschrift, selbst unter dem Risiko, ein scheinbares Hungerleiderdasein zu führen, rigoros auf Kompromisse und jegliche Doppeldeutigkeit verzichten könnte...«
So verrann fast ein Jahr, bis er uns sein Poem schickte. Er verbrachte gerade seine Ferien auf einer Insel im Maine-Fluß bei Mrs. William Astor Shalder, mit der er offenbar ein Verhältnis hatte. Aber es wäre unter seiner Würde gewesen, den Text einfach in einen Umschlag zu stecken. Ein Begleitschreiben schien ihm unerläßlich:
»Ich glaubte, dieses Poem sei mir längst abhanden gekommen... Soll ich Ihnen gestehen, daß ich ein wenig feige bin und nicht böse wäre, wenn das Schicksal die Verantwortung dafür übernähme? Tatsächlich sind Veröffentlichungen mir immer unangenehm.«
Damit war Goll noch nicht am Ziel seiner Mühen. Saint-John Perse verlangte, daß man ihm auf schnellstem Wege die Korrekturfahnen zuschickte. Der nervenaufreibende Tanz begann auf einem neuen Register. Er bombardierte uns mit Briefen und Korrekturen.
»Das kostet mich ein Vermögen«, stöhnte Goll. »Er ist offenbar im Begriff, jede Zeile zu ändern... Es muß alles neu gesetzt werden...«
Am Ende verbesserte Saint-John Perse nur sehr wenig: ein Wörtchen hier, ein Komma da – aber jede Vokabel stellte ihn vor solche Probleme,

jeder Ausdruck wurde so oft erwogen, verworfen, geändert, bis man schließlich auf die allererste Version zurückkam.
»Ich verlange nur das eine«, lautete sein Begleitbrief, »daß man nur mein Pseudonym veröffentlicht, daß keinerlei Hinweis auf mein Leben und meinen Beruf gegeben wird.«
Auf Golls Vorschlag, die Verse illustrieren zu lassen, kam postwendend die Antwort:
»Ich habe eine unüberwindliche Abneigung gegen Illustrationen, unabhängig vom Range des Künstlers. Ein Poem verträgt keinen weiteren Luxus außer dem der Typographie, des Papiers und des Formats.«
Seine diesbezüglichen Ansprüche waren allerdings grandios: großformatiges, leicht getöntes Büttenpapier und große Kursivlettern, die in den New Yorker Druckereien nur sehr schwer aufzutreiben waren.
Je mehr Goll den verwöhnten Ansprüchen Saint-John Perses zu genügen suchte, desto mehr neue äußerte er, ohne die bereits vorliegenden Resultate irgendwie zu würdigen.
Als verschwiegener Mensch erzählte er uns nur ein einziges Mal von seiner Kindheit auf den karibischen Inseln, der Zeit des Sonnenuntergangs auf Guadeloupe, den friedlich versammelten Familien, den Unterhaltungen in der feuchten Abendmilde.
Im vierzigsten Stockwerk, auf dem Dach seines Hotels in der Madison Avenue, vertraute er uns auch an, daß die Deutschen ihm Dutzende von Gedichtheften gestohlen hätten. Er hatte sie verfaßt während seines langen diplomatischen Schweigens zwischen 1929 und 1939, als er die »graue Eminenz« Aristide Briands war.
»Ich habe schreckliche arthritische Migräneanfälle«, sagte er dann unter anderem. »Das kommt von dem Klima in Washington, diesem Aquarium, das für Europäer zu schlecht belüftet ist.«
Goll veröffentlichte die *Ode à l'Etrangère* (Ode an eine Fremde): die Klagen des Poeten wurden darin transparent. Saint-John Perse ist selbst ein Fremder im Exil, der nirgends Aufnahme und Ruhe findet. Seit seinem Aufbruch von Guadeloupe und seinem Abschied von der Welt der Kindheit und Jugend hörte er nicht auf, seine Sehnsucht in empfindsame und makellos metrische Reime zu gießen.
Das Erscheinen der Ode, dem so viele Verhandlungen vorausgegangen waren, konnte nicht mit allgemeiner Zufriedenheit enden. Bei Saint-John Perse ging es nun einmal nicht ohne Ärger und Kränkungen ab.
»Sind Sie das, der Mister Perse veröffentlicht hat?« fragte ein *Time*-Redakteur am Telefon, der auf die *Ode à l'Etrangère* aufmerksam geworden war.

»Ja, der bin ich«, bestätigte Goll.
»Ich brauche ein paar Informationen über ihn.«
»Gern«, sagte Goll in aller Unschuld. »Es ist wohl für niemanden ein Geheimnis, daß er am Quai d'Orsay Karriere gemacht und mehrere wichtige Posten im Außenministerium innegehabt hat. Sein wirklicher Name ist Alexis Saint-Léger Léger.«
»Wo könnte ich ein Bild von ihm bekommen?« bohrte der Redakteur weiter.
»Ich habe eins im Archiv.«
Time erschien mit einem Foto, auf dem Hitler und Daladier sich die Hand drückten; daneben, ein wenig im Hintergrund, war Saint-John Perse zu erkennen, der den Ministerpräsidenten auf Grund seiner hohen Stellung auf allen Auslandsreisen begleitete.
Saint-John Perse schrieb unverzüglich einen wütenden Brief und stürzte, ohne die Antwort abzuwarten, ans Telefon.
»Was haben Sie über mich gesagt?« schrie er.
»Nur, daß Sie ständiger Sekretär am Quai d'Orsay sind und eigentlich Saint-Léger Léger heißen.«
»Und das Foto?«
Er war empört, daß man ihn hinter Daladier sah und daher mit dem Münchner Abkommen in Verbindung brachte. Unsere Beziehungen kühlten sich daraufhin merklich ab. Ich habe erst gute zehn Jahre später Gelegenheit gehabt, sie wieder anzuknüpfen. Ich suchte einen Kreis bedeutender Persönlichkeiten, um eine Gesellschaft der Freunde Yvan Golls zu gründen, und wandte mich auch an Saint-John Perse. Er antwortete sofort: »Einverstanden, unter der Bedingung, daß ich Präsident werde.« Diesen Posten hatte ich bereits Jules Romains angeboten, aber ich erkannte wohl, daß bei Saint-John Perse mit seinem Hochmut und seiner Eitelkeit keine Freundschaft, keine Menschlichkeit etwas galt.
Der gute Ruf der Zeitschrift *Hémisphères* zog Profitmacher aller Art an, darunter auch Henry Miller. Nach Joyce war er der Mann, den ich am wenigsten leiden konnte. In Brooklyn besuchte er uns täglich, zog die Unterhaltung bis zur Essenszeit in die Länge und ließ sich dann einladen, um unglaubliche Mengen von Fleisch zu verschlingen.
»Ich bitte dich dringend, nicht grob zu ihm zu werden«, warnte mich Yvan.
»Tut mir leid, ich gedenke ihm trotzdem ein paar Wahrheiten zu sagen, die er vielleicht nicht so leicht verdaut wie seine Kilos von Beefsteak.«
Henry Miller verursachte mir Brechreiz. Dieser finstere Possenreißer wollte um jeden Preis in Golls Zeitschrift erscheinen. Er überschwemmte

uns mit Briefen, sprach ausschließlich von sich und wechselte zwischen Prahlereien und vernichtenden Meinungen. In seiner aggressiven Selbstgerechtigkeit ähnelte er Salvador Dali, hatte aber weder dessen Humor noch sein Feuer. Das Wort »Egoismus« wäre zu schwach, um die Gerissenheit und Unzuverlässigkeit dieses Strebers zu kennzeichnen. Mit grenzenlosem Zynismus war er zu allem erbötig, wenn es Erfolg versprach.

»Nimm deine Kamera«, sagte er eines Tages zu Goll, »und begleite mich durch Brooklyn, wo ich meine Kindheit verbracht habe.«

Er führte Yvan zu seinem Geburtshaus, seiner Schule und einem Stück Brachland, wo er Baseball gespielt hatte. Überall mußte Yvan ihn fotografieren. Schließlich nahm Miller ihn beim Arm und zog ihn in die schmutzigste Ecke des Palisadenzauns.

»Nun eine historische Aufnahme«, sagte er, »verwackle sie ja nicht. Da habe ich immer hingepißt.«

Er wandte sich dem Zaun zu und öffnete seinen Hosenschlitz, um die Szene nachzuspielen.

»Paß auf, daß man alles gut sieht«, ermahnte er Goll. »Jeder soll wissen, daß ich das tollste Ding von der ganzen Ostküste habe...«

Er war ein unverbesserlicher Aufschneider. Im Gegensatz zu dem sensiblen Abenteurer Cendrars stellte Miller sein ruppiges Schlächterburschengesicht aufdringlich zur Schau. Das einzige seiner Werke, das mich berührt, ist das prachtvolle Pamphlet, das er auf Amerika geschrieben hat: *Vive la France*.

Die Ankunft französischer Künstler in Amerika wird heute als Hauptgrund für den Aufschwung der amerikanischen Malerei bewertet. Tatsächlich wurde dieser durch die rasch aufeinanderfolgenden Emigrationen vorbereitet, so daß man mit einigem Recht sagen könnte, Hitler sei der beste Handlanger des Triumphes der amerikanischen Kultur gewesen. Auch die tüchtigsten Kunsthändler, besten Kunsthistoriker, einfallsreichsten Fotografen und mutigsten Verleger waren von den Nazis vertrieben und ließen sich in New York nieder.

In Amerika war es noch nie gelungen, ein intellektuelles Zentrum zu schaffen oder zu erhalten. Viele der begabtesten Männer vagabundierten kreuz und quer durch die Staaten, andere, wie Scott Fitzgerald, gingen außer Landes. Nur die Gescheiterten und die sehr Geschäftstüchtigen blieben seßhaft.

Der amerikanische Individualismus sperrte sich gegen jede Gruppenbildung, während sich in Europa der Impressionismus, der Expressionismus

oder der Surrealismus nur dank der vereinten Bemühungen einer ganzen Generation entwickelt hatten, die sich in Stammcafés traf und an denselben Zeitschriften mitarbeitete.
Soweit es sich nicht um einen schlichten Lieferanten handelte, der Bestellungen ausführte, schlug sich der amerikanische Künstler ohne Freunde, ohne Unterstützung durch. Verleger und Bilderhändler waren nur am sofortigen Profit interessiert. Außerhalb dieses Marktes gab es keine Treffpunkte, keine Cafés – eine beängstigende Leere, in der sich nur Wunderkinder durchsetzen konnten.
Die europäischen Maler und Dichter, die in Long Island von Bord kamen, zerstörten den kindlichen Mythos von der genialen Eingebung, der dem amerikanischen Herzen so teuer ist – zum Beispiel der Tankwart, der, um an sein Cornedbeef heranzukommen, einen Büchsenöffner erfindet, dessen durchschlagender Erfolg ihn fast so hoch schnellen läßt wie Rockefeller. Wir haben dagegen gezeigt, daß der intellektuelle Erfolg weder auf Zufall noch auf einem titanischen Kraftakt beruht, sondern auf einer kulturellen Strömung, in deren Kielwasser eine ganze Künstlerschar schwimmt, die von Verlegern, Lektoren und Sammlern getragen wird. Die surrealistische Gruppe funktionierte sogar im Exil. Sie hatte ihre Händler, ihr Publikum, ihre Freundschaften, ihre Treffpunkte. Trotz aller Rivalitäten stellten sie gemeinsam aus, trafen dieselben Schriftsteller, arbeiteten für dieselbe Zeitschrift.
Die amerikanischen Künstler, die über eine reiche Kundschaft und erstklassige Kulturvertreter verfügten, verloren endlich ihre Minderwertigkeitskomplexe und organisierten sich nach europäischem Muster. Sie brauchten Paris nicht mehr, um eine günstige Umgebung für die Experimente ihrer Avantgarde zu finden.

Gegen Ende des Jahres 1941 sahen wir Salvador Dali wieder. Mit ihm war eine seltsame Veränderung vorgegangen.
»General Franco und Greta Garbo wollen beide zur Eröffnung meiner Ausstellung im ›Museum of Modern Art‹ nach New York kommen«, erzählte er uns als erstes. »Das einzige Problem ist, wer als erster die Tür des Museums durchschreitet.«
Beim Einzug ins Gelobte Land hatte Dali zwar schon einen gewissen Ruf, aber kaum genug zum Leben. Die Realistin Gala hatte offensichtlich darüber nachgedacht: »Wo stecken die sagenhaftesten Vermögen? In Kalifornien! Also ohne Zeitverschwendung auf nach dort... Und da die Amerikaner Dummköpfe sind und sich langweilen, wird der göttliche Dali sie mit seiner großen Schau amüsieren!« Ich kann mir vorstellen, wieviel

Bitterkeit in solchen Überlegungen mitschwingt: Wieviel Geld gibt es da zu verdienen, aber um welchen Preis!
»Dali«, sagte Goll, ihn aufmerksam ansehend, »Sie haben ja Ameisen in den Augen!«
»Merken Sie das jetzt erst?« erwiderte Dali hoch aufgerichtet.
Die herausfordernde Schlagfertigkeit des Spaßmachers Dali belustigte uns, aber er machte sich mit seinen übertriebenen Faxen auch viele Feinde, die ihm auf der anderen Seite wiederum verstärkten Jubel sicherten. Der surrealistische Maler Yves Tanguy, der Opfer eines echten Dali-Scherzes geworden war, trug es ihm mit wildem Groll nach. Er lehnte es ab, uns in New York zu einem Besuch beim Meister zu begleiten.
»Es muß 1936 gewesen sein«, erzählte er. »Ich holte meine Arbeitslosenunterstützung, wie Mondrian und Prévert, bei der Intellektuellenkasse der Volksfront. Ich war bettelarm, und Dali auch, aber als ich sie beide traf, lud Gala mich zum Essen ein.«
Tanguy fuhr dann fort, er habe sich arglos zur bestimmten Zeit eingestellt und Dali schon am Tisch in einem bequemen Postersessel angetroffen.
»Setzen Sie sich«, hatte Dali mit einer einladenden Handbewegung ausgerufen. »Was für eine Ehre, Sie empfangen zu dürfen.«
Geschmeichelt ließ sich Tanguy mit Komplimenten überschütten, bis ihn Gala aufforderte, sich auf einen Schemel am Ende des Tisches niederzulassen.
»Da Gala sich nicht zu uns setzte, dachte ich an nichts Böses. Ich nahm an, es sei ihr einziges Sitzmöbel...«
»Rotwein gefällig?« hatte Dali gefragt, womit er schon vor dem Essen unzart auf die alkoholischen Neigungen seines Kollegen anspielte. Erst als Tanguy ein Glas geleert hatte, ließ Dali sich wieder vernehmen:
»Für mich nur ein Schlückchen Malzbier, bitte.«
Unter Galas Anleitung begann endlich das Mahl. Das heißt, Lohndiener traten zu Dali und servierten ihm Krammetsvögel mit getrüffelter Leberfüllung, Krebsschwänze in Seeigelcreme und Schnecken mit Kräuterbutter... Ohne seinen Gast zu beachten, futterte Dali drauflos und stieß zwischendurch seltsame, zufriedene Grunzlaute aus.
»Göttlich! Welch köstlicher Geschmack! Tanguy, ich glaube, ich habe in meinem ganzen Leben noch nie so gut gespeist, in meinem Mund spielt sich eine deliziöse Orgie ab...«
Jetzt erst näherte sich einer der Diener Tanguy und stellte ihm einen Teller mit zwei Spiegeleiern hin.
»Was soll das heißen?« schrie Tanguy erbost ob dieser Beleidigung. »Bin

ich in einer Kantine? Sie könnten mich ebensogut in der Küche essen lassen...«
Dali sog ein Knöchelchen aus, ohne Tanguys Zorn zu beachten.
»Diese Vögelchen sind nur uns zur Wonne erschaffen...«
»Sie halten mich zum Narren, was?« rief Tanguy und fuhr in die Höhe.
»Aber, Tanguy«, erwiderte Dali, »wir alle wissen, daß Sie Talent haben. Für Sie genügt normale Kost. Ich hingegen bin ein Genie. Ich bin genötigt, meinen Geist mit den schmackhaftesten Erzeugnissen der Kochkunst zu nähren, auch wenn die Gerichte sehr teuer sind. Aber heute gebe ich Ihnen doch die Chance, sich zu mir zu erheben, indem ich Ihnen Spiegeleier anbiete, eine außerordentlich Dali-gemäße Speise...«
Tanguy, der keinen Sinn für diese Art Humor hatte, verließ türenknallend die Wohnung.
»Ich hätte das Spiel mitmachen sollen«, bedauerte Tanguy jetzt, zumal er selbst ein kulinarischer Exzentriker war, seit er sich während seines Militärdienstes an rotweindurchweichte Sardinen gewöhnt hatte. »Aber man ist eben nie auf Draht, wenn es nötig wäre«, fügte er hinzu.
Die New Yorker Luftfeuchtigkeit mäßigte Tanguys Durst nicht. Er trank mehr und mehr und mußte schon mittags gewaltsam die Augen aufreißen, um gegen seinen Rausch anzukämpfen.
Dali war lange Bretons Lieblingsschüler gewesen, weil er der einzige Surrealist war, der ihn zum Lachen brachte. Er hatte ihn nur mit Bedauern ausgeschlossen und ihm im übrigen seine Wertschätzung bewahrt, auch wenn er aus Salvador Dalis Namen das Anagramm *Avida Dollars* (Dollargier) machte. Dali hatte auf diese Beleidigung sehr elegant reagiert: »Der einzige geniale Einfall, den Breton sein Leben lang gehabt hat.«
Dali glich einem Clown, der sich nie abschminken will, weil er den Zirkus zum Leben braucht. Mit seinem atemberaubenden Sinn für das Absurde konnte er nicht anders als spielen. Doch sind bekanntlich nur Melancholiker gute Clowns. Chagall war nicht heiter, und Dali ebensowenig. Einer wie der andere durchlebten wahre Verzweiflungsanfälle.
»Die fortschreitende Verblödung des Publikums mitanzusehen, ist das äußerste Vergnügen, das ich mir gönne«, sagte Dali.
Aber selbst das war nur ein Bluff, denn seine reizbaren Nerven hinderten ihn, sich schlicht zu amüsieren. Als junger Mann, förmlich eingemauert in Stolz und Scheu, sagte er: »Dali wird nie hingehen und um eine Ausstellung betteln wie um ein Almosen.« Er überwand seine Verlegenheit, indem er ins Gegenteil umschwenkte und sich aufpustete. Seine Übertreibungen waren nicht mehr ernst zu nehmen. Eine einfache Feststellung wie »Ich bin ein guter Maler« wäre ihm im Hals stecken geblieben. Bur-

leske Ausbrüche paßten besser zu seinem Image: »Allnächtlich kriechen Michelangelo und Leonardo da Vinci vor mir, auf daß ich ihnen das Geheimnis meines Genies offenbare...« Solches und anderes Gerede prasselte ohne Unterlaß, verkettete sich ineinander, löste sich in Widersprüchen auf. Dalis lautstarke Behauptungen, seine Vorspiegelungen von Grausamkeit variierten stets Ambivalenzen wie Anziehung-Abstoßung, Organisches-Mineralisches, Hart-Weich... »Ich mag es nicht, wenn irgend etwas zur Nase hineingeht und beim Anus herauskommt, aber ich liebe das, was in den Anus schlüpft und dann aus den Augen tritt«, sagte er. Auf geradezu masochistische Art nahm er systematisch just die Rollen an, die Widerwillen auslösen mußten: »Ich liebe Hitler«, verkündete er und fügte gleich hinzu: »weil er einen Rücken hat wie eine Portion *Vache-qui-rit*« (der bekannte Rundkäse). Er erging sich gern in Paradoxen: »Ich bin ein erhabenes Schwein«, oder einer Mischung von Feierlichem und Groteskem: »De Gaulle ist einer der Größten, weil er die Gänsehaut verkehrt herum erfunden hat.«
Auf diese Manier wurde Cézanne für Dali zum schlechtesten Maler der Welt, und Kitschmaler überhäufte er mit Lobreden. Aber er wußte genau, was er mit dieser organisierten Konfusion bezweckte. Dreißig Jahre, bevor die »Art nouveau« in Mode kam, hob er den Nudelstil der Métro-Eingänge in den Himmel, und jene Guimard-Balustraden, die man heute in amerikanischen Museen wiedersieht.
Wie Miro und Picasso war er stets auf dem laufenden; wie sie hatte er Adleraugen – ich möchte ihm sogar ein drittes Auge zuschreiben.
Es genügte, daß im Umkreis von fünf Kilometern eine neue Idee keimte, und schon hatten sie sie aufgegriffen, bevor sie sich voll entfaltete. Hatten Dali und Picasso jedoch Grund, ein System zu fürchten, so kehrten sie es blitzschnell um wie einen Handschuh, um dennoch ihren Vorteil daraus zu ziehen.
Wir gingen in New York oft zusammen essen. Goll und ich mochten Dali sehr gern, weil er sich ohne direkte Verunglimpfung über alles mokierte. Er lobte um so mehr die Konkurrenten, die er ausstechen wollte. So sagte er beispielsweise:
»Ich habe den größten Respekt vor den amerikanischen Malern, weil sie immer saubere Füße haben.«
Gala nahm kaum am Gespräch teil. Sie hatte nichts Abenteuerliches an sich, sondern war eine methodische und unbeirrbare Managerin, die sich nur mit geschäftlichen Problemen befaßte: der Schwierigkeit, einen guten Rahmenmacher zu finden oder eine Zahlung einzutreiben. Im Gegensatz zu Dali nahm sie das Leben nie von der spaßigen Seite.

Bei jedem Treffen tischte Dali Anekdoten auf, in denen Breton und Picasso veralbert wurden. Das war seine Art, gegen die geistigen Väter zu revoltieren.
»Picasso«, sagte er, »ist der einzige Maler, der ein Werk geschaffen hat, ohne die leiseste Ahnung vom Zeichnen zu haben.«
»Das glauben Sie ja selber nicht, Dali«, bemerkte Goll.
»Und er liebt das Geld noch mehr als ich, aber weil er sich geniert, einen Tresor zu haben, stopft er seine Banknoten in Kohlensäcke.«
Dann verbreitete er sich über ein belangloses Ereignis, dem er außerordentliche Bedeutung beimaß.
»Heute morgen habe ich zum erstenmal ein Paar Schuhe aus antarktischem Robbenleder angezogen. Dieses Tier, das der größten Kälte widersteht, wird es mir trotz seines stromlinienförmigen und abstoßenden Aussehens ermöglichen, Meisterwerke zu schaffen, denn diese zähe Kreatur wärmt den Blutkreislauf von den Füßen aus und schickt den Blutstrom, von dem mein Hirn sich nährt, zum Kopf hinauf.« Je unwahrscheinlicher seine Erklärung schien, desto ernsthafter bemühte er sich um wissenschaftliche Genauigkeit. »Außerdem sendet die Robbe ein Fluidum aus, das die Eigenschaft hat, meine Schnurrbartspitzen zum Vibrieren zu bringen, während der Büffel, aus dessen Leder sonst alle amerikanischen Schuhe gefertigt sind, meine Antennen erweicht und erdwärts hängen läßt.« Und ehe jemand etwas dazu sagen konnte, schloß Dali: »Ich bin darüber sehr glücklich, zumal diese Marterwerkzeuge mich abscheulich drücken.«
Beim Abschied hielt er Yvan einen Moment zurück.
»Goll, ich möchte Sie um einen riesigen Gefallen bitten. Nennen Sie mir einen Schuster, der mir Schuhe aus Haifischleder machen kann.«
»Ich kenne keinen«, antwortete Goll.
»Macht nichts. Dann telefoniere ich eben mit Scotland Yard.«
Um seine überdrehten Geschichten zur Geltung zu bringen, hatte Dali viel von Jacques Lacan gelernt. In den dreißiger Jahren hatten die beiden bei der surrealistischen Zeitschrift *Le Minotaure* mitgearbeitet. Der Psychiater Lacan hatte darin Studien über Schizophrenie und Paranoia veröffentlicht, die den Maler beeinflußten, und Lacan seinerseits hatte sich von Dali inspirieren lassen, die Rolle des Psychoanalytikers nachzuäffen. Wer ist der gefährlichere von beiden, der Künstler oder der Mediziner? Derjenige, der den Verrückten spielt, oder derjenige, der vorgibt, ihm zu helfen? Die wenigen Male, bei denen ich Lust hatte, meinen Fernseher zu zertrümmern, waren die, als ich auf der Mattscheibe die satanische Fratze von Dr. Lacan erscheinen sah. Selbst der perverseste Filme-

macher würde es sich dreimal überlegen, ehe er diesen Mann für einen Vampirfilm engagierte.

Dali verbarg unter seiner verallgemeinernden Konfusion eine beißende Ironie. Wenn die Gäste einer offiziellen Soiree in Smoking oder Frack erschienen, zeigte sich Dali in einem Stierkämpferkostüm, das Haupt mit einem Blumenkohl geziert. »Ihr verkleidet euch«, schien er zu denken, »und ich auch. Nur mache ich's mit mehr Phantasie.«

Ich habe ihn vor der Abreise von New York noch einmal gesehen. Er lud mich zum Essen ins Hotel San Regis ein, um mir die Illustrationen zu *Neue Blümlein des heiligen Franziskus*, einem Gemeinschaftswerk von Yvan und mir, zu überreichen.

»Es ist mir eine große Ehre, so mit Claire und Yvan Goll verbunden zu sein«, brüllte er, indem er mir die Zeichnungen hinhielt. »Und wissen Sie, wie ich sie ausgeführt habe? Mit einem Ebenholzspazierstock, der ein Rhinozeroshorn als Krücke hat, habe ich chinesische Tusche aufs Papier geschleudert...«

Im Restaurant war alles still, um ihm zuzuhören, und er schrie aus Leibeskräften weiter, um seine drei riesigen Kartons gebührend zu zeigen.

»Ich kann das nicht aufs Schiff mitnehmen«, sagte ich.

»Große Männer, große Formate«, erklärte er. »Ich verlange ja nichts weiter, als daß der Band genau dieselben Ausmaße bekommt wie meine Zeichnungen. Sie sollen ein Anti-Taschenbuch daraus machen, das der Leser nur mit einem Wagenheber öffnen kann. Ich schenke Ihnen diese Werke unter der Bedingung, daß Sie sie nie weiterverkaufen.«

In allen seinen Posen gab es eine einzige Konstante: die Ablehnung jeglichen Gefühls. Selbst der Sex vermochte ihn nicht zu rühren, der am allerwenigsten – und das war vielleicht das Geheimnis seiner exhibitionistischen Rauschzustände.

17

Wir lebten in Amerika wie die Studenten. Wir hatten weder Geld noch begüterte Freunde an der Atlantikküste, profitierten aber von der erstaunlichen Großzügigkeit der Corned-beef-Milliardäre und anderer Wohltäter, die Künstlerkolonien gründeten und finanzierten.

Im ersten Jahr waren wir Gäste der *Yaddo Colony* bei Saratoga Springs. Das Gebäude war von einem Eisenbahnmagnaten, der eine hohe Meinung von den Intellektuellen hatte, erbaut worden: ein prächtiges Schloß erhob sich inmitten eines riesigen Parks voller Rosenbeete. In dieser idyllischen

Umgebung hatte der Magnat bereits die Königin von Rumänien und den Dirigenten Enescu empfangen... Yvan wohnte in einem Flügel des Schlosses, ich im anderen. Mein Badezimmer hatte silberne Wasserhähne und eine Seifenschale aus geschliffenem Onyx.

Wir waren etwa zwanzig *fellows* (Stipendiaten), darunter Richard Wright und Carson McCullers. Jedem war eine Zofe zugeteilt, die beim Diner hinter dem Stuhl des Betreffenden zu stehen hatte.

Im Gegensatz zu diesem Luxus beherrschten allerdings geradezu absolutistisch strenge Vorschriften unser Tun und Lassen. Die Dienerschaft genoß mehr Freiheiten als wir. Die Haushofmeisterin wachte über die Künstler und Schriftsteller wie über Thronfolger, die ja auch wie Zuchthäusler gehalten werden.

Jeden Morgen fanden wir in unserem Postfach einen blauen Brief, in dem die Verfehlungen des Vortages aufgezählt waren: »Sie haben sich in Ihrem Studio verspätet. Als das Zimmermädchen um acht Uhr fünfzehn zum Bettenmachen kam, hatten Sie noch nicht einmal Ihre Schuhe zugeschnürt.« Es regnete Verweise dieser Art. Aber jedes Gefängnis reizt zum Ungehorsam. Hinter dem Schloß gab es ein Gestüt, wo Rennpferde gezüchtet wurden. Ein Wiesenpfad führte zur Koppel, und ich stattete den Fohlen jeden Morgen einen Besuch ab. Nach und nach befreundete ich mich ein wenig mit einem Jockei, der mich regelmäßig erwartete, um ein paar scherzhafte Worte mit mir auszutauschen. Eines Tages erbot er sich, mir die nähere Umgebung zu zeigen.

Er führte mich an die malerischsten Stellen und erzählte dabei, wie der englische General Burgoyne sich während des Unabhängigkeitskrieges hier bei Saratoga Springs verschanzt hatte, bis er, von den amerikanischen Truppen umzingelt, gezwungen war, sich zu ergeben. Diese historischen Erläuterungen zogen andere nach sich, und mein Jockei führte mich weiter und weiter. Endlich gelangten wir in einen Hohlweg, und hier, außerhalb jeglicher Sichtweite, stürzte sich der Jockei ohne jede Vorrede auf mich.

»Sie sind verrückt!«

»Verrückt nach Ihnen...«

Seine Absichten waren eindeutig, um so mehr, als er mir schon das Mieder aufriß und mich rücklings auf die Grasböschung warf.

»Sie machen den Eindruck eines anständigen jungen Mannes«, stotterte ich. »Sie haben sicher eine reizende Braut...«

»Der schadet es ja nichts«, keuchte er mit rollenden Augen.

»Sie machen sich wohl nicht klar, in welche Situation Sie mich bringen? Ich werde mich beschweren... Es wird ein Verhör geben, das mich blamiert und Sie Ihre Stelle kostet, und Ihre Braut wird Sie verlassen... Und alles das für fünf Minuten, die man nicht einmal ein Vergnügen nennen kann...«

Ich wehrte mich, ohne einen Moment mit meinem Gerede aufzuhören. Glücklicherweise nahm er dabei Vernunft an und brachte mich nach Yaddo zurück, wo die Haushofmeisterin meine Abwesenheit bereits bemerkt hatte.

»Ich habe Ihnen meinen Abstecher nach New York nicht mitgeteilt«, sagte ich, »weil es sehr dringend war und ich Sie nicht während Ihrer Siesta stören wollte.«

»Sehr rücksichtsvoll von Ihnen«, erwiderte die Dame trocken, »aber daß mir so etwas nicht noch einmal vorkommt!«

Die Wogen schienen geglättet. Abends nahmen wir wie immer unser Mahl im Speisesaal ein, in dessen Mitte ein Springbrunnen aus einem Seerosenbecken aufstieg und wieder niederplätscherte. Hinter uns standen die stummen Domestiken, um den geringsten Wünschen zuvorzukommen. Plötzlich aber trat eine Zofe an die Haushofmeisterin heran.

»In der Vorhalle steht ein Jockei, der die *Frenchie* sprechen möchte«, meldete die Dienerin.

Die Haushofmeisterin richtete den starren Blick einer Klapperschlange auf mich.

»Ich kenne keinen Jockei«, log ich.

Die Zofe verschwand, kam aber kurz darauf wieder.

»Er geht nicht«, sagte sie. »Er behauptet, Sie seien den ganzen Tag mit ihm spazierengegangen.«

Mir blieb die Spucke weg. Yvan kam mir mit der Frage zu Hilfe: »Meinen Sie nicht, daß er ein bißchen betrunken sein könnte?«

»Nein, nur etwas aufgeregt.«

»Na also«, sagte Yvan abschließend.

»Das ist ein Irrtum«, brachte ich heraus, »ich hasse Pferde!«

Man einigte sich notgedrungen darauf, daß der Jockei verrückt oder ein Opfer von Halluzinationen sei. Die Haushofmeisterin richtete sich hoch auf.

»Diesem Stallknecht wird sofort gekündigt«, befahl sie.

Mir gefror das Mark in den Knochen. Die Angst vor dem Hinauswurf beherrschte fortan die drei Monate unserer Ferien.

Carson McCullers war die einzige, die meine Lage und meine Lügen verstand; ich hatte ihr von einem Nachbarn erzählt, der mir den Hof machte. Carson war gerade vierundzwanzig Jahre alt und hatte schon im Vorjahr ihren Roman *Das Herz ist ein einsamer Jäger* veröffentlicht. In Yaddo schrieb sie das Buch fertig, das ihr größter Erfolg werden sollte: *Spiegelbild im goldnen Auge*. Sie hatte kein Geld, fand aber immer Mittel und Wege, sich Alkohol zu beschaffen. Ich unterstützte sie, indem ich ihr Blusen und Kleider schenkte.

Obwohl sie ihren Mann heiß liebte, brachte sie es nicht fertig, sich mit ihm zu vertragen. Sie ließen sich scheiden, heirateten einander zum zweitenmal, ließen sich wieder scheiden. Goll und ich sahen verzweifelt zu, wie diese blutjunge Frau wie eine Clocharde herumtaumelte.

Carson McCullers' Studio lag direkt über meinem, und die ganze Nacht hörte ich sie hin und her gehen, mit kurzem Zwischenaufenthalt, um auf halbem Wege zu trinken. Unablässig hämmerten ihre Schritte über meiner Zimmerdecke, bis ich einen dumpfen Plumps hörte. Sie mußte mitten im Zimmer hingefallen und eingeschlafen sein, denn die Stille hielt bis zum Morgen an.

Um ihr eheliches Ungemach zu vergessen, verliebte sie sich in Goll, was ihr weiteren Anlaß zum Trinken gab. Spätestens ab Mittag sah ich sie betrunken.

»Ich liebe meinen Mann«, beteuerte sie mir.

»*Und* meinen«, fügte ich hinzu.

»Ich liebe alle Welt…«

Diese unglückliche, aber geniale Frau hat die Impotenz, die gestörte Sexualität, das sterile Dasein mit vollkommener Einfühlung beschrieben. Das innere Erfrieren, das in ihren Büchern wiederkehrt, war ihr eigenes Leben, das sie in Whisky ertränkte.

»In diese Luxus-Strafanstalt gehen wir nie wieder«, erklärte Yvan, als wir Yaddo verließen.

Im Jahr darauf hatten wir uns um einen Ferienaufenthalt in der *McDowell Colony* beworben. Diese Kolonie war zu Ehren des mit fünfzig Jahren verstorbenen Komponisten Eward McDowell gegründet worden und erstreckte sich über dreitausend Hektar. Fünfundzwanzig Studios lagen mit außerordentlich kluger akustischer Berechnung im Wald verstreut: Ein Komponist konnte dort auf sein Klavier eindreschen, ohne seinen Nachbarn zu stören, der vielleicht gerade eine große Opernarie einübte. Alle Geräusche wurden von Moos und Laubwerk aufgefangen.

Die Atmosphäre war gelöster als in Yaddo und der Arbeit viel zuträglicher. Jeder machte sein Bett selbst, und zur Mittagszeit setzte ein Lieferwagen die Mahlzeiten vor den Türen ab. Jeder *fellow* zahlte einen geringen Unkostenbeitrag für seinen Unterhalt, aber uns lud Mrs. McDowell vier Jahre hintereinander ein.

Im Sommer hatte dieser Winkel von New Hampshire, nahe der kanadischen Grenze, etwas Märchenhaftes. In den grünen Weiten, die allmählich in alle Schattierungen von Rot übergingen, huschten und raschelten Tausende von Eichhörnchen, Füchsen und Igeln. Die Zweige bogen sich unter bunten Vogelschwärmen.

Die Witwe des Komponisten, trotz ihrer neunzig Jahre noch von majestätischer Schönheit, leitete die Kolonie mit Weisheit und Verständnis. Alles war erlaubt, mit Ausnahme einer Kleinigkeit: Nach dem Abendessen durfte man nicht in die Studios zurückkehren. Die Abende hatten sich um den gemeinsamen Tisch bei kulturellem und freundschaftlichem Gedankenaustausch abzuwickeln. Nur Krankheit oder Unpäßlichkeit befreite uns von diesen abendlichen Pflichtunterhaltungen, bei denen sich freilich hochinteressante Leute zusammenfanden: Thornton Wilder, der damals vor allem Theaterstücke schrieb, Aaron Copland, der in seiner anvantgardistischen Musik Jazz und Folkore verschmolz, und der Sohn des spanischen Komponisten Granados – um nur einige zu nennen. Es war nur seltsam, wie oft geheimnisvolle Epidemien die Teilnehmerzahl dieser Abendgesellschaften dezimierten.

Mit dem Talent zur Verschleierung, das Studenten und Intellektuellen eigen ist, wurden im Speisesaal Partys organisiert.

»Ich verschwinde gleich nach dem Dessert«, tuschelte mir der junge Granados zu, »und bereite alles vor...«

»Ohne mich«, flüsterte ich zurück. »Ich habe schon zweimal geschwänzt!«

»Aller guten Dinge sind drei«, meinte er. »Gebrauchen Sie den üblichen Vorwand und seufzen Sie: ›Ach, wann werde ich endlich diese Migräne los...‹ Chronische Leiden sind glaubwürdiger als plötzliches Fehlen aus Zufallsgründen.«

Unsere Kumpane hatten ein teuflisches Geschick, kistenweise Whisky einzuschmuggeln, zwanzig Stühle und dreißig Gläser zusammenzutragen. Aber das Geheimnis konnte nicht immer gewahrt bleiben, weil das dauernde Hin und Her Verdacht erregte.

Diesmal hatten wir einen schlechten Tag erwischt. Mrs. McDowell ließ ihre scharfen Augen unruhig zwischen uns hin und her wandern.

»Ich habe Ihnen etwas zu sagen«, begann sie und winkte mir.

Mein Atem stockte. Wer sich bei ihr ertappen ließ, wurde fristlos entlassen. Aber sie sprach nur von einer Belanglosigkeit wegen einer bevorstehenden Geburtstagsfeier. Ich zwinkerte Granados zu. Er begriff, daß die alte Dame keinen Wind von unserem Vorhaben bekommen hatte.

Die Party konnte also steigen, ungeachtet ihrer Risiken, ja ihrer tatsächlichen Gefahren.

In den Holzpavillons gab es kein elektrisches Licht, und wir behalfen uns mit Kerzen. Wenn nun zwanzig Personen beschwipst herumstolperten und gestikulierten, genügte ein umgestoßener Leuchter, um einen Brand zu stiften. Dies geschah zwar nie, aber die Sinne bedurften keiner Funken, um in Glut zu geraten. Manche Nacht entfesselten sich wahre Orgien, und ich habe sonst nie und nirgends so viele betrunkene Frauen und durcheinanderzappelnde Schenkel gesehen.
Das Klima fachte diese sexuelle Raserei an. In dieser Region an der kanadischen Grenze läßt ein Winter von sechs Monaten Erde und Menschen gefrieren. Der plötzlich ausbrechende Frühling und ein wilder Sommer lassen die herrlichsten Blumen blühen und Früchte reifen. Die Wachstumsperiode dauert nur wenige Monate, und dann kommt nach einem kurzen Herbst der endlose Winter wieder, der aufs neue alle Säfte erstarren läßt.
In den vier Sommern, die wir in Peterborough zubrachten, habe ich festgestellt, daß die Luft förmlich mit Tollheit geladen war, die Pflanzen und Menschen befiel. Es genügte, die aphrodisischen Düfte der Atmosphäre einzuatmen, um mit Sicherheit nahende Katastrophen vorauszuspüren. Der flüchtige Frühling, auf den man so lange warten mußte, drückte die Kehle zu und entfesselte die Begierden.
»In jedem Winkel wird geknutscht«, machte mich in der ersten Woche unseres letzten Aufenthalts eine junge Pensionärin aufmerksam, die sich für die schattigen Gebüsche und die darin gebotenen Verstecke sehr interessierte.
Sie saß auf der Terrasse meines Studios, um die Paare, die sich kaum noch versteckten, besser beobachten zu können.
»Das kommt von der Hitze«, sagte ich.
»Man braucht nur im Gras zu stolpern, und schon fährt einem etwas wie ein hartes Ei zwischen die Beine.«
»Sagen Sie lieber, wie ein Pingpongball, der von einem zum anderen springt.«
»Seien Sie still, das regt mich auf«, sagte sie und schlug sich in die Büsche.
Eine Stunde später kam sie zurück, mit kaum zerzauster Frisur, aber sichtlich erleichtert. Irgendein Problem mußte sie seit einigen Nächten beschäftigt haben.
»Meine Mutter hat mich als schamlose Person bezeichnet«, sagte sie und ließ sich neben mir nieder, »aber wenn ich einen Orgasmus brauche, kann ich nicht an mein künftiges Denkmal denken. Dabei spüre ich's nicht im Bauch, wenn Sie verstehen, was ich meine, und auch nicht in den Genita-

lien, sondern in den Lungen. Mein Psychiater meint, ich hätte Schwierigkeiten mit der Atmung.«
Sie zog ihre noch kindlichen Wangen ein und warf den Kopf zurück. Bedächtig streichelte sie sich den Busen, indem sie fortfuhr, von ihren Orgasmen und ihrer Vagina zu reden, mit einer chirurgischen Präzision und einem Gleichmut, wie ich ihn nur bei Amerikanerinnen angetroffen habe. Für sie bedeutet der Körper dasselbe wie ein Automotor. Man muß wissen, wie er funktioniert, um das äußerste an Leistung herauszuholen.
»Wie viele Orgasmen brauchen Sie, um sich ganz als Frau zu fühlen?« fragte sie mich ohne die leiseste Gemütsbewegung.
»Ich zähle sie nicht nach«, antwortete ich. »Die Zärtlichkeit bedeutet mir mehr als meine körperlichen Reaktionen.«
»Aber es ist doch keine Liebe, wenn ein Mann einen nicht sexuell erregt... Ich fände es zu deprimierend, soviel Energie auf den Koitus zu verschwenden, wenn ich keine Entspannung davon hätte.«
»Sie halten mich vielleicht für töricht«, sagte ich, »aber ich sehe in der Liebe weder einen Sport noch eine Zerstreuung. Ich habe das Bedürfnis, mich einem anderen Wesen seelisch hinzugeben. Meine Zuneigungen sind romantisch. Wenn ich liebe, bin ich trunken von Gefühl. Was die körperliche Liebespraxis angeht, so konkurriere ich nicht mit den Männern, weil sie sowieso anders sind als wir.«
Sie sah mich mit offenem Mund an.
»Klar, daß wir anders sind... Aber was wollen Sie damit sagen?«
»Die Männer geben mehr, sie erschöpfen sich physisch. Nach einer gewissen Zeit schlafen sie vor Müdigkeit ein. Von all meinen Liebesnächten habe ich den Eindruck zurückbehalten, daß ich unterwegs allein gelassen wurde...«
»Und das lassen Sie sich gefallen?« rief sie entsetzt.
»Ja. Es ist eben eine Frage der körperlichen Konstitution. Der Mann strengt sich an... Er verdient seine Ruhe.«
»Aber dann haben Sie ja gar kein richtiges Geschlechtsleben«, rief sie, immer mehr außer sich geratend.
Damals war ich von dem technischen Vokabular abgeschreckt, das sie mit kühler Naivität gebrauchte. Ich begriff nicht ganz, was sie eigentlich wollte, zumal meine Hauptsorge zu jener Zeit Yvans Gesundheit war. Ich sah ihn von Tag zu Tag blasser werden, als ob sich die roten Blutkörperchen in seinem großen Körper langweilten und sich entschlossen hätten, ihm zu kündigen.
Im Vorjahr, 1944, hatte ich Dr. Max Jacobsen konsultiert, einen deutschen Emigranten, der dann Kennedys Leibarzt wurde.

»Max«, sagte ich zu ihm, »ich fürchte, Yvan hat Leukämie oder sonst einen Krebs. Er ist weiß wie ein Leintuch. Sie sollten ihn mal untersuchen.«
Er lachte mir ins Gesicht.
»Es gibt immer eine Modekrankheit, die sich in eine Kollektivpsychose verwandelt. Wenn er selber die Notwendigkeit verspürt, soll er zu mir kommen. Inzwischen vertrauen Sie auf meine Erfahrung: je weniger man zum Arzt geht, desto besser fühlt man sich.«
Im Städtchen Peterborough, das der Kolonie McDowell am nächsten lag, gab es weder ein Krankenhaus noch Fachärzte. Ich nahm deshalb Yvan am Arm und schleppte ihn zum Dorfdoktor, der ihn behorchte und beklopfte und dann sagte: »Mr. Goll, seien Sie so gut und lassen Sie mich eine Minute mit Ihrer Frau allein, damit ich ihr Anweisungen gebe, wie Ihr beginnender Diabetes zu behandeln ist.«
Goll ging hinaus.
»Ist es Leukämie?« fragte ich.
Er neigte nur wortlos den Kopf und wollte mir die Tür öffnen.
»Einen Moment, Doktor, bitte. Ich muß mich zusammennehmen.«
Es war schwer, ein harmloses Gesicht zu machen, nachdem ich nun wußte, daß Golls Urteil gesprochen war. Dennoch trat ich lachend zu ihm hinaus. Wir gingen in die Konditorei, wo sich jeden Nachmittag um fünf Uhr die Künstler der Kolonie trafen. Ich hatte das Gefühl, explodieren zu müssen, und zur Vertuschung meiner wahren Gefühle machte ich Goll eine furchtbare Szene. Ich zitterte am ganzen Leibe und konnte kaum die Vorwürfe artikulieren, die ich ihm an den Kopf warf.
»Wenn du schlechter Laune bist, gehe ich lieber«, sagte er ruhig und ging.
Kaum hatte er die Schwelle der Konditorei überschritten, als ich herzzerreißend losheulte. Die Kollegen umringten mich, und ich erzählte ihnen die Tragödie, die über mich hereingebrochen war. Ich mußte einfach sprechen, um mir einzureden, daß die ganze Menschheit mich verständnisvoll stütze. Ich dürstete nach Mitgefühl und Wärme. Darin war keinerlei Logik, denn die Kameraden, die einen reagierten freundschaftlich, die anderen gleichgültig, konnten am Lauf der Dinge nichts ändern. Aber ein Trieb aus Urzeiten zwang mich, die Mitmenschen anzuflehen, auf den Marktplatz zu laufen, damit alle meinen Jammer hörten. Erst am Ende meiner Kräfte schwieg ich und schluchzte nur noch. Ich vernahm die Ermutigungen oder frommen Lügen um mich herum gar nicht. Ich mußte zu meinem lebenden Leichnam zurückgehen, merkte aber, daß ich nicht imstande war, aufzustehen. Meine Beine waren von einer sonderbaren

Lähmung befallen. »Ich werde auch sterben«, dachte ich und war beinahe glücklich, Yvan ins Grab vorauszugehen. »Er wird mich lieben, er wird sich um mich kümmern, ich werde das Bett nicht mehr verlassen... Und dann gehen wir zusammen; der Überlebende wird neben der Leiche des Geliebten Selbstmord begehen...«
Zwei der Männer brachten mich in die Kolonie zurück, Mrs. McDowell erwartete mich; sie war schon auf dem laufenden.
»Mein Kind«, sagte sie, »von jetzt an müssen Sie tagsüber lachen. Weinen können Sie in der Nacht.«
Sechs Monate hindurch ahnte Yvan nichts von seiner Krankheit. Eine wahre Lebensgier durchpulste seinen Körper, der momentweise fast durchsichtig schien. Er tanzte die berühmte amerikanische Quadrille, den *square-dance*, mit dem *crowler*, dem Ordner, der die Figuren ausruft...
Im September kehrten wir nach New York zurück, und Goll mußte zur Behandlung ins »Memorial Hospital«.
»Komisch«, bemerkte er, »sie verarzten mich immer in der Krebsabteilung.«
»Wahrscheinlich, weil auch die Zuckerkrankheit etwas mit dem Blut zu tun hat«, erwiderte ich in unverfänglichem Ton.
Eines Abends kam er heim, bleich wie ein Bettuch, und warf sich in einen Sessel.
»Du hast also gewußt, daß ich zum Tod verurteilt bin?«
»Mit deiner Krankheit kannst du hundert Jahre alt werden«, behauptete ich.
»Ich weiß jetzt genau, wieviel mir noch zu leben bleibt. Reden wir nie mehr darüber.«
Wirklich ließ er nie zu, daß das Thema zur Sprache kam und man ihn bedauerte. Goll ertrug kein Mitleid.

Die Befreiung von Paris riß uns in einen Freudentaumel, der mehrere Tage lang dauerte. Die gesamte französische Gemeinschaft von New York fiel sich gegenseitig wie berauscht in die Arme.
»Ich will Frankreich wiedersehen«, sagte Goll, der nur noch die Abreise im Kopf hatte und zum Hafen stürzte, um eine Liste der Schiffe, die nach Europa fuhren, zu ergattern. »Ich will nicht in der Fremde sterben«, sagte er mir immer wieder.
Unsere Freude währte nur bis zur Ankunft der ersten Nachrichten über die befreiten Gebiete. In der Liste der Deportierten fanden wir viele Freunde, darunter Robert Desnos. Eine Hekatombe von Selbstmorden hatte die Reihen unserer Generation gelichtet: Carl Einstein, Fachmann

für afrikanische Kunst, der sich auf seiten der spanischen Republikaner in den Internationalen Brigaden engagiert hatte, stürzte sich vor dem Einmarsch der Faschisten in den Adour. Walter Hasenclever hatte sich im Juni 1940 im Lager von Les Milles umgebracht. Alfred Wolfenstein hatte ebenfalls in tiefer Depression Selbstmord begangen, nachdem er vier Jahre lang den Nachstellungen der Gestapo entkommen war. Und ich hatte mit seiner Frau einst in Leipzig Luftbäder genommen!
Der Chirurg Martel hatte sich eine Kugel in den Kopf gejagt. Seine letzten Worte waren: »Ich werde den Boches nicht dienen, und ich will nicht zusehen, wenn sie die Champs-Elysées hinuntermarschieren.« Martel galt als größter Hirnchirurg seiner Zeit. In seiner Klinik in der Rue Vercingétorix hatte ich bei seinen Operationen zusehen dürfen, als ich Dokumente sammelte, um *Une Perle* zu schreiben. Wir waren Freunde geworden. Professor Martel war der Sohn von Madame Gyp, der Verfasserin von vielgelesenen Romanen über das Leben der Hautevolee in der guten alten Zeit. Die Gyp schrieb alle ihre Bücher lang auf dem Bauch ausgestreckt, von Kandelabern und seidenweichen Teppichen umgeben. Sie verbrachte ihr Leben in einem Kindertraum.
»Ich entlohne zwei Lakaien für meine Mutter, um ihr ihre Illusionen zu erhalten«, hatte Martel mir einmal gestanden.
Die Nachricht von der Plünderung unserer Wohnung in der Rue de Condé war angesichts der anderen tragischen Ereignisse von sehr geringer Bedeutung.
»Ich bin wieder da angelangt, wo ich hinkommen sollte«, sagte Goll, als er davon erfuhr, »beim Nichtbesitz, der absoluten Freiheit.«
Sämtliche Möbel waren verschwunden, desgleichen die Bilder, die gebündelten Briefe von Romain Rolland, Rainer Maria Rilke, Hermann Broch, die gesamte Korrespondenz mit James Joyce, die sich um die *Ulysses*-Übersetzung drehte, und der kostbare Brief, in dem er zum erstenmal von der Geisteszerrüttung seiner Tochter Lucia berichtet hatte. Die Nazis hatten mir meine Vergangenheit gestohlen. Und Goll hatten sie seine Manuskripte gestohlen, seine Gedichte, sein Archiv, seine fertigen und fast fertigen Theaterstücke.
Ich wollte mit meinem Kranken nicht gleich nach Europa zurückkehren, wo uns nur Einschränkungen erwarteten, ungeheizte Wohnungen und Lebensmittelkarten. Um die Rückkehr hinauszuschieben, überredete ich Goll noch zu einigen Besuchen.
Nach Princeton fuhren wir hauptsächlich, um Hermann Broch zu sehen, dessen *Tod des Virgil* unter Golls Überwachung gerade übersetzt wurde, ferner meinen Mathematikprofessor, mit dem ich in München, noch als

Kind, Richard Strauss Klavier spielen gehört hatte. Es war derselbe, der mich Weihnachten 1918 Albert Einstein vorgestellt hatte, den ich ebenfalls in Princeton wiedersah. Er erinnerte sich gut an unsere Berliner Begegnung unter dem Lichterbaum. Wir unterhielten uns über Familiengeschichten. Eine Nichte meiner Mutter hatte einen seiner Vettern geheiratet.

Einsteins Blick war voller Schwermut. Er litt an dem Gefühl, für die Atombombe verantwortlich zu sein. »Ein ganzes Leben voll Arbeit und Philosophie«, sagte er, »und nun das!«

Dennoch konnte man sich bei Einstein oft krumm und schief lachen. Wie alle traurigen Menschen hatte er immer einen Spaß auf den Lippen.

Das Schicksal selbst unterstützte meinen Wunsch, Golls Rückreise hinauszuzögern. Das Schiff, das uns nach Frankreich bringen sollte, verbrannte auf der New Yorker Reede, und wir fuhren nach Percé in Kanada. Sogar André Breton war gekommen, um diese fast erdrückend schöne Landschaft mit den vom Wasser ausgehöhlten Felsen zu sehen, über die edelsteinbunt sprühende Kaskaden ins Meer stürzten.

Yvan war von der mystischen Atmosphäre der kanadischen Dörfer verhext und entwickelte eine wahre Schreibwut. So nahe dem modernen Amerika kehrten wir ins Mittelalter zurück. Ein elendes Hotel, das durch ein Loch im Boden geheizt wurde, eine Fischerbevölkerung, die von der Kirche ebenso ausgebeutet wurde wie von den amerikanischen Großkonzernen, die ihre Fische für ein Nichts aufkauften. Für zehn Cents bekam Yvan einen ganzen Dorsch, von dem er sich nur die Leber braten ließ und den Rest wegwarf.

Im Winter hatten die Leute nichts zu essen, weil die Boote nicht mehr aufs Meer fahren konnten. Der Schnee häufte sich mauerhoch vor der Haustür. Aber da Golls Krankheit sich herumgesprochen hatte, kamen alle Frauen des Dorfes, um mir etwas zu bringen, eine Karotte, eine Zwiebel, eine Stange Porree, damit ich Yvan eine Gemüsebrühe kochen konnte.

In Percé kannte ich eine Frau, die vierundzwanzig Kinder zur Welt gebracht hatte.

»Dreizehn davon liegen auf dem Friedhof«, sagte sie, »sie hatten es auf der Brust.«

Sie bügelte und flickte unsere Wäsche, lehnte aber jegliche Bezahlung ab.

»Denken Sie etwa, ich nehme Ihr Geld, eine Französin, von Franzosen?« rief sie.

Eines Tages strandete ein Hai auf den Steinen des Ufers. Das ganze Dorf,

samt Frauen und Kindern, rannte schaufel-, hacken- und heugabelschwingend zum Meer hinunter. Ein Mann rammte dem Tier ein Holzscheit ins Maul. Es rollte mit seinen Schweinsaugen, und seine dreifachen Zahnreihen knirschten auf dem Knebel, daß die Späne flogen.
In bestürzendem Schweigen bearbeiteten die Fischer den Hai mit Tritten und Gabelstichen. Das Ungeheuer wollte nicht sterben. Die Fischer mußten es erst aufschlitzen und ihm das Herz herausreißen. Sie hackten es in Stücke und warfen es den Kindern zu, die auf den blutigen Fetzen herumtrampelten.

18

Das Paris, das wir im Juni 1947 wiedersahen, hatte mit dem unserer Jugend nichts mehr gemein. Im verwüsteten Europa herrschte bittere Not. Wir brauchten einen ganzen Tag, um nur ein Zimmer zu finden. Schließlich gewährte uns das Glück eines im »Hôtel d'Alsace«, Rue des Beaux-Arts. Das Gebäude war seit Oscar Wildes Tod nicht mehr renoviert worden. Die bemalten Tapeten lösten sich von den Wänden, und die Treppe drohte einzubrechen. Im Restaurant liefen die Mäuse unter den Tischen herum.
»Vielleicht soll ich auch so abkratzen wie Oscar Wilde«, sagte Goll. »Dann werde ich wie er sagen können: ›Ich sterbe über meine Verhältnisse.‹«
Acht Jahre Exil stellen eine schwere Belastung für einen Intellektuellen dar. »Die Mediziner tuscheln unter sich, daß ich nicht mehr lange leben werde«, schrieb Goll. »Sie haben keine Ahnung, die Armen. Sie wissen nicht, daß ich schon in Paris begraben bin.«
Vor der Emigration waren wir, ein gefeiertes Paar, im literarischen Milieu zu Hause gewesen. In unserer Wohnung in der Rue de Condé gaben sich Schriftsteller aller Nationalitäten die Klinke in die Hand; wer aber erinnerte sich acht Jahre später noch an die blassen Vorkriegsgespenster Yvan und Claire Goll? Der Name Goll war höchstens noch ein schwaches Echo in den Köpfen seiner eigenen Zeitgenossen. Krank und unbemerkt, noch nicht im Reich der Schatten, gehörte er schon nicht mehr ins Reich der Lebenden; die Weiße der Schwesternschürzen hatte auf sein Gesicht abgefärbt. Paris sparte an der Straßenbeleuchtung, und Goll sparte an seinem Atem, der ihm immer knapper wurde.
Seit dreißig Jahren sprach Yvan von der Verantwortung und dem politischen Engagement des Künstlers. Seine Ideen hatten triumphiert, aber er selbst verbreitete sie nicht mehr. Sartre und Camus waren die neuen

Denkvorbilder, die eine Jugend mitrissen, die nichts anderes verlangte, als neu aufzuleben. Selbst Tzara hatte aufgehört, den frechen Laffen zu spielen, um Apostel der »engagierten Kunst« zu werden. Er war in die Kommunistische Partei eingetreten, verwarf Dada und verdammte die Surrealisten, die sich mitten im Krieg, in New York, ihren Lieblingsspielereien hingegeben hätten, ohne sich um die Leiden der besetzten Länder zu kümmern. Tzara hatte ein Menschenalter gebraucht, um Golls Standpunkt zu erreichen.

»Als Dichter«, schrieb Goll, »gehörte ich immer zu den Revolutionären und habe so die Marschroute der heutigen engagierten Poeten vorweggenommen. Von 1919 bis 1922, in der glorreichen Epoche der russischen Revolution, habe ich Freiheitsgedichte geschrieben, die ins Deutsche, Tschechische, Rumänische und Ungarische übersetzt worden sind. Ich war im Redaktionskomitee von Barbusses Zeitschrift *Clarté*. Ich war eng befreundet mit Vaillant-Couturier und Ilja Ehrenburg. Zu jener Zeit haben die Engagierten von heute jede politische Betätigung verachtet und sich dem reinen Dada-Spiel verschrieben: Aragon, Eluard, Tzara amüsierten sich damit, die bürgerlich-republikanische Gesellschaft auseinanderzunehmen, und ihre höchste Ruhmestat war das Flugblatt, mit dem sie den Leichnam von Anatole France öffentlich verhöhnten.«

Im Angesicht des nahen Todes verschieben sich die Werte. Goll wurde unendlich gütig und weise. Er wollte nicht mehr siegen und auch keinen Fehdehandschuh aufheben. Jede Polemik erschien ihm nichtig. Er fand keinen Geschmack mehr daran, am Rennen teilzunehmen, und suchte kein Podium.

Habe ich recht getan, ihn so lange in Amerika zurückzuhalten? Wäre er sofort nach der Befreiung wieder in Paris erschienen, so wäre seine Stimme noch gehört worden. Drei Jahre später waren die Karten neu verteilt, die Posten besetzt. Und Goll, der einstige Kämpfer, war ein todkranker Mann.

An der Straßenecke der Beaux-Arts und der Rue de la Seine traf ich zufällig Antonin Artaud. Unsere acht Exiljahre hatte er in der Irrenanstalt verbracht. Der junge, strahlend schöne Schauspieler war zum dürren, zahnlosen, fieberhaft nervösen Gespenst geworden. Er lud mich zu einer Lesung ein, die am selben Abend in der Galerie Loeb stattfand. Goll und ich gingen hin und erlebten das unheimliche Schauspiel eines herumfuchtelnden Artaud, der gellende Schreie ausstieß. Dabei rann ihm der Speichel aus dem Mund. Er hatte sich die Unschuld der gefallenen Engel bewahrt; noch aus seinen Flüchen blitzte eine atemberaubende Poesie auf.

Unter den Zuhörern befand sich auch Dr. Ferdière, Chefarzt der psychiatrischen Klinik von Rodez, in der Artaud jahrelang behandelt worden war. Das Publikum erkannte Ferdière und hätte ihn fast gelyncht.
»Mörder, Mörder!« schrie man, als er das Wort ergreifen wollte.
»Ich habe Artaud die Freiheit wiedergegeben«, brüllte er, »die Freiheit!«
»Du hast ihn erst fertiggemacht, du Schweinehund!« schrien Artauds Freunde dagegen.
Damals war der Elektroschock der letzte Schrei der psychiatrischen Wissenschaft, und Gaston Ferdière, der sich für ein Genie hielt, mußte mit der ganzen Bedenkenlosigkeit, die ihm sein Überlegenheitsgefühl eingab, davon Gebrauch gemacht haben. Ich bin selbst auf seine unumstößlichen Behauptungen hereingefallen, indem ich ihm erlaubte, eine Frischzellenkur bei mir anzuwenden, die mir angeblich meine Jugend wiedergeben sollte.
»Du bist ein großer Arzt, Gaston«, sagte ich damals.
»Ja, ich bin der Größte«, erwiderte er ohne einen Funken von Selbstironie.
Da begriff ich, daß er ebenso verrückt war wie Lacan.
Später traf ich Antonin Artaud noch einmal auf dem Boulevard Saint-Michel, ganz verstört und wirr. Unter der Haut konnte man schon deutlich seinen künftigen Totenschädel erkennen. Er führte Selbstgespräche. Seine Paranoia diente ihm als Zuflucht vor der feindseligen Gesellschaft. Unverstanden, von der eigenen Familie abgelehnt, wußte er, daß er sterben würde, ehe er richtig zu leben begonnen hatte. Für ihn gab es nichts als Beschimpfungen und Schande, um ihm zu bestätigen, daß man ihm sein Leben gestohlen hatte, bevor er etwas vollenden konnte.
Goll war, wie Artaud, Mondrian, Viking Eggeling, Jacques Villon und andere, Widerständen und Elend ausgesetzt gewesen; er kannte die Angst vor jedem neuen Tag, die Sorgen wegen jeder Gasrechnung, die Probleme, wenn es um eine Reise ging. Jetzt war die Zeit der Unternehmungen für ihn vorbei. Bis in seine Vierziger hatte er sich für andere aufgeopfert, für Joyce, für amerikanische, brasilianische, jugoslawische Dichter, die er in Anthologien bekanntmachte und für die er jeweils ein bis zwei Jahre Arbeit aufwandte. Als er begann, sich um seine eigene Karriere zu kümmern, vereitelten die Krise und die bald folgenden Kriegsgerüchte seine Ansätze. Und in Amerika begnügten wir uns damit, zu überleben und am Kampf gegen den Faschismus teilzunehmen.
Bei Golls Rückkehr nach Frankreich hatte die Mode gewechselt. Neue Namen erschienen in Zeitschriften und Verlagen. Von Goll wurde nicht mehr gesprochen, André Breton war passé. Yvan hatte nicht die Kraft,

seinen Platz zurückzuerobern. Nur sein Schatten suchte noch Saint-Germain-des-Prés heim. Er hätte noch zwanzig Jahre leben müssen, um wieder aufzusteigen, aber da seine Blutkörperchen ihn verrieten, verwelkte der Lorbeer, bevor er voll erblüht war.

Er kannte weder das Glück des Erfolgs noch der Sicherheit, die der Erfolg mit sich bringt. Ich meine damit nicht nur das Geld, sondern die Freizügigkeit des Geistes, die man haben kann, wenn drei Theater ungeduldig das nächste Stück erwarten und die besten Schauspieler sich gegenseitig auszustechen suchen, um eine Rolle darin zu bekommen. Jedes Wort wird wichtiger, wenn dreißigtausend Menschen es gedruckt lesen möchten. Für manche, wie für Jacques Villon, kam das Geld erst, wenn sie keinen Nutzen mehr davon haben; bei Goll kam es nie. Immer wieder mußte er seine Mutter in Metz besuchen, um sie anzubetteln.

Nach einer solchen Visite in Metz stellte mir die Inhaberin des Hôtel d'Alsace unsere vierzehn Koffer, die im Speicher gewesen waren, vor die Tür.

»Ich brauche keine zweite Gedenktafel an der Fassade«, sagte sie.

Sie hatte es Oscar Wilde nie verziehen, daß er ausgerechnet in ihrem Hotel gestorben war, und fürchtete wohl, daß noch ein Dichter in ihrer Bettwäsche den Geist aufgeben könnte.

Zum Glück wies man uns wenigstens eine Unterkunft in der Nähe des Odéon zu, wo der Luftschacht auf das Pissoir eines benachbarten Cafés hinausging. Ich rannte täglich von Tür zu Tür, um ein anderes Zimmer zu finden, aber alles war vergebliche Mühe. Yvan fühlte sich dem Wahnsinn nahe.

»Ich will nicht mit der Aussicht auf ein Pissoir krepieren!« sagte er.

Ich irrte weiter auf der Suche nach einem Logis durch die Straßen. »Kommen Sie in einer Woche mal wieder vorbei, oder nächsten Monat«, bekam ich überall zu hören.

Ausgepumpt vom vielen Laufen, ging ich eines Tages weinend die Rue Bonaparte auf die Concorde zu, als ich eine Männerstimme neben mir hörte:

»Kann ich Ihnen irgendwie helfen?«

Meine Nerven waren am Zerreißen. Ich erzählte ihm alles: unser Exil in Amerika, unsere Rückkehr nach Frankreich, die Krankheit meines Mannes.

»Wenn ich mir einen Rat erlauben darf«, sagte der Fremde, »das Hôtel d'Orsay war zwar bis jetzt von kanadischen Truppen besetzt, aber gerade heute ziehen sie aus. Gehen Sie schnell hin, man wird Sie mit offenen Armen empfangen.«

So bekamen wir für zwei Francs fünfzig pro Tag ein Zimmer mit zwei winzigen Balkons, von denen aus ich ganz Paris vom Eiffelturm bis zum Panthéon sehen konnte. Es gab weder Laken noch Decken noch Kohle, weil die Deutschen alles mitgenommen hatten, aber wir waren restlos glücklich.
Drei Jahre lang haben wir dieses eine Zimmer geteilt. Dort hat Paul Guth Yvan noch interviewt. Er merkte nichts von seiner Krankheit und schrieb daher einfach: »Dieser Gummimensch kann sich kaum aufrecht halten«, und unsere vierzehn Koffer ständen aufgereiht »im längsten Korridor der Welt«.
Das Hotel d'Orsay gleicht einem riesigen Schiff, das am Seineufer gestrandet ist. Wenn ich durch seine Etagen lief, hatte ich immer das beklemmende Gefühl, mich in dem Labyrinth, das ein verrückter Architekt angelegt hatte, zu verirren. Gewaltige Empfangs- und Gesellschaftssäle gingen in kleinere über und verloren sich in einem Gewirr von Korridoren. Vergoldungen und Stuck hätten einem Fürstenhof Ehre gemacht, und die Badewannen waren groß genug, um ganze Familien darin zu ertränken.
Diese Welt für sich, das verschachteltste Hotel von Europa, barg in seinen Eingeweiden noch eine unsichtbare, aber um so hörbarere Welt. Erstens ließen die Züge auf dem Bahnhof d'Orsay bei jeder Ankunft und Abfahrt die Mauern des ganzen Viertels erzittern. Zweitens, näher als die Lokomotiven, führten die Wasserleitungen ihre eigene Sprache. Wenn man sich die Zähne putzte, weckte man den Liftboy, denn der dünne Wasserstrahl, den man zum Füllen eines Glases brauchte, brachte das kilometerlange Röhrennetz zu wahren Bocksprüngen. Die Tonhöhe des Geratters wechselte musikalisch je nach Uhrzeit, Höhe der Zapfstelle und Kraftaufwand beim Hahnaufdrehen. Die Bidets schallten anders; es kam darauf an, ob man sich vor oder nach der Liebe wusch. Welcher Musikdämon mochte sich in der Kanalisation verstecken? Was bedeuteten die Jammerschreie, die fadenförmige Schwimmer beim Überwinden irgendwelcher Hindernisse ausstießen? Es waren menschliche Stimmen, die aus den Hähnen kamen, unverständliche Worte zwar, aber ganz nah: das Plärren im Wald verirrter Kinder, das Stöhnen einer Wöchnerin, die eine schlechte Nachricht erhält, die Seufzer einer gramgebeugten Witwe...
Einmal, als ich mich auf die Suche nach diesem unterirdischen Lazarett begab, entdeckte ich in einem Kellerraum fünfzig Standuhren, die sich wahrscheinlich gegenseitig der Unpünktlichkeit beschuldigt und gehaßt hatten, aber nun war Waffenstillstand, und die Zeiger standen seit einigen Jahrzehnten still. In der Nähe der Küchen diente ein Teil des Kellers einer

Sippe verwilderter Katzen als Unterschlupf. In einiger Entfernung von diesem Königreich begann die Republik der Mäuse, dann die der Kakerlaken, und endlich öffnete sich eine unterirdische Kathedrale, in der ich geschäftige Küchenjungen um glänzende Kupfertöpfe herumwimmeln sah. Die Angst, nie wieder ans Tageslicht zu finden, packte mich an der Kehle. Der Korridor vor mir mußte mich noch tiefer führen, den Abflüssen zu, von wo meine Stimme nicht einmal mehr das Straßenniveau erreichen würde.

Dieser unheimliche und grandiose Bau schien eigentlich für spanische Granden bestimmt zu sein, die mit einem Schwarm von Sekretären und Bediensteten eintrafen und das Hôtel d'Orsay zum Zentrum ihrer extravaganten Aktivitäten machten. Goll führte eine Liste der Veranstaltungen, die sich während unseres Aufenthalts abwickelten: Internationaler Luftfahrt-Kongreß, Kongreß der Schwerkriegsbeschädigten, Ball der Kaufleute, der Bankangestellten, Friseur-Wettbewerb, Bridge-Weltmeisterschaft, Ball der Schotten, Konditor-Wettbewerb...

Wir waren so arm, daß wir nur ein einziges Mal in dem schwindelerregenden Jahrhundertwende-Prunk des Restaurants diniert haben: Ein reicher Amerikaner hatte uns dazu eingeladen. Normalerweise aßen wir heimlich im Zimmer mehr oder minder belegte Brote und etwas Obst. Schließlich kann man Salat nicht gut im Bidet waschen, und wohin mit Essig-und-Öl-Ständer? Wir hatten nicht einmal genug Geld, um uns ausreichend zu ernähren.

Jeden Abend aßen wir an der Tischkante, und am Morgen verschwand das benutzte Papier mit Orangenschalen und ähnlichem. Wir führten ein verstohlenes Dasein, nur um uns den Magen zu füllen, mit etwas Hackfleischpastete oder Schinken, manchmal kochte ich auch einen lauwarmen Brei, worauf das ganze Schiff alsbald in tiefstes Dunkel tauchte. Die Hotelleitung stieg dann die Treppen herauf, und ich hörte die Hierarchie draußen herumtrampeln und Theorien über die Ursache der häufigen Kurzschlüsse aufstellen. Das Installationsnetz war derart veraltet, daß ein Liftboy auf den Verdacht kam, meine Heizplatte könnte an den Betriebsstörungen schuld sein.

Vom Leben geschult, pflückten wir im Hôtel d'Orsay weiterhin verbotene Früchte: Wäsche waschen, Essen ins Zimmer schmuggeln, Wäsche zum Trocknen aufhängen. Wie kann man einen Menschen unter solchen Umständen sterben lassen? Für meinen leukämischen Dichter wurde das tägliche Brot bis zum Ende unter dem Regenmantel über die Dienstbotentreppe eingeschmuggelt, und Ölsardinen waren eine ganz gewagte Konterbande.

Dabei erduldeten wir in unserem doppelt verschlossenen Zimmer noch letzte Folgen des zerfaserten Ruhms. Die Putzfrau oder der Etagenkellner wollten uns gefällig sein und klopften in den ungelegensten Momenten an unsere Tür.
»Monsieur sind mit der neuen Decke zufrieden?«
Die Tütenmahlzeit verschwand unter dem Tisch.
»Danke, ja, es geht...«
Der Besuch zog sich in die Länge, während uns die Pastete auf den Knien schmolz.
»Alles in Ordnung«, wiederholte Goll abweisend. Er dachte nicht daran, den Broterwerb eines noch Ärmeren zu gefährden, indem er ihn zum Komplizen unseres Elends machte.
Jämmerliches Verbrechen, heimlich essen zu müssen! Verdient ein Leben voller Arbeit nicht wenigstens einen gedeckten Tisch? Aber manchen Poeten verweigert das Leben alles, selbst das Recht, im Warmen zu sitzen, und die Gewißheit, daß es am kommenden Tag auch noch so sein wird! Der einmalige Aufenthalt im Restaurant war für uns nichts als eine Eskapade, von der wir mit einem bitteren Geschmack im Mund zurückkehrten, um weiterhin verborgen wie Jonas im Bauch eines luxuriösen Walfischs zu leben. Bis zur Einlieferung ins Krankenhaus blieb dies Golls Geschick.

Da Yvans Mutter seit Jahren im Altersheim war, wohnten wir zwischendurch eine Zeitlang in ihrem Haus in Metz. Dort war, solange ich zurückdenken konnte, die Wasserspülung nicht in Ordnung; sie wurde durch einen Krug, der in der Küche gefüllt werden mußte, ersetzt.
»Die Toilette muß seit zwanzig Jahren repariert werden«, sagte Goll am Telefon, als er den Klempner bestellte.
Ebenso ließ er einige Scheiben in den Küchenfenstern erneuern. Er ertrug den Anblick der Klebestreifen auf den Sprüngen nicht mehr.
Am folgenden Sonntag stattete uns seine Mutter einen Besuch ab. Wir hatten vorher lange gelüftet, damit sie nicht merkte, daß wir den Gasofen angehabt hatten. Aber ihre Augen schleuderten bereits Blitze, als sie beim Eintreten den frisch gereinigten Teppich sah. Argwöhnisch machte sie einen Rundgang durchs Haus. Als sie dabei das Rauschen der Wasserspülung hörte, die wieder funktionierte, stürzte sie sich wutschnaubend auf mich.
»Dauernd jammert ihr mir was vor, und dabei werft ihr das Geld zum Fenster hinaus! Jetzt begreife ich, wieso ihr nie einen roten Heller habt... Ich enterbe euch!«

»Hier können wir nicht bleiben«, sagte Goll, als sie weg war. »Sie schreit ja schon wegen der geringsten Ausgabe.«
Das Problem wurde ohnehin gegenstandslos, da ein geschwollenes Knie und eine Lungenentzündung ihn wieder zu einer ärztlichen Untersuchung nötigten. Ich ließ ihn in Straßburg ins Krankenhaus bringen, wo er bat, in den Gemeinschaftssaal gelegt zu werden, um die Not seiner leukämischen oder krebskranken Brüder zu teilen.
»Es wäre ein Wunder, wenn er durchkäme«, sagte mir der Professor.
Goll lag dort mit siebzehn anderen Patienten. In den ersten Tagen zeichnete er die Kapelle, die er von seinem Bett aus sah.
»Wenn ich lebend hier herauskomme«, versprach er mir, »fahren wir zusammen nach Italien.«
Er blieb fünf Monate im Krankenhaus, wo er sein *Traumkraut* und die *Pariser Georgika* vollendete. Seltsamerweise knüpfte er, der sein Leben lang Französisch geschrieben hatte, plötzlich wieder an die deutsche Sprache an, die er abgelehnt hatte, seit sie von Hitler mißbraucht worden war.
Ein ungeheurer Wille zum Leben und zur Beendigung seines Werkes überkam Goll. So besiegte er noch einmal seinen Körper und den Tod, aber ich schrieb seine Wiederherstellung aus irgendwelchen irrationalen Gründen dem Himmel zu und flehte Goll an, mit der Italienreise eine Wallfahrt nach Assisi zu verbinden. Er zuckte die Achseln. Ich ließ nicht locker. Ich war sicher, daß der heilige Franziskus von Assisi, unser Lieblingsheiliger, ihm helfen würde. Goll gab nach, und wir reisten fröhlich ab.
Aber der Heilige zeigte aus dem Paradies herab keinerlei Erbarmen. Er ließ das Thermometer fallen und die Wolken platzen, so daß sich eiskalte Wasserstürze über uns ergossen. Wir wurden naß bis auf die Knochen, und Sankt Franziskus ließ sein Vöglein schweigen und schickte Yvan wieder ein Lungenentzündung.
»Wenn ich Assisi früher gekannt hätte«, sagte Goll, »dann hätte ich niemals mit dir *Neue Blümlein des heiligen Franziskus* geschrieben.«
Ein wahrer Flohmarkt, Abzeichenverkäufer und frommer Kitsch an jeder Straßenecke! Schlimmer als der Mont-Saint-Michel mit seinen Omelettes und Lebkuchen. Wir konnten keinen Schritt tun, ohne daß sich uns ein Händler an die Fersen heftete. Überall versuchten uns zudringliche Geistliche übers Ohr zu hauen. Selbst die kleine Kapelle des heiligen Franziskus war in einen protzigen neureichen Kuppelbau eingeschlossen.
Nur die Landschaft war und blieb großartig, und ich konnte mir gut vor-

stellen, daß man in dieser Umgebung dem Schwindel des Mystizismus verfiel. Aber ich nahm die Hintertreppen-Pantomime der Pfaffen und Pilger übel und war traurig, daß diese Menschen eine Andacht angesichts des bescheidensten Unkrauts nicht höher einschätzten als sämtliche Kniebeugen vor dickbäuchigen Kardinälen.

Wir überließen den Heiligen dem Undank und der Kirmes und fuhren nach Vicenza, wo wir eines der Wunder der italienischen Architektur, das Teatro Olimpico des Palladio, anstaunten. Man gab gerade *Die Krönung der Poppäa* von Monteverdi. Der Chor der Mailänder Scala stimmte auf der Bühne einen Gesang von unerhörter Reinheit an. Goll betrachtete zurückgelehnt die sechzig weißen Marmorstatuen, die Palladio in den Nischen aufgestellt hat. Mir traten vor Rührung die Tränen in die Augen.

»Jetzt kann ich ruhig sterben«, sagte Goll leise.

Vorher wollte er aber noch Venedig wiedersehen. Es war Oktober. Er hatte noch vier Monate zu leben. Am Tag des Versöhnungsfestes gingen wir in die alte Synagoge des Judenviertels von Venedig. Yvan blieb unten im Hauptraum, und ich sah von den erhöhten Bänken, die den Frauen vorbehalten sind, auf ihn hinunter. Von seinem schwarz-weißen Gebetsschal umhüllt, den Hut auf dem Kopf, schlug er sich an die Brust und wiegte sich hin und her. Das war Isaac Lang, genannt Yvan Goll, Sohn des Abraham Lang und der Rebecca Lazard, der sich niederwarf, um sich im Gebet wieder in die lange Reihe seiner Vorväter einzureihen, die den blutigen Pogromen in den europäischen Gettos entkommen waren.

Als Augenzeugin seiner Inbrunst wurde ich für einige Minuten zum Judentum bekehrt. Anders als Chagall, der niemals praktizierte, ging Goll bei besonderen Gelegenheiten in die Synagoge: am Todestag seines Vaters, zum Versöhnungsfest. An solchen Tagen fastete er. Desgleichen hielt er Festtage ein, an denen man, bequem auf den linken Ellbogen gestützt, die Haustür offen läßt, damit der unbekannte Bettler eintreten und an der Mahlzeit teilnehmen kann. Goll konnte sogar die speziellen Segenssprüche über Petersilie und Meerrettich auf hebräisch hersagen.

Glaubte er an einen jüdischen Gott? Vielleicht. Er war von einer bigotten Mutter, die dauernd die Bibel zur Hand hatte, im Glauben erzogen worden. Sie schleppte sich an jedem Sabbat um sechs Uhr früh in die Synagoge, selbst wenn es schneite. Auch Golls Vater, den er mit sieben Jahren verloren hatte, war sehr fromm gewesen. Zweifellos blieb Goll hauptsächlich im Andenken an ihn dem Familienglauben verbunden. Früher hatte ich ihn nie zu diesen Riten begleitet, von denen ich nichts hielt, da sie mir nur als Heuchelei erschienen.

Nach dem Gottesdienst kam ein reicher venezianischer Jude auf uns zu,

um uns zum Abendessen einzuladen. »Sie sind fremd hier? Erlauben Sie, daß ich Ihnen einen Platz an meinem Tisch anbiete.«
Nach dem Fastentag wird abends üppig getafelt, und die Tradition verlangt, daß ein begüterter Mann den Reisenden in seinem Hause empfängt. Unser Gastgeber brachte uns in einer Gondel zu seinem Palazzo.
Ein paar Tage danach, an meinem Geburtstag, schrieb Goll ein Gedicht, das er mir aufs Bett legte: *Saint François et la respiration.* Seine roten Blutkörperchen nahmen immer mehr ab, und er bekam kaum noch Luft, aber er klagte nur in Versen.

Kaum zurück nach Paris, mußte Goll die ersten Bluttransfusionen bekommen.
Da wir total mittellos waren, schrieb ich einige Briefe, in denen ich Bekannte um Unterstützung bat. Darunter war auch Daniel-Rops, dessen Erzkatholizismus gerade sehr in Mode war. Ich schlug ihm vor, mir ein von Picasso illustriertes Exemplar der *Elégie d'Ihpétonga* von Yvan abzukaufen. Er antwortete umgehend, er hätte kein Geld. Dabei verkaufte er seine *Jesus*-Biographie in riesiger Auflage, aber die Mildtätigkeit seines Helden hatte nicht auf ihn abgefärbt.
»Erinnerst du dich an unseren Selbstmord-Pakt?« fragte Goll, bevor er ins amerikanische Krankenhaus von Neuilly eingeliefert wurde. »Wir haben uns gelobt, gemeinsam ins Grab zu sinken. Ich bitte dich, nichts dergleichen zu tun. Du mußt für mein Werk weiterleben.«
Ich konnte vor Schluchzen nicht antworten.
»Schwöre mir, daß du für mein Werk leben wirst.«
Ich verzichtete also im Taxi, das uns zur Klinik brachte, darauf, Goll in den Tod zu folgen.
Seit meinem Gespräch mit dem Dorfarzt von Peterborough hatte ich gewußt, daß Golls Tage gezählt waren. Zuerst glaubte ich jeden Morgen beim Aufwachen, ihn erkaltet neben mir zu finden, aber dann hatte er manchmal etwas Farbe in den Wangen, und ich begann wieder zu hoffen.
Je näher das Unabwendbare kam, desto mehr klammerte ich mich an die Hoffnung. Ich redete mir ein, daß die Wissenschaft noch rechtzeitig ein Wundermittel entdecken, daß der heilige Franziskus von Assisi gnädig sein würde, daß Gott selbst seinen Engeln ein Zeichen geben müßte... Mein Blut wollte es nicht wahrhaben, daß Golls Lebenskraft zu Ende ging.
Mein kurzes Medizinstudium hatte mich immerhin gelehrt, daß der Körper einer Maschine gleicht, deren Verschleißerscheinungen von jedem Techniker beurteilt werden können. Aber der Geist weigert sich, den Be-

fund anzunehmen. Selbst an Tagen, wo sein Gesicht weiß war wie ein Laken, konnte ich mir Goll nicht kalt, steif und ohne Atem vorstellen.
»Warum haben wir uns je getrennt und gequält?« fragte ich.
Er nahm meine Hand und sah mich lange an.
»Ah...«, seufzte er, »wenn du nicht mit Rilke angefangen hättest...«
Fünfzehn Tage vor seinem Tod schnitt man ihn noch auf, um ihm den Blinddarm herauszunehmen.
»Lassen Sie ihn doch in Frieden sterben!« versuchte ich mich zu widersetzen.
Doch die Ärzte hielten an ihrer Logik fest. Goll mußte vorschriftsmäßig hinübergehen. Tagelang lösten sich Maler und Dichter ab, um sich für sechzehn Bluttransfusionen zur Verfügung zu stellen. Goll behielt trotz seiner Leiden seine Ironie, die eines Voltaire würdig gewesen wäre.
»Ich gehe mit französischem Herzen, deutschem Geist, jüdischem Blut und amerikanischem Paß.«
Die Freunde umdrängten sein Lager. Zu Alfred Döblin sagte er:
»Es geht mir wie Hokusai, dem größten japanischen Maler, der mit neunzig Jahren auf seinem Totenbett geseufzt haben soll: ›Wenn ich noch zehn Jahre zu leben hätte, oder auch nur fünf, dann würde ich endlich ein richtiger Künstler werden.‹ Wer kennt nicht den *Trunkenen Dichter* von Hokusai, der seine Gedichte in den Wind streut? Ich bin dieser Dichter, der seine Poeme in alle Winde aussät, ich, Yvan Goll, an dessen Tür der Tod wartet.«
Yvan starb wie Christus. Er riß seine Bandagen ab, und man sah seine Wunden. Er, der Stolze, war nur noch zuckendes Fleisch unter einem Sauerstoffzelt.
»Laßt mich draußen sterben!« schrie er und fegte das Zelt mit den Händen um.
Die Agonie verlieh ihm eine derartige Kraft, daß ihn fünf Krankenschwestern festhalten mußten. Dabei war er dauernd am Ersticken, er hatte längst nicht mehr genügend rote Blutkörperchen, um den Luftsauerstoff durch die Atemwege zu transportieren.
Am letzten Abend erlitt er die schrecklichste Krise. Einen Teil der Nacht hindurch schrie er, die beiden feindlichen Sprachen durcheinandermengend, auf französisch und deutsch:
»Laßt mich mit meinem Tod allein!«
Am Morgen des 27. Februar 1950 blieb mir nichts anderes mehr zu tun, als seine Totenmaske abnehmen zu lassen.

19

Ein Jahr nach Yvans Tod besuchte mich Audiberti, um die Briefe und Gedichte noch einmal abzuschreiben, die er an mich gerichtet und deren Duplikate er verloren hatte.

»Dannie«, sagte er, »ich habe seitdem nie wieder so wunderbare Gedichte geschrieben.«

Verliebt in mich wie eh und je, glaubte er endlich den Moment gekommen, Goll zu betrügen. Er legte mir eine Hand auf die Schulter und sah mich lange an.

»Du hast mich immer zurückgewiesen,« fügte er keuchend hinzu. »Was hätte ein einziger Kuß diesem Yvan genommen? Heute noch, im Grab, ist er mein Rivale. Für ihn hast du *Versteinerte Tränen* geschrieben; mir hast du nicht einmal das bescheidenste deiner Gedichte gewidmet.«

Er nahm mich in die Arme und warf mich auf den Diwan. Sein vom Krebs aufgedunsener Körper drückte mich schwer in die Kissen. Ich stieß ihn mit Anstrengung weg.

»Ich weiß, ich habe mich während der Okkupation nicht gut benommen«, sagte er zurückweichend. »Ich mußte an Frau und Kinder denken, ich mußte sie ernähren...«

Ich zuckte nur die Achseln.

»Ich habe dir nichts vorgeworfen, Jacques, aber es ist besser, wenn du nie wiederkommst.«

Nachdem seine Geliebte ihn aus der Wohnung verjagt hatte, fand er wieder den Weg zu meiner Tür, um sich auszuweinen.

»Ich werde nie Glück bei Frauen haben!«

Diesen Fluch schleppte er immer mit sich herum. Die lyrischen Stürme seiner Wortkunst vervielfachten sein Leid, und er schwankte dauernd zwischen Katzenjammer und Selbsttäuschung.

»Ich habe eine Freundin, die nicht mehr mit mir schlafen will«, sagte er und erwartete von mir eine Erklärung oder ein tröstendes Wort.

»Dir bleibt immer noch dein Stil, einer der schönsten der französischen Sprache«, sagte ich.

»Ja, aber weißt du, ich bin immer noch ein Mann, ich produziere Sperma...« Dies vertraute er mir mit jungenhaftem Stolz an, als ob seine Enthüllung für mich von irgendwelchem Interesse sein könnte.

»Du siehst mich entzückt«, antwortete ich.

Er kehrte betrübt in sein Zimmerchen am Boulevard Saint-Germain zurück, das von einem Bett und einem Tisch, die der weiblichen Raffgier wundersamerweise entgangen waren, vollständig ausgefüllt wurde.

»Ah, die Frauen!« ächzte er oft. »Sie haben mich fertiggemacht...«
Er verstand sich nicht gegen sie zu verteidigen, und ich glaube nicht, daß er je wirklich geliebt worden ist. Sein Bauch wabbelte von unförmigen Fettpolstern, und sein Drüsenversagen war schon längst in Magen- und Darmkrebs übergegangen.

Angesichts dieses elenden Lebens suchte er sich an seinem verhaßten Körper zu rächen. Beispielsweise verschlang er ein Kilo Kirschen mitsamt den Steinen in kürzester Zeit. Er glaubte wohl, alle Ausdrucksmittel ebenso verschlingen und verdauen zu können. Mit vulkanischer, angstgetriebener Phantasie verfolgte er den Ruhm auf allen Gebieten: Theater, Poesie, Roman, Epik, Ballade...

»Glaub mir doch«, sagte ich ihm öfters, »deine Prosa taugt nichts. *Abraxas* ist einfach unter deinem Niveau!«

»Du hast mit deinen Romanen Erfolg«, erwiderte er, »warum sollte ich nicht auch Erfolg haben?«

Komischer Gesichtspunkt!

»Jacques, deine Stücke klingen zu sehr nach Victor Hugo. So ein Wortschwall, über zwei Stunden ausgewalzt, fällt einem wie ein Bleideckel auf den Kopf. Bleibe Dichter.«

Der arme, nach Erfolg hungernde Mensch, scherte sich nicht um meine Ratschläge und stolperte in sämtliche Fußangeln, die ihm die Vielschichtigkeit der Sprache in den Weg legte. Schriftstellern ist wirklich ein sonderbares Metier. Man muß den Mut zum Ehrgeiz haben und den Ehrgeiz, sein Talent richtig einzusetzen. Sicherlich haben sogar Genies, die an sich selbst zweifelten, Zuflucht in gut verkäuflicher Allerweltsliteratur gesucht. Überragende Dichter wie Werfel und Audiberti, Meister im Umgang mit dem Wort, haben geglaubt, alle Sparten zu beherrschen. Sie haben die Tunika des Poeten mit der abgeschabten Jacke des fleißigen Romanciers vertauscht. Joyce dagegen hat lange geschuftet, um zu den bedeutenden Dichtern seines Jahrhunderts gezählt zu werden; wäre aber nichts von ihm geblieben als seine unzulänglichen Versübungen, so hätte längst das Vergessen sein Grab bedeckt. Solche Irrtümer in der schriftstellerischen Weichenstellung gibt es unzählige. Der kalte Analytiker träumt davon, es den großen Lyrikern gleichzutun, und ein komisches Talent verleugnet sich mit dem Versuch, Tragödien zu schreiben. Goll war vom Film so fasziniert, daß er oft davon sprach, sich ihm ganz zuzuwenden.

»Um beim Film Erfolg zu haben«, sagte ich, »muß man ohne Mitgefühl und Gewissen Schauspieler und Techniker beherrschen. Dir, dem Poeten, fehlt die Rücksichtslosigkeit dazu.«

Eine Strafe erwartet diejenigen, die sich von ihrem Jahrhundert verführen lassen: Schriftsteller, die sich dem Journalismus zuwenden, Filmemacher, die mit Werbung verdienen wollen... Sobald sie sich wieder ihrem eigentlichen Fach zuwenden, stoßen sie überall auf Skepsis. So erging es Larjonow und Natalia Gontscharowa, als sie Bühnenbildner für das russische Ballett Diaghilews wurden. Sie ernteten großen Beifall, auch vom Orchester, aber als der letzte Vorhang fiel, dachte kein Mensch mehr daran, daß sie eigentlich Maler seien. Es kostete sie dreißig Jahre, wieder auf die frühere Höhe zu kommen.

Als mein Vater starb, sagte ich erschüttert zu Yvan: »Stellen wir ihm einen Teller hin.« Eine Woche lang haben wir den Tisch für ihn mitgedeckt. Diese aus atavistischen Tiefen stammende Geste gibt es in allen Kulturen. Die alten Ägypter stellten Reisschüsseln in die Gräber; andere Völker empfahlen Menschen- oder Blumenopfer, um den Toten ein wenig Lebenswärme einzuhauchen. Insgeheim ruft die Trauer oft so etwas wie einen erotischen Rausch hervor, als ob das Entschwinden einen Ausgleich durch Überbetonung des Lebens verlangte.
Der Tod ist dem Überlebenden immer ein Rätsel. In dieser Hinsicht hat das Gehirn seit der Steinzeit keinen Fortschritt erzielt. Der Mensch bleibt auf der Schwelle zwischen Traum und Realität, mit dem Verlangen, ans Göttliche oder Übernatürliche zu glauben. Ich, die ich an nichts glaube und dem Mystizismus keinen Raum gebe, habe lange in der Erwartung von Yvans Rückkehr gelebt. Ich stand in tiefer Nacht auf, weil ich dachte, er warte vor der Tür. Jetzt, fünfundzwanzig Jahre nach seinem Begräbnis, überkommen mich noch Halluzinationen: Ich höre seine Schuhsohlen knarren und glaube ihn leise nach mir rufen zu hören.
Diese Sinnestäuschungen erreichen mich aus einer Sphäre, die ich weder physisch noch psychisch erreichen kann. Mir ist oft, als ginge ich im Halbschlaf zum Père-Lachaise-Friedhof, um Yvans Schädel und Gebeine zu streicheln. Wenn ich sehr unglücklich bin, strecke ich mich im Grab neben ihm aus und umarme ihn.
Wer die Trauer noch nicht kennt, geht an dem einschneidendsten menschlichen Erlebnis und den daraus entstehenden unerklärlichen Reaktionen vorüber. Trotz alledem hat mich Yvans Tod Gott nicht näher gebracht. Das Ehepaar Maritain, dessen Leidenschaft immer die Religion und die moderne Kunst war, hat mich zu bekehren versucht, aber ich antwortete darauf nur:
»Laßt mich in Ruhe mit eurem Allmächtigen und seiner unbefleckten Prostitution!«

Beim Anhören dieser unfaßlichen Blasphemie wurden sie blaßblau und grünlich, setzten aber dann ein strahlendes Lächeln auf: Der Fromme greift nichts und niemanden an, und die Aufsässigkeit ist der Vorläufer des Glaubens.
»Die Leute werden mit der Religion betrogen«, fügte ich hinzu. »Der Mensch könnte seine Energie besser nützen, wenn sie nicht so oft von Glauben und Aberglauben angezapft würde.«
Ich habe keine Furcht vor dem Tod. Ich glaube an den Staub und das Nichts. Die Auferstehung ist, nächst Gott, die absurdeste Vorstellung, die der Mensch je ersonnen hat. Aber wenn ich auch die Unsterblichkeit der Seele leugne, so denke ich doch, daß die elektrischen Ströme, die außergewöhnliche Menschen produzieren, nicht ganz verlorengehen können. Man muß schon so dumm sein wie wir Zweibeiner, um daraus zu schließen, daß ein angeblich vollkommener Weltgeist sich an der Verehrung kriechenden Gewürms ergötzen könnte, das ihn seit Jahrtausenden mit immer gleichen Gebeten belästigt und ewig dieselben Formeln, denselben Singsang wiederkäut.
Nach Golls Beerdigung habe ich mich wochenlang weinend und schreiend am Boden gewälzt. Das Zimmermädchen im Hôtel d'Orsay paßte auf mich auf, weil es fürchtete, ich würde mich aus dem Fenster stürzen. Ich bekam von überall Beileidsbriefe. Einer der rührendsten war von Chagall, dem ein ähnliches Schicksal widerfahren war wie mir. Bella und er hatten in Amerika ihre Ferien auf dem Land verbracht. Bella badete täglich im nahen See. Eines Tages bekam sie eine Angina, die in Blutvergiftung überging. Chagall war in die Dorfapotheke gerannt, deren Vorräte sich aber auf Abführmittel und Sonnenöl beschränkten. Das damals noch neue Penicillin mußte erst bestellt werden. Als es per Flugzeug eintraf, war es schon zu spät. Bella starb am 2. September 1944 um sechs Uhr abends. Sie war noch nicht ganz neunundvierzig Jahre alt.
Chagall hatte eine Totenwache im Lincoln-Center von New York organisiert. Ich sah ihn gebrochen, außer sich, tragisch. Dann fand er bei einer jungen, strahlend schönen Engländerin sein seelisches Gleichgewicht wieder. Virginia ähnelte Dantes Beatrice und war zwanzig Jahre jünger als er. Anfangs machte sie Hausarbeiten, dann besorgte sie die Küche, und schließlich teilte sie auch das Bett mit ihm.
Nach der Rückkehr aus Amerika ließen sie sich in Südfrankreich, in Vence, nieder. Ich freundete mich sehr mit Virginia an, die mich in den Süden einlud, um meine Verzweiflung überbrücken zu helfen.
Chagalls Reaktion ließ nicht auf sich warten. »Warum hast du sie eingeladen?« knurrte er gereizt. »Das kostet mich eine Stange Geld...«

Ich habe aber an seinem Tisch nichts als Hering vorgesetzt bekommen, vielleicht zum Gedenken an Chagalls Vater, den Kaufmann, der Heringe tonnenweise umsetzte.
Früher, als wir noch alle zusammen die Loire-Schlösser besuchten und in Bois de Size Ferien machten, war er noch arm, lachte aber über alles, auch über seine platte Geldbörse. Mit Erfolg und Reichtum kam auch der Geiz, und sein Portemonnaie wurde zum Tyrannen.
Während des Aufenthalts in Vence kam Virginia oft in mein Zimmer. »Jeden Abend«, beklagte sie sich, »muß ich ihm das Haushaltsbuch zeigen, und er debattiert über jede Ausgabe: Mehl, Öl, Kaffee...«
Tatsächlich mußte man sich zur Teestunde beim Gebrauch von Zucker sehr zurückhalten.
»Ich bin sein Dienstmädchen«, fuhr Virginia fort, »seine Sekretärin, sein Modell, seine Chauffeuse, seine Buchhalterin, und trotz seiner Millionen gibt er mir kaum genug Haushaltsgeld, um etwas zum Essen zu kaufen.«
Sie weinte sich an meiner Schulter wegen dieser täglich wiederkehrenden häuslichen Bedrängnis aus. Übrigens schenkte sie Chagall einen Sohn, David, den er auch anerkannte. Er ist heute Fotograf.
Wenn es einen Nobelpreis für Schmierenschauspielerei gäbe, hätte Chagall unbedingt den Sieg davongetragen. Auf diesem Gebiet gehörte er zu den Begnadeten. In der Öffentlichkeit spielte er das staunende Wunderkind, das eine verblüffend ausgefeilte Nummer lieferte: den närrischen Träumer, der über allen armseligen irdischen Dingen schwebte... Jeden Morgen erwachte er naiv wie am ersten Tag, als ewiges Kind, das Zuspruch braucht.
Beim Frühstück fing es schon an. Er erschien kopfwackelnd und händeringend und seufzte mit seinem slawischen Akzent:
»Ich habe kein Talent!«
»Aber Chagall, Sie haben viel mehr als Talent«, sagte ich, »Sie sind ein Genie.«
»Das ist nicht wahr«, erwiderte er und zeigte mir das Bild auf der Staffelei, an dem er gerade arbeitete. »Ich habe kein Talent; mein König David, sehen Sie ihn nur an, das ist nicht das Wahre...«
Er fischte nach Komplimenten, aber nicht mit der Angelschnur oder dem Kescher, sondern mit einem massiven Schleppnetz, das alle Winkel ausräumte.
»Die Malerei ist eine Frage der Chemie.«
Eines Tages kam Matisse zu Besuch. Er war ziemlich groß und korpulent. Von der Reise ermüdet, ließ er sich in einen Sessel fallen, der prompt unter seinem Gewicht zusammenbrach.

»Hoffentlich haben Sie sich nicht weh getan!« rief Chagall, der, im Zimmer herumtänzelnd, gar nicht mehr aufhören wollte, sich beim »teuren Meister« zu entschuldigen.
Matisse raffte sich mühsam auf.
»Für mich gibt's immer nur das Atelier, die Malerei!« erläuterte Chagall. »Ich vergesse sogar, meine alten Möbel zu erneuern. Morgen fahre ich nach Nizza und kaufe ein.«
Doch kaum hatte Matisse sich verabschiedet, so sagte Chagall nicht etwa: »Gott sei Dank, daß er sich nicht verletzt hat«, sondern er wandte sich wütend zu mir und zischte: »So, und nun muß ich den Sessel reparieren!«
Das war sein trautes Heim: Er überwachte und berechnete alles, hatte überall etwas auszusetzen. Früher einmal hatte Chagall eine Seele. Jetzt ist er nur noch ein Händler, gestützt auf eine Diplomatie, die den ganzen Quai d'Orsay erblassen läßt. Er glaubt, von seiner Karriere benebelt, Picasso und Michelangelo zu übertreffen.
Eines Tages hielt Virginia es nicht mehr aus. Sie sprang in den nächsten Zug und floh. Da sie nicht wußte, wohin sie sich wenden sollte, klingelte sie an meiner Tür.
»Ich ertrage es nicht mehr bei Chagall«, sagte sie.
»Willst du ihn verlassen?«
»Jedenfalls brauche ich Ruhe und etwas Abstand.«
Sie zog dann zu einem belgischen Fotografen, den sie bei der Hochzeit von Chagall-Tochter Ida kennengelernt hatte. Dieser Fotograf war ebenso alt wie Chagall. Es waren also nicht die Jahre, die sie belasteten, sondern das Wesen.
Nach Virginias Flucht suchte Chagall wie verrückt die Côte d'Azur ab. Er lief in alle Hotels, Cafés und Nachtlokale und fragte die Leute aus. Aber obwohl er Himmel und Erde in Bewegung setzte, verlor er nicht so weit den Verstand, daß er mich in Paris angerufen hätte. Gewiß, er war verzweifelt, vergaß deswegen aber nicht, was ein Ferngespräch kostete.
Ich meinerseits wußte über die Gründe der Trennung nicht Bescheid. Hatte es ein Drama gegeben, oder war es ein gütliches Übereinkommen? Virginia hatte sich darüber nicht weiter ausgesprochen.
Erst eine Weile später, als ich Chagall zufällig auf der Place Saint-Augustin traf, gewann ich einen näheren Einblick in das Räderwerk seines Gehirns.
»Da sind Sie ja, Madame Goll!« rief er, als er mich sah. Das übrige ging in Keuchen und Pusten unter.
»Nanu, seit wann nennen Sie mich ›Madame Goll‹?«

»Sie haben Virginia zur Flucht aufgehetzt, ich weiß es...«
»Schreien Sie nicht so auf der Straße, Chagall! Man hält uns ja für Lumpensammler!«
»Lumpensammler... Ist mir doch egal!«
»Trinken wir einen Tee im Latinville. Da können Sie mir erzählen, was Sie gegen mich haben.«
Er schäumte, wütete, zog den Kopf zwischen die Schultern.
»Virginia ist wegen Ihnen weg!« Doch dann nahm er sich etwas zusammen und folgte mir ins Café. Zweifellos wollte er sich Klarheit verschaffen, oder vielmehr, wie die meisten Männer, eine Erklärung hören, die sein männliches Selbstgefühl rettete.
»Ich wußte nicht einmal, daß sie diesen Fotografen wiedersehen wollte«, sagte ich. »Zu mir kam sie nur als Freundin, die Schwierigkeiten hat.«
Nachdem ich ihm alles über meine unfreiwillige Teilnahme an dem Abenteuer erzählt hatte, das sich in der Hauptsache außerhalb meines Gesichtskreises abspielte, seufzte er tief auf.
»Was wird die Kunstgeschichte dazu sagen, daß Virginia einen Chagall wegen eines Fotografen verlassen hat?«
Er versank eine Weile in Nachdenken über die Lehrbücher des kommenden Jahrhunderts.
»Ah, wenigstens habe ich ihr alle meine Bilder abgesprochen«, verkündete er dann. »David, mein Sohn, bekommt alles, wenn er großjährig ist.«
»Arme Virginia«, sagte ich.
»Wieso arm? Sie hat ja nun ihren Fotografen, von dem kann sie sich gratis knipsen lassen.«
Und sein Schlußwort war:
»Wenn man bedenkt, daß sie sich vor dem Weggehen noch alle Zähne auf meine Rechnung hat richten lassen...«

Henry de Montherlant bat mich um einen Besuch. Er sagte mir ein paar passende Worte zum Tode Golls und bestärkte mich in dem Willen, dem Schicksal standzuhalten und seinen Schlägen nie nachzugeben. Ich müsse der Krankheit und der Zerstörung des Körpers mit aller Kraft widerstehen.
Ich kannte ihn seit 1928. Nach der Veröffentlichung meines Romans *Une Allemande à Paris* (Eine Deutsche in Paris) hatte er mir geschrieben, daß er meine Bewunderung für Frankreich nicht teile. »Was mich betrifft«, fügte er in seinem Brief hinzu, »so besteht mein Patriotismus darin, mein Land zu verachten.«

Bei der ersten Begegnung in seinem Appartement in der Rue de Bourgogne hatte er in sehr harten Ausdrücken von der Mittelmäßigkeit der Franzosen gesprochen. Er war den Menschen und der Literatur gegenüber voller Hochmut. Aber damals hinderte mich die Bewunderung, die ich für ihn hegte, ihm zu widersprechen.
In regelmäßigen Intervallen gingen wir zusammen essen. Durch den Krieg entstand eine Pause in unseren Beziehungen, aber nach dem Ende der Feindseligkeiten fand ich denselben wieder, den ich verlassen hatte: einen sehr feinen Kopf mit annähernd römischen Zügen und fast femininen Gesten, ungeachtet seiner Weiberfeindschaft. Zu mir war Montherland immer sehr liebenswürdig, vielleicht wegen meiner deutschen Abstammung. Diese Begeisterung für alles, was von der anderen Seite des Rheins kam, hatte ihn zur Kollaboration mit den deutschen Besatzern verführt, aber seine Gründe waren vollkommen unpolitisch. Die Neigung zum Faschismus rührte von seinem Haß gegen alles Niedrige her. Woher nahm er nur seine ungeheuerliche Fähigkeit zur Verachtung einerseits und zur Verherrlichung der Gewalt andererseits? Fühlte er sich so über alle erhaben, oder lag er im Kampf mit sich selbst?
Ein Jahr vor seinem Tod besuchte ich ihn am Quai Voltaire. Er regte sich über die Degradierung durch das Alter auf, er nahm es nicht hin, er weigerte sich, seinem Athleten-Image zu entsagen. Es war tragisch, aber nicht zu ändern. Schon als junger Mensch trug Montherlant sein Drama in sich.
Er, der Einzelgänger, der in das Absolute verliebt war, wollte dem gemeinen Menschenlos entgehen; er lehnte es sogar ab, über Literatur zu sprechen, die er noch unter Stricken und Kochen einordnete. Sein Selbstmord beweist seinen unmäßigen Stolz und seine Lebensverachtung. Dabei geht die Existenz weiter, selbst wenn man erblindet: Joyce, der bis zum Schluß arbeitete, korrigierte, diskutierte, ist ein Musterbeispiel dafür. Und Sartre, der nun auch ganz im Dunkeln leben mußte, stellte seine Tätigkeit vom Schreiben aufs gesprochene Wort um. Aber Montherlant ertrug es nicht, von fremder Hilfe abhängig zu sein. Seine Idee von aristokratischer Größe verbot ihm jede Form der Demütigung. Vielleicht hätte ihn eine Frau halten können, aber seine Männerlieben verurteilten ihn zur Einsamkeit.

Auf die Bitte Helena Rubinsteins bin ich nach Amerika zurückgekehrt. »Ich weiß, daß Sie Geld brauchen«, sagte sie. »Schreiben Sie mir also Werbetexte, die in Brasilien, Japan und Argentinien verteilt werden... Das verhilft auch Ihnen zu einer fabelhaften Publicity.«

Helena Rubinstein war in ihrer Jugend sehr schön, aber jetzt glich sie trotz ihrer Behandlungen – oder vielleicht gerade deswegen – einer wandelnden Mumie. Im Gegensatz zu ihr schmiere ich mir niemals etwas auf die Haut, weil ich meine, daß man mit Würde altern soll.
»Und ich zahle Ihnen sogar fünfzig Dollar«, setzte sie hinzu.
»Was? Fünfzig Dollar für einen Prospekt, den Sie in der ganzen Welt verbreiten? Machen Sie wenigstens hundert daraus!«
»Nein. Fünfzig.«
In ihrem Palais von achtundzwanzig Zimmern zeigte sie mir ihre neue Jadesammlung und ihre Pelzschränke, wo sich Zobel, Marder, Chinchillas, Persianer und Nerze aneinanderreihten.
Ich sah auch Lotte Lenya wieder, die eine bezaubernde, von Kurt Weill eingerichtete Mühle bewohnte. Während unseres New Yorker Exils waren Goll und ich oft bei dem Ehepaar gewesen; die unangenehme Erinnerung an *Royal Palace* war ausgelöscht. Nach dem Erfolg der *Dreigroschenoper* hatte Kurt Weill seine Zusammenarbeit mit Bertold Brecht wieder aufnehmen wollen und Goll gebeten, ihm ein Operettenlibretto zu schreiben. Aber Yvan war, indem er die Geschichte einer untreuen Frau nach meinem Bilde erzählte, so sentimental geworden, daß sein Text sich nicht mit der herben Musik Kurt Weills vertrug. Der Durchfall von *Royal Palace* hatte die Beziehungen der beiden Männer merklich abgekühlt, bis sie sich im Exil wiedersahen.
Der kurzbeinige Kurt Weill, mit einem riesigen Kopf auf schmalen Schultern, bildete mit seiner Häßlichkeit, die den Karikaturisten Futter gab, einen seltsamen Gegensatz zu seiner reizvollen Frau Lotte Lenya. Er hatte sie in Wien entdeckt, als sie noch in Kabaretts tanzte. Von ihrer brüchigen, eigentümlich vertrauten Stimme fasziniert, machte er aus ihr eine Sängerin, der er die *Dreigroschenoper* sozusagen auf den Leib schrieb.
Als ich jetzt nach New York zurückkehrte, war Kurt Weill tot und Lotte Lenya wiederverheiratet, und zwar mit George Davis, einem Homosexuellen, den sie zum schönen Geschlecht bekehrt hatte. Er war Schriftsteller und gab mit Erfolg die Zeitschrift *Mademoiselle* heraus – ein Titel, der gut auf ihn paßte.
Aber eines Tages, als er das untere Ende der Zweiten Avenue entlangging, wurde er von ein paar Straßenjungen überfallen. Hatte er ihnen irgendwelche Anträge gemacht oder war es eine der sinnlosen Attacken, wie sie in New York alle Tage vorkommen? Jedenfalls wurde Davis im Rettungswagen ins Krankenhaus transportiert, aus dem er mit schlecht zusammengeflicktem Gesicht und einem fast geschlossenen Auge wieder herauskam. Dieses entstellte Scheusal interessierte Lotte Lenya nicht

mehr. Sie behandelte ihn von Stund an wie einen Lakaien, der in seiner Ecke hockt und nur auf den Pfiff seiner Herrin wartet. Nachdem ihm von Unbekannten fast der Schädel eingeschlagen worden war, erdrückte Lotte Lenya ihn vollends. Glücklicherweise sorgte das Schicksal für seine baldige Erlösung. Nach seinem Begräbnis heiratete Lotte wieder und zog nach London.

In Amerika verbrachte ich diesmal sechs Monate in der Künstlerkolonie von Hunnington-Hardford, einem Lebensmittel-Magnaten, der bei Santa Monica in Kalifornien zwei Berge und das dazwischenliegende Tal gekauft hatte. Der Sohn des Architekten Frank Lloyd Wright hatte dort fünfundzwanzig Studios gebaut, wo die Künstler inmitten von Reptilien, Skorpionen und Taranteln untergebracht waren. Ein riesiger italienischer Bildhauer, Geliebter von Frieda Lawrence, der Witwe von D. H. Lawrence, jagte täglich nach Giftschlangen, denen er dann die Haut abzog, um seine Wände damit zu tapezieren.

Jede Woche gaben die Musiker der benachbarten Universität bei uns ein Konzert, nach dem wir, unsere Erste-Hilfe-Köfferchen an uns gedrückt und ohne vom Wege abzuweichen, in unsere Unterkünfte zurückeilten. Bei dieser Gelegenheit sah ich den höchsten Ballettsprung, den je ein Mensch seit Nijinkski ausgeführt haben dürfte: Ein Musikprofessor hätte beinahe einer Klapperschlange auf den Schwanz getreten.

In diesem prähistorischen Paradies, dessen Luxus alle Einfälle übertraf, die Gottvater einst für das seine gehabt hatte, war für jede Behaglichkeit gesorgt. Nur mußte man sich in dem wunderschönen Speisesaal leider hauptsächlich von den Konserven unseres Wohltäters ernähren.

Anschließend fuhr ich nach Italien. In Genua wohnte ich bei dem Neurologen, der Ezra Pound behandelte.

»Er kommt jeden Dienstag«, sagte er. »Möchten Sie ihn mal treffen?«

»Ich gehöre zu den Leuten, die nichts vergessen«, erwiderte ich.

In den zwanziger Jahren hatte ich ihn zu derselben Zeit wie Hemingway kennengelernt. Ezra Pound besuchte emsig James Joyce und die Amerikanerin Gertrude Stein.

»Dieser Mann ist mir in der Seele zuwider«, hatte ich schon damals zu Goll gesagt, ohne meine Feindseligkeit begründen zu können. Seine Dichtung hat mich nie umgeworfen; ich sah und sehe in ihr verhackstückten Joyce.

»Künstlern muß man vieles verzeihen«, sagte mein Freund, der Psychiater.

Viele Schriftsteller und Maler spielen sich als Philosophen auf, um Stürme oder Kriege zu entfesseln. Aber wenn das Glück sich wendet, verschanzen sie sich hinter ihrem Werk. Ich hatte Ezra Pound nichts zu sagen, und er mir noch weniger, denn er machte den Mund nicht mehr auf, als wolle er sich selbst dafür strafen, daß er während des Krieges zu geschwätzig gewesen war. Er murmelte nur: »Reden Sie mich nicht an, ich bin gestorben!« Ein furchtbarer Schuldkomplex lähmte ihm die Zunge. Weil er im Solde Mussolinis der Sänger des Faschismus gewesen war, hatten die amerikanischen Soldaten ihren Landsmann zur Vergeltung in einem Eisenkäfig durch die Straßen gefahren, bevor sie ihn in ein Irrenhaus einschlossen. Pound hatte sein Vaterland verraten, mehr aber noch die Ehre der Dichter.

In Paris sah ich häufig Picasso, der Yvan mit seinen Illustrationen zur *Elégie d'Ihpétonga* die letzte Freude verschafft hatte. Wenn ich zur Rue des Grands-Augustins ging, plauderte ich erst mit Jaime Sabartès, dem Zerberus und Dichter, der Picasso als Sekretär diente. Er lebte im Schatten des Meisters, er atmete mit seinen Lungen.

»Der Alte ist schlecht gelaunt«, sagte er mir manchmal.

In diesem Fall war es besser, ein andermal wiederzukommen. Aber in seinen guten Momenten empfing mich Picasso in der unbeschreiblichen Liederlichkeit seines Ateliers, wo der berühmte verrostete Ofen thronte. Selbst halb in Lumpen, sortierte er seine Bilder, zeigte eines nach dem anderen und war begierig auf Meinungsäußerungen.

In dem Durcheinander von Gemälden und Plastiken wußte er immer genau, wo jedes Stück war. Aber er hielt sich mit keinem auf und sprang von einem zum andern, als hätte er es eilig, weiterzukommen.

Niemand war berechtigt, sein Atelier aufzuräumen, wo der Staub sein treuester Bundesgenosse war.

»Die Schätze der Pharaonen sind durch Staub gerettet worden«, sagte er. »Der schützt wirksamer als ein Tresor.«

Picasso war kein Handwerker. Er betrieb die Arbeit wie ein Spiel und pinselte nichts pedantisch zu Ende. Er konnte wahnsinnig großzügig sein, im nächsten Moment aber Millionen fordern, wenn er eines seiner früheren Werke als authentisch anerkennen sollte. Der nächste Besucher legte ihm dann womöglich eine Fälschung vor, die Oscar Dominguez oder ein notleidender Spanier verfertigt hatte, und Picasso signierte sie, ohne eine Miene zu verziehen.

Er war launisch und unberechenbar und rechtfertigte sich nie. Er hatte zu viele Freunde, zu viele Bilder, zuviel Talent. Regelmäßig ließ er alles im Stich; er floh die Anhäufung von Werten und Gerümpel, die Bittsteller, die Unordnung. Er hängte ein Vorhängeschloß an die Tür seiner Wohnung oder seines Palais, kaufte sich eine neue Bleibe und fing von

vorn an, wobei er die Freunde wie seinen Stil wechselte. Wenn er dann seinen Horror vor Reisen in die Vergangenheit überwand und irgendwohin zurückkehrte, fand er sein Atelier so vor, wie er es vor zwanzig Jahren verlassen hatte.
Einmal wurde unsere Beziehung für einen Moment von einer Wolke getrübt, als die amerikanische Ausgabe der *Elégie d'Ihpétonga* herauskam.
»Ich will nichts dafür haben«, sagte mir Picasso. »Schicke mir ein oder zwei Belege, das genügt.«
Ich schrieb sofort an den Verleger, der mir versprach, das Notwendige in die Wege zu leiten. Also konnte ich ruhig schlafen, bis ich Françoise Gilot, Picassos Gefährtin, traf und von ihr erfuhr, der Maler habe bei Empfang des Belegexemplars einen seiner berühmten Wutanfälle erlitten.
»Claire Goll macht sich über mich lustig!« schrie er erbost, »nie mehr kriegt ein Poet Gratis-Illustrationen von mir!«
Doch dann zuckte er die Achseln und zog, weniger nachtragend als Chagall, einen Strich unter das Ganze.
»Ich habe euch Originallithographien gegeben«, sagte er noch, »und zum Dank bekomme ich Fotoreproduktionen aus der gewöhnlichen Auflage!«

Nach Golls Tod war ich mittellos zurückgeblieben. Ich überlebte von Woche zu Woche mit Artikelschreiben und dem Verkauf der paar Erinnerungsstücke, die von den Deutschen nicht mitgenommen worden waren. Aber Spekulation ist nicht Sache der Armen. Trotz verlockender Angebote wartete ich immer noch auf ein Wunder und verschob den Verkauf einiger Bilder von Léger und der Manuskripte von Freunden, die in meinen Augen zu Yvans Leben gehört hatten.
Als mir der Portier des Hôtel d'Orsay zum drittenmal seine Rechnung übergab, geriet ich in Panik: Ich war zwei, ja vier Monate im Rückstand. Ich setzte Himmel und Erde in Bewegung, um ein paar Scheine zu verdienen, und mußte mich gewissenlosen Kredithaien ausliefern.
Da wurden meine Geldsorgen durch eine verblüffende Neuigkeit nichtig: In München erwartete mich eine traumhafte Erbschaft! Meine Onkel, Bankiers und Hofräte, hatten immense Vermögen an meine Tanten vermacht, die von Hitler ausgeraubt und dann in den Gaskammern verschwunden waren, ohne Erben zu hinterlassen. Mir, der einzigen Überlebenden, fiel daher der gesamte Grundbesitz zu.
Um die Angelegenheit zu beschleunigen, engagierte ich einen Anwalt, der, wie man mir versicherte, der tüchtigste von ganz Deutschland sei. Dieser Herr informierte mich, daß von den Gebäuden nur Steinhaufen

übrig seien und es mir oblag, den Schutt schnellstens wegräumen zu lassen, da er den Verkehr im Münchner Stadtzentrum behindere.
»Aber ich habe keinen Sou«, gestand ich ihm.
»Erlauben Sie, daß ich mich gratis mit Ihrem Fall befasse«, erwiderte er. »Nichts auf der Welt brächte mich dazu, Geld von einer Dichterin anzunehmen.«
Im nächsten Monat erklärte er, daß mein Fall sich leider kompliziere. Da ich durch meine Heirat Französin geworden war, müsse ich mich als Zivilpartei an den Internationalen Gerichtshof wenden, der mir einen Sachwalter zuteilen würde, und dieser wiederum einen Bevollmächtigten.
»Ich behalte Ihre Angelegenheit wohlwollend im Auge«, fügte mein Rechtsanwalt hinzu, »aber Sie verstehen, daß ich meine Kollegen nicht zwingen kann, sich ebenso uneigennützig damit zu befassen.«
»Kann ich nicht einen Bankkredit aufnehmen?« erkundigte ich mich.
»Unselige, wenn Sie diese Aasgeier auf Ihr Erbe ansetzen, ziehen sie Ihnen das letzte Hemd aus!«
Er fuhr wieder nach Deutschland und ließ mich mit bangen Zweifeln zurück. Bald vertraute er mir mit trüber Miene an, daß in Kürze ein Gesetz erlassen werden würde, das alle Besitzer von Ruinengrundstücken verpflichtete, diese in den ursprünglichen Zustand zurückzuversetzen.
»Wie sollte ich mich in ein solches Bauvorhaben stürzen, wo ich schon die größte Mühe habe, mein Hotelzimmer zu bezahlen?«
Das unselige Geschenk meiner Tanten begann mir schlaflose Nächte zu bereiten. Ein Telegramm meines Anwalts gab mir frische Hoffnung. Dieser Schutzengel hatte eine Lösung gefunden, und am nächsten Tag erklärte er sie mir.
»Ich kann wohl sagen, daß ich mich tapfer für Sie geschlagen habe. Ich war persönlich bei Behörden und Ministerien und habe ihnen eindringlich zugeredet, daß sie zu Ehren der deutschen Literatur eine Ausnahme machen müßten...«
»Ja, und?«
»Sagen Sie es keinem weiter«, flüsterte er, »denn es handelt sich um eine kleine Ungesetzlichkeit, die nicht ruchbar werden soll. Mit ein paar Unterschriften läßt sich die Streitsache reglen.«
Er öffnete seine Aktentasche ein wenig und zeigte mir die Ecke eines Schecks.
»Zehntausend Mark«, murmelte er. »Unterzeichnen Sie dies hier, und Sie können sich fortan in Ruhe Ihrer Poesie widmen.«
»Sie sind mein Wohltäter!«
Beglückt unterschrieb ich alles, was er mir hinlegte.

Einige Jahre später, als ich zur Eröffnung der Yvan-und-Claire-Goll-Ausstellung im Mainzer Gutenberg-Museum nach Deutschland kam, nahm ich aus Neugier die Gelegenheit wahr, einen Blick auf die Stätte meines sogenannten Erbes zu werfen. Ich entdeckte im luxuriösesten Teil von Münchens Zentrum ein gigantisches Terrain, auf dem sich inzwischen Kinos, ein Supermarkt, Büro- und Amtsgebäude erhoben hatten. Wieder einmal war ich für ein Linsengericht das Meine losgeworden.
Dann aber stand mir beim Tode von Yvans Mutter abermals eine Erbschaft bevor. Sie hatte mich ein paar Wochen vorher in ihre Bank mitgenommen, um mich über Schmuck und Aktien zu informieren, die dort in einem Schließfach lagen. Doch am Tage nach ihrem Tod war das Safe leer. Ich erkannte sofort die Vorgänge wieder, die Yvan hellseherisch in *Der Goldbazillus*, einem seiner Familie gewidmeten Sittenroman, angeprangert hatte.
»Die arme Rebecca hat ihre Habseligkeiten an die Krankenschwestern und ihre unglücklichen Mitpatientinnen verteilt«, meinte Yvans Tante.
»Von der Seite kannte ich sie gar nicht«, sagte ich.
Mir fiel ein, wie Yvans Mutter nach seiner Beerdigung an meiner Schulter geweint hatte.
»Mein armer Kleiner hat sein Leben vertan...«
»Was sagen Sie da?« schrie ich auf.
»Ich habe ihm das Studium in Straßburg bezahlt, damit er Advokat wird«, schluchzte meine Schwiegermutter. »Und was hat er gemacht, nachdem sein Doktor mich soviel gekostet hat? Dichter ist er geworden!«
»Aber das war seine Berufung, Mama!«
»Seine Berufung? Ich verstehe keine Zeile von allem, was er geschrieben hat.«
Yvan hatte mir immer gesagt, wenn wir bei ihr von Tellern aßen, die sie, um Wasser zu sparen, kaum je spülte: »Um Himmels willen, mach keine Bemerkung, wenn es nicht genug zu essen gibt, ich führe dich nachher in ein Restaurant.«
Jetzt behauptete die Tante vor dem leeren Safe: »Gegen Ende ihres Lebens hat sich Rebecca sehr großzügig gezeigt.«
Da die Familie Grundstück und Bausteine nicht auch verschwinden lassen konnte, blieb mir nach einigen gerichtlichen Umwegen immerhin soviel von dem Erbe, daß ich mir eine Wohnung im VIIe Arrondissement kaufen konnte. Ich hatte dreizehn Jahre im Hôtel d'Orsay im Kampf gegen den Lärm zugebracht, der in der Reisesaison unerträglich anschwoll. Eines der tausend Mittel, die ich ersann, um mich dagegen zu schützen, war der Gebrauch eines elektrischen Haartrockners, den ich neben meinem Kopf

brausen ließ, um einschlafen zu können. Ich verbrauchte auf diese Weise Dutzende, und jedesmal, wenn ich einen neuen, lautern kaufen wollte, mußte ich hören: »Unsere Trockner arbeiten geräuschlos, Madame.« Sogar der technische Fortschritt wandte sich gegen mich, die ich das Sausen so nötig hatte, um Ruhe zu finden!

Obwohl ich all mein Geld in die Wohnung stecken mußte, glaubte ich mich nun endlich in Sicherheit. Ich ahnte nicht, daß ich drei Jahre lang den Quälereien des Fiskus ausgesetzt sein würde, weil ich unterlassen hatte, einige Aktien meiner verstorbenen Schwiegermutter anzugeben. Außer Säumniszuschlägen hatte ich nun eine Geldstrafe zu bezahlen, die wegen irgendwelcher Zinssatzerhöhungen und neuer Steuern ins Endlose anwuchs.

»Ich bin nicht in der Lage, das alles zu regeln«, sagte ich dem Steuereinnehmer. »Mein Leben lang bin ich gerupft worden, von meinem ersten Mann, von der Gestapo, von Anwälten, von den Verwandten meines zweiten Mannes. Jetzt bin ich über siebzig. Soll ich vielleicht betteln gehen?«

»Sie nötigen mich, Ihre Wohnung zum Verkauf auszuschreiben«, erwiderte der Finanzbeamte ungerührt.

Um nicht auf die Straße gesetzt zu werden, suchte ich irgendeine offizielle Protektion. In den oberen Rängen kannte ich nur den Kultusminister des Generals de Gaulle, André Malraux, den ich seit 1947 nicht mehr gesehen hatte. Seine Frau Clara hatte nach zwanzigjähriger Trennung endlich in die Scheidung eingewilligt, unter der Bedingung, den Namen Malraux weiter führen zu dürfen.

Yvan und ich hatten uns damals sehr gewundert, Malraux im Mitarbeiterstab eines Generals, der als stockkonservativ galt, wiederzufinden. Bewunderte er de Gaulle? Hatte die vaterländische Idee ihn überwältigt? Man wird es nie erfahren. Als Reisender ohne Gepäck hatte Malraux immer das Bedürfnis, von einer legalen Macht inthronisiert zu werden. Er hatte keinen anderen Trumpf in seinen Karten außer seinem Genie und seinem ungewöhnlichen physischen Mut. Er war kein Sinologe und hat die Revolution nur von weitem miterlebt, aber dennoch einen Roman über das revolutionäre China geschrieben. Er war Flugkapitän in Spanien, hat aber nie ein Geschwader kommandiert.

Je mehr sein Weg sich dem Mythos und dem Ruhm näherte, desto mehr Katastrophen brachen im privaten Bereich über ihn herein. Sein Vater und Claras Mutter begingen Selbstmord; Josette Clotis, seine einzige Liebe, wurde von einem Zug buchstäblich in zwei Hälften geschnitten; seine beiden Brüder fielen im Krieg; dann starben auch seine zwei

Söhne... Die alten Waffen- und Kampfgefährten blieben seine einzige Familie.
Doch der Blutzoll legitimiert einen Menschen ebensowenig wie Genie und Mut. In den Augen des Wählers ist die tragische Gestalt eher ein verdächtiges Individuum: Sohn aus einer geschiedenen Ehe, selbst geschieden, ein jüngerer Halbbruder, der den Ältesten seiner unehelichen Söhne anerkannt hatte... Noch zweifelhafter als vermutlicher Herausgeber pornographischer Bücher, ferner wegen einer Diebstahlsgeschichte vor Gericht gezerrt... So ein absonderliches Durcheinander mag in volkstümlicher Literatur wohlgelitten sein, versperrt aber im allgemeinen den Zugang in die politische Arena.
Um niemandem Rechenschaft ablegen zu müssen und sich über alle Konkurrenz zu erheben, mußte Malraux im Schatten einer Persönlichkeit von höchstem Prestige bleiben. Die Ausstrahlung des Generals de Gaulle schützte den Rebellen und legitimierte seinen Aufstieg in ein öffentliches Amt.
Ich hatte keine Ahnung, ob Malraux als Kultusminister mein Anliegen befürworten würde. Mein Brief hatte ein paar Wochen lang kein Echo. Dann bekam ich eine Aufforderung vom Sekretariat, persönlich im Ministerium, Place du Palais Royal, vorzusprechen. Dort traf ich Malraux hinter einem gewaltigen Schreibtisch an.
»Claire«, sagte er, »ich habe Ihre Akten an die zuständigen Büros weitergeleitet und ein paar Worte beigefügt: ›Claire Goll ist eine Dichterin, die nichts von Aktien, Steuererklärungen und Erbschaftsangelegenheiten versteht.‹ Hier ist die Antwort, die ich gerade bekommen habe. Ich lese sie vor: ›Ich erhalte sehr zahlreiche Anträge auf Steuerbefreiung oder Erlaß von Strafgebühren, aber dies ist das erstemal, daß ich ein Gesuch gern bewillige.‹ Gezeichnet: Giscard d'Estaing, Finanzminister.«
Somit hatte ich mit mehr als siebzig Jahren endlich ein Dach über dem Kopf, unter dem ich ruhig schlafen und arbeiten konnte, ohne befürchten zu müssen, demnächst wegen eines Zahlungsrückstandes daraus verjagt zu werden.

20

Im Alter habe ich von einem sehr jungen Mann die Liebe gelernt. Wie einst bei Goll brauchte ich sechs Monate, um etwas zu begreifen. Dann war es wie eine Lawine, ein völliger Umsturz meiner Tage und Nächte. Nach sechzehn Jahren der Enthaltsamkeit war ich wieder Jungfrau. Zwi-

schen ihm und mir ereignete sich die unverständliche, aber alles überstrahlende Entdeckung der Sexualität.
Erst durch ihn erfuhr ich, daß ich ein Leben hinter mich gebracht hatte, ohne den Orgasmus kennenzulernen, den alle Frauen ersehnen. Er war perplex über meine Unerfahrenheit. Nie hatte ich im Bett einem Mann die Stirn geboten. Willig hatte ich mich ihm untertan gemacht und mich dem Rhythmus seiner Wünsche angepaßt.
Weder Goll noch meine Liebhaber hatten mich für die geheimen Spiele der Liebe aufgeschlossen.
Mein junger Geliebter hat mich als Meister behandelt, und ich habe alles mit mir geschehen lassen. Er hat mich schonungslos genommen, wie man eine Frau nehmen muß, ohne auf Reinheit und Schamgefühl Rücksicht zu nehmen.
Was die anderen Männer mit ihrer behutsamen Zärtlichkeit nicht in mir zu erwecken vermochten, erreichte dieser auf Anhieb, indem er mich zugleich zum Komplizen und willigen Opfer seiner Ausschweifungen machte.
An Yvans Todestag brach ich plötzlich, von Zuckungen geschüttelt, in Tränen aus.
»Ich habe meinen Toten betrogen«, heulte ich, mich auf dem Boden wälzend.
»Du bist keine Inderin, die sich neben der Leiche des Gatten in den Scheiterhaufen stürzt«, erwiderte er.
Wir gingen gemeinsam zum Père Lachaise, an Yvans Grab.
»Er gibt dir seinen Segen«, sagte er.
Er hätte der Sohn meines Mannes sein können. Er ähnelte ihm. Sie haben sogar die gleiche Handschrift. Wenn ich mit ihm schlafe, halte ich den jungen Yvan in den Armen. Das Schicksal behielt mir vor, diese seltsame Verdoppelung zu erleben.
»Er scheint mir wiederbegegnet zu sein«, sagte ich.
Auf Friedhöfen wird der Geist anfällig für abergläubische Regungen. Man interpretiert Lichter und Schatten, den Tanz eines vom Baum fallenden Blattes.
Ich wurde wieder ruhig, als ich mich an ihn schmiegte.
»Schau dir das Medaillon auf dem Grab an«, sagte ich. »Es ist von Chagall entworfen, einem der reichsten Männer der Welt, und von Jean Longuet, dem Urenkel von Karl Marx, in Bronze gegossen. Yvan hat im Todeskampf die deutsche und französische Sprache miteinander versöhnt, und auf dieser Platte vermählen sich das Gold und die soziale Gerechtigkeit...«

Kurz nach Yvans Tod hatte ich dieses Gedicht geschrieben:

UNSER GRABRELIEF

Jede Mitternacht halt ich ans Herz
Deine rabenblaue Locke
Noch immer mit Starkstrom geladen
Trifft mich ihr elektrischer Schlag
Den Drosselpfiff mit dem du mich riefst
Übte ich mit Vogeljungen ein
Und als sie flügge waren
Riefst du mich durch sie aus allen Gärten
Im Film den ich von dir drehte
Huscht Orpheus' Schatten über die Leinwand:
Von den Krümeln dieses Schattens
Von etwas Zelluloid nähre ich mich
Man glaubt mich lebend weil ich mich bewege
Und bin doch längst zu Bronze erstarrt
Mit dir vereint im Relief von Chagall
Über unsrem Doppelbett aus Stein

Seit Goll in den Sarg gelegt worden war, hatte ich eine mönchische Existenz geführt und mich ausschließlich seinem Werk gewidmet. Ich hatte die Liebe und alle Heiratsanträge abgelehnt. Ich hatte die Sehnsucht aus meinem Leben verbannt, um meine Erinnerungen nicht teilen zu müssen. Und dann kam dieser poesienärrische Junge. Wir arbeiteten zusammen, von Angesicht zu Angesicht, und ich ahnte nicht, was für seltsame Träume durch seine Nächte gingen. Ich sah nur, daß seine Wangen sich lebhaft färbten; meine Zeit war die des Überlebens, nicht mehr des fleischlichen Stachels. Mehr als einmal kam er mir so nahe, daß seine Wange die meine streifte. Aber ich hatte nichts sehen oder verstehen wollen.

Ich bin die unbegabteste Komödiantin von der Welt, und allein der Zufall hat meine Eroberungen gelenkt. Die Männer lagen immer zu meinen Füßen, ohne daß ich Kriegslisten anwandte. Mit sechsundsiebzig Jahren gedachte ich nichts mit einem Epheben anzufangen, um mir eine zweite Jugend vorzugaukeln. Man muß in Würde hinnehmen, was das Leben mit sich bringt, und sei es auch das Alter.

Herausfordernd, ohne es selbst zu merken, war ich nicht darauf gefaßt, daß ein Heranwachsender für mich entflammen könnte, ein von Glücksgütern, Geist und Talent verwöhnter Jüngling. Wie lange hatte ich nicht

mehr an Liebe gedacht, als er mich in seine Arme nahm? Ich war eine vereinsamte Witwe, die von neuem entdeckte, was schon so lange vergessen war.
Er hätte mein Enkel sein können, behandelte aber mich wie ein Kind, ohne je unseren Altersunterschied zu erwähnen.
»Gib zu, daß ich ein tapferer Mann bin, um mich in ein derartiges Abenteuer gestürzt zu haben«, sagte er mir eines Tages.
Mein Leben wurde durch das Erscheinen dieses jungen Gottes, den ein sehr merkwürdiges Band mit einer betagten Frau vereint, völlig umgekehrt. Im ersten Jahr besuchte er mich alle Tage.
Gegen Ende des zweiten Jahres begannen die Krisen, denn der Mann ist ein polygames Wesen. Aber er kam immer zurück, um unsere seltsame körperliche Komplizenschaft neu zu knüpfen.
Noch heute antwortet mein Freund, wenn ich ihm sage: »Fahr doch mit einem Mädchen deines Alters aufs Land!« – »Ich ziehe es vor, meinen Wagen vor deiner Tür zu parken.«
Ich stelle mir Fragen, ich versuche zu analysieren, was in einem jungen Mann vor sich gegangen sein kann, daß er von einer so viel älteren Frau angezogen wurde. Vor mir hatte er überhaupt keine Frauen, sondern nur Schüler-Erotik gekannt. War ich eine Art Muttterersatz? Aus welchem Grund auch immer, er liebte mich, und ich liebte ihn. Im Herbst meiner Tage machte ich vollen Gebrauch von dem funkelnden Geschenk, welches das Schicksal für mich aufbewahrt hatte.
Es ist schon ungewöhnlich, so spät den Orgasmus kennenzulernen. Früher hatte ich nur die romantische Liebe erlebt, die Vereinigung zweier Seelen, zweier Geister. Goll und Rilke hatten aus mir ein Idol gemacht, dem man sich nur mit Vorsicht nahte. Sie hatten mich entkörperlicht. Aus Angst, mich zu verlieren, wenn er unsere Gemeinsamkeit in erotischen Flammen auflodern ließ, hatte Goll die Liebe wie rasend anderswo gesucht.
Dennoch bin ich meinen Geliebten nicht böse. Wenn sie mir keinen Genuß verschafft haben, so nur, weil sie mich so haben wollten. Der Mann modelliert die Frau, von Natur aus, nach dem Bild, das er im Kopf trägt. Muß man sich das gefallen lassen? Goll hätte mich nicht so sehr geliebt, wenn ich mich anders gezeigt hätte. Er wollte Krisen und Trennungen. Das Wesen, das außer Reichweite war, stimulierte seine Lust und seine Kunst. Wenn ich als wollüstiges Weibchen seinen Körper befriedigt hätte, wäre er bald ermattet, und seine Bewunderung hätte die flüchtige Zeitspanne der Lust nicht überdauert.
Yvan hielt mich in seinen Armen und betrachtete mich, aber hat er mich

je als das gesehen, was ich war, als eine Frau aus Fleisch und Blut? Goll und Rainer Maria Rilke machten aus mir eine Traumprinzessin, die in einer gläsernen Kugel schwebt. Trotz meiner Geliebten und meiner vorübergehenden Liaisons wußte ich nichts von der Liebe, nicht einmal, daß es andere Arten geben könnte als diejenige, die sie mich gelehrt hatten. Ich hatte geglaubt, meine Erfahrungen entsprächen den Naturgesetzen, und es sei Frauenlos, unbefriedigt zu bleiben.

Wie hätte ich mich selbst kennenlernen sollen, wenn schon meine Partner nichts von mir ahnten? Wie hätte ich etwas finden können, was ich gar nicht suchte? Aus meinen ersten Erfahrungen mit Ehe und Untreue, mit Goll und Rilke hatte ich geschlossen, die körperliche Liebe sei nichts als eine unvollständige Annäherung. Erst dank diesem Jüngling habe ich die Wonnen der Zärtlichkeit, die Freude, jemandem zu gehören, das Glück, einen Körper an sich zu pressen, kennengelernt.

Ich spreche von diesem Erlebnis ohne provozierende Absicht, aber mit Stolz, weil ich sogar Ninon de Lenclos übertreffe, die mit siebzig zu verführen aufhörte. Noch nach dem achtzigsten Geburtstag körperlich zu lieben ist eine Leistung, die ich mit Victor Hugo teile, aber noch komme ich Natalie Clifford Barney nicht gleich, die als Neunzigerin ihr Verhältnis mit einer jungen Italienerin weiterführt.

Ich habe zahlreiche Frauen gekannt, die nach Erreichen eines gewissen Alters in den Spiegel schauten und sich sagten: »Nie wieder.« Am Tag, als Yvan starb, habe ich selbst so gedacht. Da war ich sechzig Jahre alt. Aber das Alter ist ein konventioneller Begriff. Die Liebe hat weder mit dem Geburtsdatum noch mit Schönheit oder Gesundheit zu tun. Mit achtzig Jahren kann man beben wie mit sechzehn. Die Falten graben sich ins Gesicht ein, aber nicht ins Herz oder in das Geschlecht.

Einst, als ich, eine schlanke rothaarige Sylphide, ins Leben trat, machte mir niemand das Recht auf mein Vergnügen streitig. Im Gegenteil, die Männer bemühten sich um mich und brachten mich zum Nachgeben. Aber es gilt als Skandal, wenn ich mich mit meinen weißen Haaren einem Jugendlichen hingebe und mit ihm auch sexuelle Erfahrungen durchmache wie ein Mann und eine Frau, die zum erstenmal die Liebe entdecken.

Die sexuelle Gleichschaltung der Menschheit zeigt sich, sobald jemand die Schranken übersteigt. Der eine empfindet Ekel, der andere hält es für widernatürlich, wenn eine Prinzessin ihren Diener heiratet, daß eine blonde Schwedin sich einem Neger hingibt, daß ein Behinderter mit einer Schönheitskönigin schläft, ein Mann mit einem anderen, der Bucklige mit der Lahmen, der Junge mit der Alten ... Niemand hat das Recht, die Reaktionen seiner Mitmenschen zu verdammen. Das habe ich begriffen, als ich eine Kur in Enghien machte. Im Reisebus hörte ich das Geschnatter der Damen: Eine erzählte, sie habe dreihunderttausend Francs verloren, eine andere fünfhunderttausend oder mehr. Die Gesellschaft bestand aus Weißrussinnen, beringten Vietnamesinnen, Bürgerinnen aus dem sechzehnten Arrondissement, die weder die finsteren Fabriken sahen, an denen wir vorbeifuhren, noch die Elendsquartiere, wo Araber zusammengepfercht waren wie die Hunde.

Diese Kreaturen mit den von Selbstsucht geblähten Gesichtern hätten ihre Töchter auf den Strich geschickt, um Roulette spielen zu können.

»Denkt hier jemand an die verhungernden Kinder?« fragte ich mit lauter Stimme.

Drei Minuten lang herrschte Schweigen. Für mich Zeit genug, an das einzige Mal zurückzudenken, da ich den Fuß in einen Spielsaal gesetzt hatte. Während einer Kur in Challes-les-Eaux hatte mich Madame Sigurel, die Schwiegermutter von Mendès-France, im Auto ins Kasino von Aix-les-Bains mitgenommen. Ich sah sie am grünen Tisch Platz nehmen und ihre Jetons aufreihen.

Madame Sigurel spielte, um zu vergessen, daß ihr Mann eines Nachts vor ihren Augen ermordet worden war. Mußten die unangenehmen Weiber im Omnibus auch vor irgendwelchen Erinnerungen fliehen? Wollte ich selbst Schatten zerstreuen?

Ich fürchte weder die Jahre noch den nahenden Tod, aber ich erschrecke vor der Möglichkeit der Resignation. Nie möchte ich am Ufer der Weisheit und Beschaulichkeit landen. Ich bin jetzt fünfundachtzig, aber ich schreibe noch immer, und ich könnte noch lieben.

Man soll seinen Weg bis zum Ende hocherhobenen Hauptes verfolgen. Wir wissen nicht, was die nächste Nacht für uns bereithält, wir wissen kaum mehr, was gestern war. Die Erinnerung allein fügt die Momente wieder zusammen. Ich könnte nicht sagen, was ich erlebt habe: Die Zeit besteht aus Bruchstücken, Schicksalsschlägen, Gemütsbewegungen, Kämpfen... Das zu heftige Glück entzieht sich dem klaren Bewußtsein. Im Rückblick sehe ich glückliche Zeiten nur als Ganzes: die ersten Jahre mit Goll, die ersten Monate mit meinem jungen Freund.

Das Schicksal und die Menschen sind daran schuld, daß es auf Erden weder Frieden noch Sicherheit gibt. Käme eine neue Sintflut oder ein neuer Krieg, so müßten wir uns wieder mit zwanzig Kilo Gepäck oder auch nur einem Bündel aus dem Staube machen. Rings um den Erdball hören die Grausamkeiten niemals auf. Selbst die Friedhöfe bieten keine Zuflucht mehr, seit die Nazis die Toten ausgegraben und die Gräber geschändet haben.

Das Leben ist ein Traum, den man wie ein Schlafwandler durchschreitet. Ein lächerlicher Schaum, ein leichter Nebel, der die Stunden einhüllt, die uns zugemessen sind. Einen kurzen Augenblick nur wohnt unser Geist in einer vergänglichen Hülle. Man muß das Äußerste daraus machen. Ich habe mein Bestes getan: Ich habe viel Liebe gegeben, ich habe noch mehr empfangen. Von meinen Nächten und meinen Tagen ist dies alles, was mir bleibt.

Biographisches Namensverzeichnis

Dieses Verzeichnis erhebt keinen Anspruch auf Vollständigkeit. Persönlichkeiten, deren Bedeutung als allgemein bekannt betrachtet werden kann oder aus dem Textzusammenhang klar hervorgeht, sind hier nur mit ihren Lebensdaten aufgeführt.

Andreas-Salomé, Lou (1861–1937), Tochter eines russischen Generals, mit dem Orientalisten F. C. Andreas verheiratet; bekannt durch ihre leidenschaftliche Beziehung zu Nietzsche und später zu Rilke. Spielte auch im Kreis der Wiener Psychoanalytiker um Sigmund Freud eine Rolle. Schrieb Romane, Essays und Erinnerungen.

Annunzio, Gabriele d' (1863–1938), ital. Offizier, Politiker und Dichter. Wurde berühmt durch militärische Bravourleistungen und mehrere melodramatische Theaterstücke, deren weibliche Hauptrollen (u. a. Francesca da Rimini) der großen Schauspielerin Eleonora Duse, seiner Geliebten, auf den Leib geschrieben waren.

Apollinaire, Guillaume (1880–1918), franz. Dichter ital.-poln. Abstammung. Lebte seit 1902 in Paris, war mit Picasso, Braque und vielen anderen Künstlern der Moderne befreundet. Gilt als Wegbereiter des Kubismus und des Surrealismus.

Aragon, Louis (* 1897), franz. Schriftsteller. Begann als Dadaist und Surrealist, wurde 1930 Kommunist und verfaßte eine Reihe von Romanen, die den Niedergang des Bürgertums schilderten. Verheiratet mit der Schriftstellerin Elsa Triolet.

Archipenko, Alexander (1887–1964), russ. Bildhauer. Ging 1908 nach Paris, 1920 nach Berlin und lebte seit 1923 zumeist in den USA. Sein Schaffen machte von kubistischer Abstraktion über barocken Naturalismus bis zur Kunststoffplastik vielfältige Wandlungen durch.

Arland, Marcel (* 1899), franz. Schriftsteller. Verfaßte psychologische Romane und Erzählungen sowie kritische Essays. War Chefredakteur der *Nouvelle Revue Française.*

Arp, Hans (1887–1966), deutsch-franz. Bildhauer, Maler und Dichter. 1916 Mitgründer des »Cabaret Voltaire«, der Zürcher Keimzelle des Dadaismus. Beteiligte sich an nahezu allen Manifestationen der Bewegung.

Artaud, Antonin (1896–1948), franz. Dichter. Seine surrealistischen Schauspiele der zwanziger Jahre gelten als Frühwerke des »absurden Theaters«. Lebte 1935–46 meist in Heilanstalten. Die Bedeutung seiner Poesie und seiner Lebensphilosophie wurde erst nach seinem Tode erkannt.

Audiberti, Jacques (1899–1965), franz. Schriftsteller. Stand zunächst unter dem Einfluß der Surrealisten (Breton, Péret). Schrieb bedeutendere Werke jedoch erst nach 1940 (Romane und Bühnenstücke).

Auric, Georges (* 1899), franz. Komponist. War Direktor der Pariser Oper, schrieb Musik zu mehr als 80 Filmen (u.a. *Moulin Rouge*).

Baader, Johannes (1875–1956), Architekt. Trat ab 1906 als religiöser bzw. kosmologischer Schwärmer und Sektengründer auf. Zwischen 1917 und 1925 beteiligte er sich an der Dada-Bewegung, die er von Berlin und Hamburg aus geheimbündlerisch zu organisieren versuchte. War später wieder als Architekt tätig.

Ball, Hugo (1886–1927), Schriftsteller. Förderte als Dramaturg an den Münchner Kammerspielen Wedekind u.a. expressionistische Autoren. Seit 1915 in der Schweiz, wo er im März/April des folgenden Jahres angeblich das Wort »Dada« erfand und Mitgründer des Dadaismus wurde, von dem er sich jedoch schon bald distanzierte. Beschloß sein Leben als gläubiger Katholik in höchster Zurückgezogenheit und Armut, nur von Hermann Hesse unterstützt, dessen erste Biographie er verfaßt hatte.

Ball-Hennings, Emmy (1885–1948), Schriftstellerin und Kaberettistin. Trat in München und Berlin in literarischen Kabaretts (u.a. im »Simpl«) auf. Gründete mit ihrem Mann Hugo Ball 1916 in Zürich das »Cabaret Voltaire«, veröffentlichte mehrere expressionistische Romane, später den Nachlaß und die Biographie ihres Mannes.

Barbusse, Henri (1873–1935), franz. Schriftsteller. Sein berühmt gewordener Kriegsroman *Das Feuer* (1916), der das Inferno der Materialschlachten des 1. Weltkrieges schildert, wurde zu einem Fanal des Pazifismus. Später bekannte er sich zum Bolschewismus und verfaßte Bücher über Lenin und Stalin.

Beauduin, Nicolas (* 1883), franz. Lyriker und Theoretiker der avantgardistischen Strömungen in der Literatur der ersten Nachkriegszeit.

Beauvoir, Simone de (* 1908), franz. Schriftstellerin. Neben Jean-Paul Sartre, ihrem Lebensgefährten, Wortführerin des Existentialismus marxistischer Prägung. In ihren gesellschaftsanalytischen Romanen und Memoiren setzt sie sich vor allem mit der Rolle der Frau in unserer Zeit auseinander.

Becher, Johannes R. (1891–1958), Schriftsteller. Begann als expressionistischer Lyriker, trat 1919 der KPD bei und stellte seine Feder mehr und mehr in den Dienst der Partei. Gab 1935–1945 in Moskau eine deutschsprachige Literaturzeitschrift heraus. War später maßgeblich am Aufbau der DDR beteiligt, deren Kultusminister er bis zu seinem Tode war.

Beckett, Samuel (* 1906).

Benn, Gottfried (1886–1956).

Bergner, Elisabeth (* 1897).

Bernhardt, Sarah (1844–1923), franz. Schauspielerin. Seit 1872 Mitglied, später Teilhaberin der Pariser Comédie Française. Gastierte in den USA und nahezu in allen europäischen Ländern als Heroine klassischer und moderner Dramen. 1906 wurde sie Professorin am Pariser Konservatorium. Schrieb Romane, Lustspiele und Memoiren.

Bernstein, Henry (1876–1953), franz. Dramatiker. Verfasser von vorwiegend historischen Schauspielen mit biblischen Themen und ekstatischen Bravourrollen.

Bleuler, Eugen (1857–1939), schweizer. Psychiater. War 1898–1927 Professor in Zürich und Direktor der Heilanstalt Burghölzli. Prägte den Begriff »Schizophrenie« und erforschte ihre Symptome.

Bloch, Ernst (1885–1976), Philosoph. Emigrierte 1933, kehrte 1948 nach Leipzig zurück, wo er an der Universität lehrte. 1957 zwangsweise emeritiert, verließ er 1961 die DDR und lebte bis zu seinem Tod in Tübingen. In seinem berühmten Hauptwerk *Das Prinzip der Hoffnung* entwarf er ein Weltbild, das auf Marxschen Gedanken und älteren Sozialutopien fußt.

Blümner, Rudolf (1874–1945), Schauspieler. Kam vom Meininger Theater zu Max Reinhardt nach Berlin. Spielte vor allem komische Charakterrollen.

Brancusi, Constantin (1876–1957), rumän. Bildhauer. Lebte seit 1904 in Paris. Wegbereiter der abstrakten Plastik, beeinflußte u. a. Hans Arp und Henry Moore. Schuf vor allem Tierskulpturen aus poliertem Stein, Metall oder Holz.

Brecht, Bert (1898–1956).

Breton, André (1896–1966), franz. Schriftsteller. Studierte Medizin und war zunächst Nervenarzt, seit 1919 Anhänger der Dada-Bewegung. 1920 entwickelte er für sich die Methode des automatischen Schreibens. 1921 Bekanntschaft mit Sigmund Freud, dessen *Traumdeutung* seine Dichtung und Kunsttheorie stark beeinflußte. 1924 wurde er aufgrund seines *Ersten surrealistischen Manifestes* Wortführer dieser Richtung. Von seinen marxistischen Kunsttheorien distanzierte er sich in den dreißiger Jahren wieder.

Briand, Aristide (1862–1932), franz. Staatsmann. War von 1909 an wiederholt Ministerpräsident und Außenminister. Trat nach dem 1. Weltkrieg für die Versöhnung mit Deutschland und ein europäisches Sicherheitsbündnis ein. Zusammen mit Chamberlain und Stresemann unterzeichnete er 1925 den Locarno-Pakt. Erhielt 1926 den Friedensnobelpreis.

Broch, Hermann (1886–1951), Schriftsteller. Emigrierte nach der Besetzung Österreichs und kurzer Inhaftierung in die USA. Seine Romane *Die Schlafwandler* und *Der Tod des Vergil* gehören zu den bedeutendsten epischen Werken der Weltliteratur des 20. Jahrhunderts.

Bruckner, Ferdinand (1891–1958), Dramatiker. Begann mit aufsehenerregenden expressionistischen Bühnenstücken (z. B. *Krankheit der Jugend*); seine späteren, meist historischen Dramen waren weniger bedeutend. Er gründete 1923 das Berliner Renaissancetheater, emigrierte 1933 und lebte in den USA, seit 1951 in Paris.

Bychowski, Gustav (1895–1972), poln. Psychologe und Psychiater. War Schüler von Bleuler und Sigmund Freud. Bis 1939 einer der führenden Psychoanalytiker Polens; praktizierte in Warschau. Emigrierte in die USA und war bis zu seinem Tod Professor der Psychiatrie an der Columbia-Universität, New York. Veröffentlichte wichtige Fachbücher und Essays über Psychologie und Literatur.

Camus, Albert (1913–1960), franz. Schriftsteller. Wurde in Algerien geboren und starb bei einem Autounfall. Camus' Ziel war es, den Menschen zur Revolte gegen Despotismus und Gewalt aufzurufen und ihm die Absurdität seines Daseins vor Augen zu führen. Seine Hauptwerke: *Der Fremde, Der Mythos von Sisyphos* und *Der Mensch in der Revolte.*

Carroll, Lewis (1832–1898), engl. Schriftsteller. Wurde berühmt durch seinen Roman *Alice im Wunderland* (1865).

Cendrars, Blaise (1887–1961), franz. Schriftsteller. War Matrose, Fremdenlegionär, Journalist und veröffentlichte noch vor Apollinaire surrealistische Lyrik. Seine späteren Prosawerke sind von vehementer Bildersprache gekennzeichnet.

Césaire, Aimé (* 1913), afrokarib. Dichter von der Insel Martinique und deren Abgeordneter in der französischen Nationalversammlung. Seine Lyrik ist vom Surrealismus beeinflußt. Zusammen mit Senghor ist er Schöpfer der poetischen »Négritude«, der modernen Dichtung der Schwarzen.

Cézanne, Paul (1839–1906).

Chagall, Marc (* 1887).

Charchoune, Sergej (1888–1975), russ. Maler. Studierte in Moskau, lebte seit 1912 in Paris und nahm an der Dada-Bewegung teil (Ausstellungen mit Arp, Schwitters und Tzara). Verfaßte auch theoretische Schriften über den Dadaismus.

Claudel, Paul (1868–1955).

Cocteau, Jean (1889–1963).

Colette, Sidonie-Gabrielle (1873–1954).

Copland, Aaron (* 1900), amer. Komponist. Schrieb zahlreiche Bühnen- und Filmmusiken, verfaßte auch musiktheoretische Schriften.

Crevel, René (1900–1935), franz. Schriftsteller. Gründete mit Yvan Goll 1924 eine eigene surrealistische Gruppe, später schloß er sich Golls Widersacher Breton an. Schrieb vor allem kunstphilosophische Essays und satirische Romane. Beging Selbstmord.

Daladier, Edouard (1884–1970), franz. Staatsmann. War 1933–1940 wiederholt Ministerpräsident. Unterzeichnete 1938 für Frankreich das sog. Münchener Abkommen mit Hitler und Mussolini über die Lösung der deutsch-tschechoslowakischen Krise.

Dali, Salvador (* 1904).

Delaunay, Robert (1885–1941), franz. Maler. Entwickelte einen besonderen kubistischen Stil, den Apollinaire »Orphismus« nannte. Stand den Künstlern des »Blauen Reiters« nahe, beeinflußte vor allem Feininger, Klee und Marc.

Delaunay, Sonia (1885–1979), russ. Malerin und Kostümbildnerin. Seit 1905 in Paris, heiratete den Maler Robert Delaunay. Entwarf Kostüme für Diaghilew, Tzara und für die Modebranche. Schuf später auch große Gobelins und Wandgemälde, u.a. für die Pariser Weltausstellung 1937.

Derain, André (1880–1954), franz. Maler. Stand zunächst unter dem Einfluß von Cézanne und Matisse und gelangte über den Kubismus zu formstrengen, naturnahen Stilleben und Figurenbildern in der Nachfolge der klassischen Tradition.

Dermée, Paul (1886–1957), franz.-belg. Dichter und Publizist. War mit Apollinaire, Picasso und den Pariser Dadaisten befreundet; gründete 1920 die avantgardistische Zeitschrift *L'Esprit nouveau* und gab später andere literarische Revuen heraus.

Desnos, Robert (1900–1945), franz. Dichter. Mitbegründer des poetischen Surrealismus. Starb an den Folgen seiner KZ-Haft in Theresienstadt.

Diaghilew, Sergej (1872–1929), russ. Ballett-Impresario. Gründete 1909 die »Ballets Russes« mit russischen Tänzern in Paris. In der Zusammenarbeit mit den führenden Komponisten (Debussy, Strawinsky, Prokofieff u.a.) und Malern der Moderne (Matisse, Picasso) strebte er den Einklang von Tanz, Musik und Bühnendekoration an.

Döblin, Alfred (1878–1957), Schriftsteller und Arzt. Im Frühwerk Wegbereiter des Expressionismus; mit seinem späteren Werk trug er maßgeblich zur Profilierung des zeitgenössischen deutschen Romans bei (Montagetechnik, innerer Monolog); sein Hauptwerk ist der Roman *Berlin Alexanderplatz* (1929).

Dominguez, Oscar (1906–1958), span. Maler und Bildhauer. In seiner Jugend Vagabund und Gelegenheitsarbeiter in Paris; schloß sich dem Kreis der Surrealisten um Breton und Eluard an. Seine Selbstporträts zeigen seinen durch eine seltene Krankheit deformierten Kopf. Dieses Leidens wegen nahm er sich das Leben.

Duncan, Isadora (1878–1927), amer. Tänzerin und Tanzpädagogin. Seit 1899 trat sie in Europa auf und wurde zur Vorkämpferin der psychologisch fundierten freien Tanzkunst der Moderne. Kam in Nizza durch einen Autounfall ums Leben.

Eggeling, Viking (1880–1925), schwed. Zeichner, Maler und Regisseur. War 1916 einer der Begründer der Dada-Bewegung in Zürich. Drehte ab 1918 mit Hans Richter geometrisch gezeichnete, optisch raffinierte Kurzfilme und gilt als einer der Wegbereiter des künstlerischen Experimentierfilms.

Ehrenburg, Ilja (1891–1967), russ. Schriftsteller. Lebte ab 1921 als sowjetischer Auslandskorrespondent meist in Westeuropa. Lieferte nach linientreuen Romanen im Sinne des sozialistischen Realismus mit *Tauwetter* (1952) den ersten literarischen Beitrag zur Überwindung des Stalinismus.

Ehrenstein, Albert (1866–1950), Schriftsteller. Wirkte als Literaturkritiker in Berlin, emigrierte 1932 zuerst nach Zürich, später in die USA. Verfaßte expressionistische Lyrik und Prosa.

Einstein, Albert (1879–1955).

Einstein, Carl (1885–1940), Kunsthistoriker und Schriftsteller. Verfaßte expressionistische Prosa und Lyrik sowie Standardwerke über afrikanische Kunst. Lebte seit 1928 in Frankreich und beging beim Einmarsch der deutschen Truppen Selbstmord.

Eisner, Kurt (1867–1919), sozialdemokrat. Politiker. Rief im November 1918 in München den »Freistaat Bayern« aus, dessen erster Ministerpräsident er wurde. Im Februar 1919 fiel er einem Attentat des monarchistischen Offiziers Anton Graf v. Arco-Valley zum Opfer. Sein Tod gab den Anlaß zur Ausrufung der Räterepublik.

Eliot, Thomas Stearns (1888–1965), engl. Dichter und Dramatiker *(Mord im Dom, Die Cocktailparty).* Erhielt 1948 den Literaturnobelpreis.

Eluard, Paul (1895–1952), franz. Dichter. Führender Vertreter des Dadaismus, später des Surrealismus.

Ernst, Max (1891–1975), Maler und Graphiker. Mitgründer der Dada-Gruppe in Köln, ging 1922 nach Paris und wurde einer der bedeutendsten Künstler der surrealistischen Richtung, der er zeitlebens treu blieb.

Fels, Florent (* 1893), franz. Publizist. Gab von 1920 an die avantgardistische Zeitschrift *Action* heraus, später das Journal *Voilà*. War mit vielen großen Malern der zwanziger Jahre befreundet und schrieb Monographien über sie.

Fitzgerald, Francis Scott (1896–1940), amer. Schriftsteller. Wurde durch seinen Lebenswandel wie durch sein Werk (*Der große Gatsby* u.a. Romane) zum Prototyp der sog. »Lost Generation«.

Flake, Otto (1880–1963), Schriftsteller. Beteiligte sich kurze Zeit an der Dada-Bewegung und beschrieb ihr Wesen und Treiben in dem Roman *Ja und Nein* (1920). Später machte er sich vor allem als Mittler zwischen deutscher und französischer Kultur verdient.

Foujita, Tsugouharu (1886–1968), japan. Maler. Seit 1913 in Paris. In seinen Stillleben, Akten und Porträts ist der Einfluß des traditionellen Malstils seiner Heimat spürbar.

France, Anatole (1844–1924), franz. Schriftsteller. Setzte in seinem vielseitigen Schaffen die klassisch-humanistische Tradition der französischen Literatur fort.

Freud, Sigmund (1856–1939).

Friesz, Othon (1879–1949), franz. Maler. Entwickelte sich vom Impressionisten zum Expressionisten. Wirkte schon in jungen Jahren als Akademielehrer.

Gert, Valeska (1900–1978), Tänzerin und Schauspielerin. Ihre große Zeit als Erfinderin und Interpretin des Grotesktanzes und der Tanzpantomime hatte sie in den zwanziger und dreißiger Jahren in Berlin. 1938 verließ sie Deutschland und eröffnete in New York verschiedene literarische Kabaretts. Trat in jungen Jahren wie im Alter auch in Filmen auf (u. a. in *Die freudlose Gasse,* 1925). Schrieb Memoirenbücher.

Giacometti, Alberto (1901–1966), schweizer. Bildhauer. Arbeitete seit 1922 in Paris. Über den Kubismus und Surrealismus fand er zu der für ihn typischen Gestaltung stabförmiger Menschenskulpturen.

Gide, André (1869–1951).

Gilot, Françoise (* 1921), franz. Malerin. War 1944–53 Lebensgefährtin Picassos und gebar ihm zwei Kinder. Nach ihrer Trennung widmete sie sich wieder ganz der Malerei und stellte in Frankreich und im Ausland aus. Sie schrieb *Leben mit Picasso* (1964).

Giraudoux, Jean (1882–1944).

Gleizes, Albert (1881–1953), franz. Schriftsteller. Entwickelte einen individuellen kubistischen Stil und gilt als einer der bedeutendsten religiösen Maler der modernen französischen Kunst.

Gontscharowa, Natalja (1881–1962), russ. Malerin. Seit 1914 in Paris, verheiratet mit dem Maler Michail Larjonow. Schuf u. a. Dekorationen für Diaghilew-Ballette. Charakteristisch für sie wurde die kubistische Gestaltung folkloristischer Motive.

Gourmont, Rémy de (1858–1915), franz. Schriftsteller und Publizist. Einer der führenden Kultur- und Sprachkritiker seiner Zeit und Gründer der angesehenen Zeitschriften *Mercure de France* und *Revue des Idées.*

Gropius, Walter (1883–1969), Architekt; Begründer der modernen funktionalistischen Bauweise. Rief nach dem 1. Weltkrieg das »Bauhaus« (Weimar, später Dessau) ins Leben. Seit 1937 Professor an der Harvard-Universität. War 1915/18 mit Alma Mahler verheiratet.

Grosz, George (1893–1959), Maler und Graphiker. Der besonders durch seine Karikaturen auf den Kapitalismus, Militarismus und das satte Bürgertum bekannt gewordene Künstler arbeitete an mehreren Veröffentlichungen der Dada-Bewegung mit. Lebte 1933–59 in New York, starb in Berlin.

Guilbeaux, Henri (1885–1938), franz. politischer Schriftsteller. Gab von 1915 an in Genf die pazifistische Zeitung *Demain* heraus. Propagierte in mehreren Büchern die bolschewistische Revolution; wandte sich später vom Kommunismus ab. Wirkte auch als Mittler deutscher und französischer Literatur.

Guimard, Hector (1867–1942), franz. Architekt des »Art nouveau« (Jugendstil). Um die Jahrhundertwende gestaltete er die noch heute existierenden Pariser Métroeingänge.

Guitry, Lucien (1860–1925), franz. Schauspieler. Trat an verschiedenen Pariser Theatern auf, in seiner Glanzzeit vor allem als Charakterdarsteller in Molière-Komödien und in Lustspielen seines Sohnes Sacha Guitry (1885–1957).

Guth, Paul (* 1910), franz. Schriftsteller und Literaturkritiker. Schrieb eine Reihe heiterer Romane.

Gyp, eig. Marie-Antoinette de Riqueti de Mirabeau, Comtesse de Martel de Janville (1850–1932), franz. Schriftstellerin. Schrieb Romane über das Leben der Aristokraten und behandelte darin mit gesellschaftskritischer Ironie vor allem Generationsprobleme.

Hardekopf, Ferdinand (1876–1954), Schriftsteller. Gehörte in den ersten Jahren der Dada-Bewegung an, wandte sich dann dem Expressionismus zu. Wurde vor allem durch seine Übersetzungen französischer Gegenwartsliteratur bekannt.

Hasenclever, Walter (1890–1940), Schriftsteller. Wurde vor allem durch sein extrem expressionistisches Bühnenstück *Der Sohn* (1914) bekannt. Emigrierte nach Frankreich und beging nach der Besetzung durch die Deutschen Selbstmord.

Hausmann, Raoul (1886–1971), war als Maler, Fotograf, Dichter und Kritiker einer der vielseitigsten Dada-Künstler, an nahezu allen Manifestationen der Bewegung beteiligt und noch im Alter mit ihrer historischen Einordnung in die Geschichte der Kunst beschäftigt. Lebte seit 1944 in Limoges.

Huelsenbeck, Richard (1892–1974), Schriftsteller. 1916 Mitgründer der Dada-Bewegung in Zürich und in der Folge einer ihrer eifrigsten Propagandisten. Lebte später als Psychoanalytiker in New York, wirkte jedoch weiter als Chronist und Bewahrer des Dadaismus.

Huidobro, Vicente (1893–1948), chilen. Dichter. Lebte in den zwanziger Jahren in Paris. Seine poetischen Werke und Theorien waren von großem Einfluß auf die moderne lateinamerikanische Dichtung.

Jacob, Max (1876–1944), franz. Dichter. War mit Picasso und Apollinaire befreundet. Verfaßte mystisch-religiöse Lyrik und Prosa. Kam als Jude im KZ ums Leben.

Jacobsen, Jens Peter (1847–1885), dän. Schriftsteller. Verfasser seelenanalytischer feinsinniger Romane und Erzählungen (u.a. *Frau Marie Grubbe*, *Niels Lyhne*), deren sensible Sprache starken Einfluß auf Nietzsche und Rilke ausübte.

Janco, Marcel (* 1895), rumän. Maler und Architekt. Trat 1915/16 während seines Studiums in Zürich mit den Dadaisten in Verbindung und illustrierte viele ihrer Veröffentlichungen. Wandte sich 1921 vom Dadaismus ab und wirkte in seiner Heimat als Architekt. Lebt heute in Israel.

Jawlensky, Alexej von (1864–1941), russ. Maler. Neben Chagall und Kandinsky der bedeutendste aus Rußland in den Westen emigrierte Künstler. Lebte ab 1896 in München, später in Wiesbaden. Stand der Gruppe »Blauer Reiter« nahe.

Jouve, Pierre-Jean (1887–1976), franz. Schriftsteller. Hauptthema seiner lyrischen und erzählerischen Werke ist das Dilemma zwischen weltlicher Sinnenfreude und mystischem Glauben.

Joyce, James (1882–1941).

Jung, Carl Gustav (1875–1961).

Kahnweiler, Daniel Henry (1884–1979), Kunsthändler und -historiker. Stammt aus Mannheim, eröffnete 1907 in Paris eine Bildergalerie. Entdeckte und förderte viele Maler der Avantgarde (Braque, Léger, Picasso u.a.).

Kandinsky, Wassily (1866–1944).

Kisling, Moise (1891–1953), poln. Maler. Seit 1910 in Paris, war mit Picasso und Modigliani befreundet. Wandte sich früh vom Kubismus ab und der realistischen Porträtmalerei zu.

Kokoschka, Oskar (1886–1980)

Laban, Rudolf von (1879–1958), Tänzer, Tanzpädagoge und -theoretiker. Wirkte in München, Zürich, Hamburg und Berlin. 1938 emigrierte er nach England. Schuf die Grundlagen des modernen, freien Kunsttanzes, entwickelte eine raumrhythmische Bewegungslehre und erfand eine noch heute viel gebrauchte Tanzschrift.

Labé, Louise (1525?–1566), franz. Lyrikerin. Verfaßte unter dem Einfluß von Dichtungen Petrarcas Sonette und Elegien.

Lacan, Jacques (* 1901), franz. Mediziner und Psychiater. Engagierte sich seit seiner Teilnahme am Kongreß der Internationalen Psychoanalytischen Gesellschaft 1936 in Marienbad für eine exakte Interpretation Sigmund Freuds und die Einführung linguistischer Denkweisen in der Psychoanalyse. 1964 gründete er die »Ecole Freudienne de Paris«, die er seitdem leitet.

Larjonow, Michail (1881–1964), russ. Maler. Ausgebildet in Moskau, entwickelte er nach impressionistischen und primitivistischen Anfängen 1910–14 einen eigenen Stil, den er »Rayonismus« nannte und 1913 durch sein *Rayonistisches und futuristisches Manifest* theoretisch untermauerte; seine Kunsttheorie ähnelt in vielem der Kandinskys. War seit 1916 meist in Paris tätig. Zusammen mit seiner Frau, der Malerin Natalja Gontscharowa, schuf er Bühnenbilder und Kostüme für Diaghilews »Ballets Russes«.

Lasker-Schüler, Else (1869–1945), Dichterin. Lebte im Künstlermilieu Berlins, war u.a. befreundet mit Th. Däubler, G. Trakl und G. Benn, auf deren Schaffen sie starken Einfluß ausübte; 1894–99 war sie mit dem Arzt J. B. B. Lasker und 1901–11 mit Herwarth Walden verheiratet. 1933 emigrierte sie nach Zürich, später nach Jerusalem, wo sie in Armut starb. Für Benn war sie »die größte Lyrikerin, die Deutschland je hatte«.

Laurencin, Marie (1885–1956), franz. Malerin. Von Apollinaire wurde sie als Mitbegründerin des Kubismus herausgestellt, doch blieb ihre Kunst von dieser Stilrichtung im Grunde unbeeinflußt. Ihre in zarten Farben gemalten Bilder stellen meist lyrische Szenen mit jungen Mädchen dar; außerdem schuf sie Entwürfe für Diaghilews »Ballets Russes« und für die Comédie Française.

Lawrence, David Herbert (1885–1930), engl. Schriftsteller. Sein Hauptthema war die Wiedergewinnung der verlorenen Lebensganzheit. In der Sexualität sah er die einzige noch ungebrochene Urkraft des Lebens, was auch in seinem berühmtesten Werk *Lady Chatterley* zum Ausdruck kommt. L wurde wegen seiner Verbindung mit der Deutschen Frieda Weekley, geb. von Richthofen, die seinetwegen Mann und Kinder verließ, und wegen der angeblichen Obszönität seiner Romane stark angefeindet.

Lazareff, Pierre (* 1907), franz. Publizist; kam 1931 zum *Paris Soir,* dessen Redaktionsleitung er 1938 übernahm. 1940–44 war er Chef des französischen Dienstes im amerikanischen Ministerium für Kriegsinformation in New York. Nach dem Krieg leitete und beeinflußte er entscheidend die Entwicklung des französischen Zeitungs- und Zeitschriftenwesens.

Lébegue, Philéas (1869–1958), franz. Lyriker und Sprachforscher. Stand der sprachschöpferischen Avantgarde nahe, war lange Zeit Mitarbeiter des *Mercure de France.*

Leblanc, Georgette (1869–1941), franz. Schauspielerin. War 23 Jahre lang Gefährtin, Mitarbeiterin und Interpretin von Maurice Maeterlinck. Nach dem Bruch mit ihm (1918) lebte sie längere Zeit in den USA. Von 1924 an gehörte sie zum engsten Kreis der Jünger des Okkultphilosophen Georg Gurdjew.

Léger, Fernand (1881–1955), franz. Maler. Nach der Abkehr vom Impressionismus gelangte er mit dem Aufkommen des Kubismus um 1910 zu geometrischen Abstraktionen, deren Formgesetze denen der Mechanik gleichen sollten. Er schuf auch Bühnenausstattungen und drehte 1924 den bahnbrechenden Experimentalfilm *Ballet méchanique.*

Lehmbruck, Wilhelm (1881–1919), Bildhauer. Nach seinen Studienjahren in Düsseldorf lebte er 1910–14 in Paris, dann in Berlin, 1917/18 in Zürich und dann wieder bis zu seinem Selbstmord in Berlin. Unter dem Einfluß Maillols (1910 in Paris) gelangte L. zu einem Stil, der bestimmt war durch ein starkes plastisches Gefühl und ein Streben nach klassischer Klarheit.

Leiris, Michel (* 1901), franz. Schriftsteller und Ethnologe. War bis 1930 Mitglied der surrealistischen Gruppe in Paris. Auf mehreren Forschungsreisen in Afrika, China und auf den Antillen studierte er die primitiven Strukturen des menschlichen Denkens und Fühlens. Bis heute ist sein Thema die Analyse der eigenen und fremden Kultur, die Selbst- und Fremdanalyse. Seine poetische Synthese aus Spielregel und Lebensregel, Lebensform und Sprachform hat den Surrealismus entscheidend geprägt.

Lenya, Lotte (* 1900), Schauspielerin und Sängerin. Erregte in den zwanziger Jahren in Brecht-Rollen Aufsehen (u.a. als »Seeräuber-Jenny« in der *Dreigroschen-*

oper, in späteren Jahren als »Mutter Courage«). 1933 emigrierte sie mit ihrem Mann, dem Komponisten Kurt Weill, nach Amerika und hatte große Erfolge in Broadway-Aufführungen moderner Schauspiele und Musicals.

Léon, Paul (1874–1962), franz. Kunsthistoriker. War viele Jahre Dezernent für Architektur und die schönen Künste im französischen Kultusministerium.

Liebknecht, Karl (1871–1919), Rechtsanwalt und Politiker. Trat 1916 aus der sozialdemokratischen Reichstagsfraktion aus; nach einer Kundgebung gegen den Krieg wurde er wegen Hochverrats zu zweieinhalb Jahren Zuchthaus verurteilt. 1918 im Oktober begnadigt, führte er mit Rosa Luxemburg den Spartakusbund. Gegen die mehrheitssozialistischen Volksbeauftragten unternahm er den Januaraufstand 1919 in Berlin; zusammen mit R. Luxemburg wurde er nach der Festnahme von Angehörigen der Regierungstruppe ermordet.

Lipschitz, Jacques (1891–1973), aus Litauen gebürtiger Bildhauer. Lebte seit 1909 in Paris, ab 1941 in den USA. Er arbeitete zunächst in kubistischen Formen und schuf später surrealistische Skulpturen.

Longuet, Jean (1876–1938), franz. Sozialist und Publizist; Enkel von Karl Marx.

Ludwig, Emil (1881–1948), Schriftsteller. Wurde vor allem durch seine unwissenschaftlichen, doch spannend geschriebenen Romanbiographien bekannt. Der Breslauer Jurist wurde 1932 Schweizer Staatsbürger und ging 1940 in die USA.

Ludwig, Paula (1900–1974), Lyrikerin von hoher eigener Sprach- und Verskunst. War eng befreundet mit Yvan Goll. Emigrierte 1938 nach Frankreich, 1940 nach Spanien, dann über Portugal nach Brasilien, wo sie in São Paulo als Malerin lebte. 1953 kehrte sie nach Deutschland zurück.

Lunatscharski, Anatoli (1875–1932), russ. Schriftsteller, Politiker und marxistischer Kulturtheoretiker. Seit 1906 in der Emigration, war er befreundet mit Gorki und arbeitete in der Schweiz eng mit Lenin zusammen. 1917–19 Volkskommissar für das Bildungswesen in der Sowjetunion. 1933 wurde er zum Botschafter in Spanien ernannt, starb aber auf dem Weg dorthin und wurde auf dem Roten Platz in Moskau beigesetzt.

Luxemburg, Rosa (1871–1919).

McCullers, Carson (1917–1967), amer. Schriftstellerin. Sensible Autorin psychologischer Romane und Kurzgeschichten voll poetischer Schwermut. Lebte mit ihrem Mann (Selbstmord 1953) viele Jahre in Paris. Nach mehreren Schlaganfällen war sie seit 1946 teilweise gelähmt.

McDowell, Edward (1861–1908), amer. Komponist und Pianist. Studierte in Deutschland und Paris. Seit 1888 lebte er wieder in den USA. Verwendete als einer der ersten Motive indianischer Musik.

Maeterlinck, Maurice (1862–1949), franz.-belg. Dichter. Gilt vor allem aufgrund seiner lyrischen Dramen als einer der Hauptvertreter des Symbolismus. Lebte bis

1940 in Paris, während der Besetzung Frankreichs in Nordamerika, danach an der Côte d'Azur. Erhielt 1911 den Literaturnobelpreis.

Mahler, Gustav (1860–1911).

Mahler-Werfel, Alma (1879–1964), Tochter des Landschaftsmalers Emil J. Schindler. Heiratete 1902 Gustav Mahler. 1911 verwitwet, heiratete sie nach einer kurzen leidenschaftlichen Beziehung zu Oskar Kokoschka den Architekten Walter Gropius, von dem sie sich 1918 wieder trennte. 1929 heiratete sie Franz Werfel, mit dem sie 1940 über Frankreich und Spanien nach New York in die Emigration ging. 1960 erschien ihre Autobiographie *Mein Leben.*

Majakowski, Wladimir (1893–1930), russ. Dichter. War in seiner Heimat Mitgründer und Hauptvertreter des Futurismus und gilt als der bedeutendste Dichter der bolschewistischen Revolution. Konflikte mit der offiziellen Kulturpolitik sowie die unerträgliche Spannung zwischen sensibler Subjektivität und dem Willen zu politischer Agitation trugen zu seinem Freitod bei.

Mallarmé, Stéphane (1842–1898), franz. Dichter. Lebte seit 1873 in Paris, wo er, neben seiner Tätigkeit als Englischlehrer, die von ihm allein bestrittene Zeitschrift *La dernière Mode* herausgab und die berühmten »Mardis« (Konversationsabende am Dienstag) abhielt, an denen die Avantgarde der englischen und französischen Literatur (Gide, Valéry, Verlaine, Stefan George u. a.) teilnahm. Sein nicht sehr umfangreiches Werk (Lyrik und kurze Prosastücke) stellt den Höhepunkt des Symbolismus dar.

Malraux, André (1901–1976), franz. Schriftsteller. Die Stationen seines abenteuerlichen Lebens (u.a. Teilnahme an der chinesischen Revolution 1926/27, am spanischen Bürgerkrieg, 1940 Flucht aus deutscher Gefangenschaft, Kultusminister unter de Gaulle) beschreibt er in seinen *Antimémoires* (1967). Das Hauptthema seiner vieldiskutierten Romane (z. B. *La condition humaine*) ist die Einsamkeit des heutigen Menschen in einer Welt des Handelns abseits von Gott. In seinem Spätwerk konzentrierte er sich auf kunsttheoretische und kulturphilosophische Untersuchungen.

Malraux, Clara, geb. Goldschmidt (* 1900), franz. Schriftstellerin. Die gebürtige Magdeburgerin heiratete 1921 André Malraux und begleitete ihn auf seinen Reisen und Abenteuern in China. Trat nach ihrer Scheidung als Romanautorin hervor.

Maran, René (1887–1959), afrokarib. Schriftsteller. War 1909–25 im Verwaltungsdienst Französisch-Äquatorialafrikas tätig. Für seinen Roman *Batouala* (1921) erhielt er den Prix Goncourt; wegen der scharfen Kritik an der französischen Kolonialpolitik, die in dem Werk zum Ausdruck kommt, mußte er jedoch den Dienst quittieren.

Marinetti, Emilio Filippo Tommaso (1876–1944), ital. Schriftsteller. Begründer des literarischen Futurismus, dessen Manifest er 1909 im Pariser *Figaro* veröffentlichte. Sein starker Nationalismus führte ihn zu Mussolini und machte ihn zum überzeugten Anhänger des Faschismus.

Maritain, Jacques (1882–1973), franz. Philosoph. Bemühte sich um eine Verlebendigung der sog. thomistischen Metaphysik und eine zeitnahe, dem katholischen Dogma entsprechende Kultur- und Sozialphilosophie. 1945–48 war er französischer Botschafter beim Heiligen Stuhl, danach Professor in Princeton (USA).

Martinet, Marcel (1887–1944), franz. Schriftsteller. Stellte seine Dichtung (Gedichte, Romane und Dramen) in den Dienst der kommunistischen Idee und der Verdammung des Krieges.

Masson, André (* 1896), franz. Maler und Graphiker. War zunächst vom Surrealismus beeinflußt. Nach kubistischen und impressionistischen Phasen wandte er sich vom Gegenständlichen ab und wurde richtungweisend für die Entwicklung des abstrakten Expressionismus.

Matisse, Henri (1869–1954).

Maurois, André (1885–1967), franz. Schriftsteller. Mit seinen Romanbiographien bedeutender Persönlichkeiten (u.a. Balzac, Victor Hugo, Proust, George Sand) wurde er zum Begründer der modernen »biographie romancée«.

Meyerhold, Wsewolod (1874–1940), russ. Schauspieler, Regisseur und Theaterleiter. War ab 1920 Leiter des sowjetischen Theaterwesens. Schuf eine revolutionäre, radikal anti-illusionistische Bühnenkunst, die in den dreißiger Jahren als formalistisch kritisiert wurde. 1938 wurde sein Theater geschlossen, 1939 wurde er verhaftet und deportiert.

Michaux, Henri (* 1899), franz.-belg. Dichter und Maler. Als Lyriker beeinflußt vom Symbolismus und dem »illuminierten Mystizismus«; als Maler schuf er Werke eines radikalen Automatismus.

Milhaud, Darius (1892–1974), franz. Komponist. Vom Impressionismus ausgehend, entwickelte er eine eigenständige lyrische Tonsprache, deren Hauptmerkmal Polytonalität ist. Schrieb Opern, Ballettmusiken, Orchester- und Instrumentalwerke.

Miller, Henry (* 1891), amer. Schriftsteller. Lebte 1930–40 meist in Paris. Wurde durch seine autobiographisch gefärbten Romane *Wendekreis des Krebses* und *Wendekreis des Steinbocks* berühmt, die durch minuziöse Darstellung sexueller innerer und äußerer Erlebnisse schockierten. Schrieb auch lyrisch verdichtete Erzählungen und Reiseberichte.

Miro, Joan (* 1893).

Modersohn-Becker, Paula (1876–1907).

Mondrian, Piet (1872–1944), niederländ. Maler. Studierte an der Amsterdamer Rijksakademie, ging 1911 nach Paris, wo er, vom Kubismus beeinflußt, seinen unverwechselbaren Stil fand (Abwandlung abstrakter Motive). 1917 war er in seiner Heimat Mitgründer der sog. Stijl-Bewegung. 1919 kehrte er nach Paris zurück und forderte in seiner Schrift *Le Néoplasticisme* eine neue Räumlichkeit. Seit 1940 lebte er in New York.

Monnier, Adrienne (1892–1955), franz. Dichterin. War seit 1925 Inhaberin einer Buchhandlung, die zum Treffpunkt namhafter Schriftsteller wurde (u.a. Breton, Claudel, Gide, Joyce, Rilke, Valéry).

Montherlant, Henry de (1896–1972), franz. Schriftsteller. Autor eines umstrittenen Œuvres (Romane, Dramen, Essays) von hohen stilistischen Qualitäten. In sich widerspruchsvoll, erfaßt sein Werk alle Seelenlagen vom menschenverachtenden Zynismus *(Erbarmen mit den Frauen)* bis zur Hingabe an ein absolutes ethisches Ideal.

Nolde, Emil (1867–1956).

Noske, Gustav (1868–1946), Politiker. War 1906–18 als Mitglied des Reichstags (SPD) vor allem für Heeres- und Marinefragen zuständig. 1918/19 warf er mit Regierungstruppen und Freikorps den Spartakistenaufstand nieder. Wurde 1919 Reichswehrminister, mußte jedoch nach dem Kapp-Putsch unter dem Druck seiner eigenen Partei zurücktreten. 1933 wurde er, als Oberpräsident der Provinz Hannover, aus dem Staatsdienst entlassen. War während des Hitlerregimes mehrmals inhaftiert.

O'Sullivan, John (1878–1948), irischer Opernsänger (Heldentenor). Wirkte ab 1914 an der Pariser Oper; nach erfolgreichen Jahren an der Mailänder Scala und der Covent Garden Opera (London) ließ er sich 1929 in Paris als Gesangspädagoge nieder.

Otten, Karl (1889–1963), Schriftsteller. War Mitarbeiter avantgardistischer und pazifistischer Zeitschriften und veröffentlichte Romane, Dramen, Lyrik in expressionistischem Stil. Emigrierte 1933 nach Spanien, später nach London. 1944 erblindete er. Seine letzten Lebensjahre verbrachte er in Locarno.

Painlevé, Paul (1863–1933), franz. Politiker. War ursprünglich Mathematikprofessor, seit 1910 mehrmals Minister und Premierminister. Als Kriegsminister war der sozialistische Republikaner 1928 für die Heeresreform verantwortlich und traf die ersten Entscheidungen für den Bau der Maginot-Linie.

Paulhan, Jean (1884–1968), franz. Schriftsteller. Trat vor allem mit Essays zur Sprachkritik hervor. Leitete viele Jahre die berühmte *Nouvelle Revue Française.*

Péret, Benjamin (1899–1959), franz. Schriftsteller. Gehörte neben Breton zu den Initiatoren des literarischen Surrealismus und zu seinen fruchtbarsten Autoren. Seit 1926 KP-Mitglied. Nahm am spanischen Bürgerkrieg teil, emigrierte nach Mexiko und lebte ab 1945 wieder in Frankreich.

Picabia, Francis (1879–1953), franz. Maler, Graphiker und Schriftsteller kuban. Herkunft. War einer der wichtigsten Anreger der avantgardistischen Kunst, vor allem des Dadaismus. Er gab Zeitschriften heraus, publizierte Manifeste, schuf Buchillustrationen. Sein malerisches Werk machte vom Impressionismus bis zur »mechanischen Zeichnung« zahlreiche Phasen durch.

Picasso, Pablo (1881–1973).

Piscator, Erwin (1893–1966), Regisseur und Theaterleiter. Unternahm als Pazifist und Kommunist 1920 den Versuch, ein »Proletarisches Theater« in Berlin durchzusetzen; nach dessen Scheitern wurde er Oberregisseur an der Berliner Volksbühne. 1927 eröffnete er eine »Piscator-Bühne«, wo er sein »dokumentarisches Theater«, bei dem alles in den Dienst der Tendenz gestellt wird, weiter verwirklichte. 1931–36 lebte er in der UdSSR, dann in Paris und New York. Von 1962 bis zu seinem Tod war er Intendant der Berliner Freien Volksbühne.

Pitigrilli, eig. Dino Segre (1893–1975), ital. Schriftsteller. Nach dem 1. Weltkrieg vielgelesener Unterhaltungsschriftsteller. Lebte lange in Argentinien. Seit 1945 wieder in Italien, wandte er sich religiösen Themen zu.

Poulenc, Francis (1899–1963), franz. Komponist. Komponierte in neoklassizistischem Stil Lieder, Orchester- und Klavierwerke, Filmmusiken sowie zwei Opern.

Pound, Ezra (1885–1972), amer. Dichter. Ging 1909 nach Europa, ließ sich 1922 in Italien nieder und sprach im 2. Weltkrieg über Radio Rom in antiamerikanischen Propagandasendungen, was ihm nach Kriegsende einen Hochverratsprozeß und die Einlieferung in eine Heilanstalt eintrug. Von 1958 an lebte er wieder in Italien. Sein lyrisches Werk war und ist von größtem Einfluß auf die zeitgenössische Dichtung englischer Sprache.

Prévert, Jacques (1900–1977), franz. Dichter. War lange Zeit Anhänger des Surrealismus. Wurde dann mit seinen fröhlich-absurden Versen in der Alltagssprache (Argot) zum volkstümlichsten französischen Lyriker der Gegenwart. Seine Drehbücher für Marcel Carné beeinflußten den poetischen Realismus des Films.

Radiguet, Raymond (1903–1923), franz. Schriftsteller. War eng mit Cocteau befreundet. Hinterließ u. a. den Roman *Den Teufel im Leib*, der zu den besten Prosawerken der französischen Literatur unseres Jahrhunderts zählt.

Ray, Man (1890–1976), amer. Maler und Fotograf. Nach Studien in New York lebte er 1921–40 in Paris, wo er 1925 an der ersten Ausstellung der Surrealisten teilnahm. Früh erkannte er die Möglichkeiten der fotografischen Technik für die moderne Kunst und erschloß ihr mit seinen Fotomontagen und Fotogrammen (»Rayographs«) neue künstlerische Ausdrucksformen.

Reinhardt, Delia (1892–1974), Opernsängerin (Sopran). Wirkte 1916–23 an der Münchner Staatsoper, anschließend an der Berliner Staatsoper. Ab 1937 durfte sie in Deutschland nicht mehr auftreten. Sie gastierte u. a. in London, Paris, Budapest. Seit 1948 lebte sie mit dem Dirigenten Bruno Walter in Kalifornien.

Reinhardt, Max (1873–1943).

Reverdy, Pierre (1889–1960), franz. Schriftsteller. Kam vom Kubismus und Dadaismus her, gründete 1917 die Zeitschrift *Nord-Sud* und trat dann der sich um Yvan Goll bildenden Gruppe der Surrealisten bei. In seinen späteren Gedichten tritt das Element des Mystisch-Ekstatischen immer stärker in den Vordergrund. Sein dichterisches Werk beeinflußte nachhaltig die moderne französische Lyrik.

Richter, Hans (1888–1976), Maler und Filmavantgardist. Gehörte seit 1917 zur Zürcher Dada-Gruppe. Machte ab 1918 zusammen mit Viking Eggeling Filmexperimente, die er später in New York fortsetzte. Im Alter wandte er sich wieder der Malerei zu.

Rilke, Rainer Maria (1875–1926).

Rimbaud, Arthur (1854–1891), franz. Dichter. Seine symbolische Lyrik war von großem Einfluß auf den Expressionismus, Surrealismus und die meisten anderen avantgardistischen Strömungen des 20. Jahrhunderts.

Rodin, Auguste (1840–1917), franz. Bildhauer. Bedeutendster Meister der nachklassischen Zeit und von großem Einfluß auf die moderne Plastik. R. M. Rilke war 1905/06 sein Sekretär.

Rolland, Romain (1866–1944), franz. Schriftsteller. Für seinen zehnbändigen Entwicklungsroman *Johann Christoph,* die Lebensgeschichte eines deutschen Musikers, erhielt er 1915 den Literaturnobelpreis. In beiden Weltkriegen und bei anderen politischen Anlässen trat Rolland als energischer Friedensmahner hervor.

Romains, Jules (1885–1972), franz. Schriftsteller. Wurde berühmt durch seinen achtundzwanzigbändigen Romanzyklus *Die guten Willens sind* (1932–47) und die in seinem Gesamtwerk vertretene Lehre des Unanimismus, einer Weltanschauung, die nicht das Individuum zum Mittelpunkt hat, sondern die Gruppenseele als Bindeglied zwischen dem einzelnen und der Masse.

Rousseau, Henri, gen. *le Douanier,* »Der Zöllner«, (1844–1910), franz. Maler. War Beamter beim Pariser Stadtzoll, begann um 1880 in der naiv-realistischen Art der »Sonntagsmaler« zu malen, stellte 1885 zum erstenmal aus und quittierte 1886 den Dienst, um sich ganz der Malerei zu widmen. Mit seinen Märchen- und Traumbildern voll eindringlicher, oft poetischer Wirkung übte er einen nicht zu übersehenden Einfluß auf die moderne Malerei aus.

Rubiner, Ludwig (1881–1920), Schriftsteller. Lebte meist in Berlin, aber auch in Paris und in der Schweiz. In seinem lyrischen und dramatischen Werk vertrat er einen entschieden sozialrevolutionären Expressionismus.

Russolo, Luigi (1885–1947), ital. Maler und Musiker. War bahnbrechend für die Malerei des Futurismus; er bemühte sich um eine Integration von akustischen und visuellen Wirkungselementen und versuchte, eine Kunst der Geräusche (Bruitismo) zu realisieren.

Sabartès, Jaime (1880–1970), franz. Maler und Schriftsteller. Veröffentlichte vor allem Monographien über Picasso und seinen Kreis.

Saint-John Perse, eig. Marie-René-Alexis Saint-Léger Léger (1887–1975), franz. Dichter. Seit 1916 im diplomatischen Dienst, u.a. Mitarbeiter von Briand. 1940 Emigration in die USA. Sein Werk besteht fast ausschließlich aus Prosadichtungen mit kühner Metaphorik in weitschwingenden, feierlichen Rhythmen. Erhielt 1960 den Literaturnobelpreis.

Sarfatti, Margherita (1886–1961), ital. Schriftstellerin. Bis 1915 Sozialistin, dann Anhängerin des Faschismus. Lebte zeitweise in Frankreich und den USA. Gründete 1921 mit Mussolini die Zeitschrift *Gerarchia*. Ihr Werk umfaßt Gedichte, Romane, Essays. Besonders bekannt wurde ihre frühe Mussolini-Biographie, *Dux* (1926).

Sartre, Jean-Paul (* 1905).

Satie, Eric (1866–1925), franz. Komponist. Zählt – vor allem mit seinen Klavierwerken – zu den wichtigsten Anregern der modernen französischen Musik.

Scheler, Max (1874–1928), Philosoph. Seit 1919 Professor in Köln, ab 1928 in Frankfurt/M. Seine Philosophie schloß an die Phänomenologie E. Husserls an. Seine im Widerspruch zu Kant entwickelte materielle Wertethik hat die verschiedensten Richtungen der Gegenwartsphilosophie nachhaltig beeinflußt.

Schickele, René (1883–1940), Schriftsteller. War Mitgründer und Leiter wichtiger literarischer Zeitschriften, z. B. der 1914–20 in Zürich erscheinenden pazifistisch-expressionistischen *Weißen Blätter*. Als Sohn einer Französin und eines Deutschen versuchte er in seinen Werken (Romane, Dramen, Lyrik) eine Synthese von deutschem und französischem Geist herzustellen.

Schwitters, Kurt (1887–1948), Maler, Bildhauer, Graphiker und Dichter. Lebte in Berlin und Hannover, emigrierte 1935 nach Norwegen, später nach England. Er strebte eine alle Bereiche des Lebens, auch banale Gegenstände und Vorgänge des Alltags, umfassende künstlerische Gestaltung an. Charakteristisch für ihn sind die Collagen seiner »Merz«-Bilder und seine »Merz«-Dichtungen. Das Gesamtwerk des genialischen Allround-Künstlers gilt als die bedeutendste Manifestation des Dadaismus.

Segal, Arthur (1875–1944), Maler. Kam 1892 aus Rumänien zum Kunststudium nach Berlin. 1910 Mitgründer der »Neuen Secession«, beteiligte sich an mehreren großen Ausstellungen abstrakter Kunst. 1933 emigrierte er und lebte später in London.

Seghers, Anna (* 1900), Schriftstellerin. Seit 1929 KPD-Mitglied. Emigrierte 1933 auf Umwegen nach Mexiko. Seit 1947 lebt sie als hochdekorierte Repräsentantin der sozialistischen Literatur in der DDR. Am bekanntesten wurde ihr Roman über den Terror des Hitlerregimes, *Das siebte Kreuz* (1941).

Seligmann, Kurt (1900–1962), schweizer. Maler und Schriftsteller. Lebte ab 1929 in Paris, seit 1939 in den USA. Sein künstlerisches Schaffen war ganz dem Surrealismus verschrieben. Wandte sich in späteren Jahren dem Okkultismus zu und schrieb u. a. *Das Weltreich der Magie*.

Senghor, Léopold Sédar (* 1906), afrik. Dichter franz. Sprache und seit 1960 Präsident der Republik Senegal. In seinem lyrischen Werk, das in der Volksdichtung seiner Heimat wurzelt, ist der Einfluß Claudels, Saint-John Perses und der Troubadour-Tradition spürbar.

Soupault, Philippe (1897–1973), franz. Schriftsteller. Mitgründer der Pariser Dada-Gruppe und neben Breton einer der Wortführer des literarischen Surrealismus.

Stein, Gertrude (1874–1946), amer. Schriftstellerin. Siedelte 1902 nach Paris über, wo sie mit ihrem Bruder Leo Mittelpunkt eines Kreises von Malern und Schriftstellern wurde, deren Stil sie beeinflußte (Hemingway, Dos Passos) und für die sie die Formel »Lost Generation« prägte. Ihre Prosa ist gekennzeichnet durch assoziative Reihung und scheinbar sinnlose Satzwiederholung, wodurch eine fließende, kontinuierliche Gegenwart suggeriert werden soll.

Tanguy, Yves (1900–1955), franz. Maler. Ursprünglich Matrose, begann er 1924 zu malen und gehörte zu den bedeutendsten Vertretern des Surrealismus. Seit 1939 lebte er in den USA.

Täuber-Arp, Sophie (1889–1943), schweizer. Malerin und Bildhauerin, seit 1921 verheiratet mit Hans Arp, der ihren malerischen Stil wesentlich beeinflußte. 1916–20 nahm sie an der Dada-Bewegung teil und trat im »Cabaret Voltaire« als Dada-Tänzerin auf.

Toller, Ernst (1893–1939), Politiker und Schriftsteller. Als Mitglied der Unabhängigen Sozialdemokratischen Partei beteiligte er sich 1918 am Umsturz in Bayern und wurde 1919 als Mitglied der Münchner Räteregierung zu 5 Jahren Festung verurteilt. 1933 emigrierte er in die USA. Seine revolutionär-expressionistischen Dichtungen leben von der Spannung zwischen Politik und Poesie.

Triolet, Elsa (1896–1970), franz. Schriftstellerin russ. Herkunft. War Schülerin Gorkis, Schwägerin Majakowskis und verheiratet mit Louis Aragon. Ihre Romane sind vom sozialistischen Realismus geprägt. Im 2. Weltkrieg war die überzeugte Kommunistin aktives Mitglied der Résistance-Bewegung.

Tzara, Tristan (1896–1963), franz. Schriftsteller rumän. Herkunft. Seit 1915 in Zürich, wo er im folgenden Jahr zusammen mit H. Arp, H. Ball, R. Huelsenbeck u.a. das »Cabaret Voltaire« gründete und die Dada-Bewegung ins Leben rief. Unermüdliche Tätigkeit als Organisator von dadaistischen Veranstaltungen und neuen Dada-Gruppen, z.B. in Paris. 1929 schloß er sich den Surrealisten an. Kultivierte bis ins Alter seine Rolle als Schöpfer und Mittelpunkt des Dadaismus.

Uhde, Wilhelm (1874–1947), Kunstschriftsteller. Lebte meist in Paris. Setzte sich vor allem für den Zöllner Rousseau und andere naive Maler ein, deren Bedeutung er als erster erkannte.

Valéry, Paul (1871–1945), franz. Dichter. Gilt als der bedeutendste Vertreter der symbolistisch-hermetischen Lyrik des 20. Jahrhunderts und als einer der besten Essayisten französischer Sprache. Übte starken Einfluß auf die gesamte moderne Lyrik aus.

Vildrac, Charles (1882–1971), franz. Schriftsteller. Schrieb vor allem im Arbeiter- und Kleinbürgermilieu spielende Dramen.

Villon, Jacques (1875–1963), franz. Maler. Verband sich zusammen mit seinen Brüdern sowie mit Delaunay, Léger, Picabia u.a. zur Truppe »Section d'Or« (1912), der im Gegensatz zum Kubismus Picassos und Braques die Farbe das wesentliche Ausdrucksmittel war.

Vlaminck, Maurice de (1876–1958), franz. Maler, Graphiker und Schriftsteller fläm. Herkunft. Begann als Autodidakt zu malen und stieß dann zur Gruppe der Fauvisten. Zunächst von van Gogh, später auch von Cézanne beeinflußt, hat er vor allem Landschaften und Stilleben geschaffen, die, meist pastos und in kräftigen Farben gemalt, Ausdruck vitaler Daseinsfreude sind.

Vollard, Ambroise (1868–1939), franz. Kunsthändler und -verleger. Über sein Leben als Agent und Anreger fast aller französischen Impressionisten und Expressionisten berichtete er in seinen *Erinnerungen eines Kunsthändlers.*

Vollmoeller, Karl Gustav (1878–1948), Schriftsteller. War vielseitig talentiert (Auto- und Flugsportler, Flugzeugkonstrukteur, Archäologe), neigte jedoch zur Phantasterei und zum Dandytum, etwa wie D'Annunzio, von dem er einige Werke ins Deutsche übersetzte. Als Neuromantiker stand er dem George-Kreis nahe. Er wurde vor allem durch sein pantomimisches Drama *Mirakel* bekannt (1914), dessen Uraufführung Max Reinhardt im Zirkus Busch mit ungeheurem Aufwand inszenierte.

Walden, Herwarth (1878–1941), Musiker, Kunstkritiker und Schriftsteller. War 1901–11 mit Else Lasker-Schüler verheiratet. Schrieb neben expressionistischen Dramen und Romanen kunsttheoretische Abhandlungen und veranstaltete zwischen 1912 und 1921 Ausstellungen expressionistischer, futuristischer und kubistischer Künstler (u.a. 1912 »Der Blaue Reiter«, und »Herbstsalon 1913«). 1931 emigrierte er nach Moskau, wo er bis zu seiner Verhaftung 1941 als Dozent am Fremdspracheninstitut tätig war.

Walter, Bruno (1876–1962), Dirigent. Hatte zwischen 1901 und 1936 leitende Positionen an führenden deutschen Opernhäusern und in Wien inne. Ging 1938 nach Frankreich, 1940 in die USA. Hatte besonders als Mozart- und Mahler-Dirigent Weltruf.

Wedekind, Frank (1864–1918).

Weill, Kurt (1900–1950).

Werefkin, Marianne von (1860–1938), russ. Malerin. Kam 1896 von Petersburg nach München. 1909 war sie Gründungsmitglied der »Neuen Münchner Künstlervereinigung« und 1911 des »Blauen Reiters«. Ihre Bilder sind Ausprägungen eines visionären, stark von Kandinsky beeinflußten Expressionismus.

Werfel, Franz (1890–1945).

Westhoff, Clara (1878–1954), Bildhauerin. Heiratete 1901 R. M. Rilke, doch wurde die Ehe bereits ein Jahr später wieder geschieden. Lebte in Worpswede.

Wilde, Oscar (1854–1900).

Wilder, Thornton (1897–1975), amer. Schriftsteller. Verfasser bedeutender Romane, teils in traditionalistischem Stil, teils in neuen Kompositionsformen. Einige seiner Bühnenstücke (u. a. *Unsere kleine Stadt*) erschlossen dem modernen Theater eine neue Dimension.

Wolfenstein, Alfred (1888–1945), Schriftsteller. Emigrierte 1933 nach Prag, 1938 nach Frankreich, wo er, ständig auf der Flucht vor den Nationalsozialisten, unter falschem Namen lebte und schließlich Selbstmord beging. Sein literarisches Werk (Dramen, Novellen, Lyrik, Essays) stand ganz im Zeichen des Expressionismus.

Wolff, Kurt (1887–1963), Verleger. Trat 1908 in den Ernst-Rowohlt-Verlag, Leipzig, ein, der dann seit 1913 als Kurt-Wolff-Verlag firmierte. Zu den von ihm verlegten, z. T. auch entdeckten Autoren gehörten Kafka, Trakl, Heinrich Mann, Benn, Else Lasker-Schüler, Hasenclever, Arnold Zweig. Nach Auflösung seiner Verlage emigrierte er 1933 in die USA, wo er 1942 den Verlag Pantheon Books gründete und u. a. Broch, George und Musil auf englisch verlegte. Sein größter Bucherfolg war Pasternaks *Doktor Schiwago*.

Wright, Richard (1908–1960), amer. Schriftsteller. Lebte seit 1946 in Paris. Sein wichtigstes Werk, der Roman *Sohn dieses Landes* (1940), gilt als das aus der Perspektive des Schwarzen geschriebene Gegenstück zu Dreisers *Eine amerikanische Tragödie*.

Zweig, Stefan (1881–1942).

767

Die Wiedergabe der Briefe von Yvan Goll an Claire vom 21. 2. 1931 und von Claire an Yvan Goll vom 12. 2. 1932 aus: »Yvan Goll / Claire Goll – Briefe« erfolgte mit freundlicher Erlaubnis des Verlags Florian Kupferberg, Mainz/Berlin

Für den Abdruck der beiden Gedichte aus »Yvan Goll / Claire Goll – Die Antirose« erteilte freundlicherweise der Limes Verlag, München, die Genehmigung.